Seelenlos
Fluch der Rauhnächte

Janine Wilk wurde am 07.07.1977 als Kind eines Musikers und einer Malerin in Mühlacker geboren. Schon von Kindesbeinen an war die Literatur sehr wichtig für sie, mit elf Jahren schrieb sie ihre ersten Geschichten. Mit Anfang zwanzig begann sie mit der Arbeit an ihrem ersten Buch und schon bald folgten die ersten Veröffentlichungen im Bereich Lyrik und Kurzprosa. Janine Wilk lebt mit ihrem Mann und ihren zwei Kindern in der Nähe von Heilbronn.
www.janine-wilk.de

Weitere Titel von Janine Wilk:
Lilith Parker – Insel der Schatten
Lilith Parker und der Kuss des Todes
Lilith Parker und das Blutstein-Amulett
Lilith Parker und die Rache der Dämonen
Lilith Parker und der Fluch des Schattenreichs
Das Reich der Tränen

JANINE WILK

Seelenlos

FLUCH DER RAUHNÄCHTE

PLANET

Für meinen Mann Axel
Ich danke dir für deine Liebe,
deine unermüdliche Unterstützung
und all die Träume,
die wir miteinander teilen.

1. KAPITEL

»Ich werde niemals die Nacht des 31. Dezember 2015 vergessen. Es war die Nacht, in der ich zum dritten Mal starb. Obwohl ich, was Makabres und Ungewöhnliches betrifft, schon ziemlich abgehärtet bin, haben die Ereignisse dieser Zeit mich völlig aus der Fassung gebracht. Selbst meine beste Freundin und ehemalige PSI-Chef-Ermittlerin Amelia Burnett rannte nur pausenlos im Kreis, hat sich die Haare gerauft und geschrien: »Das ist doch unmöglich. Unmöglich! Ich glaube es einfach nicht.«
Deswegen habe ich beschlossen, alles, was geschehen ist, detailliert aufzuschreiben. Wer diese Zeilen liest, wird sich wahrscheinlich schwertun, mir zu glauben, und nach Beweisen fragen, doch ich kann lediglich schwören, dass alles so geschehen ist, wie ich es hier berichte …«

Auszug aus
»Chronik der paranormalen Ermittlungstruppe Greyfriars Graveyard«
Eintrag: Lucy Mackay, 5. Januar

Die Glocke der Greyfriars Kirk schlug neun Mal. In der Dunkelheit waberten Nebelschwaden zwischen den Grabsteinen umher und tasteten sich gierig an den uralten Gemäuern der Mausoleen hinauf. Obwohl der Friedhof »Greyfriars Graveyard« mitten im Herzen der Stadt Edinburgh lag, wurden das Rauschen des Verkehrs und die Stimmen der Passanten von den massiven Friedhofsmauern verschluckt. Die moderne Welt schien voller Respekt vor diesem Ort zurückzuweichen und auf dem Gelände herrschte eine geradezu gespenstische Ruhe. Den vereinzelten Laternen an den Fußwegen gelang es weder die Finsternis noch die beklemmende Stimmung, die wie ein stiller Gruß des Todes über den Gräbern lag, zu vertreiben.

Lucys Zähne klapperten, allerdings nicht vor Angst, sondern weil ihr die beißende Kälte der Dezembernacht in die Glieder kroch. Wenn sie noch länger warten musste, würde sie auf der Stelle festfrieren! Sie blickte über ihre Schulter, und als sie sicher war, dass niemand sie beobachtete, schwang sie sich leichtfüßig auf einen Baum, der direkt gegenüber einer eindrucksvollen Gruft stand. Die Grabstätte glich einem kleinen Haus, besaß ein Kuppeldach und die spitzen Eisenstacheln des Eingangstores erinnerten an tödliche Speere.

Lucy kletterte behände auf einen stabilen Ast und ließ ihre Beine baumeln. Neben ihr lagen die Utensilien aus dem Gruselshop schon für ihren Einsatz bereit. Wo blieb nur Harris mit den Touristen? Sie hätten schon vor fünfzehn Minuten hier sein sollen.

Da Geduld leider nicht zu ihren Stärken gehörte und ihr immer noch kalt war, setzte Lucy sich nach kurzer Zeit wieder auf. Mit ausgestreckten Armen begann sie auf dem Ast zu balancieren und tastete sich Schritt für Schritt vorwärts, bis der Ast bedrohlich unter ihrem Gewicht zu schwanken begann. Ein Sturz aus dieser Höhe war nicht ungefährlich, doch gerade deshalb breitete sich in Lucys Körper ein aufgeregtes Kribbeln aus, durch das sie sich mit jeder Faser ihres Seins lebendig fühlte.

»Bist du verrückt geworden?«, zischte eine körperlose Stimme aus dem Inneren des Mausoleums. »Du weißt genau, wie ich es hasse, wenn du so etwas machst!«

Lucy grinste breit. »Hast du etwa Angst um mich, Amelia?« Sie wippte einige Male demonstrativ auf und ab, ohne jedoch das Gleichgewicht zu verlieren.

»Das hättest du wohl gerne!« Ihre beste Freundin stieß ein ironisches Schnauben aus. »Ich mache mir nur Sorgen, dass du mit diesem Blödsinn unseren Auftrag verpatzt und ich diese Woche mit meinen Ersparnissen auskommen muss – die belaufen sich nämlich auf genau null Pfund.«

Lucy seufzte ergeben auf. »Na schön! Ich will schließlich nicht, dass du auf deine geliebten ›Nessie Poos‹ verzichten musst.«

Die cremigen Schokoladen-Toffees, die nach dem schottischen Wassermonster Nessie benannt worden waren, wurden hauptsächlich von Touristen gekauft, doch Amelia war regelrecht süchtig danach und gab ihr gesamtes Taschengeld dafür aus. Permanent kaute sie eines der zähen Bonbons oder pulte sich, wenn sie sich unbeobachtet glaubte, deren Überreste aus den Zähnen. Dank der Nessie Poos stand Amelia jedes Mal, wenn sie zum Zahnarzt gehen musste, wahre Höllenqualen aus.

Vorsichtig arbeitete Lucy sich rückwärts laufend zu ihrem Ausgangspunkt zurück, vergaß jedoch, dass hinter ihr die fast menschengroße Sensenmann-Puppe aus dem Gruselshop auf dem Ast lag. Ihr linker Fuß glitt an einem der Plastikknochen ab und Lucy kämpfte mit rudernden Armen um ihr Gleichgewicht.

»Oh, oh«, entfuhr es ihr gerade noch, dann rutschte sie ab. Vor Schreck stieß Amelia im Mausoleum einen spitzen Schrei aus, der einem echten Gespenst alle Ehre gemacht hätte. Reflexartig streckte Lucy die Hände aus und wie durch ein Wunder gelang es ihr in letzter Sekunde, nach einem der unteren Äste zu greifen und sich daran festzuhalten. Mit einem Ruck, der ein scharfes Brennen in ihre Schultern sandte, fing Lucy ihren Sturz ab.

»Wow, das war knapp«, murmelte sie atemlos.

Im düsteren Zwielicht der Friedhofsbeleuchtung konnte sie erkennen, dass ihre Beine etwa einen halben Meter über dem Fußweg baumelten, sodass sie sich problemlos fallen lassen konnte.

»Nix passiert«, rief sie. »Ich wollte dich nur ein bisschen erschrecken.« Ob Amelia das leichte Zittern in ihrer Stimme aufgefallen war?

Doch ihre Freundin hatte im Moment anscheinend ganz andere Sorgen. »Jetzt haben wir den Salat! Harris und die Touristen sind im Anmarsch.«

Lucy drehte sich zum schmiedeeisernen Tor des Haupteingangs um und tatsächlich scharte sich dort eine etwa zehnköpfige Touristengruppe um Harris, den Führer der offiziellen »Ghost-Tour« von Edinburgh.

Er hielt sich gerade eine Taschenlampe unter das Gesicht, was seine abschreckende Wirkung nicht verfehlte, da es sein Doppelkinn und die schwammigen Wangen äußerst unvorteilhaft betonte.

»Nicht ohne Grund glauben so viele Einwohner Großbritanniens an die Existenz von Geistern«, hallte seine Stimme über den Friedhof. »Denn wir wissen, dass diese Spukgestalten existieren, Ladys und Gentlemen. Die Welt der Toten ist uns Lebenden sogar näher, als Sie ahnen.«

»Schnell«, raunte Amelia, »zurück auf den Baum!«

Lucy griff nach dem nächstbesten Ast, um sich hochzuziehen, doch in ihrer Hektik rutschte sie ab. Sie musste sofort vom Weg runter, bevor die Touristen sie entdeckten!

»In keiner anderen Stadt in Schottland wird so oft von Geisterattacken berichtet wie in Edinburgh.« Die Stimme von Harris kam näher, während er seine einstudierte Rede abspulte. »Verehrte Besucher, Sie sind durch die düsteren Gassen unserer Altstadt gelaufen, Sie haben unsere Burg mit den Wehranlagen gesehen und die unzähligen Kirchen bewundert, die mit ihren spitzen Türmen in den grauen schottischen Himmel ragen. Überall in Edinburgh ist die Vergangenheit spürbar – eine Vergangenheit voller Verbrechen, Morde, Kämpfe, Hexenverbrennungen und skrupellosen Leichenhändlern …«

Endlich bekam Lucy den Ast zu fassen. Mit klopfendem Herzen und deutlich schwerfälliger als vorhin zog sie sich in die Höhe und kletterte alles andere als lautlos den Baum hinauf. Gerade noch rechtzeitig, denn nun erreichte Harris mit seiner Gruppe den ausgetretenen Pfad, der sie zu den wartenden Mädchen führen würde.

»Nun, Ladys und Gentlemen«, sagte Harris und machte eine ausladende Handbewegung, »befinden wir uns im Zentrum dieser dunklen Seite von Edinburgh: auf dem Friedhof Greyfriars Graveyard.«

Die Touristen drängten sich dicht aneinander wie eine verängstigte Schafherde. Kein Wunder, denn in der Nacht war Greyfriars Graveyard ein wahrhaft Furcht einflößender Ort. Als wären die Nebelschwaden, die Grabsteine und die Mausoleen, die mit Skeletten und Dämonen verziert waren, nicht schon schlimm genug, fuhr Harris unerbittlich mit seinen Schauergeschichten fort: »Es befinden sich etwas mehr als vierhundert Gräber auf diesem Friedhof, doch raten Sie mal, wie viele Tote hier tatsächlich begraben liegen.«

»Vielleicht um die Tausend?«, gab eine junge Frau unsicher zurück.

»Tut mir leid, aber damit liegen Sie leider völlig falsch.« Er machte eine spannungsvolle Pause und blickte in die Runde. »Wir stehen hier auf den Gebeinen von über dreihunderttausend Verstorbenen.«

Einige der weiblichen Besucher quietschten erschrocken auf und sahen zu Boden, als ob er sich jeden Moment auftun könnte, um sie ebenfalls zu verschlingen.

In den Schatten am Rand des Weges bewegte sich etwas.

Lucy konnte erkennen, wie sich eine körperlose Hand auf die Schulter eines pummeligen Jugendlichen legte.

»Hilfe«, schrie er auf. »Ein Geist!«

Sofort wandten sich alle zu ihm um, doch außer dem Jungen, der panisch seine Schulter abtastete, war nichts mehr zu sehen.

»Ein Großteil dieser Toten stammt aus der Zeit des schwarzen Todes – der Pest!«, erzählte Harris und setzte seinen Rundgang ungerührt fort.

Gleich würden sie am Mausoleum, in dem sich Amelia versteckt hielt, ankommen. Lucy griff nach der Sensenmann-Puppe und machte sich bereit.

»Auf diesem Hügel wurden die Erkrankten in ein Massengrab geworfen und lebendig verscharrt. Ob diese Seelen bei einem solch grauenvollen Tod wohl ihren Frieden gefunden haben? Ich glaube nicht, Ladys und Gentlemen …«

Erneut nahm Lucy eine Bewegung am Rand des Weges wahr, und einige Sekunden später kreischte ein etwa zehnjähriges Mädchen aus voller Kehle auf.

»Etwas … etwas hat mich an den Haaren gezogen. Ich habe es genau gespürt. Das war keine Einbildung!«

Harris, der schon auf die fünfzig zuging, lächelte sie mitfühlend an. »Die Geister von Greyfriars Graveyard mögen es nicht, wenn man ihre Ruhe stört. Wenn du dich vor ihnen fürchtest, kannst du an meiner Seite bleiben – an mich sind sie schon gewöhnt.«

Wie der Blitz eilte das Mädchen zu ihm und ergriff seine Hand.

Lucy saß auf ihrem Baum und schüttelte entnervt den Kopf. *Die Geister von Greyfriars Graveyard* – von wegen! Leider wusste Lucy als Tochter des Friedhofswärters nur allzu gut, dass sich an diesem Ort Dinge ereigneten, die einem durchaus die Haare zu Berge stehen ließen, doch die hatten nichts mit Harris' Gruselshow zu tun.

»Nun werden wir gleich den gefährlichsten Bereich des Friedhofs betreten, der als das ›Gefängnis der Rebellen‹ oder auch als ›Covenanters Prison‹ bekannt ist. Wir wissen nicht mit Sicherheit, weshalb es diesen Namen trägt, doch was hier geschehen ist, muss unsere wildesten Fantasien übertreffen. Das kann man jedenfalls aus der Heftigkeit der Geisterattacken schließen.«

Harris hob seinen Zeigefinger. Das geheime Zeichen, dass Amelia und Lucy sich bereithalten sollten. »Ich möchte Sie noch einmal ausdrücklich darauf hinweisen, dass der Veranstalter der ›Ghost-Tour‹ keine Haftung für körperliche oder seelische Schäden übernimmt. Wer sich diesem Risiko nicht aussetzen möchte, sollte den Rundgang an dieser Stelle abbrechen!«

Einige der Touristen schienen schon zu bereuen, dass sie diese Tour gebucht hatten. In der Theorie klang eine Geistertour offenbar sehr viel verlockender, als sie in Wirklichkeit war. Keiner von ihnen gab sich jedoch die Blöße, Harris' Angebot anzunehmen.

»Jetzt wird es ernst«, murmelte Lucy. Alles hing vom richtigen Timing ab.

Die Gruppe lief den Fußweg entlang und die wuchtige Gestalt von Harris hatte Lucys Baum bereits passiert, als ein grausiges Scharren und Stöhnen aus dem Inneren des Mausoleums erklang. Einige der Touristen griffen sich gegenseitig an den Händen. Ein verzweifeltes Schluchzen war zu hören, das durch das Echo im Mausoleum unwirklich und substanzlos wirkte.

»Ist das ... ein Geist?«, fragte der Vater des Mädchens und schluckte schwer.

»Er kommt«, wimmerte die Stimme, die vor Panik immer schriller wurde. »Er wird uns alle holen! Niemand kann ihm entkommen ...«

In diesem Moment ließ Lucy die Sensenmann-Puppe vom Baum fallen, sodass sie an ihrem geschwärzten Seil inmitten der Gruppe baumelte, als würde sie in ihrem Kapuzenmantel in der Dunkelheit schweben. Mithilfe eines zweiten Seils hob Lucy die knöcherne Hand der Puppe und ließ die täuschend echte Plastiksense warnend in Richtung der Touristen fahren. Einige stießen ängstliche Schreie aus, wichen zurück und stolperten über ihre eigenen Füße.

Lucy sah, wie das Mädchen an Harris' Hand zu weinen anfing. Die Arme zitterte am ganzen Leib und rang panisch nach Atem.

Lucy überlegte nicht lange. Sie hob die andere Hand des Sensenmannes und winkte damit fröhlich in die Runde. »Hallöchen«, verlieh sie ihm eine melodiöse Fistelstimme. »Wissen Sie zufällig, wo hier der nächste Burger-Laden ist? Ich *sterbe* fast vor Hunger.«

Die Angst der Besucher wandelte sich augenblicklich in erleichtertes Gelächter. Die meisten stießen sich gegenseitig grinsend an, während andere schon ihr Handy gezückt hatten, um ein Foto vom schwebenden Sensenmann zu machen. Selbst das zehnjährige Mädchen lachte nun wieder und lugte neugierig unter den Kapuzenumhang der Puppe.

Harris warf einen wütenden Blick nach oben zu Lucys Versteck, denn anstatt einen Witz zu machen, hätte sie eigentlich einige unheilvolle Drohungen ausstoßen sollen, um die Gruselstimmung noch zu verstärken.

Lucy kümmerte das allerdings wenig und sie bat stattdessen das Mädchen mit ihrer melodiösen Sensenmannstimme, dass sie aufhören solle, unter sein Kapuzenkleid zu gucken, da er darunter buchstäblich *nackt bis auf die Knochen* sei.

»Ladys und Gentlemen«, nahm Harris den Faden wieder auf, »nach diesem kleinen Schrecken wollen wir uns jetzt wieder der Geisterwelt von Greyfriars Graveyard zuwenden. Gehen wir nun, wie bereits angekündigt, in das Gefängnis der Rebellen ...«

Schwatzend und lachend folgten ihm die Touristen. Offenbar erwartete nun niemand mehr, tatsächlich auf einen leibhaftigen Geist zu treffen.

Nachdem sie außer Sichtweite waren, kletterte Lucy vom Baum herunter, wo Amelia schon auf sie wartete.

»Ich finde, heute habe ich mich selbst übertroffen«, meinte sie gut gelaunt. »Die haben sich fast in die Hose gemacht vor Angst.« Amelia verzog das Gesicht und fing wie auf Kommando an zu schluchzen: *»Er kommt! Er wird uns alle holen.«*

»Harris wird bestimmt hochzufrieden mit dir sein«, musste Lucy ihr recht geben.

Sie klemmte sich die Sensenmann-Puppe unter den Arm und die beiden schlugen den Pfad in Richtung Kirche ein. Unvermittelt trat vor ihnen eine männliche Gestalt in einem zerlumpten Mantel in den Lichtkreis einer Laterne und schnitt ihnen den Weg ab.

»Hallo, Spooky-Stevie!«, begrüßten die Mädchen den Ankömmling, der ihr Lächeln ebenso freundlich erwiderte.

»Du warst wie immer super, Amelia«, knüpfte der Obdachlose an das Gespräch der beiden an, »aber ohne mich wärt ihr verloren! Erst dank meiner meisterhaften Vorbereitung bringt ihr die Touristen zum Kreischen.«

Er grinste breit und entblößte dabei eine Zahnlücke, die jedes Mal, wenn er einen Seufzer ausstieß, ein pfeifendes Geräusch verursachte. Um von den Touristen beim Anschleichen nicht entdeckt zu werden und mit der Dunkelheit zu verschmelzen, hatte er sich das Gesicht und die Hände mit Kohle schwarz gefärbt.

»Zugegeben, ihr seid gut, aber Wilfred MacWilliam hier«, dabei deutete Lucy auf die Sensenmann-Puppe, »war mal wieder ohne Frage der Höhepunkt der heutigen Tour.«

»Wilfred MacWilliam?«, wiederholte Spooky-Stevie schmunzelnd. »Letzte Woche hast du ihn noch George Lukas genannt und ihm ein Leuchtschwert anstatt der Sense in die Knochenhand geklebt.«

Lucy lächelte versonnen. »Das war wirklich witzig!«

»Irgendwann schmeißt dich Harris deswegen noch raus«, prophezeite Amelia und zupfte an ihrer mit türkisfarbenen Federn und Glitzersteinen geschmückten Haarspange herum. Neben ihrer Schwäche für Nessie Poos besaß sie auch eine Vorliebe für knallbunte Klamotten und auffällige Haarutensilien. Lucy fand das ungeheuer praktisch, da sie Amelia selbst inmitten einer Menschenmenge relativ leicht ausmachen konnte.

»Das würde Harris sich niemals trauen!«, widersprach sie. »Immerhin ist mein Vater der Friedhofswärter und ohne dessen Zustimmung könnte er seine Ghost-Touren überhaupt nicht durchführen.«

Sie gingen weiter und passierten die Kirche, die wie fast jedes Gebäude in Edinburgh eine geschichtsträchtige Vergangenheit besaß. Sogar in die Kirchenfassade waren Grabsteine eingelassen, was dem Gotteshaus ein etwas Furcht einflößendes Aussehen verlieh. Auf einer Tafel war ein nach hinten geneigtes grusliges Skelett eingemeißelt, von dem Lucy jedoch steif und fest behauptete, es würde gerade Limbo tanzen.

»Harris hat mir unser Honorar übrigens schon heute Mittag gegeben«, erzählte Spooky-Stevie und putzte sich schniefend die Nase. »Wenn ihr mich zu meinem bescheidenen Heim begleitet, gebe ich euch euren Anteil.«

Amelia verzog bedauernd das Gesicht. »Tut mir leid, aber ich muss gleich heim. Ich habe meiner Mutter hoch und heilig versprochen, um zehn im Bett zu liegen, weil wir morgen diese doofe Chemiearbeit schreiben.«

Amelias Mutter war alleinerziehend, und um die Miete bezahlen zu können, arbeitete sie neben ihrem Job als Reinigungskraft abends als Bedienung in einem Pub in der »New Town« von Edinburgh. Deshalb vertraute sie darauf, dass Amelia sich erwachsen verhielt und die Regeln befolgte, was diese auch tat – meistens jedenfalls.

Amelia umarmte Lucy zum Abschied. »Bis morgen früh! Und bring bitte meinen Anteil mit in die Schule – ich brauche unbedingt einen frischen Vorrat an Buttertoffees.«

»Klar, wird gemacht!«

Während Amelia in Richtung Haupteingang flitzte, liefen Spooky-Stevie und Lucy gemeinsam den Berg hinab. Hier, auf dem nordwestlichen Teil des Friedhofs, befanden sich nur noch vereinzelte, teilweise kunstvoll gefertigte Grabsteine, sodass es an sonnigen Tagen weniger an einen Ort der Trauer erinnerte, sondern eher an einen Park mit extravaganten Skulpturen. Auf den freien Wiesenflächen wurde im Sommer sogar im Schatten der Bäume gepicknickt, da man von hier aus einen atemberaubenden Blick auf die Burg und die mittelalterlichen Hochhäuser der Altstadt hatte. Jetzt im Winter und bei Nacht war das natürlich nur schwer vorstellbar.

»Heute warst du ganz schön langsam!«, zog Lucy den Obdachlosen auf. »Ich hab dich genau gesehen, als du dich an die Touristen herangeschlichen hast.«

Sie stieß ihn freundschaftlich in die Seite, wozu sie sich allerdings auf die Zehenspitzen stellen musste. Für ihre dreizehn Jahre war sie relativ klein geraten, doch laut ihrem Vater machte Lucy dies durch ihre Lebhaftigkeit und ihre Kommunikationsfreude wieder wett. Er hatte dabei allerdings nicht exakt diesen Wortlaut benutzt. Soweit Lucy sich erinnern konnte, hatte er von »Hyperaktivität« und einer »zu frechen Klappe« gesprochen.

»Beleidige bitte nicht den Meister!« Stevie schniefte pikiert und zupfte seinen abgewetzten Schal zurecht. Früher hatte er als Taschendieb in den Straßen Edinburghs »gearbeitet«, doch mittlerweile zog er einen weniger kriminellen Beruf und ein ruhigeres Leben vor. »Zwar bin ich nicht mehr so fix wie zu meinen besten Zeiten, aber ich war immer noch schnell genug, um nicht entdeckt zu werden.«

Über sein wahres Alter schwieg Stevie sich aus, doch sein wettergegerbtes Gesicht und die kurz rasierten weißen Haare verrieten, dass er schon über fünfzig war. Lucys Vater hatte ihn eines Morgens nach einer verregneten Nacht schlafend in einem der Mausoleen entdeckt, da der Obdachlose einen trockenen Unterschlupf gesucht hatte. Stevie gefiel es dort so gut, dass er sich weder durch gutes Zureden noch durch die Polizei auf Dauer hatte vertreiben lassen. Er meinte, er benötigte viel dringender ein Dach über dem Kopf als die toten Seelen. Schließlich hatten er und Lucys Vater einen Kompromiss geschlossen: Stevie durfte bleiben, wenn er nachts ein Auge auf den Friedhof hatte und jugendliche Randalierer vertrieb, die ab und an einbrachen, um die Grabsteine mit Graffiti zu besprühen oder anderen Unsinn anzustellen. Somit lebte Stevie Seite an Seite mit den toten Einwohnern von Greyfriars Graveyard, was ihm den Spitznamen Spooky-Stevie eingebracht hatte.

Endlich erreichten sie das windschiefe Mausoleum, das ihm als Zuhause diente. Trotz der Bewegung und ihrer dick gefütterten Daunenjacke ließ die Kälte Lucy frösteln.

»Hinein ins traute Heim!«, verkündete er, wobei das Ende seines Satzes in einen Hustenanfall überging.

In dem winzigen Raum war gerade einmal genug Platz für eine Pritsche, ein Regal und einen improvisierten Küchenbereich – bestehend aus einem Campingkocher, zwei Töpfen und einem Vorrat Dosensuppen. An der Wand erinnerten lediglich zwei Gedenktafeln, deren Inschriften kaum noch zu entziffern waren, an den wahren Zweck des kleinen Häuschens. Die Besitzer waren schon vor einigen Jahrhunderten verstorben und es war zu bezweifeln, dass es noch irgendwo Angehörige gab, die um sie trauern wollten.

Lucy hüpfte auf der Stelle, um sich warm zu halten, wodurch ihr die schulterlangen dunkelbraunen Locken wirr ins Gesicht fielen. »Wie kannst du hier nur schlafen? Ich würde zu einem Eisklotz gefrieren.«

»Alles Gewöhnungssache«, wiegelte Stevie ab, während ihn erneut ein Hustenanfall schüttelte. Er zog seine Handschuhe aus und holte ein Buch aus dem Regal. Daneben befand sich ansonsten nur noch ein mit Malstiften verzierter Bilderrahmen, dessen vergilbtes Foto Stevie als jungen Mann mit seiner Frau und seiner etwa vierjährigen Tochter zeigte. Er sprach nicht oft über sie, doch Lucy wusste, dass die beiden einen tödlichen Autounfall gehabt hatten und Stevie über diesen schweren Verlust nie hinweggekommen war. Deswegen war er schließlich obdachlos geworden und auf die schiefe Bahn geraten.

»Richtig schlimm wird die Kälte erst, wenn der Wind aus der Bucht kommt. Dann macht mir immer meine Arthritis zu schaffen.«

Stevie klappte das Buch auf, das innen hohl war und seine gesamten Ersparnisse enthielt. Selbst auf die Schnelle konnte Lucy erkennen, dass es sich dabei um äußerst wenig Geld handelte.

Er drückte ihr vier Einpfund-Münzen in die Hand. »Hier bitte, euer Anteil!«

Lucy nahm lediglich zwei der Münzen und steckte sie sich in die Tasche, um sie am nächsten Tag Amelia zu geben. »Behalt den Rest, Stevie. Kauf dir davon Hustensaft oder einen neuen Schal.«

»Das kann ich nicht annehmen! Du hast dafür gearbeitet und dein Taschengeld ist auch nicht gerade üppig.«

»Damit komme ich schon aus«, gab sie schulterzuckend zurück. »Aber du achtest ein bisschen mehr auf deine Gesundheit, okay?«

Er nickte widerstrebend und fuhr sich mit dem Ärmel

seines zerlumpten Mantels über den Mund. »Danke! Du hast das Herz auf dem rechten Fleck, Mädchen.«

Lucy spürte, wie ihre Wangen sich röteten. »Gar nicht!«, gab sie etwas ruppig zurück und deutete auf seinen Hals. »Dieses zerfledderte Etwas von einem Schal beleidigt nur mein modisch geschultes Auge.«

Stevie zwinkerte ihr zu. »Schon klar. Ich erzähle auch niemandem von deiner guten Tat, versprochen!«

»Das will ich hoffen.« Sie grinste und öffnete die Tür. Sofort drängte sich ein Schwall kalter Nachtluft herein. »Nachher bekomme ich noch einen guten Ruf, stell dir das mal vor! Dabei fühle ich mich in meiner Außenseiterrolle doch so wohl: Lucy Mackay, das Mädchen, das auf einem Friedhof lebt, mit einer Spinnerin befreundet ist und gruslige Augen hat.«

Anstatt über ihren kleinen Scherz zu lachen, musterte Spooky-Stevie sie mit ernster Miene.

Reflexartig wandte Lucy sich ab, wie immer, wenn sie das Gefühl hatte, angestarrt zu werden – selbst wenn es sich dabei um ihre Freunde handelte. Doch aufgrund ihrer unnatürlichen Augenfarbe kam Lucy sich missgestaltet und abstoßend vor. An guten Tagen hatte ihre Iris eine extrem hellblaue Tönung, oft genug wirkte sie jedoch fast farblos, was die meisten Menschen befremdlich und manchmal auch abweisend reagieren ließ. Das waren die Momente, in denen Lucys Schlagfertigkeit und ihr schwarzer Humor sie meistens im Stich ließen.

Allerdings schien sie seinen Blick falsch gedeutet zu haben und Stevie beschäftigten offenbar ganz andere Dinge. »Pass auf dich auf da draußen, Lucy!«

Mit einem unbehaglichen Gesichtsausdruck sah er über ihre Schulter hinaus auf die nebelumrankten Grabsteine. »Dieser Friedhof ist kein Ort, an dem sich ein dreizehnjähriges Mädchen aufhalten sollte. Weißt du, manchmal denke ich, dass …« Er stockte.

Sie wartete, doch als er nicht weitersprach, hakte sie nach: »Was denkst du manchmal?«

»Vielleicht hat Harris mit seinen Schauergeschichten gar nicht so unrecht? Womöglich ist dieser Friedhof tatsächlich ein Ort des Bösen. In letzter Zeit wache ich oft mitten in der Nacht auf und habe das Gefühl, dass ich nicht mehr alleine bin. Als ob etwas Bedrohliches in meiner Nähe wäre und ich mich so schnell wie möglich aus dem Staub machen sollte.«

Lucy wusste nicht, wie sie reagieren sollte. Bisher hatte er sich immer über die Ghost-Tour lustig gemacht und noch nie war ihm auch nur die kleinste Andeutung über die Lippen gekommen, dass er seinen Wohnort als unheimlich empfand.

»Du lebst in einem Mausoleum, Stevie«, wandte sie ein. »Die meisten Leute würden Albträume kriegen, wenn sie hier schlafen müssten. So ein Gefühl ist bestimmt ganz normal.«

Er schien einen Augenblick zu zögern, dann stieß er die Luft aus.

»Aye, du hast ganz sicher recht!«, stimmte er ihr mit einem halbherzigen Lächeln zu. »Hoffentlich habe ich dir keine Angst eingejagt? Lass dich von meinem dummen Gerede bitte nicht beeindrucken!« Er wedelte mit den Händen in Richtung Tür. »Jetzt ab mit dir nach

Hause! Sonst bekomme ich noch Ärger mit deinem Vater.«

Entschlossen marschierte Lucy mit »Wilfred MacWilliam« im Arm den Weg zurück, den sie mit Stevie gekommen war, und versuchte, das ungute Gefühl in ihrer Magengrube zu ignorieren. Hatte sie Stevies Sorgen nicht ernst genug genommen? Allerdings war eine Diskussion über die Geister in Greyfriars Graveyard nun wirklich das letzte Thema, über das Lucy sich unterhalten wollte, denn unweigerlich hätte sie dann zu einer Lüge greifen müssen. Es reichte schon, dass sie Amelia in ihr dunkles Geheimnis eingeweiht hatte.

Lucy rieb sich über ihre brennenden Augen und stellte fest, dass sie hundemüde und reif fürs Bett war. Dabei hatte sie eigentlich noch einen kurzen Blick in ihr Chemiebuch werfen wollen. Zwar schrieb sie zum Glück nicht ganz so schlechte Noten wie Amelia, aber auf die kommende Arbeit war sie nicht besonders gut vorbereitet.

Das Eingangstor war mittlerweile verriegelt, was bedeutete, dass die Ghost-Tour beendet war und der Friedhof völlig verlassen vor ihr lag. Bis zum alten Steinhaus des Friedhofswärters, in dem Lucy mit ihrem Vater wohnte, war es jedoch nicht mehr weit und schon jetzt konnte sie die schmiedeeiserne Außenlampe am Hintereingang sehen, deren warmer Lichtschein Lucy zu sich lockte.

Sie beschleunigte ihre Schritte, doch in diesem Moment nahm sie aus den Augenwinkeln eine Bewegung wahr. Abrupt blieb Lucy stehen, trotzdem wagte sie es nicht, sich umzudrehen. Ihr Herz schlug bis zum Hals.

»Bitte nicht schon wieder«, flüsterte sie kaum hörbar. All ihr Mut schien sie mit einem Mal verlassen zu haben. »Bleibt weg von mir!«

Lucy war wohl die Einzige, die Harris' Schauergeschichten bestätigen konnte und wusste, dass ein Fünkchen Wahrheit darin steckte. Vielleicht lag es daran, dass Lucy an einem Ort geboren worden war, der allein den Toten gehören sollte, denn seit ihrer frühesten Kindheit konnte sie die schattenhaften Umrisse von Personen sehen, die außer ihr niemand wahrzunehmen schien: Es waren die untoten Seelen von Greyfriars Graveyard.

Ihre Körper und Gesichter schienen von innen heraus zu leuchten, doch sie besaßen keinerlei Farbe, genau wie bei einem Schwarz-Weiß-Foto, weshalb Lucy sie auch »die Grauen« getauft hatte. Einige von ihnen wirkten völlig unversehrt, während andere grauenvolle Verstümmelungen aufwiesen, die Lucy regelmäßig Albträume bescherten. Die Umrisse dieser Gestalten zerfaserten zu den Rändern hin und anstatt Augen besaßen sie nur noch tiefe dunkle Höhlen. Trotzdem starrten die *Grauen* Lucy unverwandt an und es waren genau diese toten Blicke, die das Mädchen am grusligsten fand.

»Jetzt sei keine Memme!«, befahl sie sich selbst. Schließlich war Lucy kein kleines Kind mehr und sollte sich an den Anblick inzwischen gewöhnt haben.

Das Gespräch mit Spooky-Stevie kam ihr in den Sinn. Dass ein Mann wie er, der schon so viel erlebt und gesehen hatte, Greyfriars Graveyard plötzlich als Ort des

Bösen bezeichnete, hatte Lucy wohl mehr verunsichert, als sie sich hatte eingestehen wollen.

Sie drehte den Kopf ein wenig zur Seite und versuchte, etwas zwischen den Bäumen und Gräbern zu ihrer Rechten auszumachen. Die *Grauen* zeigten sich verstärkt bei Dunkelheit, Kälte und Vollmond, weshalb Lucy heute Abend eigentlich mit der Gefahr hätte rechnen müssen. Wie immer hatte sie jedoch insgeheim gehofft, dass der Spuk endlich ein Ende gefunden hatte und sie diese unheimliche »Begabung«, wie Amelia sie zu nennen pflegte, inzwischen verloren hatte.

Trotz der Kälte sammelten sich Schweißperlen auf Lucys Stirn. Sosehr sie sich auch anstrengte, sie konnte nichts Ungewöhnliches entdecken. Auch die vibrierenden Schwingungen, die sie normalerweise bei solchen Erscheinungen spüren konnte, blieben aus. Ob sie sich die Bewegung vielleicht nur eingebildet hatte? Im Grunde war die Antwort auf diese Frage jedoch gleichgültig, denn Lucy durfte sich ohnehin nicht anmerken lassen, dass sie eine der untoten Seele von Greyfriars Graveyard wahrnehmen konnte.

Aus leidvoller Erfahrung wusste sie nämlich, dass manche der *Grauen* dann förmlich an ihr klebten und um jeden Preis ihre Aufmerksamkeit erringen wollten. Sie schienen einfach nicht begreifen zu wollen, dass Lucy weder mit ihnen reden noch etwas anderes für sie tun konnte. Mittlerweile hatte Lucy schon Übung darin, solche penetranten Geister zu ignorieren, und spätestens an ihrem Haus gelang es ihr jedes Mal, ihre unheimlichen Verfolger abzuschütteln. Zum Glück, denn ansonsten wäre sie wohl schon in einer geschlossenen Anstalt gelandet.

Lucy löste sich aus ihrer Erstarrung und mit zitternden Knien lief sie weiter den Pfad entlang. Das Licht der Hintertür schien mit einem Mal unendlich weit entfernt zu sein. Denn es waren nicht allein die *Grauen*, die Lucy derart in Angst und Schrecken versetzten. Es gab noch eine andere, weitaus schlimmere und bedrohlichere Art von untoten Seelen – und denen wollte Lucy keinesfalls begegnen.

Erneut nahm sie eine Bewegung zu ihrer Rechten wahr und dieses Mal war Lucy sicher, dass sie sich nicht getäuscht hatte. Mit klopfendem Herzen blickte sie stur geradeaus und fixierte den Halbkreis aus Licht, den die gusseiserne Laterne in die Dunkelheit sandte und Lucy tröstende Sicherheit versprach. Ihre Schritte beschleunigten sich, mittlerweile rannte sie fast. Nur noch ein paar Meter …

Etwas berührte unvermittelt ihren Knöchel, sodass Lucy ins Straucheln geriet. Sie ließ die Sensenmann-Puppe abrupt fallen, ruderte mit den Armen, kämpfte um ihr Gleichgewicht und stürzte unsanft zu Boden. Zum Glück gelang es ihr noch, sich auf die Seite zu drehen und ihr Gewicht mit der Schulter abzufangen. Sie landete neben einem Grabstein, der direkt am Wegesrand windschief aus der Erde ragte.

Doch Lucy spürte den Schmerz des Sturzes kaum, denn Panik überflutete sie. Das Wesen hatte sie angefasst! Das bedeutete, dass es keiner der harmlosen *Grauen* war, sondern es zu den anderen Exemplaren gehörte, den wirklich bösen Geistern, die Lucy nicht nur verfolgten, sondern …

In diesem Augenblick schlabberte eine warme Zunge über ihre Wange und arbeitete sich hingebungsvoll zu ihrem linken Ohr vor. Lucy wollte den Kopf wegdrehen, doch eine verdreckte Pfote landete unsanft auf ihrem Kinn, um sie an Ort und Stelle zu halten.

»Bobby!«, nuschelte Lucy und schlug die Pfote weg. »Hör auf! Aus!«

Der kleine Skye Terrier mit dem schwarzen Fell ließ sich durch ihren Befehl nicht im Mindesten beeindrucken und trampelte schwanzwedelnd auf ihr herum. Bobby tat grundsätzlich nie, was man von ihm verlangte. Sich widerspenstig zu verhalten, war eines seiner Lieblingshobbys, genauso wie mit lautem Gebell kreischende Touristen über den Friedhof zu jagen, zwei bis drei Mal am Tag abzuhauen und Löcher in Grabstellen zu buddeln.

Lucy stieß einen Seufzer aus und ließ das ungestüme Begrüßungsritual widerstandslos über sich ergehen. Sie war viel zu erleichtert, weil sich ihre Befürchtungen als unbegründet erwiesen hatten, um ernsthaft sauer zu sein. Wahrscheinlich hatte Bobby nur ein Gebüsch am Wegesrand zum Wackeln gebracht und durch das Gespräch mit Spooky-Stevie war Lucy so auf der Hut gewesen, dass sie sprichwörtlich Gespenster gesehen hatte.

»Bobby! Wo steckst du schon wieder?« Das war eindeutig die Stimme ihres Vaters und er klang äußerst verärgert. »Komm her, Bobby! Hiiiier!«

Der Skye Terrier blickte auf und wackelte mit den Ohren. Lucy konnte ihm förmlich ansehen, wie es in seinem kleinen Köpfchen zu rattern begann. Sollte er gehorchen oder lieber wegrennen und mit seinem Herrchen noch ein wenig Fangen spielen? Schon drehte er sich um und wollte davonflitzen, doch Lucy hielt ihn blitzschnell fest und presste ihn an sich.

»Hab dich, du gerissener Gauner!«, flüsterte sie ihm ins Ohr und rief laut: »Hier ist er, Dad.«

Während ihr Vater immer noch hoffte, Bobby zu einem folgsamen Hund erziehen zu können, hatte Lucy den Kleinen längst durchschaut und wusste genau, wie er tickte.

Die Taschenlampe ihres Vaters leuchtete ihr in die Augen. »Was machst du denn um diese Uhrzeit noch hier draußen?«, fragte Tom Mackay verblüfft. »Ich dachte, du liegst schon im Bett.«

»Ich hatte noch etwas zu tun«, entgegnete sie ausweichend.

Sie rappelte sich auf, während Bobby sich in ihren Armen wand, um freizukommen.

»Hast du Harris wieder bei seinem Hokuspokus geholfen?« Ihr Vater schüttelte missmutig den Kopf. »Du weißt, dass ich das nicht gutheiße. Mir reicht es schon, dass diese Touren in Greyfriars Graveyard überhaupt stattfinden. Meine eigene Tochter sollte bei diesem Affentheater nicht auch noch mitmachen!«

Lucy musste sich ein gequältes Stöhnen verkneifen – über dieses Thema hatten sie schon unzählige Male diskutiert. Zwar wollte Tom Mackay seiner Tochter diesen kleinen Nebenverdienst nicht offiziell verbieten, doch immer wieder appellierte er an ihre Vernunft und Moral, da seiner Meinung nach ein Friedhof ein Ort der Ruhe und des Friedens sein sollte. Auch prophezeite er stets in unheilvollem Tonfall, dass irgendwann einer der Touristen vor Schreck noch einen Herzinfarkt bekommen würde. Aber auch Lucys Vater konnte nicht leugnen, dass Harris' Touren profitabel waren und Geld in die chronisch leere Friedhofskasse brachten.

Zum Glück widmete er sich nun jedoch Bobby. »Siehst du das?« Tom Mackay hob die Leine in die Höhe, an der ein leeres Halsband baumelte. »Das ist böse, Bobby! Ein braver Hund macht so etwas nicht. Ich stand an der Straße wie ein Idiot, während du wie der Blitz weggerannt bist. Pfui!«

Beim Anblick der Leine wedelte Bobby erfreut mit dem Schwanz.

»Das hat keinen Sinn, Dad«, meinte Lucy. »Wenn du mit ihm schimpfst, bringt das überhaupt nichts. Genau wie bei mir«, fügte sie etwas spitz hinzu.

Ihr Vater fuhr sich entnervt durch seine rotblonden Haare. Wenn er sie länger trug, begannen sie sich genauso zu kringeln wie bei Lucy und auch die knubbelige Stupsnase hatte er ihr vererbt. Darauf beschränkten sich jedoch auch schon die Gemeinsamkeiten zwischen Vater und Tochter. Die beiden hätten kaum unterschiedlicher sein können, und seit Lucys Mutter vor knapp zwei Jahren verschwunden war, herrschte zwischen ihnen fast immerzu eine angespannte Stimmung.

»Niemand macht hier, was ich sage«, murrte er, während er zur Hintertür stapfte.

Im Flur empfing Lucy eine wohltuende Wärme. Sie zog Jacke, Schal und Handschuhe aus und folgte ihrem Vater ins Wohnzimmer, wo im Kamin ein gemütliches Feuer brannte. Mit einem unguten Gefühl in der Magengrube dachte Lucy an Spooky-Stevie, der sich draußen in dem eisigen Mausoleum wahrscheinlich gerade schlafen legte. Auch wenn sie in dem einfachen Steinhäuschen des Friedhofswärters nicht gerade luxuriös lebten, so hatten sie und ihr Vater es dennoch sehr viel besser als der Obdachlose.

»Magst du einen Tee, bevor du ins Bett gehst?«, fragte Tom Mackay.

Wegen der Deckenbalken musste ihr hochgewachsener Vater seinen Kopf in dem niedrigen Raum immer leicht schräg halten. Ein Problem, das Lucy leider völlig unbekannt war, denn sie hatte die Größe und den zierlichen Körperbau von ihrer Mutter.

Sie nickte zustimmend. Ein schöner heißer Tee würde den Schrecken, den ihr Bobby auf dem Friedhof gerade eingejagt hatte, sicher schnell wieder vergessen machen.

Tief in ihrem Inneren wusste Lucy jedoch, dass sie heute lediglich Glück gehabt hatte. Es war nur eine Frage der Zeit, bis ihr tatsächlich wieder eines dieser teuflischen Geistwesen begegnete. Sie unterschieden sich sowohl in ihrem Aussehen als auch in ihrem Verhalten erheblich von den *Grauen,* weshalb ihre Freundin Amelia sie »Vexator« getauft hatte, was übersetzt so viel wie »böser Plagegeist« bedeutete. Ein Ausdruck, der Lucys Meinung nach nicht einmal im Ansatz den Schrecken beschrieb, den diese machtvollen Geister in ihr hervorriefen.

Während Bobby sich mit einem Seufzen vor dem Kamin niederließ, verschwand Lucys Vater im Durchgang zur Küche, wobei der Vorhang aus halbierten Kokosnussschalen ein dumpfes Scheppern verursachte. Lucy und ihre Mutter hatten ihn vor Jahren gebastelt und mit einem Stich im Herzen erinnerte Lucy sich daran, wie viel Spaß sie dabei gehabt hatte. Überall im Zimmer war die Gegenwart von Anne Mackay noch spürbar. Um dem trüben Wetter und den Grabsteinen vor den Fenstern eine fröhliche Atmosphäre entgegenzusetzen, hatte sie dem Wohnzimmer der Mackays einen »schottischen Karibikflair« verpasst. So stand in der Zimmerecke neben dem Rattansofa eine Fächerpalme, die mit ihren gelbgrünen Blättern jedoch recht kümmerlich wirkte, und auf die sonnengelbe Tapete hatte Lucys Mutter kirschrote Hibiskusblüten aufgemalt. Mit dem künstlichen Papagei, der über dem Kamin von der Decke baumelte, war sie dann allerdings ein wenig über das Ziel hinausgeschossen.

Lucy gefiel diese seltsame Mischung, aber ihr Vater sprach andauernd davon, das Haus endlich einmal von Grund auf zu renovieren und neu zu gestalten. Da sein Einkommen als Friedhofswärter jedoch recht mager ausfiel, fehlte ihnen dafür ohnehin das Geld.

»Was überlegst du denn so angestrengt?«

Ihr Vater hielt ihr eine Tasse hin und Lucy fiel auf, dass dunkle Ringe unter seinen grünen Augen lagen. Er wirkte ungewohnt angespannt, was für ihn völlig untypisch war. Ob ihn irgendwelche Sorgen plagten?

Sie nahm den dampfenden Tee dankbar entgegen und

setzte sich aufs Sofa, während ihr Vater in seinem verschlissenen Ledersessel Platz nahm.

»Ich habe gerade an Mom gedacht.«

Sofort verdunkelte sich sein Gesicht. »Oh.« Er presste die Lippen zusammen.

Ein unangenehmes Schweigen breitete sich zwischen ihnen aus und bis auf Bobbys winselnde Schlafgeräusche war es still im Zimmer.

Schließlich räusperte sich ihr Vater. »Lucy, das ist kein einfaches Thema für mich. Aber wenn du über sie sprechen willst, meinetwegen ...«

Lucy blickte ihn erwartungsvoll an, doch dies war offenbar alles, was er dazu sagen wollte. So leicht ließ sie sich allerdings nicht abwimmeln.

»Glaubst du, es geht ihr gut?«

Ihr Vater hielt mitten in der Bewegung inne, wodurch etwas Tee über den Rand der Tasse auf seine Hose schwappte. Er stieß einen herzhaften Fluch aus.

»Keine Ahnung«, antwortete er knapp.

Vor fast zwei Jahren war Lucys Mutter ohne ein Wort des Abschieds verschwunden. Da ihre Kleider und einige ihrer persönlichen Dinge gefehlt hatten, ging die Polizei davon aus, dass Anne Mackay ihre Familie verlassen hatte. Lucys Meinung nach musste man nicht lange fragen, wer Schuld daran hatte, dass ihre Mutter derart verzweifelt gewesen war: Tom Mackay. Welche Frau wollte denn schon mitten auf einem Friedhof zwischen Grabsteinen und Mausoleen leben? Und als wäre der Furcht einflößende Wohnort noch nicht schlimm genug gewesen, war Lucys Vater selbst auch kein Ausbund an Fröhlichkeit und Unbeschwertheit. In seiner Freizeit saß er am liebsten in seinem Sessel, paffte an einer Pfeife und nippte genießerisch an seinem Whisky. Sein einziges Hobby galt der Ahnenforschung, doch alte Unterlagen zu durchforsten und Stammbäume der Mackays zu erstellen, war in Lucys Augen der absolute Gipfel der Langeweile. Immer wenn sie ihn danach fragte, was er an der Auflistung von Namen, Geburts- und Todesdaten so interessant fand, antwortete er: »Namen sind wichtig, Lucy. Am Ende ist das alles, was von uns übrig bleibt: unser Name und ein paar flüchtige Erinnerungen.«

Was sie ihrer Mutter jedoch wirklich übel nahm, war, dass sie Lucy nicht mitgenommen hatte. Wahrscheinlich hatte Anne Mackay geglaubt, dass es für ihre Tochter zu schwer gewesen wäre, sich von Amelia, ihren Freunden in der Schule und ihrem Vater zu trennen. Allerdings wäre Lucy für immer von den schrecklichen Geistern in Greyfriars Graveyard befreit gewesen – und dafür hätte sie alles aufgegeben.

»Denkst du, dass Mom wiederkommt?«, bohrte sie weiter.

Ihr Vater schwieg so lange, dass Lucy schon glaubte, er würde ihr überhaupt nicht mehr antworten. Schließlich sagte er nur ein einziges Wort, so leise, dass es kaum zu hören war: »Nein.«

Er hatte also die Hoffnung aufgegeben, sie konnte es nicht fassen.

»Du irrst dich«, widersprach Lucy aufgeregt. »Sie wird zurückkommen, davon bin ich überzeugt. Mom hat mich nicht vergessen und bestimmt meldet sie sich schon bald. Vielleicht schreibt sie mir zu Weihnachten sogar eine Karte?«

»Du musst der Wahrheit endlich ins Gesicht sehen, Lucy! Es hat keinen Sinn mehr, auf ein Lebenszeichen von ihr zu warten.«

Die Sanftheit in seiner Stimme stand in krassem Gegensatz zu dem, was er Lucy an den Kopf geworfen hatte. Ihre Augen füllten sich mit Tränen, doch Lucy schluckte sie hinunter und riss sich zusammen. An dem Tag, als ihre Mutter verschwunden war, hatte sie sich geschworen, stark zu sein und nie wieder zu weinen. Und daran würde sie sich halten!

Lucy knallte ihre Tasse auf den Tisch, sodass Bobby mit einem Ruck aus dem Schlaf erwachte.

»Du lügst! Sie kommt wieder, das weiß ich. Mom liebt mich!«

Sie rannte die schmale Treppe nach oben in ihr Zimmer und warf sich auf das Bett. Erst als sie mit der Faust mehrmals hintereinander auf ihr Kissen einhieb, wurde der unangenehme Druck, der sich wie ein dickes Tau um ihre Brust gewickelt hatte, weniger.

Nach einigen Minuten wich die Anspannung aus ihrem Körper und Lucy drehte sich auf die Seite, sodass sie das Foto auf ihrem Nachttisch sehen konnte. Es war kurz vor dem Verschwinden ihrer Mutter entstanden und zeigte Lucy mit ihren Eltern, als sie einen Spaziergang zum Arthur's Seat unternommen hatten. Von dem grünen Berg, der sich über Edinburgh erhob und nur eineinhalb Kilometer vom Stadtzentrum entfernt lag, hatte man einen herrlichen Ausblick über die Stadt, die Meeresförde Firth of Forth und die südlichen Highlands. Trotz des etwas anstrengenden Aufstiegs lächelten sie alle drei glücklich in die Kamera. Dabei war ihr Vater noch wenige Minuten vorher so aus der Puste gewesen, dass Lucy und ihre Mutter ihn gemeinsam nach oben zerren mussten, während Bobby alle drei genervt angebellt hatte, weil sie so langsam vorwärtskamen. Die Erinnerung an diesen Tag vertrieb Lucys trübe Stimmung ein wenig und die Überzeugung erwachte wieder in ihr, dass ihre Mutter sich irgendwann bei ihr melden würde. Sollte ihr Vater doch anderer Meinung sein, das war ihr gleichgültig!

Obwohl sie sich weder umgezogen noch ihre Zähne geputzt hatte, kuschelte Lucy sich in ihre Decke und löschte das Licht.

Doch kurz bevor sie einnickte, sah sie eine der *Grauen* neben ihrem Bett auftauchen. Mit ihren leuchtenden Schlieren setzte sich die geisterhafte Gestalt von der Dunkelheit ab, sodass Lucy genau erkennen konnte, wie die *Graue* sich ihr Schritt für Schritt näherte. Es handelte sich um eine Frau in einem altmodischen dunklen Kleid, das ein Korsett besaß und recht unbequem wirkte. Mit ihrem freundlichen Lächeln und den gutmütigen Augen erinnerte sie Lucy ein wenig an »Mary Poppins«, das Kindermädchen aus dem Roman der Autorin P. L. Travers. Einen weniger schönen Anblick bot jedoch die Wunde an ihrem Kopf, aus der in einem dünnen Rinnsal Geisterblut hervorsickerte. Es war die erste und einzige *Graue*, die in das Haus der Mackays gelangen konnte. Lucy hatte sich in den vergangenen zwei Jahren jedoch an sie gewöhnt, denn seit dem Tag, an dem ihre Mutter verschwunden war, erschien »Mrs. Poppins« jede Nacht in ihrem Zimmer. Bis zum nächsten Morgen stand sie regungslos neben Lucys Bett und wachte mit vor dem Bauch gefalteten Händen über ihren Schlaf. Deshalb zweifelte Lucy nicht daran, dass Mrs. Poppins von ihrer Mutter geschickt worden war, gleich einem Abschiedsbrief, der allein für Lucy bestimmt war: Anne Mackay hatte ihr damit die Botschaft hinterlassen, dass sie sich um Lucy sorgte und sie genau wie ihre Tochter in Kontakt zur Geisterwelt stand.

2. KAPITEL

CHRONIK DER PARANORMALEN ERMITTLUNGSTRUPPE GREYFRIARS GRAVEYARD

Eintrag: Amelia Burnett, Chef-Ermittlerin

Aktenverzeichnis: M12/W3/T2/Wie verbiegt man einen Löffel?

Werde heute erforschen, ob man einen Teelöffel per Gedankenkraft verbiegen kann. Musste meine freie Mitarbeiterin Lucy Mackay mühevoll dazu überreden, an dem wissenschaftlichen Versuch teilzunehmen. Wünschte wirklich, sie würde sich etwas enthusiastischer gegenüber unseren paranormalen Untersuchungen zeigen! Der Versuch wird bei Lucy auf dem Friedhofsgelände stattfinden, da die dort herrschenden übernatürlichen Schwingungen unterstützend wirken sollen.

Privater Nachtrag: Chemiearbeit von Mister Baker war die reinste Zumutung. Wenn ich könnte, würde ich unserem Lehrkörper für die Erstellung dieser unverschämt schweren Arbeit eine glatte 6 geben!! Bin ich etwa Marie Curie? Habe deswegen in der Pause etwas geweint und die doofe Streberin Emily Miller hat sich über mich lustig gemacht. Wollte daraufhin meinen PSI-Versuch vorverlegen und ihren Lieblingsfüller per Gedankenkraft zu einer rosa Metallbrezel verbiegen, bin jedoch gescheitert. Es gibt offenbar keine Gerechtigkeit in dieser Welt!

An einem sonnigen Herbsttag vor sieben Jahren hatte Lucy auf dem Friedhof ein Mädchen in einer neongrünen Strickweste und einem blinkenden Leucht-Haarreif entdeckt, das regungslos auf einem der Gräber lag.

Amelia hatte ihr bereitwillig erklärt, dass sie nur schon einmal »probeliege«, falls sie demnächst bei einem ihrer paranormalen Experimente einen Unfall erleiden sollte. Daraufhin hatte Lucy hilfsbereit angeboten, dass sie Amelia gerne mit einem Strohhalm im Mund im großen Friedhofskompost vergraben könnte, damit das Probeliegen mit der Erde, den Würmern und dem Verwesungsgestank ein wenig realistischer wäre. Amelia hatte ernsthaft über ihren Vorschlag nachgedacht, was Lucy in der Überzeugung bestärkt hatte, dass Amelia ganz fantastisch unnormal war. Anstatt Lucy irritiert zu mustern oder sie als Freak zu beschimpfen, hatte Amelia nur gesagt: »Hey, coole Augenfarbe!«

In dem Moment hatte Lucy gewusst, dass dieses Mädchen wohl der einzige Mensch auf der Welt war, mit dem sie wirklich befreundet sein wollte. Allerdings übertrieb Amelia es manchmal mit dem Unnormalsein …

Die Abenddämmerung senkte sich gerade über Greyfriars Graveyard und die Schatten der Nacht breiteten sich zwischen den Mausoleen aus. Nasskalter Nebel eroberte Stück für Stück den Boden zwischen den Grabsteinen und Grüften, wie ein Wesen aus grauweißem Dunst, das sich neugierig umsah. Seine Nebelfinger glitten über Engelsfiguren, verwandelten die steinernen Heiligengesichter in bösartige Fratzen und die Verzierungen in lebendige Ranken, die sich wie Schlangen umeinanderwanden.

Da heute keine Ghost-Tour stattfinden sollte, machte Tom Mackay seine letzte Runde über den Friedhof und trieb die verbliebenen Besucher zum Ausgang. Doch die meisten verließen ohnehin freiwillig das Gelände, denn bei Hereinbrechen der Dunkelheit gebot ihnen ein natürlicher Instinkt, den düsteren Friedhof schnellstmöglich zu verlassen und sich in die Sicherheit ihres warmen Zuhauses zu flüchten.

Zur selben Zeit ließ sich nicht weit entfernt eine Krähe mit heiserem Krächzen auf dem Dach des kleinen Steinhauses nieder, aus dessen Sprossenfenstern warmes Licht hervordrang.

»Da tut sich nichts«, sagte Lucy zum wiederholten Mal und sah von dem silbernen Teelöffel in ihrer Hand auf. »Können wir endlich damit aufhören?«

Amelia starrte immer noch mit weit aufgerissenen Augen auf ihren Löffel und blinzelte nicht einmal, als hätte sie ihre Augenlider an den Brauen festgetackert.

Seit Lucy sie kannte, war Amelia von der Idee fasziniert, übernatürlichen Phänomenen auf den Grund zu gehen, und heute stand das Verbiegen eines Löffels per Gedankenkraft auf dem Programm. Ihre Bemühungen und ihr Ehrgeiz, das Nicht-Beweisbare zu beweisen, kannten keine Grenzen. Das war allerdings das einzig Übernatürliche, das sich am Esstisch der Mackays im Moment abspielte. Auch wenn Amelias Versuche meist witzig und unterhaltsam waren, so ging Lucy ihre Besessenheit manchmal ziemlich auf die Nerven.

»Ich mache mir ernsthaft Sorgen, dass dein Kopf gleich explodiert«, stellte Lucy trocken fest und tippte auf ihre Uhr. »Wir haben keine Zeit mehr! Da du – wie üblich – fast eine Stunde zu spät gekommen bist, fängt jetzt gleich *Zeichen aus dem Jenseits* an.«

Amelias ganzer Körper stand unter Anspannung, sodass sogar die kleinen Metallgespenster, die zur Verzierung an ihrem Pullover festgenäht waren, zu zittern begannen und leise aneinanderklimperten. Zu Halloween wäre ihr Aufzug witzig gewesen, doch in der Adventszeit wirkte sie damit so fehl am Platz wie ein Weihnachtsmann in der Geisterbahn.

»Sieh durch den Löffel hindurch, Lucy!«, presste Amelia mühsam hervor. »Finde deine magische Mitte und rufe deine schlafenden telekinetischen Kräfte ab!«

»Ach so!« Lucy klatschte sich mit der flachen Hand an die Stirn. »Jetzt weiß ich, was ich falsch gemacht habe.«

Sie hob ihren Löffel wieder in Augenhöhe und verkündete wenige Sekunden später: »Wahnsinn, es hat geklappt!«

Tatsächlich bog sich der vordere Teil des Löffels langsam nach unten und in der Mitte hatte sich ein deutlicher Knick gebildet.

»Wie … wie hast du das gemacht?«, fragte Amelia verblüfft.

Lucy hauchte im Tonfall eines Bühnenzauberers: »Magie. Es ist reine Magie.«

Ihre Freundin mochte zwar einen Fimmel für das Übernatürliche haben, aber sie war nicht doof. »Das kannst du jemand anderem erzählen. Los, raus mit der Sprache!«

»Es ist nur ein Trick«, gab Lucy grinsend zu. »Stand im Internet. Ich habe vorher meinen Löffel schon mehrmals mit der Hand verbogen, damit das Material ermüdet und schließlich muss man nur noch an derselben Stelle mit

Daumen und Zeigefinger reiben. Durch die Wärme und den Druck biegt sich der Löffel dann scheinbar per Gedankenkraft nach unten.«

Amelia zog einen Schmollmund. »Das hättest du mir auch sagen können, bevor ich meinen Löffel mit Todesblicken bombardiert habe. Also war das Experiment ein totaler Fehlschlag.«

Sie machte sich einige Notizen in ihr PSI-Tagebuch, auf dem auf der Vorderseite ein aufgeklebter Totenkopf mit glühenden Augen prangte.

»Jetzt muss ich mir einen anderen Weg überlegen, mich an der doofen Emily Miller zu rächen«, fluchte sie leise vor sich hin. »Dabei hatte ich mir schon ausgemalt, wie ich sie mit meinen neuen telekinetischen Kräften in Angst und Schrecken versetze. Morgen wollte ich ihr per Gedankenkraft einen Knoten in die Haare machen.«

Emily Miller war ihre erklärte Erzfeindin, da sie Amelia permanent ärgerte und vor der Klasse bloßstellte. Lucy hätte ihrer Freundin gerne gesagt, dass sie sich wahrscheinlich viel Ärger ersparen würde, wenn sie sich einfach etwas mehr anpasste und ihren Kleidungsstil dezenter hielt. Aber sie verzichtete lieber auf einen Kommentar, denn Lucy war nicht in der Lage, gute Ratschläge in puncto Beliebtheit zu verteilen. Sie gehörte schon immer zu den Außenseitern, was sicherlich auch an ihrem außergewöhnlichen Wohnort lag. Schon von Kindesbeinen an hatte Lucy so gut wie nie Besuch gehabt und Amelia war die Erste gewesen, die sich getraut hatte, bei ihr zu übernachten.

Ihre Freundin klappte entschlossen das PSI-Tagebuch

zu. »Gut, dann sehen wir uns jetzt *Zeichen aus dem Jenseits* an!«

Ihre Lieblingsserie beschäftigte sich mit der Erforschung übernatürlicher Phänomene. Die beiden verpassten keine Folge und Amelia hatte den Produzenten schon unzählige E-Mails und Videodateien geschickt, um sie davon zu überzeugen, endlich einmal Greyfriars Graveyard zu untersuchen. Lucy war allerdings ganz froh darüber, dass sie bisher keine Antwort erhalten hatte. Ihr Vater war von Harris' Ghost-Touren schon genug genervt und insgeheim machte sie sich Sorgen, dass Amelia sich bei einer solchen Gelegenheit verplappern und dem Team von Lucys geheimer Gabe erzählen könnte.

Die beiden ließen sich nebeneinander auf das Sofa fallen und Lucy schaltete den Fernseher ein. »Bereit, Chef-Ermittlerin Burnett?«

Als Antwort streckte sie Lucy nur die Zunge heraus. Amelia konnte es nicht ausstehen, wenn ihre Freundin sie mit ihrem selbst ernannten Rang aufzog. Insbesondere seit Lucy festgestellt hatte, dass Amelia sie in ihren Aufzeichnungen lediglich zur »Assistentin« degradiert hatte, was eine tagelange Diskussion über Lucys offiziellen Dienstrang zur Folge hatte. Die Vorschläge reichten von »Präsidentin der PSI-Geheim-Gilde« (von Lucy) bis »Namenlose Freiwillige, die bei der nächsten Gelegenheit den Tod finden wird« (von Amelia) oder »Geister-Kampfspionin zur Errettung der Menschheit« (von Lucy). Schließlich einigten sie sich auf »freie Mitarbeiterin«, da Amelia sich weigerte, etwas Längeres aufzuschreiben.

Der Vorspann mit der Titelmelodie lief ab, während Amelia todesmutig nach einem der dunkelbraunen Weihnachtsplätzchen griff, die Tom Mackay heute Nachmittag während einer kurzen Pause gebacken hatte. Lucy vermutete, dass ihr Vater wegen des Streits ein schlechtes Gewissen hatte und mit den Plätzchen wieder etwas gutmachen wollte. Gesagt hatte er zu ihrer Auseinandersetzung jedenfalls nichts mehr und schon beim Frühstück hatte er so getan, als sei nichts zwischen ihnen vorgefallen.

»Nicht draufbeißen!«, warnte sie Amelia vor. »Wenn du sie eine Viertelstunde in der Backentasche einweichen lässt, hast du gute Chancen, keine bleibenden Schäden davonzutragen.«

»Isch gut«, gab sie mit vollem Mund zurück.

Ein unheimliches Kratzen am Fenster lenkte Lucy von *Zeichen aus dem Jenseits* ab. Sie kniff misstrauisch die Augen zusammen, stellte dann jedoch fest, dass lediglich eine Astspitze von außen über das Glas strich. Erleichtert atmete sie auf und wandte sich wieder dem Fernseher zu.

Im Grunde war es paradox, dass ausgerechnet sie sich für diese Sendung interessierte, denn Lucy hatte dank ihrer besonderen Gabe mehr gruslige Dinge gesehen und erlebt, als ihr lieb war. Aber wahrscheinlich sehnte sie sich nach einer Bestätigung, dass all diese Erlebnisse im Grunde nichts Außergewöhnliches waren und tagtäglich auf der ganzen Welt geschahen: Greyfriars Graveyards war normal. Sie war normal.

»Auuu!«, jaulte Amelia schmerzerfüllt auf. Sie fasste sich mit einer Hand an die rechte Wange, während sie mit der anderen nach einer Serviette griff, um die Keksreste auszuspucken.

»Mist, ich glaube, mein Backenzahn ist kaputt gegangen«, jammerte sie.

»Ich habe dich gewarnt.«

Ihr Vater hatte vorhin leider auch eine Dose mit Plätzchen mitgenommen, um sie Spooky-Stevie zu schenken. Lucy hoffte für ihn, dass er kein Weihnachtsgebäck mochte und gar nicht erst davon probierte.

»Lass mich mal nachsehen! Vielleicht kann ich Erste Hilfe leisten.«

Amelia sah sie skeptisch an, die Hand immer noch fest an ihre Backe gepresst. »Seit wann kennst du dich denn mit so etwas aus?«

»Ich kann sehr wohl einen gesunden Zahn von einem unterscheiden, an dem gerade ein Stück abgesplittert ist.«

»Na schön.« Bereitwillig öffnete Amelia den Mund und Lucy beugte sich vor.

»Himmel noch eins!«, entfuhr es ihr geschockt.

Amelias Augen weiteten sich. »Isch der Schahn kautt?«, fragte sie mit offenem Mund.

»Nein, alles okay. Aber wie oft hat man bei dir denn schon gebohrt?« Lucy begann abzuzählen: »Eins, zwei, drei, vier …«

Ihre Freundin presste hastig die Lippen zusammen und ihr Gesicht färbte sich rot vor Scham.

»Das geht dich überhaupt nichts an! Und bevor du fragst: Ich putze mir mehrmals täglich die …« Sie stockte und schaute wie erstarrt über Lucys Schulter.

Irritiert folgte sie Amelias Blick und wandte sich um.

Auf dem Bildschirm, wo eigentlich gerade der erste Fall von *Zeichen aus dem Jenseits* hätte laufen sollen, war nichts als ein schwarz-weißes Rauschen zu sehen. Ab und zu blitzte jedoch für den Bruchteil einer Sekunde ein Bild auf, das unter Garantie nicht aus der Serie oder dem Vorabendprogramm stammte: Es zeigte die Außenansicht eines schottischen Steinhauses und durch seine hell erleuchteten Fenster sah man neben einer vergilbten Fächerpalme zwei dreizehnjährige Mädchen auf einem Rattansofa sitzen, die wie gebannt auf den Fernseher starrten.

»Das … das sind wir«, stammelte Amelia.

Lucy lief es eiskalt den Rücken hinunter.

Das Bild musste von dem Fenster schräg neben ihr aufgenommen worden sein, von dort, wo sie vorhin das unheimliche Kratzen gehört hatte. Sie drehte sich um, in der Hoffnung, dort jemanden mit einer Kamera zu entdecken, der sich einen grausamen Scherz mit ihnen erlaubte. Doch es war nichts zu sehen.

»Das ist echt supergruslig«, hauchte Amelia mit zittriger Stimme.

In diesem Augenblick schaltete sich der Fernseher von alleine ab und die Wohnzimmerlampe begann zu flackern. Die Abstände, in denen das Zimmer in absoluter Finsternis lag, wurden immer länger.

Es brauchte nicht mehr, um Lucy wissen zu lassen, dass es einem der Geister von Greyfriars Graveyard gelungen sein musste, in das Haus einzudringen. Aber wie war das möglich? Nach all den Jahren? Ihre Gedanken überschlugen sich. Sie waren ganz allein und um Hilfe zu rufen, wäre zwecklos. Wann würde ihr Vater wohl von seinem letzten Rundgang zurückkommen? Wahrscheinlich war es das Beste, wenn Amelia und sie so schnell wie möglich nach draußen rannten und sich in Sicherheit brachten!

Moment, war da nicht ein Geräusch gewesen?

Lucy hielt den Atem an. Tatsächlich waren aus dem Flur plötzlich schwere Schritte zu hören. Quälend langsam näherten sie sich der Wohnzimmertür, womit eine Flucht unmöglich geworden war.

Wumm. Wumm. Wumm.

Ihre Freundin griff ängstlich nach Lucys Hand. »Vielleicht will uns deine Mrs. Poppins nur einen Schreck einjagen?«

Amelia war die Einzige, die über Lucys gespenstische Gouvernante Bescheid wusste. Sie hatte Lucys Bericht fein säuberlich in ihrem PSI-Tagebuch dokumentiert, weshalb sie sich eigentlich auch daran hätte erinnern müssen, dass Mrs. Poppins bisher immer friedlich gewesen war. Was ging hier also vor? Hatte Spooky-Stevie doch recht gehabt und etwas Böses begann sich in Greyfriars Graveyard zu erheben?

»Vielleicht«, antwortete Lucy lediglich, um Amelias Panik nicht noch zu verstärken.

Die Bodendielen knarrten und ächzten unter jedem einzelnen Schritt. Direkt vor der Tür verstummte das Geräusch und im flackernden Lichtschein konnte Lucy sehen, wie sich der Türknauf zu drehen begann. Ihr Magen krampfte sich zusammen.

»Du bist doch die PSI-Expertin!«, raunte Lucy ihrer

Freundin zu. »Kann man sich gegen übernatürliche Angriffe nicht wehren?«

»Nein, ja … Tut mir leid, mir fällt gerade nichts ein!« Amelia räusperte sich und schien sich endlich wieder daran zu entsinnen, dass sie die selbst ernannte Geisterjägerin von ihnen war.

»Wahnsinn, das hier ist die erste Spukerscheinung, die ich live miterlebe!« Mit fahrigen Fingern zog sie das Handy aus ihrer Tasche und richtete es auf die Tür.

»Das bringt nichts, man wird rein gar nichts erkennen. Erinnerst du dich nicht an meine Aufnahmen von Mrs. Poppins?«

»Ich mu-muss es wenigstens probieren«, gab Amelia stotternd zurück.

Doch selbst wenn die Funktion des Handys durch die elektrischen Interferenzen der Geistererscheinung nicht gestört wurde, so würde man nur eine verwackelte Aufnahme im Halbdunkeln erkennen, auf der im Grunde nichts Schlimmes geschah. Den Schrecken der Realität konnte man nicht auf einem Video einfangen. Man musste es *spüren*, am eigenen Leib, jetzt und hier: die aufsteigende Panik, den trockenen Mund, den Angstschweiß auf der Stirn. Die feinen Haare, die sich am ganzen Körper aufstellten.

»Immerhin kann ich es dieses Mal auch wahrnehmen«, fügte Amelia wispernd hinzu. »Nicht nur du allein.«

»Oh nein«, entfuhr es Lucy geschockt. Weshalb war ihr das nicht früher aufgefallen?

Als ihr klar wurde, was das zu bedeuten hatte, wurde ihr abwechselnd heiß und kalt. Es war kein normaler

Geist in ihr Haus eingedrungen. Dieser hier war so stark, dass er selbst von normalen Menschen bemerkt werden konnte.

»Es ist ein Vexator, Amelia.«

Die *Grauen* konnten ihren Tod nicht akzeptieren und irrten verzweifelt in dieser Welt herum, ohne einen Schaden anrichten zu können. Wirklich gefährlich waren jedoch die Vexator, deren schwarze Seelen von Hass und Wut zerfressen waren – denn dies verlieh ihnen eine ungeahnte Stärke und Energie. Sie konnten in ihrer Geistererscheinung fast so real erscheinen wie ein normaler Mensch, aber auch vollkommen unsichtbar bleiben. Angezogen wurden sie durch Lebenskraft, Wärme und das Schlagen des menschlichen Herzens, so stand es jedenfalls in einem alten Druidenbuch, in dem Amelia einen Eintrag über »Poltergeister und Seelensammler« gefunden hatte.

Mit einem schauerlichen Quietschen öffnete sich die Tür und offenbarte den Blick auf einen menschenleeren Flur. Das Licht der Wohnzimmerlampe erlosch mit einem feinen Sirren.

»Versuche, gleichmäßig zu atmen und ruhig zu bleiben!«, schärfte Lucy ihrer Freundin ein. »Je mehr Emotionen wir zulassen, umso stärker locken wir den Vexator zu uns.«

Mit ihrer Warnung schien sie jedoch genau das Gegenteil erreicht zu haben.

»Aber ich dachte, so ein Vexator ist superselten und es existieren nur ganz wenige?«, fragte Amelia in hysterischem Tonfall. »Du hast gesagt, es gibt keinen hier auf dem Friedhof. Bist du sicher, dass es ein Vexator ist?«

Natürlich wusste sie, dass genau so ein Exemplar Lucy als kleines Kind fast das Leben gekostet hatte. Es war die allererste Begegnung mit einer untoten Seele gewesen, an die Lucy sich zurückerinnern konnte. Es war schon so lange her, dass sie sich die Einzelheiten kaum noch ins Gedächtnis rufen konnte, doch bis heute plagten sie Albträume von jenem Aufeinandertreffen und jedes Mal erwachte sie gehetzt, schweißgebadet und mit einem merkwürdigen Druck auf den Ohren, als wäre sie unter Wasser gedrückt worden. Minutenlang musste Lucy dann nach Atem ringen, weil sie das Gefühl hatte zu ersticken, und selbst nachdem sie sich wieder beruhigt hatte, blieb das untrügliche Wissen, dass eines dieser machtvollen Wesen sie damals fast getötet hatte.

Die geisterhaften Schritte kamen näher, direkt auf sie zu. Die einzige Lichtquelle war nur noch das Handy, mit dem Amelia filmte, doch ihre Hand zitterte wie Espenlaub.

»Bleib ruhig!«, flüsterte Lucy ihr erneut zu.

Laut dem Druidenbuch war diese Art der Geister imstande, Dinge zu bewegen, sich durch Geräusche bemerkbar zu machen und manche von ihnen konnten sogar kommunizieren. Ihr Ziel war es, so große Angst wie möglich hervorzurufen, denn sie nährten sich von der Wärme, der Kraft und den Emotionen der Menschen. Voller Vergnügen steigerten sie die Panik ihrer Opfer, klammerten sich mit ihren nebulösen Körpern an sie fest und saugten sie aus. Die meisten Menschen spürten in solchen Momenten, wie sich eine unnatürliche Kälte um sie legte gleich einer Decke aus Eis, ihre Nackenhärchen stellten sich auf und ihr rasender Herzschlag stockte plötzlich. Die hasserfüllten Vexator gierten nach dem, was sie verloren hatten und so gerne zurückhaben wollten: ihrem Leben.

Ihr unsichtbarer Besucher schien keine Eile zu haben und ließ sich Zeit. Er erreichte den Fernseher, umrundete den Wohnzimmertisch ...

»Ich mach mir gleich in die Hose«, hauchte Amelia erstickt. »In der Theorie habe ich mir das immer viel cooler vorgestellt.«

Lucy lauschte so angespannt ins Dunkel, dass ihre Ohren schmerzten. Bilder aus ihren Albträumen stiegen in ihr auf: plätscherndes Wasser, ein fratzenhaftes Geistergesicht, klamme Finger, die sich um ihr Herz legten und ihr all ihre Zuversicht und Lebensfreude raubten.

Die Schritte verharrten und Lucy spürte vor sich eine fremdartige Präsenz.

Amelias Handy fiel mit einem Knall zu Boden.

»Lucy, du bist doch hier die Geisterseherin – mach bitte was!«

Hätte sie eine Ahnung gehabt, wie sie den Vexator vertreiben könnte, hätte Lucy schon etwas unternommen. »Wenn wir uns ruhig verhalten, geht er vielleicht wieder.«

»Ruhig? Ich verhalte mich doch ruhig, verflixt noch mal! Und warum ist es eigentlich so kalt geworden?«

Amelia klammerte sich panisch an sie, sodass sich die Metallgespenster an ihrem Pullover in Lucys Haut bohrten. Obwohl sie sich seit Jahren wie besessen der Geisterjagd gewidmet hatte, schien die junge PSI-Forscherin nun kurz davor zu sein, die Nerven zu verlieren.

Etwas strich über Lucys Gesicht. Auch sie konnte nur noch mit Mühe die Fassung bewahren, und als eine eisige Kälte sie plötzlich einhüllte, schnappte sie entsetzt nach Luft. Direkt vor sich erblickte Lucy eine verschwommene graue Fratze, die nur noch wenig Menschliches an sich hatte. Der wulstige Mund kräuselte sich zu einem abscheulichen Lächeln. Aber es war etwas anderes, das ihre Aufmerksamkeit fesselte: Der Vexator besaß Augen! Lucy hätte sich jedoch gewünscht, stattdessen in die dunklen Höhlen der *Grauen* zu blicken. Hieß es nicht, die Augen waren das Fenster zur Seele? In denen des Vexators vereinten sich alle Grausamkeiten der Menschheit, sie erzählten von Folter, Hass, Missgunst und Qual. Diese geballte Bösartigkeit drohte Lucy fast den Verstand zu rauben.

Ein Wispern drang an ihr Ohr und sie glaubte sogar, den Atem des Geistes auf ihrer Wange zu spüren. Zuerst ergab das Flüstern keinen Sinn, doch schließlich schienen die Worte sich immer klarer zusammenzufügen. Der Vexator wiederholte ständig denselben Satz. Und als Lucy ihn endlich verstand, gefror ihr das Blut in den Adern …

Es gab einen lauten Knall, als die Haustür mit einem Ruck aufgestoßen wurde und gegen die Wand donnerte. Lucys Mutter hatte Tom Mackay ständig in den Ohren gelegen, dort endlich einen Türstopper anzubringen, doch nun war Lucy dankbar dafür, dass ihr Vater nichts unternommen hatte. Denn im selben Moment, als das Geräusch erklang, war der Spuk vorüber.

Wie von Zauberhand flackerte die Wohnzimmerlampe auf und tauchte den Raum in goldenes Licht, die eisige Kälte war verschwunden und im Fernseher lief wieder *Zeichen aus dem Jenseits*.

»Dem Himmel sei Dank!«, keuchte Amelia.

Tom Mackay betrat mit einem unwilligen Fluchen den Flur. »Lucy, holst du mal ein Handtuch?«, rief er durchs Haus. »Dieser Köter treibt mich noch in den Wahnsinn! Ich dachte, jemand hätte einen großen Haufen Matsch auf unser Fußgitter gekippt, aber als ich näher gekommen bin, habe ich gesehen, dass das unser Hund ist.«

Der von vorne bis hinten mit Dreck besudelte Skye Terrier raste schwanzwedelnd zu den Mädchen, um sie zu begrüßen. Großzügig wie er war, wollte er offenbar seinen mühevoll eingesammelten Matsch mit ihnen teilen.

Tom Mackay kam herein und strich sich durchs Haar. »Na, alles in Ordnung bei euch?«

Amelia und Lucy nickten mechanisch, denn ihnen saß immer noch der Schreck in den Gliedern. Obwohl sie Bobby hätte sauber machen sollen, war Lucy nicht imstande, sich zu rühren. Sie konnte nur noch daran denken, dass der Vexator sich nicht zufällig in ihr Haus verirrt hatte: Er war gekommen, um ihr eine Botschaft zu übermitteln. Spooky-Stevie hatte mit seinen düsteren Vorahnungen tatsächlich recht behalten.

»Gerade hat sich der Putz im Flur endgültig von der Wand verabschiedet«, berichtete Lucys Vater. »Aber man muss es positiv sehen: Jetzt brauche ich eigentlich auch keinen Türstopper mehr kaufen.«

Er griff selbst nach dem Handtuch, das neben Bobbys Schlafplatz lag, doch sofort flitzte der Hund wie von der Tarantel gestochen aus dem Zimmer. Offensichtlich wollte er sich nicht kampflos von seinem heißgeliebten Dreck trennen.

Tom Mackay seufzte gequält auf. »Wegen dem Hund sollte ich eine Gehaltserhöhung bekommen.«

Bobbys Anschaffung war eine Idee der Friedhofsverwaltung gewesen. Jeder in Edinburgh kannte die Legende von »Greyfriars Bobby«, dem Skye Terrier, der im 19. Jahrhundert seinem Herrchen John Gray so treu ergeben gewesen war, dass er vierzehn Jahre lang an dessen Grab gewacht hatte – bis zu seinem eigenen Tod. Deshalb gab es heute am Friedhofseingang eine Nachbildung des kleinen, aber äußerst loyalen Hundes und sie gehörte zu den meistfotografierten Statuen in ganz Schottland. Leider waren die Touristen vom »echten« Bobby weit weniger angetan.

Tom Mackay schenkte sich ein Glas Wasser ein und warf einen missmutigen Blick nach draußen. »Was für ein unfreundlicher Abend! Schon jetzt ist es stockdunkel, kalt und der Nebel so dicht, dass selbst ich mich fast auf dem Friedhof verirrt hätte. Nicht einmal die verrückte Alte ist heute gekommen. Wenn ich es mir recht überlege, habe ich sie schon seit Tagen nicht mehr gesehen.«

Seltsamerweise war es gerade die Erwähnung der »verrückten Alten«, die Lucy aus ihrer Erstarrung riss.

»Sie heißt Mrs. Forbes«, sagte sie scharf. »Sie war Moms Freundin.«

Es war in der Tat merkwürdig, dass sie nicht auf dem Friedhof gewesen war, denn nach den Besuchen von Mrs. Forbes konnte man normalerweise die Uhr stellen. Jeden Tag verteilte sie ominöse Kräuter auf den Gräbern und vor einigen murmelte sie unverständliche Gebete vor sich hin.

Lucys Mutter hatte Mrs. Forbes bei ihren Rundgängen oft begleitet, angeblich um der alten Dame Gesellschaft zu leisten.

»Von mir aus: Mrs. Forbes«, berichtigte ihr Vater sich seufzend. »Ich habe ohnehin nie verstanden, was die beiden miteinander verbunden hat.«

Lucy und Amelia hatten Mrs. Forbes eine Zeit lang beobachtet, um herauszufinden, was ihr merkwürdiges Treiben zu bedeuten hatte, doch nach ein paar Tagen war es ihnen langweilig geworden und die beiden hatten es aufgegeben, sie zu verfolgen.

Lucy bemerkte erst jetzt, wie blass ihre Freundin immer noch um die Nasenspitze war. Dabei hatte sie geglaubt, dass Amelia überglücklich wäre, wenn sie endlich einmal ein echtes übernatürliches Phänomen erleben würde. Aber es war wohl ein Unterschied, ob man als selbst ernannte Wissenschaftlerin Geister jagte – oder plötzlich selbst von einem gejagt wurde.

»Ist wirklich alles in Ordnung bei euch?«, fragte Lucys Vater irritiert. »So still seid ihr sonst nie.«

»Wir hatten ein total schräges Erlebnis«, platzte es aus Amelia heraus. Offenbar konnte sie sich nicht mehr länger auf die Zunge beißen. »Wir saßen gerade nichtsahnend und friedlich auf dem Sofa, als …«

Lucy versetzte ihr mit dem Fuß einen Tritt, um sie zum Schweigen zu bringen. »… als Amelia in ein Weihnachtsplätzchen gebissen hat«, fiel sie ihr ins Wort, »und fast losgeflennt hätte. Sie dachte nämlich, sie hätte einen Zahn verloren.«

»Oh, die Plätzchen, ich verstehe.« Peinlich berührt kratzte sich Tom Mackay am Hals. »Bedauerlicherweise habe ich nicht besonders viel Erfahrung beim Backen und sie sind wohl etwas hart geworden.«

»Aber geschmacklich ganz hervorragend«, versicherte Amelia ihm eilfertig.

Lucy warf ihrer Freundin einen skeptischen Blick zu und formte mit den Lippen lautlos das Wort »Schleimerin«, woraufhin Amelia ihr kurzerhand die Zunge rausstreckte.

Tom Mackay nahm den Plätzchenteller in die Hand. »Vielleicht sollte ich sie lieber in den Müll werfen?«

»Gute Idee«, sagte Lucy unverblümt.

»Dann muss ich nachher auch Spooky-Stevie vorwarnen! Ich habe ihm die Keksdose vor sein Häuschen gelegt, da er noch nicht zurück war.«

Das war ebenfalls eine Neuigkeit, die Lucy aufhorchen ließ, denn genau wie Mrs. Forbes war auch Spooky-Stevie ein Gewohnheitstier. Jeden Abend wenn Tom Mackay seine letzte Runde machte, fand er sich ansonsten zuverlässig auf dem Friedhof ein, um seinen Dienst als Nachtwächter anzutreten. Was ihn wohl heute aufgehalten hatte?

»Gut, dann mach ich jetzt mal das Abendessen! Amelia, wenn es deine Zahnschmerzen zulassen, kannst du natürlich mit uns essen.«

»Gerne, vielen Dank!« Sie schenkte ihm ein strahlendes Lächeln und klimperte mit den Wimpern. »Meine Mutter arbeitet heute wieder im Pub und ich bin wirklich gerne bei Ihnen, Mister Mackay. Ich fühle mich hier wie zu Hause.«

»Danke, Amelia, das freut mich«, murmelte er mit hochgezogenen Augenbrauen, offenbar leicht irritiert über ihr offenherziges Geständnis.

Manchmal hatte Lucy den Eindruck, ihre Freundin hätte sich am liebsten vom Fleck weg von Tom Mackay adoptieren lassen. Eine Ironie, wenn man das schwierige Verhältnis zwischen ihm und Lucy bedachte. Aber da Amelia ihren Dad schon früh durch einen Autounfall verloren hatte, war ihr Verhalten wohl auch nicht verwunderlich.

Sobald Tom Mackay jedoch in der Küche verschwunden war, fuhr Amelia zu Lucy herum. »Was sollte das denn? Warum willst du nicht mit deinem Vater darüber reden, was passiert ist?«

»Weil man über solche Dinge nicht spricht, wenn man keinen Beweis dafür hat! Entweder würde er uns zu viel Fantasie unterstellen oder glauben, wir hätten Drogen genommen.«

Amelia rang die Hände. »Aber in eurem Haus hat es gespukt! Das muss er doch erfahren, oder nicht?«

Lucy schüttelte vehement den Kopf. Aufgrund ihrer Gabe hatte sie schon einmal versucht, mit ihm über dieses Thema zu reden, doch genau wie die Ghost-Tour von Harris tat er Geister und alles Übernatürliche grundsätzlich als Humbug ab. Nur ihre Mutter hatte Lucy vor Jahren in ihr Geheimnis eingeweiht, und die hatte ihr geraten, die Geistervisionen niemand anderem gegenüber zu erwähnen.

»Du wirst nur darunter leiden, wenn du ehrlich bist, denn die anderen könnten es nicht verstehen, Lucy. Hoffen wir, dass du diese Dinge bald nicht mehr siehst!«

Sie hatte weder versucht, ihrer Tochter die Existenz der untoten Seelen auszureden, noch sie darin bestätigt. Bis heute wusste Lucy nicht, ob das ein Zeichen von außergewöhnlicher Toleranz war oder ob womöglich mehr dahintersteckte.

»Ich fasse es immer noch nicht: Ich habe ein PSI-Phänomen am eigenen Leib erlebt!« Amelia wühlte aufgeregt in ihren Taschen und fand nach einiger Suche ein Nessie Poo, das sie sich mit einem wohligen Seufzen in den Mund steckte.

»Unglaublich, dass sich ein Vexator ausgerechnet in euer Haus verirrt hat, dabei existieren doch nur so wenige von denen. Dafür war ich wirklich bemerkenswert ruhig, findest du nicht?«, fragte sie kauend.

»Bemerkenswert ruhig?« Lucy konnte sich ein Grinsen nicht verkneifen. »Blute ich etwa deswegen aus einem halben Dutzend Schnittwunden? Diese Metallgespenster an deinem Pulli sind echt gemeingefährlich! Dafür dass du Chef-Ermittlerin Amelia Burnett bist, hat dich der Vexator ganz schön aus der Fassung gebracht.«

Amelia ignorierte die kleine Stichelei großzügig. »Nicht

dass ich an dir gezweifelt hätte, aber nun bin ich mir zu hundert Prozent sicher, dass jedes einzelne Wort, das du mir über die *Grauen* berichtet hast, stimmt!«, versicherte sie ihr. »Apropos Chef-Ermittlerin: Ich muss dich noch etwas fragen!« Sie warf einen Blick über die Schulter zur Küche und flüsterte in verschwörerischem Tonfall: »Ich habe zwar die Geräusche des Geistes gehört, aber sehen konnte ich ihn nicht. Konntest du etwas erkennen? Hat er sich dir gezeigt?«

»Nur ganz kurz, dann ist Dad zum Glück gekommen«, antwortete Lucy knapp.

Alles in ihr sträubte sich dagegen, Amelia von den Augen des Vexators und seiner eisigen Umarmung zu berichten. Im Grunde wollte sie diesen Vorfall so schnell wie möglich aus ihrem Gedächtnis verbannen. Wieder einmal wünschte sie sich, dass sie wie andere Familien in einem normalen Haus an einem normalen Ort leben würden. Doch schon immer waren Tom Mackay Werte wie Heimat und Tradition wichtig gewesen, und so war auch er Friedhofswärter in Greyfriars Graveyard geworden, genau wie schon sein Vater und Großvater vor ihm. Voller Stolz erzählte er immer, wie die Mackays mit diesem berühmten Friedhof verbunden waren und Lucy etwas ganz Besonderes war, weil sie hier das Licht der Welt erblickt hatte. Doch Lucy konnte diesen Stolz nicht teilen, im Gegenteil: Nach dem, was sie gerade erlebt hatte, hätte sie diesen grusligen Ort am liebsten so schnell wie möglich verlassen – genau wie ihre Mutter.

»Bisher bin ich mit meinen Forschungen kaum weitergekommen und das liegt auch daran, dass du dich so unkooperativ zeigst«, beschwerte sich Amelia, da Lucy nicht mit weiteren Einzelheiten herausrückte. »Dabei sollte man meinen, dass es für einen PSI-Forscher ein wahrer Glücksfall ist, mit jemandem wie dir zusammenzuarbeiten.«

»Ich bin nicht stolz auf diese blöde Gabe, Amelia.« Etwas leiser fügte sie hinzu: »Wenn ich einen Weg wüsste, wie ich sie loswerden könnte, würde ich es sofort tun.«

»Trotzdem müsste dir mehr daran liegen, dem Ganzen auf den Grund zu gehen und wenigstens ein paar dieser ominösen Rätsel aufzuklären.« Ihre Freundin hob die Hand und zählte an ihren Fingern ab: »Wir wissen nicht, weshalb du Geister sehen kannst. Wir wissen nicht, wieso bisher nur Mrs. Poppins ins Haus gelangen konnte. Wir wissen ebenso wenig, warum es heute dieser Vexator bis in euer Wohnzimmer geschafft hat und ob wir uns beim nächsten Mal irgendwie gegen ihn verteidigen können. Und wir wissen nicht, wie weit deine Gabe noch reicht. Vielleicht kannst du deine Fähigkeiten trainieren und sogar Geister abwehren?«

»Blödsinn!«, entfuhr es Lucy schärfer als beabsichtigt.

War der Schlamassel, in dem sie steckte, denn nicht schon schlimm genug? Sich mit ihrer Gabe auseinanderzusetzen, war nun wirklich das Letzte, wonach Lucy der Sinn stand.

Während Amelia beleidigt die Lippen zusammenpresste, stand sie auf und stocherte mit dem Eisen im Kamin herum, wo das Feuer schon fast heruntergebrannt war. Doch schon meldete sich Lucys schlechtes Gewissen.

»Tut mir leid, ich wollte dich nicht so heftig anfahren! Mir ist das alles einfach ein bisschen zu viel. Du kannst nachher wenigstens nach Hause gehen und bist dort in Sicherheit, während ich Tag und Nacht hier leben muss.«

Zum Glück gehörte ihre Freundin nicht zu der nachtragenden Sorte.

»Schon okay!«, gab Amelia mit einem Schulterzucken zurück. »Wir können darüber auch morgen sprechen. Aber bei unserer Recherche sollten wir selbst die abwegigsten Dinge in Betracht ziehen.«

Lucy sah sie fragend an. »Und das wäre?«

»Na, zum Beispiel deine Augenfarbe«, gab ihre Freundin zurück und bewies damit wieder einmal, dass sie das Feingefühl und die Sensibilität eines Höhlentrolls besaß. »Du weißt, dass ich dieses verwaschene leuchtende Hellblau cool finde, aber es ist schon extrem außergewöhnlich. Vielleicht besteht da ein Zusammenhang? Schließlich siehst du die Geister mit deinen *Augen*.«

»Um Himmels willen, Amelia«, stöhnte Lucy gequält auf. Wie immer bei diesem Thema zog ihr Magen sich unangenehm zusammen. In der Grundschule hatte Bobby Thomson, ein dicklicher Junge mit roten Haaren, einmal gesagt, Lucy hätte die Augen eines Toten und deswegen würde sie wie ein Zombie mitten auf dem Friedhof wohnen. An dem Tag hörte Lucy auch zum ersten Mal ihren Spitznamen, den sie bis heute behalten hatte: das Totenmädchen.

»Essen ist fertig«, rief in diesem Moment Tom Mackay aus der Küche und ersparte Lucy damit, auf Amelias Theorie einzugehen.

Es hatte verkohlte Würstchen, Kartoffelbrei und irgendein zerkochtes Gemüse gegeben, doch so schnell schlug Amelia nichts auf den Magen. Während sie ordentlich zulangte, schob Lucy das Essen lustlos auf ihrem Teller herum. Sie war froh, als sie endlich aufstehen konnte und es für Amelia an der Zeit war, den Heimweg anzutreten.

Lucy zog ihre Jacke über und begleitete ihre Freundin, um ihr das Tor aufzuschließen. Es war tatsächlich ein sehr kühler und vor allen Dingen nebliger Abend. Das Licht von Lucys Taschenlampe reflektierte den weißen Dunst, ohne ihn zu durchdringen, und es fühlte sich an, als würde man durch eine Wolke laufen.

»Hast du etwas dagegen, wenn wir zuerst noch bei Spooky-Stevie vorbeischauen?«, fragte sie.

»Wegen der Backstein-Plätzchen?«

Lucy nickte. »Aber ich möchte auch sichergehen, dass er in der Zwischenzeit heimgekommen ist. Irgendwie habe ich ein ungutes Gefühl in der Magengegend.«

»Das habe ich ebenfalls.« Amelia tätschelte besorgt ihren Bauch, während sie den Weg zu Stevies Mausoleum einschlugen. »Ich hätte wohl nicht so viele Würstchen essen sollen.«

Lucy schüttelte ungläubig den Kopf. »Dir verschlägt wohl nicht einmal ein Poltergeist den Appetit!«

Auch jetzt noch durchlief Lucy ein unangenehmes Frösteln, wenn sie daran dachte. Unwillkürlich blickte sie sich um, doch selbst die Grabsteine direkt am Wegesrand wurden vom Nebel verdeckt. Lucy hätte nicht sagen können, ob sich dahinter der Vexator oder einer der

Grauen verbarg. Es war mucksmäuschenstill auf dem Friedhofsgelände und die Schritte der Mädchen hallten dumpf durch die Nacht. Als sie endlich Stevies Häuschen erreichten, atmete Lucy erleichtert auf.

»Er war noch nicht hier«, stellte Amelia fest und bückte sich nach der Keksdose. »Aber vielleicht hat er sie auch übersehen?«

»Stevie, bist du zu Hause?«

Lucy klopfte mehrmals mit der Faust gegen die Tür, und als niemand öffnete, presste sie ihr Ohr auf das Holz, um zu lauschen. »Nichts zu hören.«

Vorsichtig drückte sie die Tür auf, die sich mit einem unwilligen Knarren öffnete. Lucy ließ den Strahl der Taschenlampe durch das kleine Räumchen wandern, zuerst langsam, dann immer hektischer: Die Kochutensilien lagen zerstreut auf dem Boden, die Pritsche und das Regal waren umgekippt worden und Stevies Schlafsack baumelte von einem Haken an der Decke.

»Mein lieber Scholli!«, entfuhr es Amelia. »Und ich dachte eigentlich, ich wäre unordentlich.«

»Gestern Abend hat es hier noch nicht so ausgesehen. Vielleicht hatte Stevie mit jemandem Streit?«

Die beiden Mädchen betrachteten schweigend das Durcheinander.

»Vielleicht hat Stevie einen besseren Platz zum Schlafen gefunden«, meinte Amelia. »Und er hat nur die Sachen mitgenommen, die er dringend gebraucht hat.«

Obwohl sie am Abend zuvor noch mit ihm über die eisige Kälte im Mausoleum gesprochen hatte, schüttelte Lucy entschlossen den Kopf. »Nein, er wäre niemals gegangen, ohne sich von Dad und mir zu verabschieden.«

Sie tastete sich in das Chaos hinein und fand das Buch, in dem Stevie sein Geld versteckt hatte. Soweit Lucy es abschätzen konnte, befand sich darin immer noch dieselbe Summe – inklusive der zwei Pfund, die sie ihm überlassen hatte.

»Oh nein!«, entfuhr es ihr geschockt.

Sie hob den zerbrochenen Rahmen auf, in dem sich das Foto von Stevie und seiner Familie befand. Es war die einzige Erinnerung, die ihm von seiner Frau und seiner Tochter geblieben war, und Lucy wusste, wie viel ihm dieses Bild bedeutete. Stevie hätte dieses Foto niemals zurückgelassen, selbst wenn er einen wärmeren Ort zum Schlafen gefunden hatte.

»Wir müssen schnell zu meinem Vater«, sagte sie mit düsterer Miene. »Stevie ist etwas Schlimmes zugestoßen.«

3. KAPITEL

CHRONIK DER PARANORMALEN ERMITTLUNGSTRUPPE
GREYFRIARS GRAVEYARD

Eintrag: Amelia Burnett, Chef-Ermittlerin
Aktenverzeichnis: M12/W3/T2/Wie verbiegt man einen Löffel?
Nachtrag: Versuch des Löffelverbiegens schlug fehl, ist nur ein simpler Jahrmarkttrick. Mist, blöder! Habe dafür jedoch eine horrormäßige Geistererscheinung erster Klasse erlebt. Videodatei leider unbrauchbar, alles verwackelt. Weitere Notizen dazu unter Aktenzeichen M12/W3/T1/Fast in die Hose gepinkelt.

Lucy hatte Mühe, mit ihrem Vater Schritt zu halten. »Jetzt haben wir eineinhalb Tage gewartet, genau wie du gesagt hast«, rief sie laut, um den Straßenlärm zu übertönen, da gerade mehrere Doppeldeckerbusse an ihnen vorbeifuhren. »Aber Stevie ist immer noch nicht aufgetaucht. Er hat sogar die Ghost-Tour gestern Abend verpasst und Harris war deswegen stinksauer. Du hast versprochen, dass wir jetzt etwas unternehmen!«

Sie liefen an der Nationalbibliothek vorbei in Richtung Royal Mile, der wohl bekanntesten Straße Edinburghs, wo sich auch die meisten Touristen tummelten.

»Lucy, mach dir nicht so viele Sorgen!« Ihr Vater hetzte mit seinem Werkzeugkoffer in der einen und einem Stapel Bretter in der anderen Hand weiter und wich geschickt den entgegenkommenden Passanten aus. »Stevie wird schon nichts passiert sein. Er ist ein Vagabund und führt ein anderes Leben als wir, ohne feste Regeln und

Verpflichtungen. Vielleicht hat er einen alten Freund getroffen und verbringt ein paar Tage mit ihm.«

»Amelia und ich haben schon Stevies Kumpels befragt«, berichtete Lucy, »und die haben ihn an dem Tag zuletzt gesehen, als wir gemeinsam für Harris die Touristen erschreckt haben. Das war am Montag, Dad! Seither ist er wie vom Erdboden verschluckt.«

Stevie hatte auch seinen Freunden gegenüber erwähnt, wie unwohl er sich neuerdings nachts auf dem Friedhof fühlte. Amelia hielt das für den Beweis ihrer Theorie, dass Stevie vorübergehend ausgezogen sei, doch Lucy vertraute auf ihr Bauchgefühl.

Sie passierten die St. Giles Kathedrale, ohne einen Blick auf die eindrucksvolle Kirche zu werfen. In der Royal Mile standen an jeder Ecke uralte Bauwerke, Statuen und geschichtsträchtige Monumente, die man als Einwohner der Stadt irgendwann überhaupt nicht mehr wahrnahm. Was Lucy jedoch immer wieder faszinierte, waren die sogenannten Closes – verwinkelte düstere Gässchen, die von der Royal Mile abzweigten und sich wie geheimnisvolle Tunnel durch die eng stehenden Häuser der Altstadt wanden. Momentan sauste ihr Vater allerdings im Stechschritt den Berg hinunter in Richtung Canongate.

»Warum rennst du denn so?«, japste Lucy. »Ich habe viel kürzere Beine als du, und wenn ich so neben dir herwuseln muss, komme ich mir vor wie ein Chihuahua.«

»Zuerst muss ich bei Adam vorbeischauen, weil ich für ihn ein Regal reparieren soll«, informierte ihr Vater sie, »und dann zu Familie Lockhart in der Candlemaker

Row, um nach einem lecken Rohr zu sehen. Denn wie du weißt, übernehme ich ab sofort ein paar Hausmeistertätigkeiten, um mein Gehalt aufzubessern. Später bin ich noch mit Pfarrer Graham verabredet, weil mit dem Kirchendach wohl etwas nicht in Ordnung ist.«

Das klang zwar nach einem stressigen Nachmittag, doch Lucy wollte endlich wissen, was ihr Vater wegen ihres Freundes unternehmen wollte. »Und wann gehst du zur Polizei wegen Stevie?«, bohrte sie hartnäckig weiter.

Tom Mackay blieb ihr die Antwort jedoch schuldig, denn sie hatten das *Cadenhead's* erreicht. Der kleine Laden, dessen grün lackierte Fassade sofort ins Auge fiel, rühmte sich, der älteste unabhängige Whisky-Abfüller Schottlands zu sein. Hinter dem Schaufenster rollte sich gerade auf einer Hundedecke ein dösender Skye Terrier auf den Rücken und streckte die Pfoten in die Luft. Ehe Lucy allerdings nach der Klinke greifen konnte, wurde die Tür schon von innen aufgerissen.

»Schön, euch zu sehen«, begrüßte sie Adam, der Inhaber des Ladens und der beste Freund von Lucys Vater. »Gib mir die Regalbretter, damit du wieder eine Hand frei hast, Tom. Wenn du schon mal da bist, kann ich dir gleich unseren neuen Single Malt zeigen, ein ganz besonderer Tropfen.«

Adam und Tom verband die Liebe zum Whisky und sie hatten sogar einen Stammtisch ins Leben gerufen, in dem regelmäßig gefachsimpelt und über einzelne Geschmacksnuancen gestritten wurde.

Der Skye Terrier trabte schwanzwedelnd heran und

Lucy ging in die Knie, um ihn zu begrüßen. »Hallo, Bobby Zwei!«

Es war kein Zufall, dass Adams Hund ebenfalls Bobby hieß, denn natürlich wollte der Verkäufer sich die berühmte Legende von »Greyfriars Bobby« ebenfalls zunutze machen und bei seinen Kunden damit punkten.

Im Inneren des gemütlichen Ladens reihte sich eine Whisky-Flasche an die andere, auf dem Boden lag ein Teppich mit Schottenmuster und Whisky-Fässer waren zu gepolsterten Sitzen umgebaut worden.

Adam, der einen unübersehbaren Bauchansatz besaß und dessen Haar schon ziemlich licht war, klopfte sich an seinen Oberschenkel und rief: »Komm her, Bobbylein!«

Der Skye Terrier brach das Begrüßungsritual augenblicklich ab, flitzte an die Seite seines Herrchens und blickte ergeben zu ihm auf.

Missmutig starrte Tom Mackay auf Bobby Zwei.

»Ich mag ja Hunde, die ihren eigenen Kopf haben«, behauptete er im Brustton der Überzeugung. »So wie wir Schotten! Wer möchte schon so einen treudoofen Köter, der jeden Befehl befolgt?«

Adam grinste und wandte sich an Lucy. »Hast du schon Bobbys neuen Trick gesehen? Ich habe ihn mit ihm einstudiert, um Betsy eine Freude zu machen.« Betsy war Adams Frau, stammte ursprünglich aus London und war ein großer Fan der englischen Königsfamilie.

Adam hob einen Zeigefinger. »Bobbylein, was machst du, wenn die Queen zu Besuch kommt? Mach winke-winke!«

Bobby Zwei hob die rechte Pfote und machte eine angedeutete Winkbewegung. Bei dem hinreißenden Anblick vergaß Lucy für einen Moment ihre Sorge um Stevie und applaudierte begeistert. »Och, wie süüü…«

»Wo ist das kaputte Regal?«, fiel Tom Mackay ihr ärgerlich ins Wort. »Ich habe heute noch einiges zu tun.«

»Apropos«, nahm Lucy sofort den Faden wieder auf. »Gehst du jetzt zur Polizei?«

Adam runzelte die Stirn. »Zur Polizei? Weshalb das denn?«

»Weil ich glaube, dass Spooky-Stevie etwas zugestoßen ist«, erklärte Lucy und berichtete ihm, was geschehen war. Leider erhielt sie jedoch auch von Adam nicht die erhoffte Rückendeckung.

»Es ehrt dich, dass du dir Sorgen um ihn machst«, sagte er mitfühlend. »Aber es ist ganz normal, dass ein Obdachloser sich für ein paar Tage absetzt. Für solche Menschen gelten andere Maßstäbe als für dich oder mich. Es wäre etwas völlig anderes, wenn dein Vater plötzlich weg wäre. Damals bei Anne haben wir anfangs schließlich auch alle gedacht, dass ihr etwas Schlimmes …« Er brach ab und sein ohnehin schon leicht gerötetes Gesicht nahm eine noch intensivere Tönung an.

Ein unangenehmes Schweigen lag im Raum, bis Adam sich räusperte. »Tut mir leid, Lucy, ich hätte deine Mutter nicht erwähnen sollen.«

»Schon okay.« Sie starrte zu Boden, während ihr Vater geräuschvoll seinen Werkzeugkasten abstellte.

Etwas unbeholfen zog er Lucy an der Schulter zu sich.

»Ich habe überhaupt nicht daran gedacht, dass dich Stevies Verschwinden an deine Mutter erinnern muss. Aber das mit Stevie ist eine völlig andere Sache, Lucy. Warte einfach noch ein paar Tage ab!«

Doch Lucy dachte nicht daran, untätig zu bleiben. Ihr Bauchgefühl signalisierte ihr eindeutig, dass Stevie in Not war und er ihre Hilfe brauchte. Sie hob trotzig ihr Kinn. »Wenn ihr nichts unternehmen wollt, dann gehe ich eben selbst zur Polizei«, erwiderte sie störrisch.

»Lucy, bitte lass es doch gut sein!« Tom Mackay stieß einen resignierten Seufzer aus.

Ihr entging nicht, dass Adam die Augen verdrehte und seinem Freund einen tadelnden Blick zuwarf.

»Was haben wir letztens besprochen?«, raunte er Tom zu. »Mehr Durchsetzungsvermögen. Du bist der Chef!«

Doch Lucys Vater winkte genervt ab. »Beim nächsten Mal.«

Misstrauisch sah Lucy von einem zum anderen. Hatten die beiden etwa über sie gesprochen? Dachte Adam womöglich, dass sie ihrem Vater auf der Nase herumtanzte? Dann würde er auf ihrer Beliebtheitsskala allerdings einige Plätze nach unten rutschen. Was war denn falsch daran, wenn Lucy zu ihren Überzeugungen stand?

»Ich gehe jetzt«, kündigte sie an, wobei es mehr wie eine Frage klang.

Ihr Vater nickte, doch dann schien er sich doch noch an seine elterlichen Pflichten zu erinnern. »Vergiss nicht, dass du nachher Akkordeonunterricht hast!«

Lucy zog einen Flunsch. »Ja, ja.«

Er warf ihr einen scharfen Blick zu. »Miss Dempster

hat mich vor einigen Tagen angerufen und gesagt, dass du unbedingt mehr üben musst.«

Lucy arbeitete sich rückwärts laufend zur Tür hin und tastete hinter ihrem Rücken nach dem Griff. »Ja, ich äh … ich übe immer gedanklich, Dad. Sozusagen im Stillen. Das ist mindestens genauso effektiv.«

Sie hasste dieses kastenartige, unhandliche Instrument, das nicht nur altmodisch aussah, sondern ihrer Meinung nach nur von über sechzigjährigen Seemännern hätte gespielt werden sollen. Monatelang hatte sie ihren Vater angebettelt, Gitarre oder Schlagzeug lernen zu dürfen, aber er lehnte stets mit der Begründung ab, dass sie sich weder das Instrument noch den Unterricht leisten konnten.

Ins Unglück gestürzt hatte sie ausgerechnet Amelia, da sie Tom Mackay erzählt hatte, dass ihre schottische Ceilidh-Tanzgruppe dringend einen Akkordeonspieler suchte und sie Lucy nicht nur das Instrument zur Verfügung stellen, sondern auch kostenlosen Unterricht geben würden. Natürlich war Lucys Vater hellauf von der Idee begeistert, und so bildeten er und Amelia eine Allianz, gegen die selbst Lucy nichts ausrichten konnte. Ehe sie es sich versah, hatte sie ihren ersten Unterricht bei Miss Dempster und musste schon nach den ersten zwanzig Minuten feststellen, dass sie sogar lieber Dudelsackspielen gelernt hätte.

»Dann kannst du uns doch einmal etwas auf dem Akkordeon vorspielen!«, schlug Adam vor. »Vielleicht in den Weihnachtsferien?«

»Unglaublich gerne«, versicherte Lucy ihm eifrig nickend und schlüpfte zur Tür hinaus, bevor die beiden sie auf einen Termin festnageln konnten.

Eine Stunde später befand sie sich gemeinsam mit Amelia auf der Polizeistation Edinburghs. Police Constable Harry Lewis stand hinter dem Tresen und blickte Amelia mit ihrem lila-orange geblümten Wintermantel und Lucy mit ihren farblosen Augen skeptisch an.

»Ihr möchtet also eine Vermisstenanzeige aufgeben?«

»Das habe ich Ihnen doch schon gesagt«, antwortete Lucy ungeduldig. »Ein Freund von uns wurde das letzte Mal vor zweieinhalb Tagen gesehen – und wenn das hier noch länger dauert, sind es sogar schon drei. Sind Sie wirklich für den Friedhof zuständig?«

»Ja«, bestätigte er seufzend. »Greyfriars Graveyard liegt in meinem Zuständigkeitsbereich.«

Offenbar hätte er sich anstatt eines ruhigen und langweiligen Friedhofs lieber einen aufregenderen Bezirk gewünscht.

»Na schön, dann nehme ich die Anzeige jetzt auf.« Er zückte ein Formular und einen Kugelschreiber. »Wie ist der Name eures Freundes?«

Lucy und Amelia antworteten wie aus der Pistole geschossen: »Stevie.«

»Nachname?«

Jetzt wurde es schon schwieriger. Sie sah fragend zu Amelia, die hilflos mit den Schultern zuckte.

»Kann ich das mit dem Namen noch einmal ändern?«, fragte Lucy und tippte auf das Formular. »Dann würde ich dort Spooky nehmen und als Nachname Stevie.«

Constable Lewis musterte sie kopfschüttelnd. »Nachname unbekannt«, murmelte er. »Wohnort?«

»Greyfriars Graveyard, das erste Mausoleum gleich rechts, wenn man vom Nord-Eingang her kommt.«

Der Polizist ließ seinen Kugelschreiber sinken. »Wollt ihr mich veräppeln? Spooky-Stevie, wohnhaft in einem Mausoleum auf dem Friedhof?« Seine Stirn legte sich in Falten und plötzlich sah er gar nicht mehr so jung und freundlich aus. »Soll das hier eine Vermisstenanzeige für einen toten Geist werden, oder was?«

»In meiner Funktion als PSI-Ermittlerin«, wandte Amelia in altklugem Tonfall ein, »muss ich Sie darauf hinweisen, dass es einen *toten* Geist nicht gibt. Entweder Sie sprechen von einem Geist oder von einem Toten. Beides zusammen geht nicht.«

Lucy versetzte ihrer Freundin einen Stoß gegen das Schienbein, um sie zum Schweigen zu bringen.

»PSI-Ermittlerin, so, so«, sagte Constable Lewis und zog zweifelnd die Augenbrauen in die Höhe. »Dann handelt es sich bei Spooky-Stevie tatsächlich um einen Geist?« Seine Hand schwebte schon über dem Formular, um es zu zerknüllen.

»Nein!«, widersprach Lucy hastig. »Er ist ein Obdachloser, der bei uns auf dem Friedhof wohnt – mit Erlaubnis meines Vaters, der dort der Friedhofswärter ist. Aber Stevies Nachnamen wissen wir leider nicht.« Ausführlich berichtete sie dem Polizisten nun die ganze Geschichte von Stevies Verschwinden und zu ihrer Überraschung hörte Constable Lewis ihr aufmerksam zu, ohne sie ein einziges Mal zu unterbrechen.

»Ich verstehe, dass ihr euch Sorgen macht«, sagte er schließlich. »Wenn euer Freund bisher immer zuverlässig war und noch nie für einige Tage verschwunden ist, dann halte ich das tatsächlich für äußerst merkwürdig.«

Er glaubte ihnen also? Lucy fiel vor Erleichterung ein Stein vom Herzen. »Dann werden Sie nach ihm suchen?«

»Das ist leider nicht so einfach«, räumte er in entschuldigendem Ton ein. »Wegen eines verschwundenen Obdachlosen leiten wir keine aufwendige Fahndung ein. Doch wenn ihr ein Foto von ihm habt, kann ich die Augen offen halten.«

»Na toll!«, entfuhr es Amelia wenig begeistert.

Deprimiert ließen die Mädchen die Schultern hängen. Der Anblick schien Harry Lewis' Herz zu erweichen.

»Außerdem könntet ihr die Suche unterstützen. Hättet ihr Lust?«

Sofort waren Lucy und Amelia Feuer und Flamme. »Na klar!«

»Dann überprüft noch einmal das Mausoleum, und wenn ihr eine brauchbare Spur gefunden habt, kommt ihr damit zu mir. Außerdem könnt ihr all seine Lieblingsplätze abgehen und euch dort nach ihm erkundigen. Schafft ihr das?«

Beide nickten eifrig. »Meinen Sie, dass wir ihn finden werden?«, fragte Lucy hoffnungsvoll.

Er schenkte ihr ein ermutigendes Lächeln. »Bestimmt! So groß ist Edinburgh nun auch wieder nicht.«

»Außer natürlich«, warf Amelia nachdenklich ein, »Stevie befindet sich gar nicht mehr in der Stadt, weil er von einem Seelensammler in die jenseitige Welt entführt worden ist. Dann könnte er uns jetzt durch den Spiegel an der Wand zusehen, wie wir über ihn sprechen.« Misstrauisch blickte sie zu dem schmalen Wandspiegel neben dem Eingang. »Ich kann euch sagen, es wäre keine leichte Aufgabe, ihn von dort zu befreien.«

Lucy versetzte ihr einen erneuten Tritt. »Hören Sie einfach nicht auf sie!«

Harry Lewis räusperte sich lautstark, wohl um ein amüsiertes Glucksen zu verbergen. »Ihr solltet unbedingt auch in diese Richtung Ermittlungen anstellen.«

»Bringen Sie Amelia doch nicht auf solche Ideen!«, sagte sie vorwurfsvoll.

Lucy sah sich schon den nächsten Nachmittag über den gesamten Friedhof stapfen, um mit Amelias umgebautem Transistorradio – zur Aufspürung übernatürlicher Schwingungen – nach Kidnappern aus der Geisterwelt zu suchen.

Grundsätzlich hatte ihre Freundin allerdings recht. Auch Lucy hatte sich schon gefragt, ob es nur Zufall war, dass Stevie ausgerechnet zu dem Zeitpunkt verschwunden war, als sich ein böswilliger Vexator im Haus der Mackays gezeigt hatte.

Als sie das Polizeirevier schließlich wieder verließen, empfing sie draußen eine eisige Brise, und während Lucy ihre Mütze über die Ohren zog, warf Amelia einen Blick auf ihre Uhr. »Ach du lieber Himmel, in zehn Minuten müssen wir bei der Ceilidh-Probe beim Grassmarket sein. Das schaffen wir nie!«

Lucy stöhnte auf. Sie hätte nichts dagegen gehabt, ihren Unterricht bei Miss Dempster, der zeitgleich zu den Proben der Tänzer stattfand, zu verpassen. Doch sie hatte ihrem Vater versprochen hinzugehen.

»Los, beeilen wir uns!« Lucy zog sie am Arm über die Straße. »Und danach sollten wir gleich Stevies Mausoleum durchsuchen. Allerdings wird es dann schon dunkel sein – ich hoffe, das macht dir keine Angst?«

»Natürlich nicht, wie kommst du darauf?«, entrüstete sich Amelia. Ihre Panikattacke bei dem Besuch des Vexators schien sie erfolgreich verdrängt zu haben. »Ich bin ein Profi und das Einzige, was mir Angst macht, ist meine erschreckende Coolness im Angesicht der Gefahr.«

Lucy verdrehte die Augen. »Ja, genau davor fürchte ich mich auch am meisten.«

Mit einer kaum nennenswerten Verspätung von dreizehn Minuten trafen die beiden auf dem Grassmarket ein. Der kleine, mit Bäumen bepflanzte Platz wurde von Pubs, Restaurants, kleinen Läden und einem äußerst hässlichen Hotelkomplex eingerahmt. Im Laufschritt steuerten die Mädchen die Tanzschule an, in deren Obergeschoss sich die Ceilidh-Gruppe einmal pro Woche zum Training traf.

Atemlos platzte Lucy in das Unterrichtszimmer, in dem Miss Dempster schon auf sie wartete.

»Entschuldigung, ich bin auf dem Polizeirevier aufgehalten worden.«

»Auf dem Polizeirevier?«, wiederholte ihre Lehrerin mit hochgezogenen Augenbrauen.

Dies war wohl einer dieser seltenen Fälle, in denen eine Lüge glaubhafter gewesen wäre. Als Lucy jedoch zu einer Erklärung ansetzen wollte, winkte Miss Dempster nur entnervt ab.

Lucy zuckte mit den Schultern und setzte sich auf ihren Platz, aber irgendetwas schien nicht richtig zu sein. Leider kam sie nicht darauf, was dieses Mal anders war als sonst.

»Wo ist dein Akkordeon?«, fragte Miss Dempster in frostigem Tonfall.

Lucy blickte an sich herunter. »Oh.« Sie versuchte sich an einem entschuldigenden Lächeln. »Das habe ich anscheinend vergessen.«

»Du kommst zum Akkordeonunterricht *ohne Akkordeon?*«

»Und ohne Noten«, fügte Lucy der Vollständigkeit halber hinzu.

Miss Dempsters Gesichtsfarbe ging in ein ungesundes Dunkelrot über. Es folgte eine Standpauke, die es in sich hatte, und danach musste Lucy sich auch noch einen Vortrag über Disziplin und die Freuden der Akkordeonmusik anhören.

Eine gefühlte Ewigkeit später durfte sie endlich gehen und Lucy setzte sich in den großen Saal, wo Amelia und der Rest der Ceilidh-Gruppe einen neuen Tanz einstudierten. Immer wieder hakten sich zwei Partner unter und hüpften im Kreis, bevor sie sich zu Dreiergruppen zusammenfanden und mit hochgestreckten Armen aufeinander zuliefen. Die gute Stimmung im Raum war ansteckend und vertrieb Lucys Niedergeschlagenheit im Nu. Sie kam sogar zu dem Schluss, dass der Nachmittag eigentlich ganz gut verlaufen war – immerhin suchte

Constable Lewis nach Stevie, heute Abend fanden Amelia und sie womöglich einen wichtigen Hinweis in Stevies Mausoleum, bald waren Weihnachtsferien und ihre Lehrerin Miss Dempster hatte sogar damit »gedroht«, Lucy nicht mehr zu unterrichten und ihr das Akkordeon abzunehmen. Somit lief im Grunde alles bestens.

Das Einzige, was selbst die fröhliche Musik nicht vertreiben konnte, war Lucys Unbehagen über die Worte des Vexators, die er ihr bei seinem Besuch ins Ohr geflüstert hatte. Jedes Mal wenn sie daran zurückdachte, überlief sie ein kalter Schauer:

»Die zwölf Nächte brechen an
und es erhebt sich ein Tyrann.
Es erhebt sich ein Verderben
und ein Mackay wird sterben.«

Das war eindeutig eine Drohung, daran gab es keinen Zweifel. Lucy hatte sich selbst damit beruhigt, dass der Poltergeist ihr damit nur Angst einjagen wollte und sie ihn überhaupt nicht ernst nehmen durfte. Ganz sicher würde weder ihr noch ihrem Vater irgendetwas zustoßen, davon war Lucy überzeugt. Seit wann wurden solche abscheulichen Wesen für ihre Wahrheitsliebe gerühmt? Schließlich war es ihre erklärte Absicht, bei ihren Opfern die größtmögliche Furcht hervorzurufen. Trotz dieser absolut plausiblen Erklärung wurde Lucy allerdings das Gefühl nicht los, dass ihnen etwas Schlimmes bevorstand.

Nach dem Ende der Probe lag schon die Dunkelheit über Edinburgh, genau wie Lucy vorhergesagt hatte. Als sie jedoch am Friedhof ankamen, erwartete sie dort eine Überraschung.

»Was ist denn hier los?« Amelia blieb stehen, steckte sich ein Buttertoffee in den Mund und starrte auf die Schaulustigen, die sich neben dem Polizeiwagen am Eingang von Greyfriars Graveyard versammelt hatten.

Lucy war vor Schreck wie erstarrt und Amelia musterte sie besorgt.

»Du bist ja totenbleich im Gesicht.«

»Schnell!« Lucy packte ihre Freundin am Arm. »Ich muss wissen, was geschehen ist.«

Sie wühlten sich durch die Menschenmenge. Im Vorübergehen konnte Lucy zwar einige Gesprächsfetzen aufschnappen, doch anscheinend wusste niemand genau, weshalb die Polizei eigentlich hier war. Die Mädchen schlüpften unbemerkt durch das Tor auf den Friedhof und sahen sich suchend um.

»Dem Himmel sei Dank!«, entfuhr es Lucy, als sie ihren Vater in der Nähe des Eingangs entdeckte.

Er und Pfarrer Graham standen etwas abseits und beobachteten mit ernsten Mienen das Geschehen. Zwei Polizisten, von denen einer Constable Lewis war, kümmerten sich gerade um eine junge Frau, die hysterisch schluchzte und sich ein blutdurchtränktes Taschentuch an den Hals hielt.

Lucy eilte mit Amelia im Schlepptau zu ihrem Vater. »Was ist denn passiert?«

»Offenbar wurde die Frau angegriffen«, berichtete er. »Ich wollte gerade meine letzte Runde machen, als ich das Geschrei gehört habe.«

»Wer überfällt denn Leute mitten auf einem Friedhof?«, fragte Amelia empört. »Das ist echt skrupellos.«

»Die Frau behauptet, dass es kein Mensch gewesen sei«, erzählte Pfarrer Graham. »Sie ist davon überzeugt, dass ihre Verletzungen von einem Geist stammen. Anscheinend hat sie eine eisige Kälte neben sich gespürt und unsichtbare Finger, die sie gekratzt haben. Gott steh uns bei, wenn diese Geschichte in Umlauf gerät!«

Er fuhr sich mit einem tiefen Seufzer über seine Halbglatze, was er immer tat, wenn er mit seinem Latein am Ende war. Das war wohl auch der Grund dafür, dass nach einigen Jahrzehnten im Kirchendienst nur noch wenige Haare auf seinem Kopf übrig geblieben waren.

Pfarrer Graham betrachtete die Frau mitfühlend, die immer noch schluchzend in Constable Lewis' Armen hing. »Was für eine arme verwirrte Seele! Vielleicht steht sie unter Drogen? Anders kann ich mir diesen Unsinn jedenfalls nicht erklären.«

Nachdem Amelia und ihr erst vor Kurzem der Vexator begegnet war, fand Lucy die Geschichte der Frau gar nicht so unsinnig. Sie warf Amelia jedoch einen eindringlichen Blick zu, um ihr zu signalisieren, sich auf keinen Fall einzumischen. Wenn schon niemand einer Frau Anfang zwanzig mit blutigen Wunden am Hals glaubte, dann würde die Aussage von zwei dreizehnjährigen Mädchen daran auch nichts ändern.

Zum Glück schien Amelia gerade andere Dinge im Kopf zu haben. Sie zückte eifrig ihr Handy und begann, die komplette Szenerie – die Verletzte, die Polizisten und die gaffende Menschenmenge – zu filmen.

»Das muss ich unbedingt an die Redaktion von *Zeichen aus dem Jenseits* schicken«, erklärte sie Lucy aufgeregt. »Wenn sie von diesem Vorfall erfahren, werden sie bestimmt ein Team herschicken und ihre Untersuchungen anstellen. Meint ihr, ich kann die Frau kurz interviewen?«

Tom Mackay drückte sanft, aber bestimmt Amelias Hand nach unten, um sie von weiteren Aufnahmen abzuhalten. »Sie braucht jetzt ihre Ruhe und will sicher nicht mit dir über den Angriff sprechen, Amelia. Außerdem wäre es besser, wenn niemand von dieser Sache erfährt! Sonst wimmelt es hier in kürzester Zeit von Verrückten, die auf Geisterjagd sind.«

»Da bin ich ganz Ihrer Meinung, Mister Mackay«, stimmte Pfarrer Graham ihm zu. »Diese Ghost-Tour ist mir schon ein Dorn im Auge, und wenn wir das Geld nicht so dringend benötigen würden, hätte ich diesem Unfug niemals zugestimmt. Noch mehr Aufmerksamkeit in dieser Richtung wäre mir nicht willkommen, und meiner Gemeinde möchte ich so etwas nicht zumuten.«

»Ich bezweifle, dass sich das geheim halten lässt.« Lucy deutete auf die Schaulustigen am Eingangstor. Die Sanitäter führten die verletzte Frau gerade an ihnen vorbei zum Krankenwagen und sofort wurden weitere Handys gezückt, um das Ganze zu filmen.

»Die heutige Ghost-Tour wird ohnehin ausfallen«, sagte Lucys Vater an den Pfarrer gewandt. »Nach dieser Aufregung habe ich Harris schon darüber informiert, dass der Friedhof heute Abend geschlossen bleibt.«

»So ein Mist!«, fluchte Amelia.

Da Spooky-Stevie als Helfer ausfiel, hatte Harris den Mädchen dessen Anteil versprochen, wenn die beiden den Touristen ausreichend »Gruselaction« boten.

»Wenn du Geld für deine Nessie Poos brauchst, kann ich dir ein bisschen was leihen«, bot Lucy ihr an. »Viel ist es allerdings nicht.«

»Das ist lieb, aber ich spare neuerdings auf einen Geigerzähler«, erzählte Amelia mit einem Funkeln in den Augen. »Damit kann man elektromagnetische Frequenzen und Felder aufspüren, die auf einen Geist hindeuten. Nach unserem Erlebnis muss ich meine wissenschaftliche Ausrüstung unbedingt aufbessern.«

Lucy schüttelte ungläubig den Kopf, denn ihre Freundin schien einen wichtigen Punkt übersehen zu haben. »Und wozu brauchst du das? Ich kann die Geister *sehen*, schon vergessen? Ich bin besser als jeder Geigerzähler.«

Mit fragender Miene wandte sich ihr Vater, der sich gerade von Pfarrer Graham verabschiedet hatte, zu ihnen um. »Du bist besser als jeder Geigerzähler?«, wiederholte er. »Wie darf ich das denn verstehen?«

»Ähh …« Lucys Mund war mit einem Mal wie ausgetrocknet. Weshalb hatte sie nur nicht leiser gesprochen? Obwohl sie ansonsten um keine Ausrede verlegen war, herrschte in ihrem Kopf plötzlich gähnende Leere.

»›Geigerzähler‹ ist ein Begriff unter Musikern«, sprang Amelia für sie ein. »Allgemein auch als Metronom bekannt, das einem Geiger oder Musiker das Tempo vorgibt. Lucy meinte, sie brauche so etwas nicht fürs Akkordeon, weil sie den Rhythmus schon im Blut habe.«

»Das ist schön zu hören«, gab ihr Vater erfreut zurück. »Wenigstens eine gute Nachricht an diesem Tag.«

Obwohl Lucy ihrer Freundin für die spontane und äußerst kreative Ausrede dankbar war, biss sie sich verlegen auf die Unterlippe. Schließlich würde ihr Vater schon bald einen Anruf von einer recht ungehaltenen Miss Dempster bekommen …

»Bis auf ein paar Leute hat sich die Menge aufgelöst«, sagte Tom Mackay mit einem Blick auf die letzten Schaulustigen. »Ich drehe noch eine Runde über den Friedhof, dann schließe ich ab.«

Er schaltete seine Taschenlampe ein und wollte gerade loslaufen, als Constable Lewis seinen Namen rief. »Einen Moment noch, Mister Mackay!« Constable Lewis nickte den beiden Mädchen zur Begrüßung wortlos zu. »Ich habe noch eine Frage wegen des Obdachlosen, der hier auf dem Friedhof hausen soll.«

Tom Mackay runzelte die Stirn. »Spooky-Stevie?«

»Haben Sie ihn gefunden?«, entfuhr es Lucy aufgeregt.

»Nein, leider nicht.« Er blätterte mit gespitzten Lippen in seinem Notizblock. »Ist es korrekt, dass er früher ein gesuchter Taschendieb war?«

Tom Mackay, Lucy und Amelia nickten synchron.

»Wie ich gehört habe, kann er sich so leise an die Leute heranpirschen, dass sie ihn in den meisten Fällen überhaupt nicht bemerken. So leise, dass man ihn sogar für einen Geist halten könnte. Entspricht das den Tatsachen?«

Lucy wusste sofort, worauf seine Fragen abzielten. »Er hat die Frau nicht überfallen!«

»Das habe ich auch nicht behauptet«, entgegnete der Constable mit ruhiger Stimme. »Doch es wäre eine plausible Erklärung für diesen mysteriösen Vorfall. Vielleicht brauchte er dringend Geld, doch dann hat er die Frau beim Überfall versehentlich verletzt und jetzt versteckt er sich hier irgendwo. Immerhin kennt Spooky-Stevie den Friedhof so gut wie seine Westentasche – er trägt schließlich nicht umsonst diesen Spitznamen.«

»Das ist doch alles Blöd…« Ihr Vater warf ihr einen scharfen Blick zu, der Lucy im letzten Moment zum Verstummen brachte.

»Nichts für ungut, Constable, aber für Stevie lege ich meine Hand ins Feuer«, sagte er entschlossen. »Auch wenn Ihre Schilderung eine wunderbare Erklärung für dieses Vorkommnis liefern würde, doch damit sind Sie eindeutig auf der falschen Fährte.«

»Wenn Sie meinen …« Constable Lewis schien zwar nicht überzeugt zu sein, aber er klappte sein Notizbuch wieder zu. »Danke für die Auskunft! Wahrscheinlich kommen wir morgen noch einmal her, um bei Tageslicht nach weiteren Spuren zu suchen.«

»Tun Sie sich keinen Zwang an«, erwiderte Tom Mackay mit einem höflichen Lächeln.

Nachdem der junge Polizist gegangen war, machte sich Lucys Vater auf zu seinem Rundgang und die Mädchen blieben alleine zurück. Nach dem ganzen Tumult fühlte sich die plötzliche Stille so unangenehm an, dass Lucy unruhig auf und ab wippte.

Amelia blickte nach oben. »Es fängt an zu schneien.«

Die ersten Schneeflocken legten sich auf Lucys Gesicht

und verfingen sich in ihren Wimpern. »Sollen wir jetzt noch das Mausoleum durchsuchen?«

Ihre Freundin sah zu den im Dunkeln liegenden Gräbern und zuckte unschlüssig mit den Schultern. »Vielleicht sollten wir das auf Morgen verschieben, was meinst du?«

»Gute Idee!«, stimmte Lucy zu und konnte ihre Erleichterung kaum verbergen.

Genau wie ihr musste auch Amelia klar sein, dass nur der Vexator für den Angriff auf die Frau verantwortlich sein konnte und nun irgendwo hier draußen auf sein nächstes Opfer lauerte.

»Wenn es hell ist, wird es ohnehin leichter sein, etwas zu entdecken. Magst du noch mit reinkommen?«

»Mama hat heute frei.«

Mehr musste Amelia gar nicht sagen. Lucy wusste, wie selten sie und ihre Mutter Zeit miteinander verbringen konnten.

»Dann telefonieren wir morgen früh, okay?«

Als Amelia durch das Tor schlüpfte und ihr noch einmal über die Schulter hinweg zuwinkte, blieb Lucys Blick an einer regungslosen Gestalt neben dem Eingang hängen – anscheinend waren doch noch nicht alle Schaulustigen gegangen. Lucy kniff die Augen zusammen und erkannte, dass es sich um Mrs. Forbes handelte, die »verrückte Alte«, die allabendlich die Kräuter auf den Gräbern verteilte und unverständliche Gebete sprach. Selbst im spärlichen Laternenlicht bemerkte Lucy, wie mitgenommen Mrs. Forbes aussah. Ihr weißes zerzaustes Haar wirkte noch unordentlicher als sonst und der bodenlange Rock unter dem schweren Tweedmantel verlieh ihrer Erscheinung etwas Geisterhaftes. Was Lucy jedoch Unbehagen bereitete, war die angsterfüllte Haltung der alten Frau. Wie erstarrt stand sie da, presste die Hand schützend an ihren Oberkörper und blickte unentwegt auf eine Stelle weiter links, die von Lucys Standpunkt aus von der Kirche verdeckt wurde. Was sich dort wohl befand? Außer Lucy und ihrem Vater war schließlich niemand mehr auf dem Friedhof.

Mit einem mulmigen Gefühl in der Magengrube lief Lucy den Berg hinauf und die hauchdünne Schneedecke, die sich inzwischen gebildet hatte, knirschte unter ihren Füßen. Sie ließ die Kirche hinter sich und passierte die Stelle, die Mrs. Forbes fixiert hatte. Lucys hektische Atemstöße schwebten als kleine Wölkchen in der Luft.

Obwohl sie sich fest vorgenommen hatte, nicht hinzusehen, siegte ihre Neugierde über ihre Vernunft: Lucy drehte den Kopf – und erstarrte. Ihre Füße verweigerten einfach ihren Dienst und Lucys Herz schien für einen Schlag auszusetzen. Genau wie Mrs. Forbes konnte auch Lucy nicht den Blick abwenden von dem schrecklichen Bild, das sich ihr bot.

Überall standen Männer, Frauen und Kinder in jedem Alter. Noch nie hatte Lucy so viele der *Grauen* auf einmal gesehen, es mussten bestimmt über tausend sein. Der ganze Bereich oberhalb der Kirche war voll von ihnen und ihre geisterhaften Körper erleuchteten das Dunkel. In langen Reihen standen sie dicht gedrängt beieinander und starrten anklagend in ihre Richtung. Eine eisige Kälte kroch in Lucys Glieder.

Weshalb hatten sie sich hier versammelt? Ob es etwas mit dem Angriff auf die Frau zu tun hatte? Lucy fiel auf, dass die *Grauen* zerlumpte Kleidung trugen, ihre Wangen eingefallen und ihre Körper ausgezehrt waren. Als hätten sie alle das gleiche Schicksal geteilt.

Kein Wunder, dass Mrs. Forbes wie versteinert gewesen war. Bei diesem Gedanken ging ein Ruck durch Lucy, der sie wie elektrisiert herumfahren ließ. Sie war nicht die Einzige, die die untoten Seelen wahrnehmen konnte!

Doch von der alten Frau war nichts mehr zu sehen und Lucy stieß einen leisen Fluch aus. Trotzdem war sie unendlich erleichtert, denn niemals hätte sie zu hoffen gewagt, in ihrer direkten Nähe auf jemanden zu stoßen, der ihr Schicksal teilte und unter der gleichen Gabe litt wie sie selbst. Denn nach ihrer angsterfüllten Haltung zu urteilen, war auch Mrs. Forbes alles andere als glücklich über diese Fähigkeit.

Ein Hauch streifte Lucys Wange. Sie schluckte schwer und wandte sich langsam wieder um. Die *Grauen* starrten Lucy mit verzerrten Gesichtern an, in denen sich so viel Qual und Kummer spiegelte, dass sich die feinen Härchen in Lucys Nacken alarmiert aufstellten. Eine Frau mittleren Alters mit langen, strähnigen Haaren war hervorgetreten und hob nun ihre Hand. Mit dem Zeigefinger deutete sie auf Lucy, die automatisch zurückwich.

»Er wird dich holen!«

Das Flüstern war kaum hörbar gewesen, wie ein Windhauch, der sich zu Worten formte. Doch die Drohung hallte in Lucys Ohren nach.

»Was? Weshalb kannst du …« Sie brach mitten im Satz ab. Bisher hatte sie ihre Gabe ertragen können, da es einige feste Regeln gab, an die sie sich klammern konnte. Dazu gehörte, dass nur die Vexatoren die Macht besaßen, mit der realen Welt zu kommunizieren. Diese Frau jedoch gehörte eindeutig zu den *Grauen* – sie konnte unmöglich mit Lucy sprechen!

»Er wird dich holen, genau wie uns«, wiederholte sie.

»Wer?«, brachte Lucy mit zitternder Stimme hervor. »Wer wird mich holen?«

In sämtlichen Reihen hoben die *Grauen* ihre Finger und deuteten auf Lucy.

»Er wird dich holen, genau wie uns!«

Das mehrstimmige Flüstern erklang zeitverzögert und stimmte nicht mit den Bewegungen der Münder überein, als müsste der Schall erst einen langen Weg zurücklegen. Lucy taumelte zurück und stolperte fast über ihre Füße.

Sie schüttelte panisch den Kopf. »Nein, ich bilde mir das alles nur ein«, wisperte sie. »Das ist nicht real! Niemand wird mich holen!«

Sie presste die Hände auf die Ohren, wandte sich ab und rannte, so schnell sie konnte, nach Hause.

4. KAPITEL

»Es geht geisterhaft zu, jeder Augenblick des Lebens will uns etwas sagen, aber wir wollen diese Geisterstimme nicht hören. Wir fürchten uns, wenn wir allein und still sind, dass uns etwas in das Ohr geraunt werde, und so hassen wir die Stille und betäuben uns durch Geselligkeit.«

Friedrich Nietzsche,
Werke I – Unzeitgemäße Betrachtungen

Amelia quasselte in einem fort, während Lucy gedankenverloren aus dem Busfenster starrte. Am Morgen noch hatte der Schnee Edinburgh unter einer weißen Decke der Unschuld begraben, doch nun häuften sich am Straßenrand grauschwarze Matschhaufen und die Passanten stapften mit eingezogenen Köpfen und geröteten Nasen durch die Kälte. Der letzte Schultag vor den Weihnachtsferien hatte sich für Lucy schier endlos in die Länge gezogen.

»… ob ich sie violett färbe, was meinst du? Vielleicht mit blauen Strähnen?«

Durch ihre Frage aufgeschreckt, riss Lucy sich endlich vom Anblick der vorbeiziehenden Häuserzeilen los und sah ihre Freundin an. »Was ist?«

»Soll ich das jetzt machen? Oder ist das zu extravagant?«

Wenn Amelia sich schon nicht sicher war, ob etwas zu auffällig wirkte, dann konnte man getrost davon ausgehen, dass die geplante Veränderung für das Stilempfinden ihrer Mitmenschen kaum zu ertragen war. Selbst Amelias Schuluniform entsprach nicht unbedingt den

Vorschriften: An das Revers ihres schwarzen Jacketts hatte sie unzählige Buttons mit Sinnsprüchen geheftet, das weiße Hemd hatte sie »versehentlich« rosa gefärbt und ein Schal mit silbernen Sternen verdeckte die rot-schwarz gestreifte Krawatte.

»Auf keinen Fall!«, gab Lucy zurück. »Lass das lieber bleiben.«

Amelias Augen verengten sich zu Schlitzen. »Du hast mir doch überhaupt nicht zugehört, stimmt's?«

In diesem Moment bremste der Doppeldeckerbus an einer Haltestelle ab und einige der Passanten strömten zum Ausgang. Direkt an Amelia und Lucys Platz drängten sich zwei Jungs aus ihrer Klasse vorbei.

»Hey, Totenmädchen, wie ich gehört habe, hast du gestern auf dem Friedhof einer Touristin in den Nacken gebissen«, sagte Bobby Thomson und stieß seinen Kumpel Michael Neill feixend in die Seite. »Bist du jetzt zu einem Zombie-Vampir mutiert?«

Lucy warf ihm einen unbeeindruckten Blick zu. Bei all ihren derzeitigen Problemen entlockte Bobby ihr nur ein müdes Lächeln. »Die Frau wurde nicht gebissen, sondern gekratzt, Blödmann! Wenn du dich das nächste Mal über jemanden lustig machen willst, solltest du besser informiert sein.«

Bobby öffnete den Mund, doch offenbar fiel ihm auf die Schnelle keine schlagfertige Erwiderung ein.

»Komm, Michael! Mit diesen beiden durchgeknallten Tussis sollten wir uns in der Öffentlichkeit ohnehin nicht sehen lassen.« Sie schafften es gerade noch rechtzeitig zur Tür, ehe der Bus wieder losfuhr.

Ohne Bobbys nervigen Auftritt zu kommentieren, wandte Amelia sich ihr zu und schaute Lucy herausfordernd an.

»Los, raus mit der Sprache!«, verlangte sie. »Du hast den ganzen Tag kaum ein Wort geredet. Ist es wegen der Geisterattacke auf die Frau? Machst du dir Vorwürfe?«

Lucy blinzelte irritiert. Hielt ihre Freundin sie nun etwa auch für einen Zombie-Vampir?

»Weshalb sollte ich mir deswegen denn Vorwürfe machen?«

»Weil du sie vielleicht hättest retten können! Denn bestimmt war es derselbe Vexator, der auch uns erschienen ist. Schließlich gibt es von denen nur wenige und es wäre schon ein seltsamer Zufall, wenn gleich zwei von ihnen in Greyfriars Graveyard auftauchen würden.«

Nach ihrem Erlebnis vom Vorabend hatte Lucy in diesem Punkt so ihre Zweifel. Seit dieser Versammlung der *Grauen* und ihrer grusligen Botschaft hielt sie alles für möglich.

»Wenn du deine Gabe trainiert hättest und sie besser beherrschen würdest«, fuhr ihre Freundin fort, »dann hättest du den Poltergeist vielleicht sofort ausschalten können und der Angriff auf die Touristin hätte gar nicht erst stattgefunden. Du hättest wirklich *Das ultimative Handbuch für Geistermedien* lesen sollen, das ich dir geliehen habe!«

»Aber ich fühle mich überhaupt nicht schuldig!«, verteidigte Lucy sich. »Schließlich bin ich nur ›freie Mitarbeiterin‹ in deiner PSI-Ermittlungstruppe und einen heiligen Eid, die Menschheit zu beschützen, habe ich auch nicht geschworen. Wir sind Teenager, Herrgott noch mal!«

Eingeschnappt ließ Amelia sich in ihren Sitz zurückfallen, während Lucy trotzig die Arme vor der Brust verschränkte. Beide starrten schweigend vor sich ins Leere.

Dieses Mal war es Lucy, die als Erste nachgab. »Tut mir leid! Lass uns nicht streiten, okay? Aber meine untrainierte Gabe ist nun wirklich das Letzte, was mir im Moment zu schaffen macht.«

Ihre Freundin fuhr zu ihr um. »Aha!«, rief sie triumphierend aus. »Es gibt also tatsächlich einen Grund, weshalb du heute so schweigsam warst. Was ist passiert?«

Lucy gab sich geschlagen und mit gesenkter Stimme berichtete sie Amelia in Kurzfassung von ihrem Erlebnis mit Mrs. Forbes und der Prophezeiung der *Grauen*. Dass sie danach wie ein verängstigtes Karnickel so schnell wie möglich heimgerannt war, ließ Lucy jedoch lieber weg. Die beiden waren so in ihr Gespräch vertieft, dass sie um ein Haar ihre Haltestelle verpassten.

Als sie am Bristo Place ausstiegen, war Amelia immer noch völlig perplex.

»Ich fasse es nicht«, sagte sie zum dritten Mal kopfschüttelnd. »Eine ganze Armee von Geistern? Die besten Dinge passieren immer dann, wenn ich nicht da bin.«

»Ist das wirklich das Einzige, was du daran bemerkenswert findest?« Schlagartig kehrte Lucys Gereiztheit zurück. »Wie wäre es denn mit ein bisschen Mitgefühl?«

Über den Dächern der Häuser kreisten die Möwen und stießen auf der Suche nach Nahrung ihre gackernden Rufe aus, während die Mädchen Richtung Friedhof liefen.

»Amelia, das ist keine Folge von *Zeichen aus dem Jenseits!* Das hier ist die Realität und eine Geisterjägerin bist du nur in deiner Fantasie. Aber ich sehe tatsächlich Dinge, die nicht von dieser Welt sind – und das macht mir Angst. Kannst du für einen Moment vielleicht einfach nur meine Freundin sein, die mir zur Seite steht?«

Wie vom Blitz getroffen blieb Amelia stehen. »Du hast recht! Du hast vollkommen recht, ich bin ein unsensibler Klotz!«

Sie biss sich schuldbewusst auf die Unterlippe und fiel Lucy, die gar nicht wusste, wie ihr geschah, um den Hals. Im Laufe der Jahre hatte sie zwar gelernt, mit Amelias sprunghafter Art umzugehen, doch mit dieser überschwänglichen Reaktion hatte sie nicht gerechnet.

»Es tut mir leid«, schniefte Amelia. »Ich bin tatsächlich eine schreckliche Freundin.«

»Schon in Ordnung«, murmelte Lucy und tätschelte Amelias Rücken. Sie lächelte entschuldigend den Passanten zu, die mit erstaunten Blicken an ihnen vorbeiliefen.

Amelia ließ wieder von ihr ab. »Natürlich muss es für dich schrecklich gewesen sein, so viele der *Grauen* auf einmal zu sehen. Ich kann mir nicht mal ansatzweise vorstellen, Tag für Tag mit so einer Fähigkeit zu leben. Wahrscheinlich würde ich durchdrehen! Aber du bist immer so mutig und cool. Deswegen vergesse ich manchmal, wie … unangenehm das alles auch für dich sein muss.«

Beim Gedanken an ihre gestrige Flucht röteten sich

Lucys Wangen. »Nun ja, *so* mutig bin ich auch wieder nicht.« Trotzdem tat es gut, diese Worte zu hören, und Lucy war dankbar für Amelias Verständnis. Das fühlte sich deutlich besser an als ihre Vorwürfe von vorhin, weil Lucy sich weigerte, ihre Gabe zu trainieren.

Sie setzten sich wieder in Bewegung und Lucy nahm ihr ursprüngliches Gesprächsthema wieder auf. »Irgendetwas geht in Greyfriars Graveyard vor und die Kräfte der Geister nehmen zu. Wenn ich nur wüsste, warum? Immerhin haben sie schon zwei Mal innerhalb weniger Tage mit mir kommuniziert.«

Sie überquerten die Straße am Nationalmuseum von Schottland, das durch seinen kreisrunden Tower eines der auffälligsten Neubauten im Umkreis war.

»Zwei Mal?«, hakte Amelia nach.

Lucy warf ihr einen schuldbewussten Seitenblick zu. Nun musste sie ihrer Freundin endlich die Wahrheit gestehen. »Der Vexator hat ebenfalls mit mir gesprochen.«

»Wie bitte?«

Amelia schien einen Moment mit sich zu ringen, ob sie beleidigt sein sollte, weil Lucy ihr nichts davon erzählt hatte. Doch schließlich siegte ihre Neugierde. »Und was hat er gesagt?«

Lucy wiederholte die Worte, die ihr seit jenem Abend nicht mehr aus dem Kopf gingen:

»Die zwölf Nächte brechen an
und es erhebt sich ein Tyrann.
Es erhebt sich das Verderben
und ein Mackay wird sterben!«

Sie sah Amelia an, dass sie den Vers am liebsten an Ort und Stelle in ihr PSI-Tagebuch notiert hätte, doch Lucy zog ihre Freundin durch das Eingangstor des Friedhofs. »Du kannst ihn dir gleich aufschreiben!«

»Meint er damit die folgenden zwölf Nächte, nachdem er in euer Haus gekommen ist? Oder sind damit irgendwelche besonderen Nächte gemeint?«

Lucy zuckte mit den Schultern. »Keine Ahnung! Viel brennender interessiert mich die Frage, ob er sich selbst gemeint hat. Welcher normale Mensch bezeichnet sich schon als Tyrann?«

»Erstens sprechen wir hier nicht von einem normalen Menschen«, wandte Amelia ein. »Und zweitens hat er vielleicht auf die Schnelle einfach keinen besseren Reim gefunden.«

Gegen ihren Willen musste Lucy auflachen. »Das wird es sein!«

Amelia zog eine Grimasse. »Ich hasse es, wenn es so viele Fragen und nicht eine einzige Antwort gibt. Was machen wir denn jetzt?«

Gerade wollte Lucy erwidern, dass sie unbedingt Mrs. Forbes abpassen und mit ihr sprechen sollten, doch sie blieb mit vor Staunen geöffnetem Mund stehen.

»Was ist denn jetzt schon wieder los?«

Eine solche Masse an Besuchern hatte sie in Greyfriars Graveyard noch nie gesehen. Überall trampelten die Leute über die Grasflächen und Gräber, fotografierten die Mausoleen oder starrten auf irgendwelche Messapparate, mit denen sie den Friedhof abschritten. Einige Meter entfernt entdeckte Lucy sogar das Kamerateam eines Regionalsenders. Ihr Vater schien mit ihnen eine heftige Diskussion zu führen und war offenbar mit seiner Geduld am Ende. »... nicht ohne Drehgenehmigung, basta!«

»Die hat bestimmt der Artikel angelockt, der heute in der Zeitung stand«, mutmaßte Amelia. »Der Poltergeist-Angriff auf die Frau hat wohl mehr Aufmerksamkeit erregt, als Pfarrer Graham lieb ist.« Sie sog scharf die Luft ein und zeigte auf einen hageren Mann, der schwarze Klamotten und einen bodenlangen Mantel trug. »Der Typ dort hat einen Geigerzähler, ich glaube es nicht! Ob ich mir den ausleihen könnte? Dieser Hobby-Forscher weiß wahrscheinlich sowieso nicht, was er mit den Daten anfangen soll.«

»So ein Mist«, fluchte Lucy, ohne auf ihre Frage einzugehen. »Wie sollen wir bei diesem Trubel denn Stevies Mausoleum untersuchen? Hoffentlich hat noch niemand bemerkt, dass die Türen nicht abgeschlossen sind.«

»Stimmt, sonst sind die möglichen Hinweise entweder zerstört oder geklaut worden.«

Auf Mrs. Forbes brauchten sie unter diesen Umständen ebenfalls nicht zu warten, denn bei diesem Tumult würde sie ihr abendliches Ritual bestimmt nicht durchführen.

»Wir sollten die Spurensuche auf später verschieben, bis Dad den Friedhof abgeschlossen hat. Dann ziehen wir los!«

»In der Dunkelheit?«, entfuhr es Amelia eine Tonlage höher als üblich.

»Hast du eine bessere Idee?«

Skeptisch ließ Amelia ihren Blick über die vielen Besucher schweifen. »Nein, bedauerlicherweise nicht. Aber dann nutzen wir wenigstens die Zeit und bringen unser PSI-Tagebuch auf den neuesten Stand. Falls uns heute Abend etwas Schreckliches zustößt, weiß die Nachwelt immerhin, was wir bisher ermitteln konnten.«

»Von mir aus«, gab Lucy seufzend nach.

Es war wahrscheinlich sogar ganz gut, wenn sie während der Wartezeit etwas zu tun hatten. Auch Lucy war alles andere als glücklich darüber, bei Nacht und Nebel über den Friedhof schleichen zu müssen, aber sie waren es ihrem verschollenen Freund Spooky-Stevie schuldig.

»20 Uhr 13, Sprachbericht von Amelia Burnett, Chef-Ermittlerin«, sagte Amelia in ihr altmodisches Diktiergerät, das sie auf einem Flohmarkt erstanden hatte. »Ich und meine freie Mitarbeitern Lucy Mackay sind auf dem Weg in Stevies Mausoleum. Der Grund für diese waghalsige Unternehmung ist in der Chronik der paranormalen Ermittlungstruppe Greyfriars Graveyard unter dem Aktenverzeichnis: M12/W3/T5/Unternehmen Schlotterknie nachzulesen.«

Lucy hörte ihr kaum zu, da sie sich auf ihre Umgebung konzentrierte. Der gefrorene Schnee knirschte unter ihren Füßen, sodass man kaum andere Geräusche wahrnehmen konnte. Zum Glück hatte sie die Taschenlampe ihres Vaters mitgenommen, deren starker Strahl einen Tunnel aus Licht in die Finsternis schnitt und die dichten Schatten, die sie umgaben, zur Seite drängte.

»... heute scheint es auf dem Friedhof noch dunkler

zu sein als gewöhnlich und die düstere Atmosphäre von Greyfriars Graveyard ist allgegenwärtig«, fuhr Amelia mit ihrem Bericht fort. »Lucy Mackay, konntest du schon einen der *Grauen* entdecken?«

Sie hielt Lucy das Diktiergerät unter die Nase. »Nein.«

»Einen Vexator?«

»Nö.«

Amelia schaltete genervt das Gerät ab. »Könntest du bitte nicht so wortkarg sein? Ein Geistermedium wie du sollte sich etwas mystischer und geheimnisvoller ausdrücken.«

»Ja, gut zu wissen«, gab Lucy gleichgültig zurück. »Wir sind gleich da!«

Der Lichtstrahl fiel auf die Tür, die dieses Mal jedoch weit offen stand. Für einen kurzen Moment keimte Hoffnung in Lucy auf, dass Stevie zurückkehrt sein könnte, aber als sie ins Innere des Häuschens traten, erwarteten sie ausschließlich Stevies zerstreute Habseligkeiten. Nun lagen auch noch zwei Getränkedosen und eine halb aufgegessene Fish-and-Chips-Tüte herum.

»Anscheinend haben die Besucher heute Mittag doch bemerkt, dass die Tür des Mausoleums nicht verschlossen ist.« Lucy ging in die Knie, um Stevies Buch mit dem Geheimfach zu öffnen, und biss wütend die Zähne zusammen. »Sie haben sogar das Geld geklaut!«

Amelia schaltete das Diktiergerät wieder ein. »Es ist 20 Uhr 22. Die Untersuchung des Mausoleums konnte leider keine verwertbaren Spuren erbringen, da in der Zwischenzeit zu viele Leute …«

»Könntest du das bitte sein lassen?«, unterbrach Lucy

sie. »Wir sollten uns jetzt konzentrieren und überlegen, wie wir weitermachen sollen!«

»Aber das lenkt mich ab«, verteidigte sich Amelia.

»Von was denn?«

Sie hob die Hände. »Na, von meiner Angst natürlich! Ich will mir nicht meinen Hals von so einem irren Vexator zerkratzen lassen wie diese Frau gestern. Du siehst die Gefahr wenigstens kommen, während ich wie ein blindes Reh hinter dir herstolpere.«

Daran hatte Lucy noch gar nicht gedacht. Sie hatte eigentlich immer geglaubt, es wäre ein Segen, sich in seliger Unwissenheit wiegen zu können, aber Amelias Argument bewies das Gegenteil. Wenigstens verstand sie nun endlich, weshalb ihre Freundin sich unbedingt einen Geigerzähler kaufen wollte.

»Okay, dann mach weiter mit deinem Bericht«, lenkte sie ein, »während ich hier noch einmal alles durchsuche.«

Einige Minuten später traten sie jedoch unverrichteter Dinge aus dem Mausoleum. Es gab nichts, was sie Constable Lewis berichten konnten oder was Stevies Unschuld hätte beweisen können. Bisher war »Unternehmen Schlotterknie« ein totaler Fehlschlag.

»Igitt!« Lucy wischte sich ihre Hand am Hosenbein ab. »Ich habe versehentlich in die Fish-and-Chips-Tüte gefasst. Du hast nicht zufällig ein Taschentuch in deiner Geisterjäger-Ausrüstung?«

Da Amelia keine Antwort gab, drehte Lucy sich zu ihr um. Ihre Freundin starrte den Weg hinauf, den sie vor wenigen Augenblicken gekommen waren. Auf dem festgefrorenen Schnee waren laut und deutlich Schritte zu hören, die sich ihnen näherten.

»Ist dein Vater vielleicht von seinem Whisky-Stammtischtreffen zurück?«

»Nein, er bleibt meist bis zehn Uhr dort. Besonders wenn Dad einen so stressigen Tag hatte wie heute.«

Die vielen Journalisten und Neugierigen auf dem Friedhof hatten ihm den letzten Nerv geraubt. Ohnehin hatte ihr Vater in letzter Zeit ständig dunkle Ringe unter den Augen, als würde er nachts kaum schlafen, und er schien ungewohnt fahrig zu sein. Doch wer schlich dann noch spät auf dem Friedhof umher?

Amelias Stimme zitterte: »Ist es der Vexator?«

»Ich weiß es nicht.«

Mit angehaltenem Atem beobachtete Lucy die Umgebung, doch ihre Sinne schienen ihr immer wieder einen Streich zu spielen. Je konzentrierter sie in die Finsternis starrte, umso häufiger entdeckte sie dunkle Schatten, die zwischen den Gräbern umherzuhuschen und sie langsam, aber sicher einzukreisen schienen.

»Da!«, flüsterte Amelia. »Es ist kein Geist, sondern ein Mensch.«

Als Lucy die hochgewachsene Gestalt auf dem Weg erblickte, schaltete sie hastig die Taschenlampe ab. Ob der Unbekannte sie schon bemerkt hatte? Und wie war er überhaupt durch die verschlossene Eingangstür gekommen?

»Hast du ein Buttertoffee?«, fragte Amelia leise. »Wenn ich nicht augenblicklich etwas im Mund habe, fange ich an zu kreischen wie eine Sirene.«

Ohne den Blick abzuwenden, reichte Lucy ihr ein altes Himbeerbonbon aus ihrer Jackentasche.

Der Mann trug einen schweren Mantel, der sich um seine Beine bauschte und ihm etwas Furchteinflößendes verlieh, nur sein dürrer Hals mit dem etwas zu groß geratenen Kopf milderte diesen Eindruck wieder.

»… u-uns erscheint jeden Moment der Sensenmann höchstpersönlich«, wisperte Amelia in ihr Diktiergerät. Das Bonbon schien sie in einem Stück verschluckt zu haben. »Unser letztes Stündlein hat geschlagen.«

»Das ist nicht der Sensenmann«, widersprach Lucy und kniff die Augen zusammen. »Der Typ kommt mir sogar bekannt vor.«

Nur noch wenige Meter trennten ihn von den Mädchen und nun konnte Lucy auch ein knisterndes Geräusch hören, das immer wieder an- und abschwoll. Es dauerte jedoch einen Moment, ehe sie es zuordnen konnte.

»Ein Geigerzähler!«, entfuhr es ihr lauter als beabsichtigt.

Die Gestalt blieb abrupt stehen. »Ist da jemand?« Die Stimme des Mannes klang verunsichert.

Anstatt auf seine Frage zu antworten, raunte Lucy ihrer Freundin zu: »Das ist der komische Typ von heute Nachmittag.«

»Echt?« Amelia ließ ihr Diktiergerät sinken, das sie zur Waffe erhoben hatte.

»Dass er kein Geist ist, bedeutet nicht, dass er ungefährlich ist. Immerhin hat er sich unerlaubt Zugang zum Friedhof verschafft.«

Wie aufs Stichwort schaltete der Mann seine Taschenlampe ein und leuchtete den beiden ins Gesicht, sodass sie geblendet die Augen zusammenpressten.

»Was macht ihr denn um diese Zeit auf dem Friedhof?«, fuhr er sie unfreundlich an. »Solltet ihr nicht längst zu Hause sein?«

»Ich bin hier zu Hause«, informierte Lucy ihn und trat aus dem Lichtschein heraus. »Mein Vater ist der Friedhofswärter, und wenn er erfährt, dass Sie hier ohne Erlaubnis herumschleichen, wird er bestimmt nicht darüber erfreut sein.«

»Oh«, entfuhr es dem Mann überrascht, doch er fand leider schnell seine Fassung wieder. »Ich glaube, er wäre über meine Anwesenheit sogar hocherfreut«, behauptete er und straffte seine Schultern, was durch seinen schmächtigen Körper allerdings wenig beeindruckend wirkte. »Ich bin Kevin Corbett, ein professioneller und äußerst gefragter Geisterjäger. Auf meiner Internetseite könnt ihr euch gerne über meine phänomenale Erfolgsquote informieren! Ich führe hier in Greyfriars Graveyard Ermittlungen durch, um den mysteriösen Angriff auf die Touristin aufzuklären.«

»Ah ja?« Lucy verschränkte skeptisch die Arme vor der Brust. Wenn Kevin Corbett tatsächlich ein anerkannter Geisterjäger gewesen wäre, hätte er sich offiziell mit der Friedhofsverwaltung in Verbindung gesetzt und seine Untersuchungen wohl kaum in aller Heimlichkeit durchgeführt. Am liebsten hätte Lucy ihn augenblicklich des Friedhofs verwiesen.

Amelia schien ihre spontane Abneigung offenbar

nicht zu teilen, denn sie begutachtete interessiert Kevin Corbetts Ausrüstung, die er an einem Gürtel um die Hüfte trug. »Was haben Sie denn außer dem Geigerzähler noch dabei?«

Er schlug in einer großspurigen Geste seinen Mantel zurück und deutete auf seinen Geisterjägergürtel.

»Ein Nachtsichtgerät, eine Video- und Wärmebildkamera, ein EMF-Meter, um elektromagnetische Frequenzen und Felder festzustellen, und natürlich den Geigerzähler, um die Alpha-, Beta- und Gammawellenstrahlung einer paranormalen Erscheinung zu messen.«

Amelias Augen weiteten sich vor Begeisterung. »Wahnsinn! Zwar habe ich mir aus einem alten Radio auch ein EMF-Meter gebastelt, aber das ist natürlich kein Vergleich zu diesem Profigerät.«

»So professionell kann Mr. Corbett gar nicht sein«, mischte Lucy sich ein. »Bis auf den technischen Schnickschnack hat er nämlich keine der sonstigen Grundutensilien dabei. Und außerdem hat er die erste Regel der Geisterjäger gebrochen.«

»Und die wäre?«, fragte er unwillig.

»Die kennen sie nicht?«

Amelia hob erstaunt eine Augenbraue und zitierte aus der Bibel aller PSI-Forscher *Grundlagen der Paraphysik – Theorie, Erforschung und Nachweis* von 1913: »Die erste Regel muss immer befolgt werden, zur eigenen Sicherheit, aber auch zum Schutze Unbeteiligter: Gehen Sie unter keinen Umständen alleine auf Geisterjagd!«

Kevin Corbett schnaubte auf. »Ich mache das schon seit Jahren und brauche keinen Begleiter, der mich mit seiner Unwissenheit und seinem Dilettantismus aufhält. Andere Menschen gehen mir auf die Nerven.«

Er strich sich sein schulterlanges Haar zurück, das selbst im Schein seiner gesenkten Taschenlampe fettig glänzte. »Ich muss mit meiner Erforschung des Friedhofs weitermachen! Auf diesem Gelände hat sich ein gefährlicher Geist eingenistet und von meiner Arbeit hängen Leben ab.«

Amelia musterte ihn kritisch. »Weshalb wollen Sie andere Menschen überhaupt retten, wenn sie Ihnen auf die Nerven gehen?«

»Mir sind die gefährlichen Geschöpfe der jenseitigen Welt bekannt, doch den Unwissenden bleibt deren Existenz verborgen. Somit obliegt es meiner Verantwortung, die Lebenden vor Unheil zu bewahren.«

So einstudiert wie seine Worte klangen, schien er sie schon öfter verkündet zu haben. Offenbar gefiel sich Mr. Corbett in der Rolle des einzelgängerischen Retters der Menschheit.

Lucy dagegen schüttelte den Kopf und stöhnte genervt auf. Der Geisterjäger richtete das Licht seiner Taschenlampe nun wieder frontal auf sie.

»Was ist mit deinen Augen, Mädchen?«

Lucy hob schützend die Hände vor das Gesicht. »Mit denen stimmt alles, danke der Nachfrage. Als ich sie das letzte Mal im Spiegel gesehen habe, waren sie jedenfalls noch am richtigen Platz. Könnten Sie mich bitte nicht direkt anleuchten?«

Doch er tat ihr nicht den Gefallen, sondern trat noch näher an Lucy heran.

»Deine Regenbogenhaut scheint keine Pigmente zu besitzen«, murmelte er fasziniert. »Die Iris ist fast farblos und trotzdem besitzt sie ein inneres Leuchten. Das habe ich schon einmal gesehen bei einem Mann im brasilianischen Regenwald. Er wurde der Himmelsläufer genannt, weil er von den Toten zurückgekehrt war. Doch der Todesgott hatte ihn schon als einen der Seinen gekennzeichnet, sodass seine Augen nicht mehr die Farben des Lebens besaßen. Auch sein Haar war schlohweiß geworden.«

Lucy wich zurück. Wollte Kevin Corbett sich nur wichtigmachen? Oder war er diesem Mann tatsächlich begegnet?

»Aber wie Sie sehen können, habe ich keine weißen Haare und tot war ich ebenfalls noch nicht. Bei mir ist es lediglich eine Pigmentstörung.«

Er starrte sie noch einen weiteren Moment an, dann zuckte er etwas enttäuscht mit den Schultern.

»Ich nehme jetzt meine Arbeit wieder auf und würde es sehr begrüßen, wenn ihr mich nicht mehr unterbrecht! Als ausgebildeter Exorzist bin ich nämlich im Moment der Einzige, der Edinburgh von diesem bösartigen Geist befreien und ihn zurück in die jenseitige Welt schicken kann.« Mit diesen Worten machte Kevin Corbett kehrt und ging den Weg zurück, den er gekommen war.

»Ob all deine Kollegen in der PSI-Forschung so drauf sind?«

»Ich hoffe nicht«, sagte Amelia. »Allerdings hätte ich zu gerne noch mehr über diesen sogenannten Himmelsläufer erfahren. Du nicht?«

»Dieser Typ wollte sich doch nur aufspielen!«, wiegelte Lucy ab. »Schon allein von seinem Gerede über die Unwissenden, die er vor Unheil bewahren muss, ist mir übel geworden. Wir sollten hintenrum gehen, damit wir ihm nicht noch einmal in die Arme laufen.«

Sie deutete auf den Fußweg, der rechts abzweigte und hinter der Kirche entlangführte. Er wurde nur selten benutzt, da er eher einem Trampelpfad glich und bei Nacht noch schlechter beleuchtet war als der Hauptweg.

Amelia stöhnte auf. »Du willst den Gruselpfad nehmen? Muss das sein?«

Zwar bevorzugte Lucy ebenfalls den Hauptweg, doch sie hatte schon ihr ganzes Leben in Greyfriars Graveyard verbracht und in all den Jahren nicht feststellen können, dass sich auf Amelias sogenanntem »Gruselpfad« mehr untote Seelen aufgehalten hätten als anderswo.

»Du warst doch diejenige, die dieser Aktion den Titel ›Unternehmen Schlotterknie‹ gegeben hat«, zog Lucy sie auf. »Bisher ist mir jedoch kein einziger Geist erschienen. Es ist sogar eine auffallend ruhige Nacht.«

Amelia stapfte murrend hinter ihr her. »Das ist nur die Ruhe vor dem Sturm! Wenn ich gleich einen solchen Schreck bekomme, dass ich tot umfalle, bist du allein schuld daran – weil du uns direkt zum Vexator geführt hast.«

Der Lichtschein ihrer Lampe erkundete vor ihnen den Pfad. Während auf der einen Seite Bäume und Büsche den Blick auf die Gräber verdeckten, ragten rechts von ihnen bis zu zwei Meter hohe Grabreliefs in die Höhe, die mit Skeletten und Dämonenfratzen verziert waren und sich an die ehemalige Stadtmauer Edinburghs lehnten.

»Bist du dir wirklich sicher, dass du später einmal Paraphysikerin werden willst? Bei deiner Geisterphobie scheint mir das nicht sehr klug zu sein.«

Amelia schnappte empört nach Luft. »Ich habe überhaupt keine Geisterphobie! Außerdem könnte ich mich auch verstärkt dem theoretischen Aspekt der Paraphysik zuwenden. Du weißt genau, dass ich das alles nur mache, weil ich unbedingt den Geist meines Vaters finden und mit ihm reden …«

Es kam ohnehin nur selten vor, dass Amelia dieses für sie äußerst sensible Thema ansprach, doch nun brach sie mitten im Satz ab und blieb wie angewurzelt stehen. »Hast du das auch gehört?«

Sie hatten gerade eine Abzweigung erreicht: Der Weg zu ihrer Linken führte sie direkt vor die Haustür der Mackays, während es geradeaus zum »Gefängnis der Rebellen« ging – dem unheimlichsten Bereich des Friedhofs, in den Harris jedes Mal die Touristen zum Abschluss der Ghost-Tour lotste.

Lucy drehte sich einmal im Kreis und suchte ihre Umgebung nach untoten Seelen ab. »Ich kann nichts Ungewöhnliches wahrnehmen.«

Amelia legte den Zeigefinger an ihre Lippen, um ihr zu signalisieren, still zu sein.

Lucy hielt den Atem an und lauschte.

Plötzlich hörte sie es auch: ein rhythmisches Pochen, das wie das Schlagen eines Herzens klang. Nach wie vor konnte Lucy weder einen der *Grauen* entdecken noch die eisige Nähe eines Vexators spüren, aber irgendwer oder irgendetwas musste für dieses dumpfe Klopfen verantwortlich sein. Voller Unbehagen blickte sie zu Amelia, die nervös an ihrer Lippe kaute.

»Sollen wir …« Sie machte eine vage Geste in die Richtung, aus der sie das Geräusch vermutete.

»Wegrennen?«, fragte Amelia hoffnungsvoll.

»Nein, ich meinte eigentlich, ob wir einmal nachsehen sollen?«

»Bist du verrückt?«, zischte ihre Freundin. »Hast du dir noch nie einen Horrorfilm angeschaut? Diejenigen, die einem verdächtigen Geräusch nachgehen, werden als Erstes ermordet.«

»Das muss aber nicht heißen, dass es in der Realität genauso ist! Ich als *Medium*«, bei dem Wort machte Lucy mit den Fingern ein Paar Anführungszeichen in die Luft, »habe so ein rhythmisches Klopfen noch von keiner untoten Seele gehört und somit gibt es bestimmt auch eine ganz rationale Erklärung dafür. Vielleicht braucht jemand unsere Hilfe?«

»Natürlich, warum bin ich nicht selbst darauf gekommen?« Amelias Stimme triefte vor Sarkasmus. »Wahrscheinlich sitzt dort nur ein Schlagzeuger in der Gruft, weil er keinen besseren Raum zum Üben gefunden hat. Wenn er allerdings Probleme hat, den Takt zu halten, bist du wohl die Letzte, die ihm dabei helfen kann.«

Lucy schüttelte entnervt den Kopf. Über ihr mangelndes musikalisches Talent wollte sie nun wirklich nicht diskutieren. »Gut, dann bleib eben hier und ich gehe allein!«

Ohne Amelias Antwort abzuwarten, wandte sie sich ab und lief davon. Lucy musste sich gar nicht erst umdrehen, um zu wissen, dass ihre Freundin ihr tatsächlich nicht folgte, denn hinter ihr waren weder Schritte noch das Knirschen des Schnees zu hören.

»So ein Mist«, fluchte sie leise.

Nun wurde Lucy doch etwas mulmig zumute. Langsam tastete sie sich zwischen den im Dunkel liegenden Grüften und Mausoleen vorwärts und blieb immer wieder stehen, um zu lauschen. Das Geräusch wurde mal schwächer, dann wieder lauter, bis es manchmal minutenlang verstummte. Es kam Lucy wie eine Ewigkeit vor, bis sie schließlich ein rundes Mausoleum mit einem kuppelartigen Dach erreichte, aus dessen Inneren das Klopfen drang. Trotz der Dunkelheit erkannte sie die Grabstätte sofort, denn ihr Anblick erfüllte Lucy selbst bei Tageslicht stets mit einem Gefühl des Unbehagens und der Furcht: Es war das schwarze Mausoleum.

Sie nahm all ihren Mut zusammen und stieg die drei Stufen hinauf zu dem Holzportal, in dessen Mitte eine Art Sichtfenster aus schmiedeeisernen Ranken eingelassen war. Sofort fiel Lucy auf, dass das Vorhängeschloss fehlte. Hier stimmte etwas eindeutig nicht …

Mit zitternden Händen versetzte sie der Tür einen Stoß, die mit einem schauerlichen Quietschen aufschwang. In dem kreisförmigen Raum konnte Lucy weder Inschriften an den Wänden noch einen steinernen Sarkophag ausmachen. Als sie das Licht ihrer Taschenlampe auf den Boden richtete, entfuhr ihr ein gequältes Stöhnen. »Oh nein!«

Es war eines der Mausoleen, in denen eine schmale Treppe nach unten führte, weil es eine unterirdische Grabkammer besaß. Lucys Entschlossenheit geriet ins Wanken. Wollte sie tatsächlich dort hinabsteigen? Amelias Prophezeiung, dass im Horrorfilm die allzu Neugierigen unweigerlich den Tod fanden, kam ihr wieder in den Sinn. Wäre es nicht klüger, einfach umzukehren? In diesem Moment setzte das Klopfen wieder ein – es hallte aus der Tiefe nach oben und lief mit einem Zittern durch die Mauern des alten Gebäudes.

Ruckartig richtete Lucy sich auf. Hatte da jemand um Hilfe gerufen? Sie glaubte, zwischen dem rhythmischen Pochen eine menschliche Stimme zu hören. Wenn dort unten jemand in Not war, durfte sie auf keinen Fall zögern!

Lucy ging auf die Treppe zu, die so steil abwärts führte, dass der Schein ihrer Taschenlampe sich schon nach wenigen Metern in der Finsternis verlor.

»Jetzt sei keine Memme!«, befahl sie sich selbst, doch ihre Füße schienen am Boden festgewachsen zu sein und das Blut rauschte in ihren Ohren.

Wie in Zeitlupe trat sie die erste Stufe hinab. Das hier war etwas völlig anderes, als kurz vor der Ghost-Tour in ein paar Metern Höhe auf einem Ast zu balancieren. Selbst Lucy konnte sich nun nicht mehr einreden, dass sie die Situation vollkommen unter Kontrolle hatte, und die Drohung des Vexators fiel ihr wieder ein. Sie hielt mitten in der Bewegung inne, als ihr bewusst wurde, dass sie etwas Wichtiges übersehen hatte. Zwar hatte sie solche Geräusche auf dem Friedhof tatsächlich noch nie von einem der *Grauen* vernommen, aber vielleicht war es der Vexator? Mit diesen Wesen hatte Lucy schließlich noch nicht allzu viele Erfahrungen gemacht. Womöglich wollte der Poltergeist sie damit in eine Falle locken?

»Hilfe! Hiiilfe!«, schallte es zu ihr herauf.

Unsicher biss Lucy sich auf die Unterlippe. War das nun ein Mensch? Oder ein Geist?

Manchmal konnte sie die Gegenwart der untoten Seelen schon von Weitem spüren – es war wie ein kalter Hauch, der in ihre Seele kroch und sie auf die Gefahr aufmerksam machte. Die einzige Kälte, die Lucy im Moment wahrnehmen konnte, war jedoch nur die der eisigen Winternacht. Vielleicht hätte sie ihre Gabe für einen Ernstfall wie diesen tatsächlich trainieren sollen, so wie Amelia es ihr immer wieder geraten hatte?

Ohne jede Vorwarnung legte sich ihr von hinten eine Hand auf den Rücken. Lucy kreischte auf.

»Willst du mich umbringen?«, rief Amelia, die vor Schreck fast einen halben Meter in die Höhe hüpfte. »Warum schreist du denn so?«

»Wegen dir natürlich!« Lucy ließ keuchend die Taschenlampe sinken. »Musst du dich so an mich heranschleichen? Ich dachte, du willst nicht mitkommen.«

»Ich hab's mir anders überlegt. Allein da draußen war es so unheimlich, dass ich dir lieber gefolgt bin.« Sie blickte sich schaudernd um. »Wo sind wir hier eigentlich?«

»Im schwarzen Mausoleum.«

Amelia schluckte schwer. »Liegt hier etwa ein schwarzer Hexer begraben?«

»Quatsch!«, gab Lucy zurück, auch wenn sie in Wahrheit nicht die geringste Ahnung hatte, in wessen letzter Ruhestätte sie gerade standen. Dass ihr Vater der Friedhofswärter war, bedeutete nicht zwangsläufig, dass sie den Namen und die Vita eines jeden Verstorbenen in Greyfriars Graveyard kannte.

»Es wird so genannt, weil sich über die Jahrhunderte hinweg die Steine des Mausoleums schwarz verfärbt haben. So wie bei vielen alten Gebäuden in Edinburgh.«

»Vom Rauch der vielen Kohleöfen«, erinnerte sich Amelia und atmete hörbar auf. »Zum Glück, mit der untoten Seele eines Hexers wäre nicht zu spaßen gewesen!« Sie stutzte. »Hat da gerade jemand um Hilfe gerufen?«

»Ich habe es auch schon gehört.« Lucy zeigte die Treppe hinab. »Gehst du mit?«

Nun, mit Amelia an ihrer Seite, kehrte auch ihr Mut zurück, und falls dort unten ein Mensch in Not war, hätte Lucy es sich nie verziehen, wenn sie sich einfach aus dem Staub gemacht hätten.

Amelia nickte zaghaft. »Soll ich Mehl ausstreuen? Dann können uns mögliche Fußspuren verraten, ob ein Geist in der Nähe ist.«

Sie hielt ihren Rucksack hoch, der die gesamte Grundausrüstung eines PSI-Forschers enthielt: Mehl, eine Taschenlampe, Kerzen, Wasser, eine Funkuhr, Kreide, das EMF-Meter, ein Diktiergerät, ein Handy mit Videofunktion und natürlich Amelias PSI-Tagebuch.

»Ich glaube nicht, dass das notwendig ist. Lass es uns einfach hinter uns bringen!«

Wenn sie direkt in eine Falle des Vexators liefen, würden Amelia und sie es auch ohne Mehl schnell genug feststellen.

Da Lucy nicht mehr alleine war, fiel es ihr bedeutend leichter, die Stufen hinabzusteigen. Trotzdem beschleunigte sich ihr Herzschlag, als die Oberfläche über ihnen verschwand und die Treppe sie in einem engen Bogen in die Tiefe führte. Die Steinstufen waren feucht und stellenweise mit Moos und Flechten bewachsen, sodass man leicht abrutschen konnte.

»Igitt!«, sagte Amelia angeekelt. »Ich habe gerade in eine richtig dicke Spinnwebe gefasst. Die war bestimmt schon hundert Jahre alt.«

»Dafür krabbelt jetzt wahrscheinlich eine verärgerte Geisterspinne auf dir herum«, scherzte Lucy, um ihre Nervosität zu überspielen.

Jeder Muskel in ihrem Körper war angespannt und ihr Atem wurde immer flacher, je näher sie dem unheimlichen Klopfen kamen. Endlich erreichten sie den unteren Absatz, wo ihnen eine vergitterte Tür den Weg versperrte. Diese sollte Grabräuber davon abhalten, die Ruhe der Toten zu stören, denn in früheren Zeiten wurden die Körper der kürzlich Verstorbenen aus den Särgen gestohlen, um sie an die medizinische Fakultät in Edinburgh zu verkaufen.

Lucy öffnete die Tür, die nach innen aufschwang. »Eigentlich hätte sie verschlossen sein müssen.«

Wenn ihr Vater die Mausoleen ein Mal im Monat kontrollierte, achtete er immer peinlich genau darauf, alles wieder abzusperren.

Vor ihnen erhob sich eine Mauer aus Finsternis. Die

Luft, die Lucy entgegenschlug, roch abgestanden und muffig. Sie ließ ihre Taschenlampe durch das Dunkel schweifen – hastig und ungeduldig, um so schnell wie möglich den unbekannten Raum und seine potenziellen Gefahren zu erfassen: bröckelnde Wände, Spinnweben, kleine Nischen an den Wänden zum Aufstellen der Kerzen, Fußabdrücke auf den staubigen Steinfliesen. Es war wie ein Puzzle, das Lucy aufgrund des kleinen Lichtstrahls nur Stück für Stück zusammensetzen konnte. Dabei spürte sie ein unangenehmes Kribbeln im Nacken, das ihr permanent signalisierte, dass sie die größte Bedrohung noch gar nicht entdeckt hatte und sich etwas durch die Dunkelheit unaufhaltsam an sie heranschlich.

Lucy ließ das Licht in der Mitte des Raumes verharren und schluckte schwer: Der Deckel des massiven Steinsarges war zur Seite geschoben worden und lag zerbrochen am Boden.

Hastig zog Amelia unter ihrem Schal das kleine goldene Kreuz hervor, das sie immer um den Hals trug.

»V...Vampire!« Ihr Gesicht war so leichenblass, dass sie selbst wie ein Gespenst aussah. »Ein geöffneter Sarg deutet immer auf Vampire hin.«

Ein gequältes Stöhnen hallte durch die Gruft.

»Gütiger Gott!«, keuchte Amelia.

Lucys Herz pochte wie wild und ihre Knie schienen jeden Augenblick nachzugeben. Regungslos stand sie am Eingang der Gruft und beobachtete mit weit aufgerissenen Augen, wie sich bleiche Finger über den Rand des geöffneten Sarkophags schoben. Erneut ertönte das schauerliche Stöhnen.

»Es tut mir leid, dass ich dich hier runtergeschleppt habe!«, wisperte sie.

»Wenigstens sterben wir zusammen«, schluchzte Amelia. »Beste Freundinnen, Seite an Seite bis zum Tod, während uns von einem Blutsauger unser junges Leben genommen wird.«

Amelias theatralische Worte bewirkten, dass Lucys Verstand sich mit einem metaphorischen Augenrollen zurückmeldete. Sie glaubte nicht an Vampire! Die Energie einer Menschenseele mochte nach dem Tod in irgendeiner körperlosen Form weiterexistieren – ob als *Grauer* oder Vexator –, aber Vampire, Zombies und Mumien waren Ausgeburten der menschlichen Fantasie.

Lucy trat einen Schritt vor. »Hallo? Ist da jemand?«

»Hier!«, antwortete eine heisere Stimme.

Sie lief noch weiter in die Gruft hinein und lenkte den Lichtstrahl hinter den Sarg. »Stevie? Bist du das?«

»Aye!«

Die beiden Mädchen stürzten zu dem am Boden liegenden Obdachlosen. Stevie sah schrecklich aus: Unter seinen Augen lagen tiefe Augenringe, die Wangen waren eingefallen und seine trockenen Lippen eingerissen. Aufgrund der ungewohnten Helligkeit musste er geblendet den Kopf abwenden.

»Lucy, Amelia … Seid ihr es wirklich?«, fragte er ungläubig. »Als ich die Stimmen gehört habe, dachte ich, ich bilde sie mir nur wieder ein.«

Trotz seines schlechten Zustandes konnte Lucy ihre Erleichterung nicht verbergen. »Du glaubst gar nicht, was für Sorgen wir uns um dich gemacht haben. Wir waren sogar bei der Polizei, doch niemand wollte nach dir suchen.«

Unter seinem dreckverschmierten Gesicht verzog sich sein Mund zu einem traurigen Lächeln. »Hier unten hätte mich wohl auch kaum einer gefunden, oder?«

Amelia hielt ihm eine Wasserflasche hin, die zu ihrer PSI-Grundausrüstung gehörte. »Trink das, aber nicht zu schnell!«

Mit zittrigen Händen nahm er die Flasche entgegen, doch er war so entkräftet, dass Lucy ihm helfen musste, sie zum Mund zu führen. Wie Amelia ihm geraten hatte, trank er Schluck für Schluck.

»Ihr glaubt gar nicht, wie gut das tut. Ich habe das feuchte Moos gegessen und sogar an den nassen Wänden geleckt, weil ich solchen Durst hatte. Es war nicht viel, aber das hat mir wahrscheinlich das Leben gerettet.« Seine Stimme klang schon etwas besser. »Ihr habt nicht zufällig auch etwas zu futtern dabei?«

Mit einem Grinsen zog Amelia einen Energieriegel aus ihrem Rucksack. »Als Geisterjägerin bin ich auf jeden Notfall vorbereitet. Schließlich könnte man irgendwo eingesperrt oder verschüttet werden.«

Während Stevie hastig in den Riegel biss, musterte Lucy die Umgebung. »Weshalb bist du eigentlich hier?«

»Ich bin durch den Boden gebrochen und mein linkes Bein ist eingeklemmt. Es ist mir einfach nicht gelungen, mich zu befreien, aber wenigstens scheint es nicht gebrochen zu sein.« Tatsächlich ragte sein Unterschenkel unter einem Teil der zerbrochenen Grabplatte hervor. Es war Stevies Glück gewesen, dass der Untergrund nachgegeben hatte und er durch die Steinfliesen der Gruft gebrochen war, ansonsten hätte das Gewicht des Sargdeckels sein Bein womöglich zerschmettert. Doch anstatt eines erdigen Bodens, den Lucy eigentlich erwartet hätte, lag Stevie auf unzähligen Knochen, die mit einer grünlichen Schicht überzogen waren und mit Sicherheit nicht von einem einzigen Toten stammten. Unter dem schwarzen Mausoleum befand sich ein Massengrab!

Amelia erschauderte sichtlich und auch Lucy lief ein kalter Schauer über den Rücken.

»Und hier drin musstest du die ganze Zeit über liegen?«, fragte Amelia mit belegter Stimme. »Im Dunkeln?«

Das war so ziemlich der schlimmste Albtraum, den Lucy sich vorstellen konnte. Sie bewunderte Stevie, dass er angesichts seiner Situation so ruhig bleiben konnte. Aber vielleicht fehlte ihm mittlerweile auch die Kraft, sich deswegen aufzuregen.

»Als mein Feuerzeug schließlich den Geist aufgegeben hat, wusste ich nicht, ob ich vor Angst verrückt werden oder dankbar sein soll. So konnte ich wenigstens die Skelette nicht mehr sehen.«

»Dann hast du dieses Geräusch gemacht, das uns hergelockt hat?«, fragte Lucy.

»Aye! Leider musste ich die Ruhe der Toten etwas stören.« Er hielt einen der Knochen in die Höhe und deutete damit auf eine der Eisenstangen, die Lucys Vater erst kürzlich angebracht hatte, um die Decke der Gruft zu stabilisieren. »Und mein Hals fühlt sich vom vielen Rufen ganz geschwollen an. Ich war schon kurz davor, die Hoffnung aufzugeben.«

»Aber es hat sich gelohnt! Ohne dein Klopfen wären wir niemals auf die Idee gekommen, in diesem Mausoleum nach dir zu suchen.«

Ansonsten hätte wohl erst ihr Vater bei einem seiner monatlichen Rundgänge Stevie gefunden – und dann wäre es für ihren Freund zu spät gewesen.

Amelia zog ihr Handy aus der Tasche und blickte auf das Display. »Hier unten gibt es keinen Empfang. Ich muss nach oben, wenn ich den Notruf wählen will.«

»Du hast recht, wir müssen Hilfe holen!«, stimmte Lucy ihr eifrig nickend zu. »Vielleicht ist Dad in der Zwischenzeit von seinem Stammtisch zurück? Während du telefonierst, laufe ich nach Hause und sehe nach. Selbst den doofen Geisterjäger Kevin Corbett könnten wir bei der Bergung gut gebrauchen.« Sie wandte sich zur Tür der Kammer. »Keine Sorge, Stevie, wir beeilen uns!«

»Nein, lasst mich nicht allein!« Plötzlich trat Panik in seine Augen und mit letzter Kraft richtete er seinen Oberkörper auf. »Bitte geht nicht! Sonst drehe ich durch.«

Es wunderte Lucy nicht, dass Stevie mit den Nerven am Ende war und es keine Sekunde länger in seinem Grab aus Knochen ertrug.

»Womöglich können wir auch zu zweit die Platte hochheben«, überlegte sie.

»Für was hältst du uns denn?«, entgegnete Amelia ungläubig. »Sind wir etwa Superwoman und der unglaubliche Hulk?«

Sie hob in einer kraftlosen Geste ihre Arme in die Höhe, die selbst in ihrem Mantel einen spärlichen Umfang aufwiesen.

»Na schön, wir sind zwar keine Superhelden, aber dafür Schotten.« Lucy reckte stolz ihr Kinn. »Ein Volk, das Sportarten wie Baumstammwerfen erfunden hat. Wenn es ein Schotte bei den Highland Games schafft, einen Stein von zweihundert Kilogramm zu tragen, werden wir doch auch zu zweit diese zerbrochene Grabplatte wenigstens so weit anheben können, damit Stevie sein Bein rausziehen kann!«

Amelia schürzte nachdenklich die Lippen. »Du meinst, wir beide als zu allem entschlossene Scotland-Girls? Damit kann ich mich anfreunden.«

Lucy begann jedoch selbst an ihrer Idee zu zweifeln, als ihr klar wurde, dass sie auf die grünlichen Knochen treten mussten, um die Sargplatte hochzustemmen.

»Bäh, ist das scheußlich!«, stieß sie angeekelt aus, als ein Oberarmknochen unter ihrem Gewicht zerbrach.

»Die sind schon seit Ewigkeiten tot, die spüren nix mehr«, beruhigte Stevie sie. Er hatte die Taschenlampe übernommen, damit die Mädchen ihre Hände frei hatten.

»Ich frage mich, weshalb unter diesem Mausoleum so viele Leichen verscharrt wurden.«

Lucy ging in die Knie und umfasste die zerbrochene Grabplatte. »Könntest du bitte aufhören, von ›Leichen‹ zu reden? Mir wäre bedeutend wohler, wenn wir beim Ausdruck ›Knochen‹ bleiben würden.«

Amelia nahm Lucy gegenüber ihre Position ein. Dank ihres farbenfrohen Outfits wirkte sie hier so fehl am Platz wie ein Vexator im Karibikurlaub. »Legen wir los! Ich möchte so schnell wie möglich hier raus.«

»Wem sagst du das«, murmelte Stevie.

»Auf drei«, gab Lucy vor. »Eins, zwei, drei ...«

Erneut hallte ein Stöhnen von den Wänden der Grabkammer wider, doch dieses Mal waren es Lucy und Amelia selbst, die es ausstießen.

»Ich wusste gar nicht, dass etwas so schwer sein kann«, keuchte Lucy.

»Die Platte reißt mir gleich meine Arme ab«, prophezeite Amelia. Ihr Gesicht war vor Anstrengung dunkelrot angelaufen. »Ich lasse lieber wieder los! Ohne Arme müsste ich nämlich all meine schönen Armbänder und Ringe in den Müll werfen.«

»Nein«, rief Stevie, der sich Stück für Stück befreien konnte. »Ihr habt es gleich geschafft! Nur noch ein paar Zentimeter.«

»Ich kann nicht mehr«, presste Lucy zwischen den Zähnen hervor. Ihrer Meinung nach wog diese Grabplatte mindestens tausend Kilogramm. Bei den Highland Games könnten die »Scotland-Girls« bestimmt sämtliche Männer mit weitem Abstand hinter sich lassen.

»Nur noch ein kleines bisschen höher«, verlangte Stevie.

Vor Lucys Augen erschienen bunte Lichtpunkte, die fröhlich umeinandertanzten. Das war zwar recht hübsch anzusehen, trotzdem schien ihr das kein gutes Zeichen zu sein.

In diesem Augenblick rutschte Amelias Fuß an einem der Knochen ab, sie verlor das Gleichgewicht und ließ die Grabplatte los, um ihren Sturz abzufangen. Nicht einmal den Bruchteil einer Sekunde gelang es Lucy, das

Gewicht alleine zu halten. Sie musste loslassen und mit einem Krachen fiel der Sargdeckel zurück in seine Ausgangsposition. Knochen zersplitterten und eine Wolke aus Staub erfüllte die Gruft.

Amelia wedelte hustend vor ihrem Gesicht herum. »Stevie? Lebst du noch?«

Lucy hob die Taschenlampe auf, die vor ihre Füße gerollt war. Sie war auf das Schlimmste gefasst und bereute schon, dass sie Amelia zu dieser absurden Rettungsaktion überredet hatte. Doch es war alles noch einmal gut gegangen: Stevie klammerte sich am Rand des Steinsarges fest und hievte sich mühsam in die Höhe. Sie hatten ihn tatsächlich befreit.

»Warte, wir helfen dir!« Sofort eilten die Mädchen zu ihm und stützten ihn von beiden Seiten ab.

»Mein Bein tut ziemlich weh«, gestand er zähneknirschend.

»Du musst unbedingt zu einem Arzt!«

Und unter die Dusche, aber diesen Gedanken sprach Lucy lieber nicht laut aus. Am besten atmete sie ab sofort durch den Mund!

Plötzlich hielt Stevie inne. Seine Augen bekamen einen fiebrigen Glanz und er wirkte mit einem Mal seltsam angespannt. »Nehmt ihr meine Tasche mit?«, bat er mit merkwürdig gepresster Stimme. »Ich kann ohne diese Tasche nicht gehen! Sie darf nicht hierbleiben. Nehmt die Tasche!« So oft wie er seine Bitte wiederholte, klang es fast wie ein Mantra.

Amelia und Lucy wechselten einen erstaunten Blick. Hatte ihm der Aufenthalt in der Dunkelheit doch stärker zugesetzt, als es im ersten Moment den Anschein gehabt hatte? Lucy sah sich um, entdeckte die abgetragene Tasche zwischen den Knochen und klemmte sie sich unter ihren freien Arm, ehe sie zu dritt in Richtung Ausgang wankten.

Langsam erklommen sie auf diese Weise Stufe um Stufe, doch Lucy war froh um jeden Schritt, den sie sich von der unheimlichen Grabkammer entfernten. Obwohl ihnen kein Geist begegnet war, spürte sie, dass dieser Ort gefährlich war. Nun, da das Adrenalin in ihrem Körper abebbte, erwachte auch wieder ihre Gabe und Lucys übernatürlicher Instinkt sagte ihr, dass sie von Glück sagen konnten, wenn sie heil aus diesem Gemäuer herauskamen. Eine bösartige Präsenz lauerte in den Schatten des schwarzen Mausoleums ...

Als sie auf der Treppe kurz innehalten mussten, damit Stevie wieder zu Atem kam, fragte Amelia: »Was hast du eigentlich dort unten gemacht?«

Er zuckte hilflos mit den Schultern. »Anscheinend zähle ich neuerdings zu den Schlafwandlern, denn ich weiß nur noch, dass ich neben dem Sarg aufgewacht bin und mein Bein eingeklemmt war. An alles, was vorher geschehen ist, kann ich mich nicht erinnern.«

Lucy zog ungläubig die Augenbrauen in die Höhe. »Aber sowohl das Vorhängeschloss als auch die Gittertür zur Gruft sind geknackt worden.«

»Ich gebe es zwar nicht gerne zu, aber als ehemaliger Dieb kann ich so etwas tatsächlich im Schlaf bewerkstelligen.«

Natürlich mussten solche recht einfach konstruierten

Schlösser für ihn ein Kinderspiel sein. Trotzdem fand Lucy seine Antwort nicht gerade befriedigend. Wenn man bedachte, was für ungewöhnliche und schaurige Dinge sich momentan in Greyfriars Graveyard abspielten, passte diese simple Erklärung einfach nicht ins Bild.

»Wir haben es gleich geschafft«, verkündete Amelia. »Es sind nur noch wenige Stufen.«

Endlich erreichten sie den schmucklosen Vorraum des schwarzen Mausoleums und stolperten erschöpft ins Freie.

Eisige Kälte schlug ihnen entgegen und Lucy sog dankbar die frische Luft ein. Sie hätte nicht sagen können, ob sie zwanzig Minuten oder zwei Stunden in dieser schrecklichen Grabkammer gewesen waren.

»Gehen wir zu uns nach Hause«, schlug sie vor. »Dann können wir uns dort aufwärmen, bis der Krankenwagen kommt.«

»Nein«, wehrte Stevie ab, während er sich jedoch schwer auf die Mädchen stützen musste, um aufrecht stehen zu bleiben. »Ich brauche keinen Arzt.«

»Keine Widerrede!«

Lucy warf einen Blick über ihre Schulter und im silbrigen Licht des Vollmondes konnte sie gerade noch die Inschrift am schwarzen Mausoleum entziffern. Es war die letzte Ruhestätte eines Mannes namens George Mackenzie.

5. KAPITEL

CHRONIK DER PARANORMALEN ERMITTLUNGSTRUPPE GREYFRIARS GRAVEYARD

Eintrag: Amelia Burnett, Chef-Ermittlerin
Aktenverzeichnis: M12/W4/T3/Friedhof des Schreckens
Unglaublich: Schon wieder wurde jemand auf dem Friedhofsgelände von einem Geist angegriffen! Dieses Mal war es ein Journalist, dem sich eine unsichtbare Hand auf Mund und Nase gelegt hat, bis er ohnmächtig wurde.
Ganz Edinburgh ist in Aufregung, Fernsehteams belagern Greyfriars Graveyard und selbst ernannte Geisterjäger strömen aus dem ganzen Land herbei. Leider scheint niemand etwas zur Klärung beitragen zu können, sodass mal wieder alles an Lucy und mir hängen bleibt. Wir sind uns sicher, dass der Vexator der Angreifer ist!
Mrs. Forbes hat sich zu Lucys Enttäuschung bisher nicht blicken lassen. Wenn sie ebenfalls Geister sieht, kann man es ihr nicht verübeln, dass sie sich vom »Friedhof des Schreckens« fernhält. Habe Lucy deswegen auch vorgeschlagen, dass wir uns im Café meiner Oma zur nächsten Beratung treffen.

Lucy stand am Fenster ihres Zimmers und blickte auf die Reihen der Grabsteine hinab, die das Haus umzingelten. In der Abenddämmerung hoben sie sich wie die Zahnreihen eines riesigen Monsters von der hereinbrechenden Dunkelheit ab.

Stevie hatte sich in den vergangenen Tagen etwas erholt und würde schon bald aus dem Krankenhaus entlassen werden. Die Ärzte hatten gesagt, dass er großes

Glück gehabt hatte. Zwar würde er sein Bein noch längere Zeit nicht belasten können, doch immerhin war er mit dem Leben davongekommen. Um ihn aufzumuntern, hatten Lucy und ihr Vater den Weihnachtsabend an seinem Krankenbett verbracht, mit ihm Lieder gesungen und ihn mit einem leckeren Steak versorgt. Auch wenn unter den gegebenen Umständen die Geschenke nebensächlich geworden waren, so hatte sich Lucy trotzdem sehr über das Waveboard von ihrem Vater gefreut.

Dass Spooky-Stevie in dem Mausoleum unter einem Knochenberg verschüttet gewesen war, hatte sich in der Stadt wie ein Lauffeuer verbreitet. Schon am nächsten Morgen lautete die Schlagzeile in der Zeitung: »Greyfriars Graveyard: ein neuer Fall von Besessenheit?«

Als dann noch zwei Tage später ein Journalist behauptet hatte, ebenfalls von dem Poltergeist angegriffen worden zu sein, war das Medienspektakel perfekt. Von ihrem Fenster aus konnte Lucy beobachten, wie gerade fünf Fernsehteams gleichzeitig einen Live-Beitrag sendeten und der Strom an Schaulustigen kein Ende nahm.

Die Bodendielen auf dem Flur ächzten und Schritte näherten sich ihrem Zimmer. Alarmiert spannten sich Lucys Muskeln an. Sie fühlte sich in ihrem Zuhause nicht mehr sicher und geborgen, was womöglich auch daran lag, dass Mrs. Poppins, ihre Geister-Gouvernante, bei ihren Nachtwachen plötzlich ungemein nervös und unruhig wirkte. Was für ein Wesen mochte dort draußen auf dem Friedhof wohl umgehen, das selbst eine der *Grauen* in Angst und Schrecken versetzte? Mrs. Poppins' Furcht ergriff unweigerlich auch Lucy, doch da sie sich niemandem außer Amelia anvertrauen konnte, legte sich gleichzeitig auch die Einsamkeit mit kalten Fingern um ihr Herz. Lucy sehnte sich so sehr nach ihrer Mutter, dass es sie fast schon körperlich schmerzte. Somit war es eigentlich auch kein Wunder, dass sie in den vergangenen Nächten gleich mehrfach aus dem schrecklichen Albtraum, in dem Lucy von einem Vexator gejagt und unter Wasser gedrückt wurde, schreiend erwacht war.

Die Schritte stoppten vor ihrer Tür und es klopfte. »Darf ich reinkommen?«

Lucy riss sich zusammen und setzte eine unbekümmerte Miene auf. »Klar, Dad!«

Er streckte den Kopf zur Tür herein und selbst im Halbdunkel ihres Zimmers konnte Lucy seine sorgenzerfurchte Stirn erkennen. Anscheinend setzte ihm der ganze Stress wegen der mysteriösen Attacken und den aufdringlichen Presseleuten ziemlich zu.

»Ich gehe zur Friedhofsverwaltung rüber«, informierte er sie. »Sie wollen von mir die Einzelheiten zum Einbruch ins schwarze Mausoleum erfahren. Wenn Stevie Glück hat, verzichten sie auf eine Anzeige wegen Sachbeschädigung.«

»Ich drücke die Daumen!« Lucy hob symbolisch ihren eingeklemmten Daumen nach oben. »Was macht ihr eigentlich mit den vielen Knochen, die sich unter dem Mausoleum befinden?«

»Wir lassen sie wahrscheinlich da, wo sie sind.« Er zuckte mit den Schultern. »Pfarrer Graham meinte, dass sie wohl aus der Zeit stammen, als Edinburgh von der Pest heimgesucht worden ist. Aber wer weiß schon so genau, was sich in den letzten Jahrhunderten alles in Greyfriars Graveyard abgespielt hat.«

Unzufrieden verzog sie das Gesicht. »Ich finde es trotzdem nicht gut, die Knochen an Ort und Stelle zu lassen. Für mich fühlt sich das falsch an.«

»Diese Menschen sind schon vor langer Zeit gestorben, Lucy! Die Toten stört es nicht, wo sie begraben liegen – ihre Seelen sind schon längst an einem anderen Ort.«

Dank ihrer Gabe wusste Lucy zwar, dass dies nicht den Tatsachen entsprach, doch sie protestierte nicht. Stattdessen keimte mit einem Mal die Hoffnung in ihr auf, dass die Vorfälle in Greyfriars Graveyard womöglich dazu führten, dass ihr Vater seine ablehnende Haltung gegenüber allem Übersinnlichen noch einmal überdachte. Was sich in den vergangenen Tagen hier abgespielt hatte, konnte er doch nicht einfach ignorieren, oder? Beim Gedanken daran, sich ihrem Vater endlich anvertrauen zu können, wurde sie ganz aufgeregt.

»Glaubst du, dass es wirklich einen Poltergeist auf dem Friedhof gibt?«

Er stieß ein amüsiertes Schnauben aus. »Natürlich nicht! In all den Jahren, in denen ich hier arbeite, ist mir kein einziger Geist begegnet. Diese Leute haben einfach zu viel Fantasie.«

»Aber wie erklärst du dir dann die Verletzungen?«

Er zuckte mit den Schultern. »Die Frau wurde wohl im Halbdunkeln von einem Dieb überfallen und der Journalist hat gelogen, um eine gute Story zu bekommen.«

»Aber das sind schon seltsame Zufälle, nicht wahr?«, hakte sie nach, unfähig, das Thema auf sich beruhen zu lassen. Denn in diesem Moment wünschte Lucy sich nichts mehr, als sich einfach an seine Schulter lehnen zu können und ihm ihr Herz auszuschütten. »Zuerst die Frau, dann Stevie und jetzt der Journalist. Irgendetwas Merkwürdiges scheint doch in Greyfriars Graveyard vorzugehen, oder?«

Entschlossen schüttelte er den Kopf. »Das ist nur eine Form von Massenhysterie: Einer dreht durch und alle anderen machen mit. Du solltest wirklich nicht alles glauben, was in den Zeitungen steht!«

Lucy nickte wortlos und musste sich Mühe geben, sich ihre Enttäuschung nicht allzu deutlich anmerken zu lassen. Hätte ihr Vater sich nur ein klein wenig offener gezeigt, hätte sie ihn auf der Stelle in ihr Geheimnis eingeweiht. Doch so blieb ihr nichts anderes übrig, als zu schweigen und alles für sich zu behalten, so wie sie es seit dem Verschwinden ihrer Mutter immer getan hatte.

Eine unangenehme Stille breitete sich im Zimmer aus.

»Dann geh ich mal«, murmelte ihr Vater unbeholfen und wandte sich zur Tür. »Übrigens hat mich deine Akkordeonlehrerin angerufen. Sie hat sich bei mir eine halbe Stunde lang über dich beschwert, dabei habe ich gerade wirklich schon genug Sorgen.«

Hatte ihre Lehrerin in den Weihnachtsferien denn nichts Besseres zu tun? Sofort nahm Lucy eine Verteidigungshaltung ein. »Miss Dempster kann mich nur nicht leiden, obwohl ich gar nichts gemacht habe.«

»Du bist zum Unterricht ohne Akkordeon gekommen, Lucy!«, entgegnete er in wütendem Tonfall. »Und du übst nicht!«

Sie verschränkte trotzig die Arme vor der Brust. »Sag ich doch: Ich habe *nichts* gemacht.«

Er öffnete den Mund und holte tief Luft. Schon bereitete sich Lucy auf eines ihrer üblichen Streitgespräche vor, doch offenbar überlegte ihr Vater es sich anders. Er winkte müde ab und verließ ohne ein weiteres Wort ihr Zimmer.

Eigentlich hätte Lucy froh sein müssen, so glimpflich davongekommen zu sein, aber stattdessen machte sich eine tiefe Leere in ihr breit und sie starrte bedrückt auf die Stelle, an der ihr Vater eben noch gestanden hatte.

Ihr Handyalarm sprang an und erinnerte Lucy an ihr Treffen mit Amelia, das dieses Mal in *Clarinda's Tearoom* stattfinden sollte.

Beim Gedanken daran, noch einmal hinaus in den Schnee und die Kälte zu müssen, stieß sie einen unwilligen Seufzer aus.

Sie hatte sich schon Schal, Handschuhe und ihre Winterjacke übergezogen, als sie an der Tür ein gelbes Post-it entdeckte: *Mund braucht Auflauf! Sing Bobby mit, falls du mausgehst!*

Ihr Vater musste es in aller Eile hingekritzelt haben, denn seine Schrift war kaum zu entziffern. Zum Glück war Lucy schon im Entschlüsseln seiner Botschaften geübt und konnte sie decodieren: *Hund braucht Auslauf! Nimm Bobby mit, falls du rausgehst!*

»Na toll!«, stöhnte sie und griff nach der Leine am Haken. »Bo…«

Weiter kam sie nicht, denn schon flitzte Bobby um die

Ecke und hopste wie ein Springball vor ihr auf und ab. Er war offenbar ausgeschlafen und topfit.

»Das kann ja heiter werden«, murmelte sie.

Kaum hatte Lucy die Haustür hinter sich zugezogen, ignorierte Bobby den Befehl »Bei Fuß!« geflissentlich und verwandelte sich in eine wilde Bestie mit der Zugkraft eines Lkw. Es war unglaublich, wie viel Energie dieser kleine Skye Terrier besaß.

»Halt, Bobby! Stopp! Guter Hund, bei Fuuuuß!«

Mit gestreckter Leine und wehenden Locken schoss Lucy an den zahlreichen Friedhofsbesuchern vorbei, die vor dem rasenden Duo respektvoll eine Gasse bildeten. Ein Presseteam richtete sogar die Kamera auf sie und filmte die Szene unter amüsiertem Gelächter.

»Danke, Dad!«, stieß Lucy mit zusammengebissenen Zähnen hervor.

In Windeseile hatten sie das Eingangstor erreicht, doch gerade als sie in die Candlemaker Row einbiegen wollten, trat ihnen jemand in den Weg. Selbst Bobby war darüber so erstaunt, dass er abrupt haltmachte und sogar seine üblichen Drohgebärden vergaß.

»Hallo, Lucy«, sagte Mrs. Forbes. »Ich habe auf dich gewartet. Vielleicht erinnerst du dich an mich?«

Im ersten Moment war Lucy so perplex, dass sie nicht antworten konnte. Die letzten Abende hatte sie vergeblich nach Mrs. Forbes Ausschau gehalten und umso überraschter war sie nun, dass die alte Dame plötzlich vor ihr stand und freiwillig mit ihr sprechen wollte.

»Ich bin eine alte Freundin deiner Mutter und komme öfter auf den Friedhof.«

»Ich weiß«, brachte Lucy hervor. »Sie sind Mrs. Forbes.«

Auch Bobby erinnerte sich wieder an seine Pflichten: Er knurrte die Fremde an und stellte sich auf die Hinterbeine.

»Sitz!«, herrschte Mrs. Forbes ihn an.

Lucy wollte schon darauf hinweisen, dass dies vergebene Liebesmühe war, doch die Worte blieben ihr im Hals stecken: Bobby legte die Ohren zurück, winselte und setzte sich gehorsam hin.

»Wahnsinn! Wie haben Sie das gemacht?«

»Er weiß, dass ich zurückbeißen würde, wenn er mich angreift.«

Unsicher, ob sie dies ernst gemeint hatte, blickte Lucy von ihr zu Bobby, der immer noch ehrfürchtig zu Mrs. Forbes aufschaute.

»Ich brauche deine Hilfe«, sagte die alte Dame und zog umständlich ihren langen Tweedmantel zurecht. Es schien so, als sei ihr das Ganze ziemlich unangenehm. »Wegen dieses Geistes auf dem Friedhof.«

Lucys Herz machte einen aufgeregten Satz, doch sie beschloss, erst einmal zurückhaltend zu reagieren. Sie wollte das Geheimnis ihrer Gabe nicht sofort preisgeben, denn immerhin wusste sie nicht mit Sicherheit, ob die alte Dame tatsächlich die untoten Seelen wahrnehmen konnte.

»Und wie kommen Sie auf die Idee, dass ich Ihnen dabei helfen könnte?«

»Weil du eine Seherin bist, genau wie deine Mutter und ich.«

Schlagartig war es um Lucys Zurückhaltung geschehen. »Eine … eine Seherin?«, entfuhr es ihr verblüfft. »Wie meine Mutter? Sie kann die Geister also ebenfalls sehen?«

»Nicht so laut!«

Eine Besuchergruppe strömte an ihnen vorbei zum Friedhofseingang und Mrs. Forbes zog Lucy zur Seite, damit sie ungestört waren. »Was wir zu bereden haben, soll niemand anderes hören!« Sie senkte verschwörerisch die Stimme. »Wir gehören einem Seherorden an, der es sich zur Aufgabe gemacht hat, die Menschen vor bösartigen Geistwesen zu beschützen. Nicht einmal unsere engsten Angehörigen sind über unsere außergewöhnliche Gabe oder den Orden informiert. Diese Regel darf ein Seher niemals brechen!«

»Okay«, sagte Lucy und nickte mechanisch. Das Durcheinander, das Mrs. Forbes' Offenbarung in ihr auslöste, war zu viel für sie. Sie wusste nicht, ob sie erleichtert sein sollte, weil sie sich die Geister doch nicht nur eingebildet hatte, oder wütend, weil ihre Mutter ihr die Wahrheit verschwiegen hatte.

»Anne und ich waren dafür verantwortlich, über die untoten Seelen in Greyfriars Graveyard zu wachen. Schon seit Langem wissen wir, dass dieser Ort gefährlich und die Grenze zur jenseitigen Welt durchlässig ist. Zu viele Tote wurden hier vergraben und verscharrt.«

Das erklärte, weshalb Mrs. Forbes oft gemeinsam mit ihrer Mutter die Kräuter auf den Gräbern verteilt und seltsame Gebete gemurmelt hatte. Wahrscheinlich sollte dies die rebellischen Geister in irgendeiner Weise zurückhalten.

»Seit Anne weg ist, muss ich alleine nach dem Rechten sehen«, fuhr sie fort. »Doch leider bin ich eine weitaus schlechtere Seherin als deine Mutter und ich verfüge bei Weitem nicht über ihre Kräfte. Außerdem bin ich nicht mehr die Jüngste.« Mrs. Forbes blickte betrübt auf ihre Fingergelenke und Lucy bemerkte, dass sie auf die doppelte Größe angeschwollen waren. »Seit es so kalt geworden ist, macht mir meine Gicht zu schaffen und an manchen Tagen komme ich kaum aus dem Bett. Ich fürchte, ich bin meiner Aufgabe in den letzten Wochen nicht besonders gut nachgekommen.«

Die Gelenke sahen ziemlich schmerzhaft aus und Lucy konnte gut nachvollziehen, dass die alte Frau ihre Pflichten nicht mehr hatte erfüllen können. Mit dem von unzähligen Falten durchzogenen Gesicht, den wässrigen Augen und ihrer gebeugten Haltung hätte es Lucy auch nicht verwundert, wenn Mrs. Forbes schon hundert Jahre alt gewesen wäre.

»Gab es auf dem Friedhof deswegen die Geisterangriffe? Weil Sie diese abendlichen Rituale nicht mehr gemacht haben?«

»Es hat die Entwicklung womöglich etwas beschleunigt«, räumte Mrs. Forbes unwirsch ein, »aber die untoten Seelen in Greyfriars Graveyard sind ohnehin immer stärker geworden. Es war nur eine Frage der Zeit, bis eine von ihnen versucht, sich in unsere Welt zu drängen. Anne hat mich extra noch davor gewarnt, bevor sie fortgegangen ist.«

Sofort wurde Lucy hellhörig. »Wissen Sie etwas über das Verschwinden meiner Mom? Wo ist sie? Geht es ihr gut?«, fragte sie so hastig, dass sie sich fast dabei verschluckte.

Mrs. Forbes verzog den Mund, als sei ihr das Thema äußerst unangenehm. »Es geht ihr gut, aber mehr kann ich dir leider nicht verraten.«

Nach einer kurzen Pause, in der die alte Dame wohl überlegte, wie viel sie noch erzählen konnte, ergänzte sie: »Glaub mir, es fiel ihr sehr schwer, euch zu verlassen – ganz besonders dich natürlich, Lucy. Aber sie hatte keine andere Wahl, sie musste es tun.«

Eine tonnenschwere Last schien von Lucy abzufallen und eine ungeheure Erleichterung durchströmte sie. Zum ersten Mal seit zwei Jahren erhielt sie so etwas wie ein Lebenszeichen ihrer Mutter!

Am liebsten hätte sie Mrs. Forbes umgehend mit weiteren Fragen bestürmt, allerdings hatte diese deutlich gemacht, dass sie nichts weiter dazu sagen würde. Für den Moment musste Lucy diese Weigerung akzeptieren, aber so einfach würde sie nicht locker lassen! Denn endlich hatte sie eine heiße Spur, die sie womöglich direkt zu ihrer Mutter führte. Da Mrs. Forbes offenbar über alles Bescheid wusste, hatte bestimmt dieser ominöse Seherorden etwas damit zu tun!

Fürs Erste war es wohl das Klügste, wenn Lucy auf die Bitte der alten Dame einging.

»Wie kann ich Ihnen denn nun helfen?«

»Eine dunkle Seele ist dabei, sich zu erheben«, antwortete sie düster. »Und das müssen wir unbedingt verhindern, bevor die Zeit der Rauhnächte weiter fortschreitet. Schon jetzt ist der Geist ausgesprochen stark und mächtig. Ich brauche eine kompetente Seherin an meiner Seite, Lucy!«

Lucy kratzte sich verlegen unter ihrem Schal. »Aber ich weiß überhaupt nichts über diese Dinge«, gestand sie peinlich berührt. »Bisher habe ich meine Fähigkeiten immer, so gut es ging, ignoriert. Als kompetente Seherin würde ich mich ganz bestimmt nicht bezeichnen.«

Insgeheim hatte sie sogar gehofft, Mrs. Forbes könne ihre doofe Gabe irgendwie verschwinden lassen.

Doch die alte Dame wiegelte Lucys Einwand ab. »Das ist kein Problem! Ich kann einige der Praktiken zwar nicht selbst ausführen, aber ich kann sie dir beibringen. Außerdem komme ich durch dich auf den Friedhof, nachdem er offiziell geschlossen wurde. Bei dem Trubel, der dort im Moment herrscht, lässt sich nämlich kein einziges Ritual ungestört durchführen. Gemeinsam können wir diese dunkle Seele mit Sicherheit zurückdrängen!«

Lucy war von ihrem Plan immer noch nicht überzeugt. »Und warum holen Sie nicht jemand aus Ihrem Seherorden nach Edinburgh?«

Mrs. Forbes schien so langsam der Geduldsfaden zu reißen.

»Glaubst du vielleicht, es gäbe an jeder Ecke einen Seher, der nur darauf wartet, dass ich ihn rufe?«, blaffte sie Lucy an. »Wir sind eine kleine Gruppe und haben nicht einmal genug Leute, alle gefährlichen Brennpunkte zu besetzen.«

In diesem Augenblick verließen zwei Kamerateams den Friedhof und schlenderten an ihnen vorbei. Ihr Gelächter riss Bobby aus seiner Erstarrung und er verfiel in aufgeregtes Gekläffe.

»Aus!«, donnerte Mrs. Forbes, woraufhin er sich fast an seinem Bellen verschluckte und augenblicklich still war.

Lucy starrte vorwurfsvoll zu ihm hinunter. Bisher war es für sie akzeptabel gewesen, dass Bobby ein Hund war, der grundsätzlich niemandem gehorchte, aber dass er nun die Befehle einer wildfremden Frau befolgte, war wirklich der Gipfel der Treulosigkeit!

Mrs. Forbes warf den davonziehenden Fernsehleuten einen genervten Seitenblick zu. »Hier ist wirklich nicht der richtige Ort, um über dieses Thema zu sprechen. Komm doch morgen Nachmittag zu mir, dann reden wir ausführlich über alles.« Sie nannte ihr die Adresse, die nicht weit vom Friedhof entfernt lag.

»Gut, ich komme«, versprach Lucy. »Bis morgen dann!«

Mrs. Forbes wandte sich zum Gehen – schwer auf einen Stock gestützt und in trippelnden Schritten. Doch Lucy konnte sich eine letzte Frage nicht verkneifen.

»Wieso sind Sie eigentlich davon überzeugt, dass ich Ihnen helfen kann?«

Mrs. Forbes wandte sich mit einem leichten Lächeln zu ihr um. »Weil du von einer Lumeni abstammst, Lucy! So nennen wir die begabtesten Seher unter uns. Die Fähigkeiten deiner Mutter sind mit Magie vergleichbar. Die Lumeni sind die Verbindungsstelle zwischen der Welt der Lebenden und der Toten. Sie bringen Licht in die Dunkelheit der Nacht.«

Ihre Mutter war eine Art Star in diesem Seherorden? Das musste Lucy erst einmal verarbeiten.

»Aber weshalb hat Mom mir dann nichts davon erzählt? Sie hätte mir damit helfen und beistehen können.«

»Deine Mutter hat dir geholfen«, widersprach die alte Frau mit eindringlicher Stimme, »du weißt nur nichts davon. Sie hat dich all die Jahre über beschützt! Aber Anne wollte abwarten, ob du die Gabe auch behalten wirst. Denn heranwachsende Kinder haben grundsätzlich eine spezielle Verbindung zur jenseitigen Welt: Für sie ist es einfacher, einen Blick hinter den Schleier zu werfen und das zu sehen, was Erwachsene für unmöglich halten. Doch je länger ihre Geburt zurückliegt, umso seltener nehmen Kinder die Geister wahr.«

»Trotzdem hätte Mom mich eingeweiht, wenn das alles wahr wäre!«, beharrte Lucy fast schon trotzig. Allerdings fiel ihr wieder ein, wie ungewöhnlich tolerant ihre Mutter auf ihr Geheimnis reagiert hatte. Anne Mackay hatte ihr die Geistervision nicht auszureden versucht, sondern Lucy nur geraten, darüber Stillschweigen zu bewahren.

»Wenn du die Gabe mit den Jahren verloren hättest, wäre es für dich besser gewesen, wenn du nichts von dem Seherorden gewusst hättest. Deine Vernunft hätte dir irgendwann eingeredet, dass die untoten Seelen nie existiert haben und du als Kind einfach zu viel Fantasie besessen hast. Auf deine Mutter wärst du jedoch wütend gewesen, weil sie dich mit ihren ›Ammenmärchen‹ in diesem grusligen Unsinn bestärkt hat.«

Sie gab es zwar ungern zu, aber Mrs. Forbes' Erklärung klang durchaus einleuchtend. Trotzdem wurde sie das Gefühl nicht los, dass ihre Mutter ihr womöglich noch aus einem anderen Grund, den nicht einmal die alte Frau kannte, die Wahrheit verschwiegen hatte.

Lucy fuhr sich mit einer kraftlosen Geste über das Gesicht. Nach dem, was in den vergangenen Minuten an Informationen auf sie eingeprasselt war, drehte sich alles in ihrem Kopf.

»Neulich Abend habe ich deine Reaktion auf die vielen Geister auf dem Friedhof gesehen«, sagte Mrs. Forbes. »In dem Augenblick war mir klar, dass du die Fähigkeit behalten und die Kräfte deiner Mutter geerbt hast. Das ist ein großes Glück, Mädchen!«

Nachdenklich blickte Lucy der alten Dame hinterher, die in kleinen Schrittchen die Candlemaker Row hinablief. Ihre Gabe als großes Glück zu bezeichnen, wäre ihr bisher niemals in den Sinn gekommen.

Amelia hing wie hypnotisiert an Lucys Lippen und lauschte dem Bericht von ihrer Begegnung mit Mrs. Forbes. Die Kuchengabel schwebte schon seit Minuten direkt vor Amelias Mund und sie merkte nicht einmal, dass der schottische Karottenkuchen langsam, aber sicher von der Gabel rutschte. Schon klatschte der erste Tropfen des saftigen Gelees auf die weiße Tischdecke von *Clarinda's Tearoom*.

»Hältst du diese Mrs. Forbes für vertrauenswürdig?«, fragte sie atemlos. »Glaubst du ihr?«

Lucy dachte noch einmal über das Gespräch nach. »Es erscheint alles einen Sinn zu ergeben.«

Amelias Oma, der das Café gehörte, trat an ihren Tisch. Sie seufzte missbilligend und führte die Gabel wie bei einem Kleinkind zu Amelias Mund, bevor auch der Rest auf der Tischdecke landete.

»Ich dachte wirklich, die Zeit, in der man dich füttern müsste, wäre vorbei! Och, Kind, jetzt sieh dir an, was du angerichtet hast …« Vorwurfsvoll deutete Oma Clarinda auf den Geleefleck.

Das kleine Café war gemütlich eingerichtet und besaß einen etwas altbackenen Charme. An den Wänden mit der Rosentapete hingen bunte Teller und gerahmte Bilder, auf den Beistelltischen lagen Häkeldeckchen und es duftete immer herrlich nach frisch gebrühtem Tee.

»Tut mir leid, Omachen!« Amelia versuchte es mit einem gewinnenden Lächeln, das gegen den tadelnden Blick ihrer Großmutter leider nichts ausrichten konnte.

»Du weißt genau, dass ich es nicht mag, wenn du mich so nennst«, entgegnete sie und strich ihre sonnengelbe Bluse glatt.

Trotz ihres Alters war Oma Clarinda eine gepflegte Frau, die eine besondere Würde ausstrahlte. Sie konnte sehr streng und energisch sein, aber nur deshalb, weil sie ihre Enkelin von Herzen liebte – was sie nie müde wurde zu betonen.

»Was deinen Hund betrifft, Lucy …«

Lucy blinzelte unschuldig. »Welcher Hund, Mrs. Burnett?«

»Der Hund, den du versucht hast, heimlich reinzuschmuggeln, als ich dir den Rücken zugekehrt habe.«

»Ach, *der* Hund …« Lucy versuchte es ebenfalls mit einem gewinnenden Lächeln, doch sie versagte damit ebenso wie Amelia.

»Der verarbeitet gerade eines meiner Tischbeine zu Sperrholz.«

»Oh nein!«

Lucy war so in ihren Bericht vertieft gewesen, dass sie die Kaugeräusche unter dem Tisch überhaupt nicht wahrgenommen hatte. Hastig zog sie an der Leine und Bobby musste wohl oder übel den Tischfuß freigeben.

»Ich drücke noch mal ein Auge zu, aber nur weil du es bist, Lucy! Ich würde ja gerne noch weiter mit euch plaudern, doch die Arbeit ruft«, sagte sie mit einem Blick auf die drei Senioren, die am Nebentisch saßen. »Es kann schließlich nicht jeder untätig herumsitzen und sich meinen Karottenkuchen schmecken lassen.« Der stille Vorwurf in ihrer Stimme war nicht zu überhören und Amelia zuckte schuldbewusst zusammen.

»Wir haben Ferien«, verteidigte sie sich. »Es gibt überhaupt nichts zu tun.«

»Wenn meine Schwiegertochter der Meinung ist, dass deine Noten keiner Aufbesserung bedürfen, dann übe dich ruhig weiter im Müßiggang, mein Kind!«

In diesem Moment war Lucy äußerst dankbar, dass ihre eigenen Großeltern zwei Autostunden von Edinburgh entfernt lebten und nicht so gut über ihre Schulnoten informiert waren wie Amelias Oma.

»Es ist wirklich unglaublich, was Mrs. Forbes dir über deine Mutter erzählt hat«, bemerkte Amelia, als sie wieder alleine waren. »Das ist die erste richtige Spur, seit sie verschwunden ist – und dann auch noch diese Story mit dem Seherorden. So etwas hätte ich niemals für möglich gehalten!«

»Meinst du etwa ich?«

Amelia legte mit prüfender Miene den Kopf zur Seite. »Trotzdem siehst du nicht gerade glücklich aus.«

»Zum einen bin ich immer noch sauer«, gab Lucy zurück, »weil ich so lange auf dich warten musste. Und das, obwohl sogar ich fünfzehn Minuten zu spät hier war.«

Amelia erwiderte völlig ungerührt ihren Blick. Offenbar hatte sie ihre Ohren schon darauf abgerichtet, Vorwürfe wegen ihrer chronischen Unpünktlichkeit kategorisch zu überhören.

»Zum anderen bin ich auch enttäuscht, weil mir meine Mutter nichts von unserer Gabe erzählt und mich mit all dem alleingelassen hat«, gestand Lucy ihrer Freundin. »Außerdem mache ich mir Sorgen wegen der Sache mit Mrs. Forbes. Ich frage mich, wobei ich ihr wohl helfen soll?«

Amelia verzog unglücklich das Gesicht. »Bestimmt ist es etwas Gefährliches! Solange Mrs. Forbes Angst vor dieser dunklen Seele hat, die sich erheben will, bringen mich keine zehn Pferde mehr auf den Friedhof.«

»Vielleicht sollte ich sie gar nicht erst besuchen?«, fragte Lucy unschlüssig. »Wahrscheinlich erfahre ich von ihr ohnehin keine weiteren Einzelheiten zum Verschwinden meiner Mutter.«

»Natürlich gehst du dahin!«, entgegnete Amelia inbrünstig. Sie streckte die Hand nach Lucys Teller aus, auf dem noch ein kaum angerührter Nusskuchen stand. »Isst du den noch?«

Lucy schüttelte den Kopf und nippte an ihrem Tee.

»Erstens erfährst du morgen bestimmt mehr über diesen Orden und somit über deine Mutter«, begann Amelia aufzuzählen, während sie den Kuchen aß, »zweitens kämpfst du seit Jahren mit deiner Gabe und diese Frau kann dir helfen, damit umzugehen.«

Um die Wichtigkeit ihrer folgenden Worte zu unterstreichen, deutete sie mit der Kuchengabel auf Lucy. »Und drittens solltest du dir wenigstens anhören, wie man diesen Poltergeist bekämpfen kann. Denk an die Drohung des Vexators! Wenn du und dein Vater wirklich in Gefahr seid, dann musst du wissen, wie du euch beschützen kannst.«

Lucy atmete tief ein und stieß einen gequälten Seufzer aus. »Ich hasse es, wenn du recht hast.«

»Ich liebe es, wenn ich recht habe«, gab Amelia grinsend zurück. »Aber keine Sorge, ich werde dich zu dem Treffen natürlich begleiten. Bis dahin sollten wir die Zeit nutzen und ein wenig Recherche betreiben! Du hast erzählt, dass Mrs. Forbes die Rauhnächte erwähnt hat?«

»Offenbar spielen sie eine wichtige Rolle für die Geister.«

Amelia tippte sich nachdenklich mit der Gabel an die Lippen. »Ich wette, bis morgen kann ich dir mehr darüber verraten.«

Sie machte sich einen Vermerk in ihrem PSI-Tagebuch und blätterte danach zu einer Liste, die sie anscheinend vorbereitet hatte.

Amelia tippte auf den ersten Punkt. »Weißt du etwas Neues von der Polizei? Glaubt Constable Lewis immer noch, dass Stevie die Frau überfallen hat?«

Dies war wenigstens eine positive Sache, die Lucy vermelden konnte. »Nein, da Stevie zu diesem Zeitpunkt schon unter der Grabplatte eingeklemmt war, gilt er nicht mehr als verdächtig – sein schlechter Gesundheitszustand war selbst für die Polizei ein ausreichender Beweis«, berichtete sie. »Ich habe gestern ein Gespräch zwischen meinem Vater und dem Constable belauscht. Anscheinend ist der Polizei diese ganze Poltergeist-Geschichte und das Medieninteresse ziemlich unangenehm. Natürlich ist es für sie völlig unvorstellbar, dass tatsächlich eine untote Seele dahinterstecken könnte.«

Amelia lächelte milde. »Selbstverständlich! Unsere Gesetzeshüter sind nun mal auf das rein Sichtbare beschränkt und ihre intolerante Denkweise erlaubt es ihnen nicht, etwas Übersinnliches überhaupt in Erwägung zu ziehen.«

Sie tippte auf den nächsten Punkt der Liste. »Kommen wir zur Frage, wer oder was diese Vorfälle in Greyfriars Graveyard ausgelöst haben könnte.«

»Meiner Meinung nach hängt alles, was bisher geschehen ist, miteinander zusammen – der Vexator, die Poltergeist-Angriffe, die Armee der *Grauen* und sogar Stevies plötzliches Schlafwandeln. Das alles ist kein Zufall.«

»Gut kombiniert!«, sagte Amelia anerkennend. »Nach eingehender Betrachtung aller Fakten bin ich zu demselben Schluss gelangt.«

Lucy zog eine Grimasse. Manchmal ging es ihr ganz schön auf die Nerven, wenn Amelia die »Chef-Ermittlerin« mimte.

»Wenn Stevie von einem Geist in das schwarze Mausoleum gelockt wurde, wäre es interessant zu wissen, wer dort begraben liegt.«

»Es ist ein gewisser George Mackenzie«, lieferte Lucy umgehend die Antwort und konnte einen gewissen Stolz nicht verbergen.

Eifrig notierte Amelia sich den Namen. »Respekt! Das ist eine wertvolle Information, die du beigesteuert hast«, lobte sie ihre Freundin herablassend, als wäre Lucy eine stinkfaule Mitarbeiterin, die überraschend Initiative gezeigt hat.

Lucy warf ihr einen säuerlichen Blick zu. Nur weil Amelia fast jedes Fachbuch über paranormale Phänomene gelesen hatte, gab ihr das noch lange nicht das Recht, sich so aufzuspielen.

Amelia fixierte nachdenklich den Namen auf ihrem Zettel. »Wir müssen unbedingt etwas über das Leben und die Art des Todes von George Mackenzie in Erfahrung bringen. Vielleicht steht etwas darüber in den Kirchenbüchern? Als Tochter des Friedhofswärters könntest du vielleicht …« Sie hielt inne und schüttelte den Kopf. »Nein, das sollte ich doch lieber selbst machen!«

»Bin ich dafür etwa zu doof?«, fragte Lucy gereizt. »Meinst du, ich kann nicht in alten Büchern blättern und ein paar Informationen heraussuchen?«

Erstaunt blinzelte Amelia sie an. »Doch, natürlich! Eigentlich wollte ich nur …« Sie verstummte. Anscheinend schien ihr auf die Schnelle nichts Versöhnliches einzufallen.

Lucy stand auf und griff nach ihrer Jacke. »Weißt du was? Am besten suchst du dir eine neue freie Mitarbeiterin für deine PSI-Ermittlungstruppe! Für so etwas Kindisches habe ich keine Zeit, denn wie du schon so treffend bemerkt hast, stehen bei dieser Sache womöglich Leben auf dem Spiel. Und zwar das meines Vaters und auch mein eigenes.«

Die übrigen Gäste starrten Lucy verblüfft an, während Oma Clarinda ihre Augenbrauen wie zwei graue Gewitterwolken zusammenzog.

Lucy straffte die Schultern. »Keine Sorge, ich gehe schon. Bobby, bei Fuß!«

Ausnahmsweise gehorchte der Skye Terrier ihr aufs Wort und zusammen marschierten sie entschlossenen Schrittes zur Tür hinaus.

6. KAPITEL

»Wir wissen noch nichts vom Leben, wie könnten wir etwas über den Tod wissen?«

Konfuzius, 551–479 v. Chr.

Die Stille zwischen ihnen wurde immer unerträglicher. Bis Amelia am Nachmittag vor ihrer Haustür aufgetaucht war, hatte Lucy nicht gewusst, ob ihre Freundin sie nach ihrem Streit tatsächlich noch zu Mrs. Forbes begleiten würde. Doch nun liefen sie nebeneinander auf der Royal Mile durch das nasskalte Dezemberwetter und passierten gerade einen Dudelsackspieler, der mit dem Lied »Auld Lang Syne« schon auf den kommenden Jahreswechsel einstimmte.

Amelia blieb vor dem Schaufenster eines Ladens stehen, in dem neben Kaschmirpullovern und Schals im Schottenmuster auch ein Paar rosa-grün-braun karierte Plüschohrwärmer angeboten wurden.

Lucy stellte sich neben sie und öffnete den Mund, ohne jedoch etwas zu sagen. Ein Teil von ihr war immer noch der Meinung, dass Amelia sich für ihre herablassende Art entschuldigen sollte. Doch schließlich gab sie sich einen Ruck und schluckte ihren Stolz herunter.

»Die Ohrwärmer sind ganz nett«, brach sie das unangenehme Schweigen, »aber für dich etwas zu langweilig.« Sie warf Amelia einen kurzen Seitenblick zu. Heute trug ihre Freundin einen Rock, der aussah, als bestünde er aus zusammengenähten Topflappen.

»Du hast recht«, stimmte sie Lucy hastig zu. »Ich brauche etwas, das auffälliger ist.«

Sie gingen weiter und Amelia murmelte in Richtung der Schaufenster etwas vor sich hin.

»Hast du was gesagt?«

Amelia stöhnte und wiederholte laut: »Es tut mir leid, okay? Ich halte dich nicht für doof und weiß, dass du genauso gut recherchieren kannst wie ich. Manchmal erledige ich die Dinge nur gern selbst, damit ich mir sicher sein kann, dass nichts übersehen worden ist. Und wenn wir schon mal beim Thema sind: Ich habe etwas über die Rauhnächte herausgefunden. Willst du es wissen?«

Lucy seufzte ergeben auf. »Natürlich, schieß los!«

Das ließ Amelia sich nicht zweimal sagen. »Damit sind vier spezielle Nächte um den Jahreswechsel gemeint«, dozierte sie konzentriert. »Es beginnt mit der Wintersonnenwende am 21. Dezember. Die nächsten zwei Rauhnächte sind immer am 24. und 31. Dezember, die letzte am 5. Januar. Als besonders gefährlich gilt Silvester, denn in dieser Nacht steht das Geisterreich offen – dann können die untoten Seelen und Dämonen in unsere Welt gelangen.« An dieser Stelle schüttelte sich Amelia, als bereite ihr dieser Gedanke ziemliches Unbehagen. »Anscheinend ist es ihnen sogar möglich, Jagd auf die Lebenden zu machen, daher kommt auch der Brauch, am Jahreswechsel Silvesterböller zu zünden. Mit dem Lärm wollten die Leute die bösen Geister vertreiben.«

Das waren in der Tat hilfreiche Informationen. »Dann könnten diese Rauhnächte damit zu tun haben, dass der Vexator auf dem Friedhof mächtiger wird und sogar Menschen angreifen kann«, vermutete Lucy und bog in die Close ein, die Nebengasse, die zu Mrs. Forbes' Adresse führte. »Hast du noch mehr herausbekommen?«

Amelia nickte eifrig. »Es ist kaum zu fassen, dass ich mich noch nie intensiver mit dem Thema beschäftigt habe! An manchen Orten sind die Rauhnächte so gefürchtet, dass die Leute in dieser Zeit sogar fasten«, erzählte sie weiter. »Früher hielt man Silvester für eine Nacht des Zaubers und der Magie, in der Zukunft und Schicksal offen liegen. Deshalb gibt es auch heute noch die Tradition des Bleigießens. Bei uns in Schottland glaubte man zum Beispiel, dass unverheiratete Frauen um Mitternacht an einem Kreuzweg ihrem zukünftigen Mann begegnen können, doch sie durften die Gestalt nicht ansprechen, weil sie sonst tot umgefallen wäre.«

Lucy zog skeptisch eine Augenbraue hoch. »Nun ja, das ist für unseren Fall jetzt weniger hilfreich.«

Die Close war so eng, dass sie vorangehen musste. Die alten Steinhäuser über ihnen neigten sich einander zu und in der Gasse entstand eine düstere und unheilvolle Atmosphäre, die perfekt zu ihrem Gespräch passte. Die Schritte der Mädchen hallten in dem tunnelartigen Durchgang wider und Amelia senkte ihre Stimme.

»Da der Vexator sehr stark zu sein scheint, ist es ihm in der Silvesternacht wahrscheinlich möglich, sich zu erheben und in unsere Welt einzudringen«, fasste sie zusammen. »Er muss nur noch den passenden Moment abwarten.«

Bei dem Gedanken daran wurde Lucy flau im Magen. Sie fand den Poltergeist schon jetzt gruslig genug, doch wie gefährlich würde er erst sein, wenn ihn nichts mehr an das Reich der Toten band und ihn die Grenzen seines Geisterdaseins nicht mehr zurückhielten?

»Ich gebe es ungern zu, aber das müssen wir verhindern!«, sagte Lucy und blieb vor einer unscheinbaren Holztür stehen. »Hier ist es.«

Um ein Haar rutschte Amelia auf dem abgetretenen und mit einer dünnen Eisschicht bedeckten Kopfsteinpflaster aus. »Sieht nicht gerade einladend aus.« Sie blickte nach oben auf die geschwärzte Fassade des Steinhauses, das kleine, mit Gittern versehene Fenster besaß.

In Ermangelung einer Klingel klopfte Lucy mit der Faust an. Kurz darauf wurde die Tür einen Spaltbreit geöffnet und ein einzelnes faltenumrahmtes Auge wurde sichtbar, das sie misstrauisch musterte.

»Mrs. Forbes?«, fragte Lucy unsicher.

»Du hast jemanden mitgebracht? Meine Einladung galt nur dir allein.«

Die alte Frau gab sich gar nicht erst die Mühe, ihren Ärger zu verbergen, aber Lucy ließ sich davon nicht beeindrucken. Schließlich hatte Mrs. Forbes am Tag zuvor nicht darauf hingewiesen, dass es sich hierbei um ein hoch geheimes Treffen handelte.

Lucy setzte ein freundliches Lächeln auf. »Das ist meine Freundin Amelia. Sie weiß über meine Gabe Bescheid und ist ein wandelndes Lexikon, was übernatürliche Phänomene betrifft.«

Amelia nickte bekräftigend. »Bestimmt kann ich Ihnen mit meinem Wissen über paranormale Phänomene eine Hilfe sein.«

Mrs. Forbes zögerte noch einen Augenblick, dann gab

sie murrend die Tür frei. »Na schön, kommt rein! Aber zieht die Schuhe aus.«

Die Mädchen drängten sich in den schmalen, nur schwach beleuchteten Flur hinein, in dem ein intensiver Katzengeruch in der Luft lag. Nachdem sie ihre Schuhe abgestreift hatten, folgten sie Mrs. Forbes in den Wohnraum, der bis unter die Decke mit Regalen voller Bücher, Einmachgläser, getrockneten Kräutern und okkulten Gegenständen gefüllt war. Wo man auch hinsah, rekelten sich Katzen auf den zerschlissenen Sofas, Beistelltischen oder Stühlen.

»Wie viele Tiere haben Sie?«, wagte Amelia zu fragen.

Mrs. Forbes schien in Gedanken ihre haarigen Mitbewohner durchzuzählen und ihre runzlige Stirn bekam noch tiefere Falten. Schließlich winkte sie ab. »Zu viele.«

Man musste ihr zugutehalten, dass es trotz allem überraschend sauber und aufgeräumt war.

»Setzt euch!«, befahl die alte Frau. »Wir haben einiges zu besprechen. Tee?«

Die beiden Mädchen nickten, und während Mrs. Forbes Wasser aufsetzte, nahmen sie auf einem der Sofas Platz. Eine schwarze Katze mit einem verstümmelten Schwanz und einem angefressenen Ohr näherte sich Amelia, die erschrocken zurückwich.

Lucy schüttelte resigniert den Kopf. »Ernsthaft? Vor Katzen hast du auch Angst?«

»Wenn du so viel über sie gelesen hättest wie ich, wüsstest du, dass man diese Tiere nicht unterschätzen darf«, verteidigte sich ihre Freundin. »Nicht umsonst sind Katzen die Begleiter von bösen Hexen und Zauberern.«

Die Katze ließ sich von Amelias Verleumdungen nicht beeindrucken, erkämpfte sich wie ein dämonischer Eroberer ihren Schoß und legte sich zum Schlafen hin.

Als Mrs. Forbes mit dem Tee und etwas Gebäck zurückkam, saß Amelia immer noch wie erstarrt und mit so unglücklicher Miene auf dem Sofa, dass Lucy sich ein Kichern nicht verkneifen konnte.

»Ah, wie ich sehe, hat Luzifer dich in sein Herz geschlossen!« Zum ersten Mal seit ihrer Ankunft zeigte sich ein Lächeln auf Mrs. Forbes' Gesicht.

»Er heißt Luzifer?« Amelia wurde bleich. »Wie der Teufel?«

»Er ist mir zugelaufen und hat sich hier eingenistet«, erzählte die alte Frau. »Er besitzt eine starke magische Aura, weshalb es mich auch nicht gewundert hat, dass Luzifer an Vollmondnächten sprechen kann. Eigentlich sollte ich mich mittlerweile daran gewöhnt haben, doch jedes Mal stehen mir die Haare zu Berge bei den üblen Flüchen und Verwünschungen, die er von sich gibt.«

Amelias Augen wurden so groß wie Untertassen. »Er kann reden?«

Einen Moment herrschte Schweigen, dann grinste Mrs. Forbes schelmisch und zwinkerte den Mädchen zu.

Lucy prustete los, während Amelia verwirrt von einem zum anderen blickte.

»Das war ein Scherz? Das finde ich überhaupt nicht witzig!«

Lucy wischte sich eine Lachträne aus den Augen. »Ich schon! Du hättest dich mal sehen sollen.«

Ihre Freundin zog einen Flunsch. »Als Erforscherin des

Übernatürlichen bin ich nun mal grundsätzlich offen für das scheinbar Unmögliche.«

Mrs. Forbes nippte an ihrem Tee und wurde wieder ernst. »Lucy, hast du Fragen an mich zu dem, was ich dir gestern erzählt habe?« Schon öffnete sie den Mund, als Mrs. Forbes noch schnell hinzufügte: »Über deine Mutter und ihren Aufenthaltsort wirst du von mir jedoch nichts erfahren, dabei bleibe ich! Und bevor ich es vergesse«, sie hob mahnend ihren von der Gicht angeschwollenen Finger in die Höhe, »über alles, was wir heute besprechen, muss absolutes Stillschweigen gewahrt werden. Zu keinem ein Wort, verstanden? Es ist schon schlimm genug, dass Amelia eingeweiht ist, obwohl sie keine von uns ist.«

Sofort packte Lucy das schlechte Gewissen. Ob Mrs. Forbes nun Probleme mit dem Seherorden bekam?

Da ihre Mutter zum Tabuthema erklärt worden war, fragte sie stattdessen: »Erbt man die Gabe immer von den Eltern? Oder kann man sie auch im Laufe des Lebens erhalten?«

»Sie geht ausschließlich von den Müttern auf die Töchter über, leider jedoch meist rezessiv«, antwortete Mrs. Forbes mit sichtlichem Bedauern. »Somit kannst du dir vorstellen, dass es nicht viele von uns gibt. Die Chance stand eins zu vier, dass du die Gabe deiner Mutter geerbt hast.« Das war in der Tat nicht gerade hoch.

»Was geht Ihrer Meinung nach auf dem Friedhof vor? Auf manche Dinge kann ich mir einfach keinen Reim machen, wie zum Beispiel diese Armee der *Grauen,* die Sie neulich Abend ebenfalls gesehen haben.«

»Die *Grauen*? Eine treffende Bezeichnung, sehr passend«, murmelte Mrs. Forbes und beugte sich interessiert vor. »Eine Armee, sagst du? Ich konnte nur etwa zwei Dutzend wahrnehmen, und das fand ich schon erschreckend genug.«

»Sie standen überall auf dem Friedhof herum. Es waren bestimmt über Tausend.« Der Anblick hatte Lucy sich ins Gedächtnis gebrannt.

»Wie ich schon gesagt habe, ist bei mir die Gabe leider nicht so stark ausgeprägt wie bei deiner Mutter. Ich verstehe mich eher auf die Herstellung der Abwehressenzen, Dämpfungspulver und Ritualzauber. Du scheinst jedoch ganz nach Anne zu kommen, mein Kind!«

Ein klein wenig stolz war Lucy schon, dass sie in der Welt der Seher etwas Besonderes sein sollte, doch mal ehrlich: Was nützte ihr das schon? In der realen Welt, in der sie lebte, scherte sich niemand darum.

»Aber wenn Sie nur zwei Dutzend der *Grauen* gesehen haben, warum waren Sie dann so verängstigt?«, hakte sie nach.

»Normalerweise sind die untoten Seelen Einzelgänger und nur in seltenen Fällen schließen sie sich zusammen. Was sich dort in Greyfriars Graveyard abspielt, scheint sogar noch ernster zu sein, als ich befürchtet habe.«

»Sie haben Lucy sogar gewarnt, dass jemand kommen wird und sie holen will«, berichtete Amelia eifrig. »Und ein Vexator hat Lucy in ihrem Zuhause gedroht, dass ein Mackay den Tod finden wird.«

»Ein Vexator?«, fragte Mrs. Forbes irritiert.

»Das ist unser Name für die stärkeren *Grauen*«, erklärte Lucy. »Diejenigen, die ihre Erscheinung verändern, Dinge bewegen und sprechen können. Vexator bedeutet übersetzt ›Plagegeist‹.«

»Gefällt mir!« Mrs. Forbes lächelte anerkennend. »Ihr seid kreativ und wisst die Dinge beim Namen zu nennen. Der Seherorden benutzt nur Zahlen von eins bis fünf, wobei fünf die höchste Klasse ist. Wir beobachten einen Geist zuerst genau und dokumentieren seine Kräfte, bevor wir anhand einer Tabelle seinen Rang bestimmen.«

Nachdenklich streichelte sie eine ihrer Katzen, die sich schnurrend an sie schmiegte. »Und dieser Vexator hat dir gedroht, Lucy?«

Noch immer hatte sie die Worte genau im Kopf und konnte sofort zitieren:

»Die zwölf Nächte brechen an
und es erhebt sich ein Tyrann.
Es erhebt sich das Verderben
und ein Mackay wird sterben!«

Nachdem Lucy geendet hatte, runzelte sie die Stirn. »Sind damit vielleicht die Rauhnächte gemeint?«

»Nee, das sind nur vier«, antwortete Amelia wie aus der Pistole geschossen, offenbar froh, etwas Sinnvolles zur Unterhaltung beisteuern zu können.

Mrs. Forbes schüttelte jedoch den Kopf. »Eigentlich handelt es sich um insgesamt zwölf Nächte. Ein Mondjahr umfasst nämlich nur 354 Tage, die übrigen elf Tage und somit zwölf Nächte werden im interkalierenden Lunisolarkalender als ›tote Tage‹ bezeichnet. In diesen

›toten Nächten‹ verlieren die Gesetze der Natur ihre Gültigkeit und die Grenzen zwischen unserer und der jenseitigen Welt verschwimmen.«

Lucy hatte den Eindruck, dass Amelia diese neuen Informationen am liebsten sofort in ihr Notizbuch eingetragen hätte, doch Luzifer hob schlaftrunken den Kopf und warf ihr einen warnenden Blick zu, sich keinesfalls zu bewegen.

Lucy wandte sich wieder an Mrs. Forbes. »Amelia vermutet, dass der Poltergeist am 31. Dezember diese Grenze überschreiten und vollständig in unsere Welt gelangen will.«

Über Mrs. Forbes' Gesicht legte sich ein Schatten. »Damit habt ihr recht! Wie ihr wisst, wird die Silvesternacht bei uns in Schottland Hogmanay genannt«, sagte sie. »Es ist eine Mischung aus dem Yulefest der Wikinger und dem Fest der Wintersonnenwende. Der Glaube unserer Vorfahren an die magische Kraft dieser speziellen Nacht wurzelt tief in uns und hat sich über die Jahrhunderte mit dem Land, auf dem wir leben, verbunden.«

Amelia blinzelte irritiert. »Wollen Sie damit sagen, dass Hogmanay hier bei uns besonders gefährlich ist?«

»Genau so ist es! Wir Seher nutzen den Erfahrungsschatz der Druiden und von ihnen wissen wir, dass ein Geist sich in der Silvesternacht erheben und in unsere Welt zurückkehren kann. Allerdings hat ein Seher auch die Möglichkeit, ihn für immer zu vertreiben.«

Lucy ließ sich das alles durch den Kopf gehen. »Ich verstehe nur nicht ganz, was der Vexator eigentlich davon hat. Was bringt ihm seine Rückkehr?«

»Er will seine Körperlosigkeit nicht akzeptieren und noch mächtiger werden, denn bisher ist seine Macht allein auf den Friedhof beschränkt. Wenn ich bedenke, wie viel Unheil er jetzt schon anrichten kann …« Mrs. Forbes stieß einen tiefen Seufzer aus. »Stellt euch mal dieses Schreckensszenario vor, wenn er Greyfriars Graveyard verlassen und hingehen kann, wo er will! Meine Güte, in was für einem Schlamassel stecken wir da nur?«

Lucy fragte sich, ob sich die alte Frau wohl Vorwürfe machte, weil sie durch ihre Krankheit ihre Aufgabe in Greyfriars Graveyard vernachlässigt und damit die Rebellion des Vexators erst ermöglicht hatte.

»Anne und ich wussten schon immer, dass auf diesem Friedhof etwas Böses lauert und darauf wartet, sich zu erheben«, fuhr sie fort. »Aber wir konnten den Bereich nicht näher eingrenzen. Um den Vexator zu bekämpfen, müssen wir jedoch sein Grab finden.«

Amelia horchte auf. »Es könnte sein, dass es sich um einen gewissen George Mackenzie handelt. Dem gehörte jedenfalls das schwarze Mausoleum, in das unser Freund Stevie gelockt wurde. Er behauptet zwar, er hätte nur geschlafwandelt, aber das glauben wir ihm nicht.«

»Das schwarze Mausoleum?« Mrs. Forbes richtete sich alarmiert auf. »Wie kommt ihr ausgerechnet darauf?«

Die beiden Mädchen berichteten ihr von Stevies Verschwinden und unter welchen Umständen sie ihn aufgefunden hatten, was die alte Dame nur noch mehr zu beunruhigen schien.

»Damit habt ihr mir wahrscheinlich mehr geholfen, als ihr ahnt«, sagte sie und stand auf, um in einer Schublade nach etwas zu suchen. Schließlich hielt sie Amelia und Lucy einen Plan des Friedhofs hin, auf dem vier Gräber mit roter Farbe eingekreist waren.

»Wie ihr seht, haben Anne und ich das schwarze Mausoleum als hochgefährlich eingestuft. Deine Mutter hat einen aufwendigen Runenzauber angebracht, um den Geist am Verlassen des Grabes zu hindern«, sagte sie und die Aufregung verlieh ihren Wangen ein zartes Rosa. »Der hätte eigentlich auch ohne meine abendlichen Schutzrituale wirken müssen! Habt ihr zufällig ein paar Informationen über diesen Mackenzie?«

Damit konnte Lucy dienen: »Ich habe ein paar Daten über ihn gesammelt, da ich gestern Abend einen Blick in die Kirchenbücher geworfen habe.«

Sie versuchte, Amelias überraschten Gesichtsausdruck zu ignorieren. Anscheinend hatte ihre Freundin nicht erwartet, dass Lucy als »freie Mitarbeiterin« auch ohne weitere Aufforderung genug Pflichtbewusstsein besaß, um sich in einen Raum mit staubigen Büchern zu setzen und zu recherchieren. Zwar war Pfarrer Graham über ihre Bitte ziemlich überrascht gewesen, doch Lucy hatte einfach behauptet, sie müsse etwas für die Schule nachschlagen.

»George Mackenzie war ein Anwalt und der Advokat des Königs Charles II. Geboren wurde er 1636 in Dundee und gestorben ist er 1691 in Edinburgh. Anscheinend handelte es sich um eine politisch hoch angesehene Persönlichkeit im 17. Jahrhundert. Mehr stand in den Büchern leider nicht drin.«

»Ein Anwalt und Politiker?«, fragte Amelia erstaunt.

»Bei einem Amok laufenden Vexator hätte ich eher mit einem üblen Gewaltverbrecher gerechnet.«

Mrs. Forbes lächelte milde. »Das Böse macht auch nicht vor gebildeten Personen halt, Kindchen. Jeder lebende Mensch, so verdorben er auch sein mag, besitzt jedoch immer noch etwas Gutes. Bei einem Geist der Klasse Vier zum Beispiel ist nur noch seine Wut und sein Hass übrig geblieben. Er ist konzentrierte negative Energie – und das macht ihn so Furcht einflößend.«

Gedankenverloren massierte sie sich ihre geschwollenen Finger und erst jetzt fiel Lucy auf, wie müde und schwer ihre Augen wirkten. Mrs. Forbes musste wieder einmal eine schwere Nacht gehabt haben.

»Sollen wir die Recherche über diesen George Mackenzie übernehmen?«, bot sie hilfsbereit an. »Bestimmt gibt es im Stadtarchiv weitere Unterlagen über ihn.«

Die alte Frau schenkte ihr ein dankbares Lächeln. »Das wäre sehr nett von euch! Aber wir müssen für andere Spuren ebenfalls offen sein«, ermahnte sie die Mädchen. »Es könnte sein, dass das schwarze Mausoleum eine falsche Fährte ist.«

Zwei Katzen fauchten sich direkt neben Mrs. Forbes wütend an und stritten sich um den Platz an Frauchens Seite, aber diese beachtete die Tiere gar nicht.

»Mir macht noch etwas anderes Sorgen. Ihr habt gesagt, dieser Vexator war bei euch im Wohnzimmer? Im Haus des Friedhofswärters?«

Lucy und Amelia nickten bestätigend.

»Das hätte eigentlich nicht passieren dürfen. Deine Mutter hat dort nämlich ebenfalls einen aufwendigen

Schutz angebracht, damit keine untote Seele in euer Haus eindringen kann. Die übernatürlichen Fähigkeiten eines Sehers locken die Geister an wie die Motten das Licht und ein Vexator wird dich immer als seinen Feind ansehen, weil du ihm in die Quere kommen könntest.«

Lucy schluckte schwer. Sie war so etwas wie ein Magnet für untote Seelen? Und ihre Mutter hatte sich trotz dieser Gefahr dafür entschieden, ausgerechnet auf einem Friedhof zu leben? Anne Mackay musste Lucys Vater wirklich sehr geliebt haben, um solch ein Risiko einzugehen. Oder konnte sie damit nur leichter ihren Aufgaben als Seherin nachkommen? Lucy hatte keine Ahnung, was ihre wahren Beweggründe gewesen sein mochten und plötzlich kam ihr ihre Mutter wie eine Fremde vor.

»Als Anne dich verlassen musste, hat sie deswegen sogar einen Geist dazu gebracht, nachts auf dich aufzupassen.« Mrs. Forbes schüttelte schmunzelnd den Kopf. »Ich habe keine Ahnung, wie sie das angestellt hat. Sogar die drei obersten Seherinnen waren davon beeindruckt.«

»Meinen Sie Mrs. Poppins?«, hakte Lucy nach. »Die altmodische Gouvernante, die jede Nacht neben meinem Bett steht?«

Ihre Vermutung, dass Mrs. Poppins von ihrer Mutter gesandt worden war, hatte also tatsächlich gestimmt und wie auf wundersame Weise erschien alles plötzlich einen Sinn zu ergeben.

»Natürlich, du kannst sie ja sehen!« Mrs. Forbes schlug sich mit der Hand an die Stirn, eine Geste, die nicht so recht zu ihrem Alter passen wollte. »Ich selbst würde bei dieser Art Geist nur ein Luftflimmern wahrnehmen.

Dann hat dir dein Schutzgeist bestimmt erzählt, was in Greyfriars Graveyard vorgeht, oder?«

In diesem Punkt musste Lucy ihr leider widersprechen. »Nein, ich habe noch nie mit ihr gesprochen.«

Mrs. Forbes stutzte. »Aber wenn du deine ›Mrs. Poppins‹ derart deutlich erkennen kannst, musst du auch mit ihr reden können! Hast du noch nie mit einem der *Grauen* kommuniziert?«

Ehe Lucy auch nur den Mund geöffnet hatte, platzte es schon aus Amelia heraus: »Nein, denn Lucy versucht ihre Gabe ständig zu ignorieren. Dabei habe ich ihr schon immer gesagt, dass sie ihre Fähigkeiten trainieren sollte.«

Lucy biss die Zähne zusammen und warf ihrer Freundin einen säuerlichen Blick zu.

Amelia zuckte jedoch nur mit den Schultern. »Was denn? Es stimmt doch, was ich gesagt habe!«

»Du hast das zweite Gesicht, Lucy, und deine Gabe ist womöglich dein einziger Schutz«, meinte Mrs. Forbes in tadelndem Tonfall. »Die *Grauen* sind zwar schwächer als die Vexatoren, aber wenn du dich konzentrierst und auf deine innere Kraft hörst, kannst du dich mit ihnen verständigen. Sie können dich sogar unterstützen – jedenfalls soweit es ihnen in ihrer geisterhaften Erscheinung möglich ist.«

Sie scheuchte eine der Katzen von ihrem Schoß herunter und erhob sich schwerfällig. »Ich würde sagen, für heute machen wir Schluss, Kinder!«

Zwar hatte Lucy noch unzählige Fragen, doch sie widersprach nicht. Es war der alten Dame anzusehen, dass die Unterhaltung sie angestrengt hatte.

Auch Luzifer gab nun endlich Amelia frei. »Igitt«, stieß sie angeekelt aus und zupfte an ihrem Topflappen-Rock herum. »Seine Haare kleben regelrecht an mir fest.«

Mrs. Forbes zog wie aus dem Nichts einen Tischstaubsauger hervor und saugte ohne ein Wort der Erklärung Amelias Oberschenkel ab.

»Ähm, danke«, stammelte sie etwas perplex.

»Keine Ursache, so etwas braucht man bei so vielen Katzen.« Mrs. Forbes betrachtete verliebt ihren Mini-Staubsauger. »Für fünfzehn Pfund vom Shopping-Kanal. Saugt wirklich alles ein, was durch die Öffnung passt. Ich sag euch, das Ding ist *magisch* – und ich als Seherin weiß, wovon ich rede!« Sie kicherte über ihren eigenen Scherz.

Im engen Flur zogen sich die Mädchen wieder ihre Schuhe an. Als Amelia schon die Haustür geöffnet hatte und sich ein Schwall kalter Winterluft hereindrängte, hielt Mrs. Forbes Lucy noch einmal am Arm fest und drückte ihr einen Zettel in die Hand.

»Du musst eure Türen und Fenster nach diesen Runenzeichen absuchen! Sie werden nicht einfach zu finden sein, deine Mutter hat sie bestimmt gut versteckt. Ich vermute, dass eine oder mehrere der Runen zerstört wurden – dann müssen sie unbedingt erneuert werden!«

»Aber der Vexator ist nur ein einziges Mal bei uns daheim aufgetaucht«, wiegelte Lucy ab.

»Begehe nicht den Fehler, ihn zu unterschätzen! Er hat deine Kräfte wahrgenommen und ihm war sofort klar, dass du die größte Gefahr für ihn bist. Deshalb ist er gleich nach seiner Befreiung zu dir gekommen und wollte dich mit seiner Drohung einschüchtern.«

Zu Lucys Bedauern klang das äußerst einleuchtend. »Und weshalb ist er unserem Haus seither ferngeblieben?«

»Weil er sein Ziel erreicht hatte und du nichts gegen ihn unternommen hast. Doch wenn du mir tatsächlich helfen willst und seine Spur verfolgst, wird sich das ändern.« Mrs. Forbes sah sie mit sehr ernster Miene an. »Er wird dir schneller wieder einen Besuch abstatten, als dir lieb ist.«

7. KAPITEL

»Der Tod ist nicht der Untergang, der alles aufhebt und zerstört, sondern eine Wanderung und der Beginn eines anderen Lebens, welches ein Ende nicht hat.«

Marcus Tullius Cicero (106–43 v. Chr.),
römischer Redner und Staatsmann

Es war schon dunkel und Lucy lief zum wohl hundertsten Mal die Außenwand ab, auf der Suche nach den Runen, die laut Mrs. Forbes hier irgendwo angebracht waren. Zum Glück war der Friedhof bereits geschlossen und Lucy musste sich keine Sorgen machen, dabei von den Presseleuten oder Besuchern beobachtet zu werden. Sie trat einen Schritt zurück und musterte verdrossen ihr Zuhause.

»Wo könnten diese verflixten Zeichen nur sein?«, murmelte sie frustriert.

Zum Glück schien ihr Vater unterwegs zu sein und hatte ihr seltsames Treiben noch nicht bemerkt. Lucy hätte sich nur schwer eine Erklärung aus den Fingern saugen können, weshalb sie den Eingang sogar schon mithilfe einer Lupe untersucht hatte. Sie blickte auf den Zettel in ihrer Hand, auf dem Mrs. Forbes unter der Überschrift »Schwarzes Mausoleum« eine weitere Reihe Runen notiert hatte.

»Na dann, auf in die Höhle des Löwen!«, versuchte sie sich selbst Mut zu machen.

Wenn dort eines der Zeichen ihrer Mutter zerstört worden war, hätten sie wenigstens eine Erklärung dafür, weshalb George Mackenzie seine letzte Ruhestätte hatte verlassen können. Jedenfalls wenn es sich bei ihm tatsächlich um den Vexator handelte ...

Lucy steckte den Zettel ein und vergrub ihre vor Kälte taub gewordenen Finger in der Jacke. Im düsteren Zwielicht der Laternen lief sie an den mit Moos und Flechten bewachsenen Gräbern vorbei, von denen viele schon halb in der Erde versunken waren. Zum Schutz vor Leichenräubern waren einige von ihnen mit dicken Eisengittern überspannt. Diese sogenannten Sargtresore wirkten abweisend und schmucklos, während an den Ruhestätten bekannterer Persönlichkeiten – wie Poeten, Bürgermeistern und Architekten der Stadt – noch heute von den Leuten künstliche Blumen niedergelegt wurden. Im Weiß des Schnees leuchteten sie in roten, blauen und gelben Farben und schienen verzweifelt zu versuchen, etwas Fröhlichkeit an diesen Ort des Todes zu bringen.

Je näher Lucy ihrem Ziel kam, umso mehr vermisste sie Amelia, der sie vor einer Stunde noch versichert hatte, dass sie die Kontrolle der Runen durchaus alleine und ohne ihre Hilfe schaffen konnte. Als die Umrisse des schwarzen Mausoleums vor ihr auftauchten, wurden Lucys Schritte jedoch automatisch langsamer.

Seit Spooky-Stevies Befreiung war sie nicht mehr hier gewesen. Von Weitem wirkte das Grab mit den Säulen und Nischen, über denen Rundbögen mit Muschelverzierungen angebracht waren, eher hoheitsvoll – und weniger wie das Heim einer von Hass zerfressenen Seele. Die geriffelte Kuppel wurde an mehreren Stellen von den Ästen eines Baumes durchbohrt und zeugte von dem hohen Alter des Bauwerks.

Hatte Mrs. Forbes nicht erwähnt, dass Anne Mackay die gefährliche Aura wahrgenommen hatte, die das Mausoleum umgab? Das heutige Gespräch hatte Lucy endgültig klargemacht, dass sie ihre Gabe nicht länger ignorieren durfte.

»Gut, dann versuche ich es mal«, murmelte sie wenig optimistisch.

Zum ersten Mal in ihrem Leben wollte Lucy bewusst und kontrolliert auf ihre »medialen Kräfte« zugreifen. Obwohl sich alles in ihr dagegen sträubte, schloss sie die Augen und atmete mehrmals tief ein und aus. Als sich ihr wild pochender Herzschlag endlich beruhigt hatte, konzentrierte sie sich auf ihr Innerstes.

Beherzt riss sie die geistige Mauer ein, hinter der sie ihre Gabe verbannt hatte, und ließ es zu, dass ihre übersinnlichen Fähigkeiten die Führung übernahmen. Eigentlich war Lucy davon ausgegangen, dass ihr Versuch nicht auf Anhieb klappen würde, doch der Effekt trat umgehend ein. Wie das Wasser eines Staudamms aus den Schleusen in die Freiheit schoss, so überfluteten Lucys übernatürliche Kräfte ihren Verstand und ihren Körper.

Ihre Nervenenden begannen zu prickeln, die Haare in ihrem Nacken stellten sich warnend auf und ihre Muskeln spannten sich an. So viele Empfindungen strömten auf Lucy ein, dass sie panisch nach Luft schnappte. Eine völlig andere Ebene der Wahrnehmung tat sich vor ihr auf, und obwohl sie ihre Augen nach wie vor geschlossen hielt, konnte sie die düstere Aura des Mausoleums vor sich sehen. Eine Art zäher schwarzer Schleim tropfte an seinen Wänden herab und sammelte sich auf dem Boden zu dunklen Pfützen, die sich kreisförmig über den Friedhof auszudehnen schienen. Obwohl solch eine Masse eigentlich keine Empfindungen in sich tragen sollte, empfing Lucy deutlich die in ihr angesammelte Wut und den abgrundtiefen Hass. Ein schriller Pfeifton erklang in Lucys Kopf, den sie automatisch als Warnsignal interpretierte. Die Gefahr, die von dem Bauwerk ausging, schnappte nach ihr wie eine angriffsbereite Schlange.

Lucy riss die Augen auf. Niemals hätte sie für möglich gehalten, mithilfe ihrer Gabe so viele Dinge auf einmal wahrnehmen zu können. Es war ein Gefühl, als wäre sie bisher blind gewesen. Hatte ihre Mutter all dies ebenfalls gesehen? Lucy musste so schnell wie möglich die Runen am Eingang des Mausoleums kontrollieren! Die untote Seele, die in diesen Mauern hauste, musste unbedingt aufgehalten werden.

Hastig lief sie die drei Stufen hinauf, zog ihre Taschenlampe hervor und ging in die Knie, um die Zeichen, die von Anne Mackay angebracht worden waren, zu suchen.

Sowohl rechts als auch links der Tür waren in Bodennähe jeweils fünf filigrane Runen angebracht. Lucy hätte sie niemals entdeckt, wenn sie nicht danach gesucht hätte. Da die Gravuren mit einer grüngrauen Kräuter-Salz-Paste gefüllt waren, um ihre Wirkung zu verstärken, fügten sie sich fast unsichtbar in den Stein ein.

»Oh, verdammt!«, entfuhr es ihr.

Ein Blick auf Mrs. Forbes' Zettel bestätigte, was Lucy schon vermutet hatte: Jeweils die letzte Rune war auf beiden Seiten mit einem spitzen Gegenstand zerkratzt und unkenntlich gemacht worden. Deswegen war es diesem

George Mackenzie plötzlich möglich gewesen, aus seinem Gefängnis zu entkommen und Greyfriars Graveyard unsicher zu machen. Die Frage war nur, wer die Runen zerstört hatte – und vor allen Dingen, weshalb? Wer sollte ein Interesse daran haben, einen Vexator freizulassen?

Lucy kniete sich auf den obersten Treppenabsatz und nagte unschlüssig an ihrer Unterlippe. Eigentlich hätte sie nun wieder heimkehren und am nächsten Tag Mrs. Forbes benachrichtigen sollen, doch die Erinnerung an das von schwarzem Schleim überzogene Mausoleum ließ ihr keine Ruhe. Sie musste irgendetwas unternehmen! Zwar hatte sie keine Ahnung von den druidischen Zeremonien der Seher, aber immerhin stand auf dem Zettel von Mrs. Forbes die korrekte Runenfolge. Konnte Lucy das letzte Zeichen dann nicht einfach mit dem kleinen Taschenmesser, das an ihrem Schlüsselbund hing, noch einmal in den Stein ritzen? Natürlich wäre es nicht so wirksam wie das Original, doch vielleicht hielt es den Vexator wenigstens für kurze Zeit davon ab, unschuldige Menschen anzugreifen. Einen Versuch war es wert!

Lucy kramte eilig in ihrer Tasche, klappte das Messer auf und legte den Zettel neben sich auf den Boden. Während die ersten vier Runen sehr schlicht gehalten waren, besaß ausgerechnet die letzte kunstvolle Schnörkel und erinnerte an ein kleines Tal, das vom Mond beschienen wurde.

Tatkräftig rieb sich Lucy die Hände, um ihre Finger aufzuwärmen. »Los geht's!«

Sie begann den Stein zu bearbeiten und stellte schnell fest, dass die kleine und nicht besonders scharfe Klinge nur wenig gegen die harte Oberfläche ausrichten konnte. Mühsam und quälend langsam kratzte Lucy Schicht für Schicht ab. Selbst im Licht ihrer Taschenlampe musste sie die Augen zusammenkneifen, um überhaupt einen Fortschritt erkennen zu können.

Ihr Rücken schmerzte und die Rückseite des Messers hatte in ihrem Zeigefinger einen roten Abdruck hinterlassen, als Lucy das Zeichen endlich fertiggestellt hatte. Skeptisch betrachtete sie das Ergebnis.

»Das sieht ja mal total … scheiße aus!«, murmelte sie enttäuscht.

Etwas Magisches ging von ihrem Gekrakel ebenfalls nicht aus. Anscheinend war ihr die Befreiung ihrer Gabe zu Kopf gestiegen und sie hatte sich gnadenlos überschätzt. Lucy war nun mal keine ausgebildete Seherin und konnte nicht erwarten, dass diese uralten Rituale bei ihr auf Anhieb funktionierten.

Frustriert stieß sie den Atem aus und richtete sich wieder auf.

Lucy war so in ihre Arbeit vertieft gewesen, dass sie erst jetzt die dichten Nebelschwaden bemerkte, die sie von allen Seiten einhüllten. Ein unangenehmes Kribbeln breitete sich über ihren Nacken auf den Rücken aus und Lucy musste sich gar nicht erst umdrehen, um zu wissen, dass sie nicht mehr alleine war. Ihr Herzschlag beschleunigte sich und ihr Magen krampfte sich vor Nervosität zusammen.

Wartete hinter ihr etwa die untote Seele des George Mackenzie? Würde er sie ebenfalls angreifen? Oder hätte er sogar noch Schlimmeres mit ihr vor? Laut Mrs. Forbes stellte Lucy immerhin eine echte Gefahr für ihn dar. Der Vexator konnte ja nicht wissen, dass sie nicht einmal den Geist einer Eintagsfliege vertreiben konnte.

Lucy nahm all ihren Mut zusammen und drehte den Kopf zur Seite, bis sie einen Blick über ihre Schulter werfen konnte.

Hinter ihr stand die Armee der *Grauen*. Wie durchscheinende, flackernde Statuen tauchten sie zwischen den Gräbern auf und starrten Lucy unverwandt an. Seltsamerweise schienen sie dieses Mal weniger geworden zu sein.

Erneut trat die Frau mit den strähnigen Haaren hervor. Lucy konnte zwar erkennen, dass sie den Mund bewegte, doch dieses Mal vernahm sie keinen einzigen Laut. Was der Geist ihr wohl sagen wollte?

Lucy beschloss, ihre übersinnlichen Fähigkeiten einem erneuten Praxistest zu unterziehen. Schließlich hatte Mrs. Forbes behauptet, dass Lucy mit den Geistern, die sie deutlich vor sich sah, auch sprechen konnte. Tief und bewusst atmete Lucy ein und aus, entspannte ihre Muskeln und rief ihre Gabe auf.

Dieses Mal funktionierte es jedoch nicht so reibungslos, da Lucy sich durch die Anwesenheit der unzähligen Geister kaum konzentrieren konnte. Die Angst, die sie in solchen Momenten schon seit frühester Kindheit begleitete, übernahm die Führung und schrie ihr mit schriller Stimme zu, so schnell wie möglich nach Hause zu rennen. Einige Atemzüge lang war Lucy wie gelähmt, konnte nicht denken oder sich bewegen.

»Reiß dich zusammen!«, befahl sie sich selbst.

Lucy ballte die Fäuste und kämpfte gegen ihre Furcht an. Die alte Seherin hatte sie davon überzeugt, dass sie längst nicht so schwach und machtlos war, wie Lucy immer befürchtet hatte! Ihr war eine Gabe verliehen worden, die ihr die Möglichkeit gab, solche Situationen zu beeinflussen.

Vor ihren Augen veränderte sich mit einem Mal das Aussehen der *Grauen* und Lucy konnte sie viel schärfer wahrnehmen. Zwar besaßen ihre Körper immer noch den schwarzgrauen Farbton, doch das Flimmern wurde schwächer und die Konturen verstärkten sich. Die Gesichter der Geister wirkten auf sie nun gequält und zornig. Waren sie etwa wütend auf Lucy?

Sie wandte ihre Aufmerksamkeit der Frau zu, deren Wangen erschreckend eingefallen waren, als hätte sie schweren Hunger gelitten. Erst mithilfe ihrer Gabe erkannte Lucy, wie locker das Kleid um ihre Hüfte saß und wie altmodisch es geschnitten war. Im Gegensatz zu Amelia beschäftigte sie sich zwar kaum mit Mode, doch dass diese Leute schon vor einigen Jahrhunderten gestorben sein mussten, erkannte selbst sie.

Lucy nahm all ihren Mut zusammen. »Willst du mir etwas sagen?«

Sie hörte die Antwort so deutlich, als würde die Frau direkt in ihr Ohr sprechen. *»Hier wohnt der Teufel! Das Böse ist erwacht. Du musst ihn aufhalten!«*

Nun begriff sie die zornigen Blicke: Sie galten nicht Lucy, sondern dem schwarzen Mausoleum hinter ihr. Diese untoten Seelen waren auf George Mackenzie wütend! Da er offenbar versuchte, sich zu erheben, war die

Ruhe dieser *Grauen* gestört worden und sie hatten sich zusammengeschlossen.

»Was hat euch dieser Mann angetan?«

Die Miene der Frau verhärtete sich. *»Er hat uns hier eingesperrt, verhöhnt, gefoltert und getötet«,* spie sie hasserfüllt aus.

»Eingesperrt? Hier auf dem Friedhof?«

Wahrscheinlich hätte Lucy selbst einmal an einer Ghost-Tour von Harris teilnehmen sollen, um mehr über die Geschichte von Greyfriars Graveyard zu erfahren. Dass es eine Zeit gab, in der auf dem Friedhof Menschen gefangen gehalten worden waren, hatte Lucy noch nie gehört und auch ihr Vater hatte kein Wort darüber verloren.

»Halte ihn auf!«, wiederholte der Geist. *»Damit wir unseren Frieden finden können.«*

»Ich … ich werde es versuchen. Nur habe ich leider keine Ahnung, wie ich das anstellen soll.«

Die Frau deutete auf eine Stelle hinter Lucy. *»Gebrauche deine Kraft!«*

Sie drehte sich verwirrt um. Meinte die *Graue* etwa das Zeichen, das Lucy neben der Tür des Mausoleums eingeritzt hatte?

»Ich soll bei der Rune meine Gabe benutzen?«

Lucy ging in die Knie, ließ die prickelnde Energie in ihrem Innern anschwellen und legte ihre Hand auf das letzte Symbol. Sie wagte kaum zu atmen. Ohne ihr Zutun strömte das Prickeln ihren Arm hinunter und verließ ihren Körper durch ihre Fingerspitzen. Die Rune erwärmte sich spürbar und glomm leicht auf. An den Stellen, an denen Lucy unsauber gearbeitet hatte, war das goldene Leuchten schwächer, doch die Magie schien sich eindeutig zu aktivieren.

Mit einem letzten Aufstrahlen erlosch das Licht und die Rune sah so unscheinbar aus wie zuvor. Zweifelnd beugte sich Lucy vor und musterte die Gravierung.

»Ich weiß nicht, ob es funktioniert hat«, berichtete sie, ohne sich umzuwenden. »Aber es ist wohl besser als nichts.«

Erschöpft fuhr Lucy sich über die Stirn und eine tiefe Müdigkeit breitete sich in ihren Gliedern aus, was wahrscheinlich am ungewohnten Einsatz ihrer übersinnlichen Fähigkeiten lag. Wie sollte sie sich in diesem Zustand nur um das zerstörte Zeichen auf der anderen Seite des Eingangs kümmern? Lucy bezweifelte, dass sie dazu noch die Kraft aufbringen konnte.

Etwas beschämt blickte sie über die Schulter auf die *Grauen* – und stutzte. Wie auf ein geheimes Kommando hin wichen die farblosen Gestalten von der Grabstätte zurück und Angst zeichnete sich in ihren Gesichtern ab. Aber was konnte einer so gewaltigen Anzahl untoter Seelen einen derartigen Schrecken versetzen?

George Mackenzie.

Hastig wandte Lucy sich zum Mausoleum um. Sie war durch die Aktivierung der Rune so abgelenkt gewesen, dass sie erst jetzt spürte, wie sich ihr aus dem Inneren etwas näherte.

Die geisterhafte Präsenz strahlte so viel Hass und Bösartigkeit aus, dass es Lucy einen eisigen Schauer über den Rücken jagte. Instinktiv wusste sie, dass es sich um denselben Vexator handelte, der sich Amelia und ihr im Wohnzimmer genähert hatte. Seine Macht hatte eindeutig zugenommen – und er war wütend! Der warnende Pfeifton in Lucys Kopf wurde so unerträglich, dass sie reflexartig die Hände auf die Ohren presste, obwohl es nicht im Geringsten half.

Lucys Mut verflüchtigte sich mit einem Schlag. Die fehlende Rune und die Bitte der Grauen waren vergessen. Sie musste fliehen, und zwar so schnell wie möglich.

»Weg! Weg! Weg!«, hämmerte es in ihren Gedanken im gleichen Tempo wie ihr rasender Herzschlag.

Sie machte auf dem Absatz kehrt und sprang mit einem einzigen Satz die Stufen hinab auf den Weg hinunter, doch es war zu spät. Einem zornigen Vexator konnte man nicht so leicht entkommen. Schon fühlte sie seine Nähe und das Prickeln in ihrem Nacken wurde fast schmerzhaft. George Mackenzie musste direkt hinter ihr sein!

»Dad, hilf mir!«, rief sie panisch, obwohl sie wusste, dass es sinnlos war.

Der Poltergeist stieß einen verärgerten Schrei aus und ein harter Schlag erfasste Lucy, der sie von den Beinen riss und in die Luft schleuderte. Wie in Zeitlupe schien sich die ganze Welt plötzlich um sie zu drehen und nur schemenhaft nahm Lucy wahr, wie sie auf einen hohen Grabstein mit kleinen Türmchen an der Oberseite zuflog.

Sie verfehlte ihn nur um wenige Zentimeter, doch der Aufprall war so heftig, dass es ihr die Luft aus den Lungen presste. Wenigstens hatte Lucy sich seitlich abrollen können, um den Sturz abzumildern. Sie stöhnte gequält auf. Ein stechender Schmerz fuhr in ihre Schulter, und als sie den Kopf anhob, schien ihr Gehirn explodieren zu wollen. Lucy hatte Glück gehabt, dass sie sich nicht das Genick gebrochen hatte. Ob der Vexator ihr nun folgte und sein Werk beendete?

»Nicht ohnmächtig werden!«, sagte sie zu sich selbst und erschrak, wie dünn ihre Stimme klang. »Bleib wach, Lucy Mackay!«

Doch ihr Körper widersetzte sich ihrem Befehl.

Das Letzte, was sie sah, waren die *Grauen*, die sich ängstlich um sie scharten und eine Art Schutzwall bildeten.

»*Wir halten ihn von dir fern, Seherin!*«, wisperten sie.

Dann wurde Lucy schwarz vor Augen.

Eine vertraute Wärme umgab ihren Körper und der Duft nach After-Shave, Erde und frischer Luft hüllte sie ein. Sofort wich die Anspannung aus ihren Gliedern.

»Dad, ich bin so froh …«, murmelte Lucy.

Ihre Lider waren so schwer, dass sie nicht einmal die Augen öffnen konnte, doch sie nahm Schritte und das Knirschen von Kies und Schnee wahr. Ihr Vater schien sie in seinen Armen zu tragen wie früher, als sie noch ein kleines Mädchen war.

»Alles ist gut, meine Kleine. Wir sind gleich daheim.«

Trotz seiner beruhigenden Worte konnte Lucy die Besorgnis in seiner Stimme heraushören.

Sie fühlte in sich hinein, doch abgesehen von ihrem schmerzenden Kopf und dem Pochen in der Schulter hatte sie wohl keine weiteren Verletzungen davongetragen. Anscheinend hatte es der Vexator bei dem kurzen, äußerst heftigen Schlag belassen. Oder hatten die *Grauen* sie vor ihm beschützt? War es möglich, dass die Geister ihr das Leben gerettet hatten?

Ihr Vater blieb abrupt stehen.

»Was tun Sie hier?«, fragte er schroff. »Der Friedhof ist geschlossen. Verlassen Sie auf der Stelle das Gelände!«

Gerade als Lucy benommen die Augen öffnete, wurde sie von einem hellen Blitz geblendet. Ein Reporter hatte sich ihnen in den Weg gestellt und fotografierte sie eifrig. Die Aufforderung des Friedhofswärters schien ihn überhaupt nicht zu kümmern.

»Wurde Ihre Tochter von dem Poltergeist angegriffen, Mr. Mackay? Ist sie schwer verletzt? Werden Sie nun angesichts dieser Gefahr Ihren Job aufgeben und Greyfriars Graveyard verlassen?«, bombardierte er sie mit Fragen.

Tom Mackay knirschte mit den Zähnen. Nur die Tatsache, dass er seine Tochter auf den Armen hielt, schien ihn von einem Wutausbruch abzuhalten.

»Verschwinden Sie!«, rief er zornig. »Wenn Sie nicht sofort abhauen, hole ich die Polizei!«

Der Reporter hob mit einem frechen Grinsen die Hände. »Ich habe ohnehin, was ich brauche. Einen schönen Abend noch!«

»Wehe, Sie veröffentlichen diese Bilder, dann werden Sie mich aber …« Lucys Vater brach ab, denn der Reporter war schon in der Dunkelheit zwischen den Grabsteinen verschwunden. »So eine Unverschämtheit!«

»Reg dich nicht auf, Dad«, sagte Lucy müde. »Bringst du mich heim?«

Erst jetzt schien ihm wieder einzufallen, dass er seine Tochter ohnmächtig auf dem Friedhof aufgefunden hatte, und er lief mit großen Schritten auf ihr Haus zu.

»Natürlich, du bist bestimmt bis auf die Knochen durchgefroren!« Er sah sie so besorgt an wie einen Schatz, den er um jeden Preis beschützen musste. »Mir ist fast das Herz stehen geblieben, als ich dich dort habe liegen sehen, Lucy. Zum Glück ist Bobby mal wieder ausgebüxt, sodass ich auf die Suche nach ihm gehen musste. Nicht auszudenken, wenn du bei dieser Kälte noch länger hier draußen gewesen wärst.«

Umständlich versuchte er, mit Lucy im Arm die Haustüre zu öffnen, als sie plötzlich von innen aufgerissen wurde.

»Was ist passiert?«, fragte Spooky-Stevie mit vor Schreck bleicher Miene. »Geht es dir gut, Lucy?«

»Stevie!« Überrascht blickte sie auf. »Du bist wieder da?«

»Die Ärzte haben mich schon heute aus dem Krankenhaus entlassen und dein Vater hat darauf bestanden, dass ich erst einmal bei euch wohne, bis ich wieder richtig fit bin.« Er fummelte sich verlegen am Kragen seines verwaschenen Pullovers herum. »Ich hoffe, es ist dir nicht unangenehm?«

»Quatsch, ich freu mich!«

Plötzlich war es Lucy peinlich, dass ihr Vater sie wie ein Kleinkind durch die Gegend trug, und sie zappelte mit den Beinen. »Lässt du mich runter, Dad? Ich glaube, ich kann wieder alleine gehen.«

Widerstrebend setzte er sie ab und Lucy gab sich alle

Mühe, sich den leichten Schwindel, der sie sogleich erfasste, nicht anmerken zu lassen. Sie stützte sich an der Flurwand ab und Stevie griff verstohlen nach ihrem Arm. Da er wegen seines Beins jedoch nur humpelnd vorwärtskam, schwankten sie zusammen wie zwei Invaliden ins Wohnzimmer und Lucy war erleichtert, als sie sich endlich ins Sofa sinken lassen konnte.

Ihr Vater setzte sich mit einem kleinen Erste-Hilfe-Koffer neben sie. »Wo tut es weh?«

Gewissenhaft untersuchte er erst Lucys Schulter und dann ihren Kopf. »Bei der Schulter ist es wohl eine Prellung, nicht so dramatisch«, diagnostizierte er. »Am Hinterkopf hast du eine ordentliche Beule. Wenn dir übel wird, müssen wir sofort ins Krankenhaus!«

»Schlecht ist mir nicht, aber mein Schädel brummt«, gab sie zu.

»Dagegen kann ich dir eine Tablette geben.«

Er klappte den Erste-Hilfe-Koffer wieder zu und sah sie mit ernster Miene an. »Und jetzt würde ich gerne wissen, was dort draußen geschehen ist, Lucy!«

Natürlich war diese Frage zu erwarten gewesen, doch sie hatte keine Ahnung, was sie darauf antworten sollte. Ihr Vater hatte schließlich deutlich gemacht, dass er nicht an Übernatürliches glaubte. Erst jetzt, da Lucy wieder im Warmen und in Sicherheit war, wurde ihr bewusst, wie viel Glück sie gehabt hatte. Laut Mrs. Forbes und ihrer Mutter war dieser Vexator sehr gefährlich, sodass Lucy mit ihren leichten Verletzungen noch glimpflich davongekommen war. Trotz der Decke, die ihr Vater ihr über die Schulter gelegt hatte, begann Lucy zu zittern.

Stevie, der ihnen gegenüber auf dem Sessel Platz genommen hatte, konnte seine Neugierde nicht verbergen. »Hat es etwas mit dem Poltergeist zu tun, der hier umgehen soll?«

»Setz ihr doch keinen Floh ins Ohr, Stevie!«, entfuhr es Tom Mackay verärgert. »Es reicht, dass halb Edinburgh an diesen Humbug glaubt. Ich möchte von meiner Tochter wissen, was *wirklich* passiert ist!«

Unschlüssig blickte Lucy zwischen beiden hin und her. Natürlich hätte sie einfach behaupten können, sie sei unglücklich gestolpert, aber sie hatte die vielen Lügen endgültig satt.

»Dad, ich bin alt genug, um meine eigene Meinung zu haben und mich nicht von anderen beeinflussen zu lassen!« Sie funkelte ihn herausfordernd an. »Mich hat auf dem Friedhof tatsächlich etwas angegriffen. Und es war kein Mensch.«

Tom Mackay richtete sich kerzengerade auf. »Wie bitte?« Die Überraschung stand ihm förmlich ins Gesicht geschrieben.

»Genau wie bei den beiden anderen Vorfällen war mein Angreifer nicht zu sehen. Es war …« Lucy holte tief Luft, um sich Mut zu machen. »Ein Geist.«

»Ich wusste es!«, spie Stevie aus und sah mit einem triumphierenden Funkeln in den Augen zu seinem Freund. »Ich habe schon seit Wochen gespürt, dass da draußen etwas vor sich geht. Jetzt musst du der Wahrheit ins Gesicht sehen, Tom! Oder unterstellst du deiner Tochter, sie sei betrunken gewesen? Oder habe halluziniert?«

Mehrmals öffnete Lucys Vater den Mund, doch kein

Wort kam ihm über die Lippen. Dass nun auch seine eigene Tochter an den Poltergeist glaubte, schien zu viel für ihn zu sein. Dabei hatte Lucy die Tatsache, dass sie die untoten Seelen auf dem Friedhof sogar sehen und mit ihnen sprechen konnte, wohlweislich weggelassen.

»Ich weiß, das klingt verrückt, Dad. Aber ich stand am schwarzen Mausoleum und fühlte die Präsenz eines Wesens, das böse und unheimlich war. Ehe ich wegrennen konnte, hatte es mich auch schon gepackt und durch die Luft geschleudert.«

»Du veräppelst mich, oder?« Tom Mackay versuchte sich an einem Lachen. »Ihr beide wollt mich auf den Arm nehmen, nicht wahr?«

Lucy schüttelte den Kopf, was sie sofort bereute, da ihr Vater vergessen hatte, ihr die versprochene Schmerztablette zu geben.

»Nein, ich mache keinen Scherz«, beteuerte sie. »Die anderen Leute haben die Wahrheit gesagt: In Greyfriars Graveyard geht es nicht mit rechten Dingen zu.«

»Genau das versuche ich dir schon klarzumachen, seit du mich aus dem Krankenhaus abgeholt hast«, fügte Stevie eifrig nickend hinzu.

»Das soll alles wahr sein?«, murmelte Tom Mackay erschüttert. Er stand auf, lief nachdenklich im Zimmer umher und blieb schließlich am Fenster stehen. Lange blickte er schweigend auf die im Dunkeln liegenden Gräber hinaus, bis Lucy die Stille nicht mehr ertrug und zu ihm ging. Wenigstens, so stellte sie erleichtert fest, schienen ihre Beine nicht mehr aus einer wackligen Masse zu bestehen.

Vorsichtig legte sie von hinten ihre Hand auf seine Schulter. »Sag doch bitte etwas, Dad! Was denkst du?«

»Offen gestanden wäge ich die Möglichkeiten ab«, gab er zu, ohne sich umzudrehen.

»Und die wären?«

»Du könntest lediglich auf dem Schnee ausgerutscht und gestürzt sein. Und durch diese Massenhysterie wegen des Poltergeistes bildest du dir nur ein, etwas Übersinnliches sei dabei im Spiel gewesen.«

Für einen einfachen und bodenständigen Mann wie ihren Vater war diese Erklärung bestimmt einfacher zu glauben als Lucys »Schauergeschichte«.

»Aber gleichzeitig kommt mir immer wieder deine Mutter in den Sinn«, fuhr er fort. »Du weißt wahrscheinlich nichts davon, aber als wir uns kennengelernt haben, war Anne sehr abergläubisch und fest davon überzeugt, dass Geister existieren. Deswegen sind wir uns auch hier auf dem Friedhof über den Weg gelaufen. Ich hatte gerade meinen Job als Friedhofswärter angetreten und sie war oft mit dieser verrückten Mrs. Forbes in Greyfriars Graveyard.«

Überrascht horchte Lucy auf, als er ihre Mutter erwähnte, denn schließlich vermied ihr Vater dieses Thema seit ihrem Verschwinden konsequent.

»Ich habe mich Hals über Kopf in Anne verliebt, doch ich konnte nie verstehen, wie eine vernünftige und selbstbewusste Frau wie sie ernsthaft an so einen Unfug glauben konnte. Anfangs habe ich darüber geschmunzelt, doch als du geboren wurdest, begannen wir uns deshalb zu streiten.«

Er stieß einen tiefen Seufzer aus, wohl weil ihn in seiner Erinnerung die Bilder jener Zeit heimsuchten. »Ich wollte nicht, dass Anne meine Tochter mit Geschichten über Geister und ruhelose Seelen großzieht. Es war doch schon schlimm genug, dass ich meine Frau immer wieder dabei ertappte, wie sie vor den Gräbern irgendwelche Zeichen in die Luft malte und seltsame Gebete vor sich hin murmelte! Irgendwann hatte Anne zum Glück ein Einsehen und sie schwor mir, dass sie dir nichts von diesem verrückten Zeug beibringt.«

Langsam ließ Lucy ihre Hand von der Schulter ihres Vaters gleiten und trat einen Schritt zurück. Das war also der wahre Grund, weshalb ihre Mutter nie mit ihr über ihre Gabe gesprochen hatte. Ihr Vater hatte ja keine Ahnung, was er Lucy damit angetan hatte! Wenn er seiner Frau nicht dieses dumme Versprechen abgerungen hätte, könnte Lucy ihre Fähigkeiten mittlerweile bestimmt kontrollieren. Stattdessen schwebten sie nun alle in Gefahr.

Obwohl Lucy wusste, dass es unfair war, wallte Wut in ihr auf. Sie hatte seit frühester Kindheit die *Grauen* gesehen und hatte heute noch Albträume von der Begegnung mit ihrem ersten Vexator, doch dank ihrem Vater hatte sie nie eine Erklärung für all dies erhalten. Wegen ihm hatte sie sich einsam und allein gefühlt, ausgeschlossen und begleitet von der ständigen Angst, verrückt zu sein. War seine Verbohrtheit am Ende sogar schuld daran, dass ihre Mutter sie verlassen hatte?

»Das werde ich dir nie verzeihen«, murmelte sie.

Er wandte sich irritiert zu ihr um. Offenbar hatte sie so

leise gesprochen, dass er sie nicht verstanden hatte. »Was hast du gesagt?«

»Nichts.« Lucy biss die Zähne zusammen.

Plötzlich wurde ihr alles zu viel. Sie hatte das Gefühl, zu ersticken, wenn sie sich noch eine Sekunde länger in diesem Raum aufhielt.

»Ich lege mich ins Bett. Mein Kopf tut immer noch weh«, sagte sie und das entsprach sogar der Wahrheit.

»Bitte bleib!« Ihr Vater hob flehentlich die Hände. »Wir müssen über all das reden.«

Doch sie konnte nicht. Es würde nur wieder in einem Streit enden, wenn sie nicht sofort ging.

»Lucy, bitte warte!«

Sie blieb an der Tür stehen, ohne sich jedoch umzudrehen. »Was ist?«

»Ich möchte, dass du nach Einbruch der Dunkelheit nicht mehr allein auf dem Friedhof unterwegs bist! Wenn in Greyfriars Graveyard tatsächlich ein bösartiger Geist Unschuldige angreifen sollte, dann …«, ihr Vater stockte und holte tief Luft, »… sind wir hier nicht mehr sicher.«

Sie lächelte bitter. »Ich weiß.«

Lucy hustete und wedelte mit der Hand die dicke Staubwolke beiseite, die vor ihrem Gesicht schwebte. Die Archivunterlagen über das 17. Jahrhundert schien sich seit Jahrzehnten niemand mehr angesehen zu haben. Amelia und sie verbrachten nun schon den zweiten Nachmittag im Stadtarchiv, um die uralten Dokumente nach George Mackenzie zu durchforsten. Diese Recherchearbeit war so schrecklich langweilig, dass es Lucy vorkam, als hätte sie bereits Jahre auf dem unbequemen Plastikstuhl zwischen den mannshohen Regalen verbracht. Dabei war es gar nicht so einfach gewesen, überhaupt die Erlaubnis zu erhalten, das Archiv zu benutzen. Pfarrer Graham hatte sich bei der Stadtverwaltung für die Mädchen einsetzen müssen, was zur Folge hatte, dass Amelia und Lucy ihm nun eine Kopie des Referats »Die Geschichte von Greyfriars Graveyard im Laufe der Jahrhunderte« vorlegen mussten, an dem sie angeblich gerade für den Geschichtsunterricht schrieben.

»Glaubt dein Vater nun auch an den Poltergeist?«, fragte Amelia, deren Begeisterung für die Recherche ebenfalls spürbar nachgelassen hatte. Heute hatte sie ihre Haare wie Prinzessin Leia zu Schnecken über den Ohren eingedreht. Nach Lucys Meinung sah mit so einer Frisur niemand gut aus.

Sie zuckte mit den Schultern und setzte sich an den Tisch. »Keine Ahnung, das ist mir auch egal. Ich weiß nur, dass ich in diesem ganzen Schlamassel nicht stecken würde, wenn er nicht so engstirnig und verbohrt gewesen wäre.« Mürrisch schlug sie die Mappe mit den Dokumenten aus dem Jahr 1679 auf. »Dann hätte mir meine Mutter nämlich alles, was sie weiß, längst beigebracht und ich könnte den Vexator so fertigmachen, dass ihm seine Geisterhaare zu Berge stehen.«

»Ah ja?« Amelia hob skeptisch eine Augenbraue. »Du würdest diese untote Seele, die selbst eine erfahrene Seherin wie Mrs. Forbes in Angst versetzt, mit einem Fingerschnipsen außer Gefecht setzen?«

»Natürlich! Wenn ich mit der Materie besser vertraut wäre, würde ich George Mackenzie das Fürchten lehren. Dann hätte ich mich von ihm nicht wie eine Puppe durch die Gegend schleudern lassen.«

Amelia schürzte die Lippen. »Schön zu hören, dass du trotz allem bescheiden und demütig geblieben bist.«

Lucy strich sich theatralisch eine Lockensträhne aus dem Gesicht. »Ich habe es nicht nötig, andere arrogant und herablassend zu behandeln. Ich weiß, dass ich toll bin.«

Amelia grinste kopfschüttelnd, wurde dann jedoch wieder ernst. »Aber was will dein Vater jetzt tun?«

»Was soll er denn schon machen?«, entgegnete Lucy nachdenklich, da sie ihre Aufmerksamkeit wieder auf die Dokumente richtete. Irgendwo musste doch etwas über diesen George Mackenzie stehen! Schließlich gab es einen Grund dafür, dass er zu einem bösartigen Geist geworden war und die Armee der *Grauen* ihn an der Auferstehung hindern wollte. So langsam lief ihnen die Zeit davon.

»Dad ist der Friedhofswärter und wir haben ohnehin ständig Geldprobleme«, erklärte sie und sah kurz zu Amelia auf. »Sollen wir uns etwa ein Hotelzimmer mieten, bis die Gefahr vorüber ist? Das können wir uns gar nicht leisten.«

Obwohl Lucy große Lust gehabt hätte, eine Zeit lang komplett aus Edinburgh zu verschwinden. Seit dieser unverschämte Reporter das Foto von ihr veröffentlicht hatte, auf dem sie wie ein Kleinkind im Arm ihres Vaters lag, wurde sie auf der Straße entweder angegafft oder es wurde hinter ihrem Rücken getuschelt. Obwohl der Bereich um ihre Augen mit einem schwarzen Balken versehen worden war, schienen die Leute »das neueste Opfer des Poltergeists« trotzdem zu erkennen und Lucy war dankbar, dass sie momentan nicht zur Schule gehen musste. Sie konnte nur hoffen, dass ihre Mitschüler nach den Ferien den Artikel mitsamt dem peinlichen Foto vergessen hatten.

Lucy ließ das Thema auf sich beruhen, denn ihr fiel ein, dass sie Amelia noch nichts von ihrem jüngsten »paranormalen« Versuch berichtet hatte.

»Vergangene Nacht wollte ich übrigens mit Mrs. Poppins Kontakt aufnehmen.«

Überrascht richtete Amelia sich auf. »Und? Hat es funktioniert?«

»Leider nicht«, gestand sie. »Ich habe zwar alles genauso gemacht wie beim schwarzen Mausoleum, als ich die Rune aktiviert habe, doch irgendetwas muss falsch gewesen sein. Mrs. Poppins hat zwar ununterbrochen auf mich eingeredet, doch ich konnte sie nicht hören.«

Es war wie bei einem Film gewesen, bei dem man den Ton abgestellt hatte. Dabei schien es sehr wichtig gewesen zu sein, was ihr Schutzgeist ihr hatte mitteilen wollen.

Noch immer sah Lucy die schattenhafte Gestalt der Gouvernante vor sich, ihre angespannte Körperhaltung und die tiefe Sorge, die sich in ihren Augen abzeichnete. Ständig war Mrs. Poppins' verängstigter Blick zum Fenster auf den Friedhof gewandert.

»Aber die Armee der *Grauen* kann ich doch verstehen«,

murmelte sie und trommelte frustriert mit den Fingerspitzen auf das alte Dokument.

Womöglich lag es an der gebündelten Energie der über tausend *Grauen,* dass der Kontakt leichter herzustellen war und es beim ersten Mal sogar automatisch geklappt hatte. Mrs. Poppins dagegen war ganz allein.

»Du hast überhaupt keine Übung in solchen Dingen, Lucy, und kannst nicht erwarten, dass alles gleich auf Anhieb funktioniert. Deine Mutter hat bestimmt jahrelang trainiert, bis sie so gut geworden ist.«

»Ja, wahrscheinlich sollte ich es noch einmal versuchen.«

Das Dumme war nur, dass Hogmanay unaufhaltsam näher rückte und sie so schnell wie möglich einen Weg finden mussten, diesen Poltergeist zu stoppen. Immer wieder hallte Mackenzies Drohung in Lucys Gedanken wider: »... und ein Mackay muss sterben.«

»Wenn du weiterhin an deiner Theorie festhalten möchtest, dass du ein Seher-Genie bist, solltest du diesen Fehlschlag übrigens nicht mehr erwähnen!«, meinte Amelia mit einem hämischen Grinsen. »Da kommen einem unweigerlich Zweifel.«

Lucy reagierte jedoch nicht auf ihre Neckerei, sondern starrte mit angehaltenem Atem auf das Dokument, das schon die ganze Zeit über vor ihr lag. »Ich glaube, ich habe hier etwas!«

Sie legte ihren Zeigefinger auf das vergilbte Papier mit der schwarzen, kunstvoll verschnörkelten Schrift. »Da steht, dass der Anwalt George Mackenzie aus Edinburgh den König von Großbritannien, Charles II., vertreten hat. Mackenzie war als ›Lord Advocate‹ dafür verantwortlich, dass der Wille des Königs in Schottland durchgesetzt wird.«

»Er war also ein ganz hohes Tier«, stellte Amelia fest. »So eine Art Minister.«

Lucy blätterte weiter, überflog einige Zeilen und fasste zusammen: »Es gab wohl religiöse Unstimmigkeiten, da der König den Schotten seine Kirchenverfassung aufzwingen wollte, und einige Einwohner Edinburghs haben dagegen rebelliert. Es war George Mackenzies Aufgabe, diese Leute zu verfolgen. Trotzdem kam es zu einem Aufstand, der in diesen Unterlagen die ›blutige Schlacht von Bothwell Brig‹ genannt wird.«

»Eine Schlacht?«, fragte Amelia ungläubig. »Nur wegen einer Kirchenverfassung?«

Lucy blickte von den Unterlagen auf. »Es geht hier ums Prinzip«, entgegnete sie voller Empörung. »Hast du nicht zugehört: Der englische König wollte uns Schotten seinen Willen aufzwingen! Das konnten wir uns natürlich nicht gefallen lassen.«

»Stimmt! Entschuldige, ich habe nicht mitgedacht. Und was ist dann passiert?«

»Im Namen des Königs jagte George Mackenzie die schottischen Rebellen offenbar gnadenlos. Hier wird er sogar als ›Bloody Mackenzie‹ bezeichnet, da so viel Blut an seinen Händen klebte.«

Amelia erschauderte sichtlich. »Genau so etwas habe ich befürchtet! Ich habe doch gewusst, dass in diesem schwarzen Mausoleum ein Scheusal begraben liegt.«

»Da steht etwas über Greyfriars Graveyard«, rief Lucy

aufgeregt. Jetzt waren sie auf der richtigen Spur. Sie kniff die Augen zusammen und überflog noch einmal die Zeilen, die sie soeben gelesen hatte, um sicherzugehen, dass sie den Inhalt richtig verstanden hatte. Eine eisige Gänsehaut kroch über ihren Rücken.

»Oh mein Gott«, hauchte sie fassungslos. »Wir müssen sofort zu Mrs. Forbes!«

Lucy hielt die Kopien, die sie in aller Eile von den Dokumenten angefertigt hatte, so fest in Händen, dass sie schon ganz zerknittert waren.

»Jetzt beruhigt euch, Mädchen! Ich verstehe kein Wort, wenn ihr so wild durcheinanderquasselt«, sagte Mrs. Forbes zu Amelia und Lucy, die beide gleichzeitig versuchten, der alten Dame von ihren Ergebnissen zu erzählen.

Sie trat zur Seite und machte eine einladende Handbewegung. »Kommt erst mal rein und setzt euch!«

In aller Eile zogen Amelia und Lucy im Flur ihre Schuhe aus und setzten sich ins Wohnzimmer. Selbst die Katzen schienen ihre Aufregung zu spüren und beäugten die beiden Eindringlinge lieber aus sicherer Entfernung. Nicht einmal der freche Luzifer wagte sich heute in Amelias Nähe.

Mrs. Forbes ließ sich ihnen gegenüber auf dem Sessel nieder.

Sie sah etwas besser aus als bei ihrem letzten Treffen und mit ihrer Gesundheit schien es wieder bergauf zu gehen. Sie war wohl gerade mitten in der Arbeit gewesen, denn auf dem Herd köchelte ein streng riechender Kräutersud und in einer Kupferschale stand eine Art silbriger

Brei, der durchscheinende Blasen bildete, in denen sich die besorgten Gesichter der Mädchen spiegelten.

»Ich habe gerade die Kräuterpaste angesetzt, damit wir nachher die Runen am schwarzen Mausoleum erneuern können«, erklärte sie. »Allerdings habe ich wenig Hoffnung, dass sie noch etwas ausrichten können, da der Geist mittlerweile so stark geworden ist. Aber jetzt erst mal der Reihe nach: Was habt ihr auf dem Herzen?«

Amelia erzählte eifrig, was sie über »Bloody Mackenzie« und seine gnadenlose Verfolgungsjagd im Namen des englischen Königs herausgefunden hatten.

»Es wird geschätzt, dass er für den Tod von über siebentausend Menschen verantwortlich war. Eigentlich würde das schon ausreichen, um ihn zum Vexator werden zu lassen«, übernahm Lucy den Bericht. »Aber leider ist seine Geschichte, und die der Armee der *Grauen*, eng mit Greyfriars Graveyard verbunden.«

Mrs. Forbes, die aufmerksam zugehört hatte, richtete sich gespannt auf.

»Im Jahr 1679 sperrte George Mackenzie tausendzweihundert Rebellen, die ›Covenanters‹ genannt wurden, im südwestlichen Teil des Friedhofs ein. Es fehlte an Platz für die vielen Gefangenen und wegen der hohen Friedhofsmauern in diesem Bereich hatte Mackenzie beschlossen, den geheiligten Boden für einige Monate als Gefängnis zu nutzen.«

Lucy schluckte schwer, ehe sie fortfahren konnte. »Unter den Rebellen, die dort eingepfercht und grausam misshandelt wurden, waren auch Familien mit kleinen Kindern. Viele Gefangene verhungerten, einige starben in der Kälte des schottischen Winters, andere wurden hingerichtet und enthauptet. Ihr einziger Ausweg bestand darin, dass sie – oder ihre Eltern – dem König die Treue schworen. Diejenigen, die sich weigerten, starben und teilen sich heute ihre letzte Ruhestätte mit George Mackenzie.«

Mrs. Forbes wurde blass. »Er hat sein Mausoleum auf ihren Gebeinen errichten lassen?«

Amelia nickte mit düsterer Miene. »Ich hatte gleich so ein ungutes Gefühl, als wir bei Stevies Rettung all diese Knochen unter den Steinplatten entdeckt haben. Das konnte kein Zufall sein!«

»Was für ein Scheusal«, spie Mrs. Forbes angeekelt aus. »Kein Wunder, dass die Armee der *Grauen* keine Ruhe finden kann. Mackenzie hat sein Mausoleum auf den Überresten seiner Opfer errichtet, damit ihre ruhelosen Seelen seinen Geist nicht ins Jenseits ziehen lassen und er eine Chance zur Rückkehr erhält. Er muss dies alles schon vor seinem Tod geplant haben.«

»Das ist also nicht nur etwas Symbolisches?«, fragte Lucy ungläubig.

»Leider nicht! Je gequälter ein Mensch bei seinem Ableben ist und je traumatischer sein Tod, umso größer ist die Wahrscheinlichkeit, dass er zu einem Geist wird«, erzählte Mrs. Forbes. »Ihre Seelenenergie bleibt in dieser Welt verankert, bis ihr Leid irgendwann abgeklungen ist und sie entschwinden. Doch in diesem Fall sind die Opfer ihrem Peiniger derart nahe, dass ihre Qual nie ein Ende nimmt. Sie finden keinen Frieden und dadurch, dass George Mackenzie direkt über ihnen ruht, übt er die

Machtposition, die er zu seinen Lebzeiten über die Rebellen hatte, auch im Tod aus.«

Das war die schlimmste Folter, von der Lucy je gehört hatte. Das erklärte immerhin die außergewöhnliche Stärke des Vexators.

Geistesabwesend streichelte Mrs. Forbes eine grau getigerte Katze, die sich an ihr Bein schmiegte. »Ich befürchte, ich habe die Angelegenheit unterschätzt.« Sie blickte mit einem entschuldigenden Lächeln auf. »Ich habe zwar nicht die vorgeschriebenen Untersuchungen angestellt, aber ich bin mir sicher, dass dieser Mackenzie ein Geist der Klasse Vier ist. Diese Sache ist wohl eine Nummer zu groß für uns und wir müssen dringend den Seherorden um Hilfe bitten.«

»Nur der Klasse Vier?«, entfuhr es Lucy überrascht, die sich daran erinnerte, dass Mrs. Forbes von insgesamt fünf Einstufungen gesprochen hatte. »Was gibt es denn sonst noch für Geister, wenn nicht einmal ein so gefährlicher Vexator wie Mackenzie die Tabelle anführt?«

Das Lächeln in Mrs. Forbes' Gesicht war plötzlich wie weggewischt und ein dunkler Schleier schien sich über ihre Augen zu legen. »Diese Wesen kannst und willst du dir nicht vorstellen, Lucy. Selbst die Lumeni können gegen sie kaum etwas ausrichten und leben in ständiger Furcht vor ihnen.«

Ein kalter Schauer lief über Lucys Rücken. Wahrscheinlich hatte die alte Frau recht: Sie wollte nicht wissen, um was für grauenerregende Wesen es sich dabei handelte. Doch etwas an ihren Worten ließ Lucy stutzen.

»Meine Mutter, eine Lumeni, musste uns verlassen,

um uns nicht in Gefahr zu bringen«, murmelte sie nachdenklich und hob ruckartig den Kopf. »Ging es dabei um einen Geist der Klasse Fünf?«

Lucy hatte mit ihrem Verdacht ins Schwarze getroffen, das erkannte sie sofort, als Mrs. Forbes unmerklich zurückzuckte und hastig ihrem Blick auswich.

Sie räusperte sich. »Bitte, ich möchte wirklich nicht …«

Doch Lucy dachte nicht daran, wieder klein beizugeben. »Mom ist seit zwei Jahren verschwunden und ich mache mir Sorgen um sie, Mrs. Forbes. Ich verstehe, dass Sie mir die Wahrheit verschweigen mussten, als ich noch nichts von dem Orden und seiner Aufgabe gewusst habe. Aber jetzt kämpfe ich genau wie meine Mutter auf Ihrer Seite und helfe Ihnen dabei, einen Poltergeist zu jagen«, sagte sie mit bebender Stimme. »Denken Sie nicht, dass ich mir jetzt wenigstens ein paar Informationen über den Grund ihrer Flucht verdient habe?«

Das schlechte Gewissen stand Mrs. Forbes ins Gesicht geschrieben und man konnte ihr ansehen, wie sie mit sich kämpfte. Schließlich gewannen ihr Verständnis und ihr Mitgefühl.

»Anne hat vor einigen Jahren etwas getan, das … das uns eigentlich streng verboten ist«, erzählte sie stockend. »Die Aufgabe der Seher ist es, über die untoten Seelen zu wachen, ihren Übergang zu begleiten und die Welt der Lebenden zu beschützen. Niemals dürfen wir dieses Gleichgewicht stören, niemals in den natürlichen Lauf der Dinge eingreifen. Doch deine Mutter hat es getan, obwohl sie wusste, dass sie damit eine alte gefährliche Macht heraufbeschwört.«

Amelia sog erschrocken die Luft ein. »Lucys Mutter hat schwarze Magie praktiziert?«

»Im weitesten Sinne, ja. Wir können die Gabe, die uns verliehen wurde, auch missbrauchen und zu etwas Verbotenem einsetzen.«

»Sie lügen«, widersprach Lucy und sprang auf. »Dazu wäre Mom niemals fähig. Ich glaube das nicht!«

Doch Mrs. Forbes hielt ihrem wütenden Blick stand. »Sie selbst hat mir von ihrer unerlaubten Tat erzählt, Lucy«, entgegnete sie sanft. »Ich habe miterlebt, wie Annes Angst immer größer wurde, als sie spürte, dass sich ihr das Dunkel trotz all ihrer Fähigkeiten immer weiter annäherte. Wie verzweifelt sie war, als sie erkannte, dass es nur noch einen einzigen Weg gab, dich und deinen Vater zu schützen: Sie musste euch verlassen.«

Amelia griff nach Lucys Hand und zog sie wieder zu sich aufs Sofa. »Beruhig dich! Du weißt nicht, um was es wirklich geht.«

Lucy schluckte schwer. »Und jetzt? Ist Mom in Sicherheit vor diesem Wesen?«

»Nicht, solange sie es nicht vernichten kann. Bis dahin muss sie in Bewegung bleiben, darf keine Spuren hinterlassen und muss sich mit ihrer Gabe schützen, so gut es möglich ist. Meistens findet sie Unterschlupf bei den Frauen aus dem Orden, bevor sie weiterziehen muss.«

»Sie helfen ihr?«, fragte Amelia irritiert. »Obwohl sie gegen ihre Gesetze verstoßen hat?«

»Nicht alle, aber viele von uns«, räumte Mrs. Forbes ein und man sah ihr an, dass sie so langsam das Gefühl bekam, den Mädchen schon zu viel verraten zu haben.

»Diejenigen, die an Annes Stelle genauso gehandelt hätten.«

Dann war die Tat ihrer Mutter also doch nicht so böse und moralisch verwerflich? Lucy wollte Mrs. Forbes sofort mit weiteren Fragen bestürmen, aber diese hob abwehrend die Hände.

»Genug jetzt! Es gibt ein gewaltiges Problem, um das wir uns kümmern müssen. Da ihr die Recherche für mich übernommen habt, konnte ich mich etwas erholen und mir geht es wieder besser. Trotzdem sind zwei unerfahrene Mädchen und eine uralte, mittelmäßig begabte Seherin wohl kaum dazu geeignet, einen Geist wie George Mackenzie zu bekämpfen.« Wie zum Beweis ihrer Worte erhob sie sich ächzend aus ihrem Sessel und lief in gebeugter Haltung zu einer Kommode hinüber.

Nur mit Mühe gelang es Lucy, sich wieder auf die Gefahr zu konzentrieren, die sich in Greyfriars Graveyard erhoben hatte. Ein Teil ihrer Gedanken galt immer noch ihrer Mutter. Was Anne Mackay wohl getan hatte, um den Zorn eines so mächtigen Wesens auf sich zu ziehen? Sie konnte nur hoffen, dass ihre Mutter einen Weg finden würde, diesen »Super-Geist« auszuschalten, bevor er sie erwischte.

»Wie gehen wir jetzt vor?«, fragte Amelia neugierig. »Haben Sie schon einen Plan?«

Mrs. Forbes nahm einige Papiere aus der Schublade. »Es ist gut, dass ihr die Dokumente aus dem Archiv kopiert habt. Ich werde sofort zum Seherorden nach London reisen, um sie dem Rat zusammen mit den Zeitungsartikeln vorzulegen. Dann werden sie uns sicherlich Hilfe schicken. Die Schutzrunen am schwarzen Mausoleum müssen leider warten.«

Lucy sah sie ungläubig an. »Sie wollen uns alleine lassen? Ausgerechnet jetzt? In zwei Tagen ist schon Silvester!«

»Nur ganz kurz«, versuchte sie die Mädchen zu beruhigen. »Seit Anne weg ist, habe ich den Rat leider ein wenig zu oft damit genervt, dass ich hier dringend Unterstützung brauche, und als ich vor ein paar Tagen wegen der Vorfälle auf dem Friedhof angerufen habe, hielten sie das nur für eine meiner üblichen Beschwerden. Doch diese Beweise kann der Rat nicht ignorieren«, sagte sie voller Überzeugung. »Wenn ich wiederkomme, wird mich eine Seherin begleiten, die George Mackenzie Einhalt gebieten wird.«

Amelia konnte ihre Aufregung nicht verbergen. »Macht sie dann eine Art Exorzismus? Da möchte ich unbedingt dabei sein!«

»Das ist kein Spiel, Amelia«, erwiderte Mrs. Forbes streng. »Ihr dürft euch nicht mit diesem Geist anlegen!«

Nach ihrem Erlebnis am schwarzen Mausoleum verspürte Lucy nicht die geringste Lust dazu, ihr zu widersprechen. Zwar waren ihre Kopfschmerzen mittlerweile verschwunden, doch sie wusste, dass sie großes Glück gehabt hatte. Der Macht von George Mackenzie hatte sie herzlich wenig entgegenzusetzen.

Mrs. Forbes zögerte einen Moment, doch dann nahm sie noch ein in braunes Leder gebundenes Buch aus der Schublade. »Aber für den Notfall überlasse ich euch dieses Handbuch, das jede Seherin am Anfang ihrer Ausbildung erhält. Darin sind alle wichtigen Rituale, Runen und magischen Essenzen verzeichnet, die wir im Kampf gegen die bösartigen Geister einsetzen können.«

»Cool!« Sofort blitzte in Amelias Augen die Neugier auf. Mit gierigen Fingern griff sie nach dem Handbuch, doch Mrs. Forbes entzog es ihr wieder.

»Ich verlasse mich auf eure Diskretion.« Sie warf den Mädchen einen strengen Blick zu. »Es dürfen keine Kopien gemacht werden. Du musst deine Neugier und deinen Forschungsdrang im Zaum halten, Amelia!«, fügte sie mit so schneidender Stimme hinzu, dass Lucys Freundin zusammenzuckte.

»Seit wann ist Forschungsdrang etwas Schlechtes?«, wagte sie zu widersprechen. »Ich finde es nicht fair, wenn der Seherorden wertvolles Wissen, das anderen Menschen helfen könnte, zurückhält. Wir haben ein Recht, solche Dinge zu erfahren!«

Mrs. Forbes legte den Kopf schief und betrachtete sie verständnislos. »Weshalb bist du nur so versessen auf die Geisterwelt, Kind?«

Um die Situation zu entschärfen, wollte Lucy gerade vorschlagen, dass sie das Buch an sich nehmen würde, als sie spürte, wie eine Art magische Welle über sie hinwegstrich. Es fühlte sich an wie ein Frühlingshauch, der den Duft von Gras, Osterglocken und nasser Erde mit sich trug. Die Magie ging von Mrs. Forbes aus, doch sie hatte nicht Lucy, sondern Amelia gegolten, die wie paralysiert dasaß und die Augen weit aufgerissen hatte.

Lucy griff besorgt nach der Hand ihrer Freundin. »Was machen Sie mit ihr? Hören Sie auf damit!«

Einen Augenblick später glätteten sich Mrs. Forbes' Züge und sie betrachtete Amelia voller Mitleid. Das Mädchen blinzelte mehrmals hintereinander und der Bann schien gebrochen zu sein.

»Du kannst deinen Vater dadurch nicht mehr zurückbringen«, sagte Mrs. Forbes leise. »Eigentlich magst du die Welt der Geister doch überhaupt nicht. Du verlierst dich noch auf der Suche nach ihm.«

Lucy fuhr erschrocken zu der alten Dame herum. Woher wusste sie von Amelias Vater? Er war vor einigen Jahren bei einem Autounfall ums Leben gekommen und Amelia, die auf dem Rücksitz gesessen hatte, blieb dabei wie durch ein Wunder unverletzt. Obwohl ein anderer Fahrer für den Zusammenstoß verantwortlich gewesen war, fühlte Amelia sich bis heute schuldig, da sie kurz vor dem Unfall pausenlos gequengelt und ihren Vater genervt hatte.

Wie auf Knopfdruck sammelten sich Tränen in ihren Augen. »Aber … aber ich muss ihm noch sagen, wie leid es mir tut.«

»Das weiß er mit Sicherheit!« Mrs. Forbes ging zu ihr und strich ihr liebevoll über den Kopf. »Du warst ein kleines Kind. Es ist ganz normal, dass man in diesem Alter seine Eltern herausfordert und Grenzen austestet.«

»Davon kann mein Vater ein Lied singen«, sprang Lucy hilfsbereit ein. »Ich teste noch heute jeden Tag seine Grenzen aus. Aber er weiß, dass das nur liebevoll gemeint ist. Ohne mich und Bobby hätte er nämlich einen viel zu niedrigen Blutdruck.«

»Ich wünschte, ich könnte nur noch ein Mal mit ihm

reden«, flüsterte Amelia zwischen zwei Schluchzern. »Und ihm sagen, wie lieb ich ihn habe.«

»Das ist oft der Wunsch der Angehörigen«, meinte Mrs. Forbes. »Aber meistens ist das überhaupt nicht nötig, da unsere Seelen schon längst die Wahrheit wissen. Zwischen deinem Vater und dir war alles in Ordnung, ansonsten hätte er keinen Frieden gefunden. Dann hätte er sich dir schon längst gezeigt oder Lucy hätte ihn als Geist wahrgenommen.«

Lucy reichte Amelia ein Taschentuch, damit sie ihre Tränen abwischen konnte.

»Sie meinen, die Seele meines Dads ist gar nicht mehr hier?«, fragte sie und schnäuzte sich geräuschvoll.

»Durch eure jüngsten Erlebnisse mag es euch nicht so erscheinen, aber tatsächlich verharren nur die Wenigsten in dieser unglücklichen Existenz als Geister. Du solltest froh sein, dass dein Vater weitergezogen ist.«

Amelia nickte schweigend und schien sich langsam wieder zu beruhigen. Da sie den Kopf weiterhin gesenkt hielt, konnte Lucy jedoch nicht erkennen, ob Mrs. Forbes' Worte ein Trost für sie waren oder Amelia mit ihrer Enttäuschung kämpfen musste. Immerhin hatte sie allein aus diesem Grund jahrelang wie eine Besessene an ihren PSI-Forschungen gearbeitet.

Lucy konnte ihre Neugierde nicht mehr länger zurückhalten. »Wie haben Sie von Amelias Problem erfahren?«

Ein Lächeln umspielte Mrs. Forbes' Mundwinkel. »Ich kann Menschen besser lesen als Geister. Das ist zwar im Allgemeinen ganz nützlich, aber wenn man damit beauftragt worden ist, auf einen von Geistern heimgesuchten Friedhof aufzupassen, wenig hilfreich. Du hast meine Gabe gespürt, oder?«

»Ja, sie hat sich angenehm angefühlt, irgendwie lebendig.«

»Das liegt daran, dass ich dein Gegenteil bin. Du siehst den Schmerz der verstorbenen Seelen und ich den Schmerz der Lebenden.«

Auf diese Weise hatte Mrs. Forbes herausgefunden, weshalb Amelia so fixiert auf die Welt des Übernatürlichen war. Doch es leuchtete Lucy ein, dass sich die Fähigkeit eines Sehers unterschiedlich ausprägen konnte. Insgeheim war sie sogar etwas neidisch, denn Mrs. Forbes' Ausrichtung ihrer Gabe schien praktischer und bedeutend ungruseliger zu sein als ihre eigene.

»Es wird Zeit für euch aufzubrechen. Ab nach Hause, Mädchen!«, befahl Mrs. Forbes und scheuchte sie auf.

Lucy warf Amelia einen besorgten Blick zu, die sich schon erhoben und ihren Rucksack geschultert hatte.

»Ich bin in Ordnung!«, versicherte sie Lucy, wobei ihre Stimme immer noch etwas zittrig klang. »Vielleicht habe ich so eine klare Ansage einmal gebraucht.«

Lucy war genau der gleichen Meinung, auch wenn Amelias seltsames Hobby überhaupt erst zu ihrer Freundschaft geführt hatte. Sie hoffte, dass Amelia nun endlich mit dem Thema abschließen konnte und ihre Wunden heilten – denn auch für die Seelen der Lebenden war es wichtig, dass sie ihren Frieden fanden.

»Beeilt euch!«, verlangte Mrs. Forbes vom Flur aus. »Ich muss noch packen und ihr solltet nach Einbruch der Dunkelheit nicht mehr unterwegs sein.«

Nach wie vor erfüllte Lucy es mit Unbehagen, dass Mrs. Forbes sie alleine zurückließ. Immerhin waren es nur noch zwei Tage bis zur Neujahrsnacht. »Sie melden sich bei uns, wenn Sie wieder zurück sind?«

»Darauf könnt ihr euch verlassen!«

Sie drückte ihr das Buch der Seher in die Hand, das Lucy um ein Haar vergessen hätte. »Diese Ausgabe hat deiner Mutter gehört. Sie hat es hier bei mir gelassen, als sie gehen musste. Ich schätze, sie wollte, dass du es bekommst.«

»Vielen Dank!« Lucy drückte es an sich und blickte mit vielsagender Miene zu Amelia, die sich gerade gebückt hatte, um ihre Schuhe anzuziehen. »Auch dafür.«

»Gern geschehen«, raunte Mrs. Forbes ihr zu.

Die Mädchen öffneten die Haustür und die eisige Kälte, die ihnen entgegenkam, ließ sie zurückzucken. Gerade setzte ein Graupelschauer ein und die gefrorenen Schneekristalle sprangen hart auf den Boden auf.

Lucy zog ihren Schal hoch bis zum Kinn. »Bei dem Wetter fragt man sich doch, weshalb Mackenzie so darauf versessen ist, in diese Welt zurückzukehren«, murrte sie.

»Eine Kleinigkeit noch«, hielt Mrs. Forbes sie auf. »Ich habe eine Bitte an euch, die ihr mir bestimmt gerne erfüllt.« Sie hielt mit einem listigen Lächeln ihren Hausschlüssel in die Höhe. »Könntet ihr euch, solange ich weg bin, um meine Katzen kümmern?«

8. KAPITEL

»Nur der Geist beschwört die Geister.«

Ferdinand Freiligrath (1810–1876),
deutscher Dichter

Nachdem sie sich von Mrs. Forbes verabschiedet hatten, lief Lucy auf direktem Weg nach Hause. Bei dieser Witterung wagten sich kaum noch Passanten auf die Straßen und Lucy stapfte gerade die fast menschenleere George IV Bridge entlang, als ihr Handy klingelte.

Sie blieb stehen und kramte es hastig aus ihrer Jackentasche, während ihr die Eisklümpchen ins Gesicht klatschten. »Ja?«

»Dein Vater ist bei mir im Laden. Du solltest ihn vielleicht abholen, Lucy.« Es war Adam, der beste Freund ihres Vaters.

»Geht es ihm nicht gut?«

»Keine Sorge, es ist nichts Schlimmes. Aber es würde ihm sicher guttun, wenn du hier wärst.«

»Okay.«

Lucy machte auf dem Absatz kehrt, und als sie einige Minuten später das *Cadenhead's* völlig außer Atem erreichte, stand ihr trotz des Graupelschauers der Schweiß auf der Stirn.

Sie betrat den Laden und stolperte dabei fast über Bobby, der mit gesträubtem Nackenhaar auf dem Boden saß und Bobby Zwei mit bösen Blicken bombardierte. Dieser schlief jedoch völlig unbeeindruckt in seinem Körbchen, was seinen Kontrahenten nur noch mehr aufzuregen schien.

»Ganz ruhig, Bobby!« Lucy tätschelte ihrem Hund im Vorübergehen den Kopf. »Hallo? Wo seid ihr denn?«

Sie fand die beiden Männer schließlich im Hinterzimmer. Tom Mackay saß wie ein Häufchen Elend auf einem alten Whisky-Fass, während sein Freund ihm tröstend auf die Schulter klopfte. »Mach dir keine Vorwürfe, Tom! Das bringt doch jetzt nichts mehr.«

Irritiert blieb Lucy stehen. »Was ist denn passiert?«

Adams Miene hellte sich kurzzeitig auf, als er sie erblickte, doch dann erklärte er: »Sie haben den Friedhof geschlossen.«

»Wie bitte?« Ihr Vater hatte mit keinem Wort erwähnt, dass so eine Möglichkeit überhaupt in Betracht gezogen wurde. »Wer hat das angeordnet?«

»Die Stadtverwaltung von Edinburgh. Heute Mittag haben sie eine Besichtigung vor Ort gemacht und den Teil für die Öffentlichkeit gesperrt, der ihrer Meinung nach das Zentrum der Angriffe darstellt.«

»Das Gefängnis der Rebellen«, entfuhr es Lucy reflexartig.

Zum ersten Mal sah ihr Vater auf. »Woher weißt du das?«, fragte er erstaunt.

»Nur eine Vermutung.«

Sie ließ sich auf die Holzbank an der Wand sinken, zog sich ihren feuchten Schal aus und versuchte, die Neuigkeit zu verarbeiten. Es war in der Tat unglaublich, dass die Stadtverwaltung diesen Schritt gewagt hatte, denn immerhin gaben sie mit der Schließung zu, dass es in Greyfriars Graveyard nicht mit rechten Dingen zuging. Dass nun auch von amtlicher Seite die Existenz eines Poltergeistes eingeräumt wurde, wirkte seltsam surreal.

»Sie wollten nicht das Risiko eingehen, dass noch weitere Menschen in Greyfriars Graveyard verletzt werden«, berichtete ihr Vater. »Die Übergriffe wurden einfach zu viel. Insbesondere seit unser Foto von diesem schmierigen Reporter veröffentlicht wurde.« Bei diesen Worten ballte er wütend die Fäuste. »Deshalb sind die Verantwortlichen zu dem Schluss gekommen, dass das ›Gefängnis der Rebellen‹ geschlossen werden muss.«

»Ein verängstigtes Mädchen im Arm seines besorgten Vaters – das hat die Gemüter in Edinburgh nicht kaltgelassen«, warf Adam ein. »Viele meiner Kunden haben gesagt, dass sie erst seit diesem Foto die Geschichten über den Poltergeist glauben. Immerhin bist du der Friedhofswärter und in der ganzen Stadt bekannt, Tom. Die Leute wissen, dass du dich niemals für einen inszenierten Spuk hergeben und deine Tochter mit hineinziehen würdest.«

»Die von der Stadtverwaltung befürchten doch lediglich, dass eines der Opfer sie verklagen könnte, wenn sie nichts unternehmen.«

Nun wurde Lucy klar, weshalb diese Anordnung so schnell, unbürokratisch und in aller Heimlichkeit erfolgt war. Allerdings konnte sie sich keinen Reim darauf machen, weshalb ihr Vater sich das derart zu Herzen nahm.

»Kriegst du jetzt Probleme wegen deines Jobs?«, hakte sie nach.

»Nein, deshalb mache ich mir keine Gedanken«, wiegelte er in einem Tonfall ab, als ob das sein geringstes Problem wäre.

Fragend sah Lucy zu Adam, der daraufhin mit nervösen Fingern an seinem Hemdkragen herumfummelte, als fühle er sich nicht besonders wohl in seiner Haut.

»Es … es ist wegen deiner Mutter, Lucy.«

»Adam!«, fuhr sein Freund ihn gereizt an.

»Weil dein Vater so oft mit Anne wegen ihres Aberglaubens gestritten hat«, erzählte dieser allerdings unbeirrt weiter. »Doch in letzter Zeit ist Toms Überzeugung, dass es so etwas wie Geister nicht geben kann, extrem ins Wanken geraten. Er fragt sich, ob deine Mutter vielleicht mit ihren Geschichten recht gehabt hatte. Und ob er sie wegen seines Starrsinns von euch weggetrieben hat.«

Nun, da es ausgesprochen war, sank Lucys Vater noch tiefer in sich zusammen. Er wirkte so getroffen und hilflos wie damals, als seine Frau von einem Tag auf den anderen verschwunden war.

»Es war alles meine Schuld«, murmelte er. »Wenn selbst die Stadtverwaltung die Existenz eines Poltergeistes einräumt, muss doch etwas Wahres dran sein, oder? Wahrscheinlich wäre mit Anne alles anders gekommen, wenn ich nicht so ein verbohrter Trottel gewesenen wäre.«

»Sag doch so etwas nicht, Dad!«

Zwar war Lucy deswegen ebenfalls wütend auf ihn gewesen, doch ihn nun so leiden zu sehen, versetzte ihr einen schmerzhaften Stich. Immerhin hatte sie heute von Mrs. Forbes erfahren, dass ihre Mutter ganz andere Gründe gehabt hatte, sie zu verlassen. Streitigkeiten mit ihrem Mann waren für Anne Mackay bestimmt das geringste Problem gewesen.

»Doch, Lucy!«, widersprach er heftig. »Vielleicht wäre

deine Mutter heute noch bei uns, wenn ich ihr nicht solche Vorschriften und mich nicht über ihren Aberglauben lustig gemacht hätte.«

Sie zögerte, allerdings nur für einen kurzen Moment. Außer ihrer Mutter und Mrs. Forbes kannte sie niemanden von diesem ominösen Seherorden. Sie hatte kein Versprechen gegeben oder während irgendeiner mystischen nächtlichen Zeremonie bei Vollmond Geheimhaltung und bedingungslose Loyalität geschworen. Ihr Vater jedoch war hier an ihrer Seite und zerfleischte sich gerade mit Selbstvorwürfen. Auch wenn sie oft verschiedener Meinung waren und ihr Verhältnis schwierig war, konnte Lucy das nicht zulassen. Und hatte sie sich nicht selbst gewünscht, sich ihm endlich anzuvertrauen?

»Mom ist nicht deswegen fortgegangen. Es war nur die einzige Möglichkeit, uns und sich selbst zu beschützen.«

Er sah sie mit rot geränderten Augen an. »Woher willst du das wissen?«

Lucy warf Adam einen eindringlichen Blick zu. Zum Glück war der Freund ihres Vaters nicht auf den Kopf gefallen und verstand sofort, was sie damit meinte.

»Habt ihr das gehört? Ich glaube, da ist jemand in den Laden gekommen. Bestimmt wieder so ein Tourist, der meine besten Whiskys probieren will und dann die billigste Flasche kauft.« Er eilte davon und ließ die beiden alleine.

Lucy stieß die Luft aus. Wo sollte sie am besten anfangen? »Mom hat nicht nur geahnt, dass es Geister gibt, sie hat es *gewusst*. Sie kann die Geister nämlich sehen, genau wie ich auch.«

Sie erzählte ihm von ihrer Gabe, den *Grauen* und dem Vexator. Ihrem Vater endlich alles zu gestehen, erleichterte sie ungemein und Lucy konnte nur hoffen, dass er ihren wirren Erklärungen folgen konnte. Sie berichtete ihm von ihrer Angst, die sie schon seit so vielen Jahren begleitete – sowohl vor den Geistern, als auch davor, für verrückt gehalten zu werden. Als sie dazu kam, wie einsam und allein sie sich deswegen oft gefühlt hatte, setzte sich ihr Vater neben Lucy auf die Bank, legte den Arm um sie und zog seine Tochter etwas unbeholfen an sich. Diese ungewohnt vertrauliche Geste brachte Lucy für einen Moment völlig aus dem Konzept und berührte etwas tief in ihrem Inneren, sodass sie sich bei ihrer Erzählung noch etwas mehr verzettelte.

Doch ihr Vater hörte ihr aufmerksam zu, auch als sie von Mrs. Forbes, dem Seherorden, George Mackenzie und seiner Drohung berichtete, obwohl das alles für ihn völlig verrückt klingen musste. Als sie zu dem mächtigen Wesen kam, dessen Zorn Anne Mackay auf sich gezogen hatte, wurde ihr Vater allerdings immer angespannter.

»Stimmt das wirklich?«, fragte er. »Sie hat uns verlassen, um uns zu beschützen?«

Lucy nickte. »Das hat jedenfalls Mrs. Forbes gesagt. Einige Seherinnen scheinen Mom zu unterstützen, weil sie verstehen können, weshalb sie die Regeln gebrochen hat. Wohl weil sie an ihrer Stelle ebenso gehandelt hätten.«

Sie beobachtete ihren Vater, der regungslos vor sich ins Leere starrte. Es war ihm anzusehen, wie er all die vielen Informationen zu ordnen versuchte. Seltsamerweise wirkte er nicht so schockiert und fassungslos, wie Lucy erwartet hatte. Vielleicht hatte er tief in seinem Inneren die Wahrheit längst geahnt?

Urplötzlich richtete er sich auf. »Oh mein Gott, ich glaube, ich weiß, was Anne getan hat!«

Er sprang auf und zog Lucy mit sich, die sich gerade noch das Handbuch und ihren Schal schnappen konnte.

»Danke, Adam!«, rief ihr Vater, während sie durch den Laden hetzten. »Ich schulde dir was. Wir telefonieren, okay?«

Adam, der in Ermangelung eines echten Kunden gerade Whisky-Flaschen abstaubte, hielt überrascht inne. »Wartet! Habt ihr nicht etwas vergessen?«, rief er ihnen hinterher, doch die Mackays waren schon zur Tür hinaus und spurteten die Royal Mile hoch.

»Wir haben Bobby dortgelassen, Dad!«

»Keine Zeit! Wir holen ihn später ab. Er wird Adams Laden schon nicht verwüsten.«

Da war Lucy sich nicht so sicher, außerdem machte ihr das Verhalten ihres Vaters langsam Sorgen. Wo wollte er nur so dringend hin?

Zu ihrem Erstaunen führte ihr Weg sie direkt nach Hause, und während Lucy japsend im Flur haltmachte, polterte Tom Mackay die Treppe hoch.

Spooky-Stevie, der sich eine Kochschürze umgebunden hatte und offenbar gerade das Abendessen vorbereitete, trat aus der Tür des Wohnzimmers. »Was ist denn hier los?«

Lucy zuckte mit den Schultern. »Frag mich nicht!« Sie ging ebenfalls nach oben und stellte fest, dass die Luke zum Speicher offen stand. Vorsichtig erklomm sie die

Leiter und entdeckte ihren Vater am anderen Ende des Dachbodens kopfüber in einigen Kartons herumwühlen. Ehe sie jedoch ihre Hilfe anbieten konnte, stieß Tom Mackay einen erfreuten Ruf aus und hielt eine blaue Schachtel wie einen Schatz in die Höhe.

»Ich wusste doch, dass ich sie hier irgendwo verstaut hatte«, sagte er zufrieden.

In geduckter Haltung durchquerte er den Speicher, sodass Lucy die Leiter wieder herunterkletterte und unten auf ihn wartete. So langsam platzte sie fast vor Neugier. Was befand sich wohl in dieser Schachtel?

In seiner Aufregung bemerkte ihr Vater offenbar nicht einmal die dicke Spinnwebe, die sich in seinen Haaren verfangen hatte und ihm bis über die Schulter hing. Er machte Anstalten die Treppe hinunterzugehen, doch dann schien ihm einzufallen, dass dort auch Stevie und ein privates Gespräch nicht möglich war. »Gehen wir lieber ins Schlafzimmer!«

»Wenn ich dann endlich erfahre, was das alles soll?«

Seit dem Verschwinden ihrer Mutter war Lucy nur noch selten in diesem Raum. Neben dem Doppelbett ihrer Eltern und dem Kleiderschrank war das Auffälligste in diesem Zimmer die große Ahnentafel der Mackays, die Tom Mackay in makelloser Schönschrift angefertigt hatte. Immer noch war es Lucy ein Rätsel, was ihren Vater an diesem Hobby derart faszinierte.

Er setzte sich auf die gepolsterte Bank vor dem Bett und legte die Schachtel neben sich. »Eigentlich habe ich deiner Mutter versprochen, nie mit dir über diese Sache zu reden, da sie meinte, es würde dir zu viel Angst machen. Doch nun bist du kein kleines Kind mehr und in Anbetracht der momentanen Situation denke ich, dass es okay ist, wenn ich mein Versprechen breche.«

Erst als Lucy das Gefühl hatte zu ersticken, fiel ihr auf, dass sie vor Spannung die Luft angehalten hatte.

»Du hast mir erzählt, dass du vor vielen Jahren einem dieser gefährlichen Geister begegnet bist und du sogar heute noch Albträume davon hast – von diesem …« Er blickte sie fragend an.

»Vexator!«

»Ja, genau.« Er schwieg und trommelte mit den Fingerspitzen auf seine Oberschenkel, als schien er nicht zu wissen, wo er weitermachen sollte.

»Du musst verstehen, dass für mich das alles neu ist – untote Seelen, bösartige Geister, dieser Seherorden, die Gabe von dir und deiner Mutter. Aber trotzdem glaube ich dir, Lucy! Denn erst dadurch ergibt alles, was geschehen ist, einen Sinn. All die Jahre über war ich so blind gewesen.« Er strich sich über sein Haar, sodass die dicke Spinnwebe an seinem Ärmel kleben blieb. »Aber nun kann auch ich dir helfen, einige deiner Fragen zu beantworten.«

Endlich griff er nach der Schachtel und öffnete sie. Enttäuscht musste Lucy feststellen, dass sich darin lediglich alte Fotos befanden – etwas unspektakulär in Anbetracht der Tatsache, dass ihr Vater in diesem Tempo nach Hause gespurtet war.

»Sieh sie dir an!«, forderte er sie auf.

Lucy setzte sich neben ihn und nahm einen Stapel heraus. Alle Fotos zeigten sie selbst, kurz nach der Geburt bis etwa zu ihrem vierten Lebensjahr. Ihre Mutter hatte für diese Zeitspanne extra ein Album angelegt, das sich unten im Wohnzimmerregal befand. Die Bilder darin waren allesamt unscharf, zu dunkel oder nur ein Teil von Lucy war darauf zu sehen. Nicht jedoch bei denen aus der Box. Es überraschte sie zwar, dass ihre Mom nicht eines dieser gelungenen Fotos für das Album ausgewählt hatte, aber ansonsten konnte sie nichts Außergewöhnliches erkennen: Klein-Lucy bei den ersten Laufversuchen, im Sandkasten, beim dritten Geburtstag vor einer rosafarbenen Torte, auf dem Dreirad …

»Schau sie dir *genau* an!«

Was sollte das für einen Sinn haben? Mit einem Seufzen ging Lucy den Stapel noch einmal durch. Erst als sie wieder bei dem Geburtstagsfoto angekommen war, stutzte sie. Etwas irritierte sie, obwohl sie nicht hätte sagen können, was der Grund dafür war: Eine kleinere und pausbäckigere Ausgabe von ihr selbst beugte sich mit strahlendem Lächeln über die Torte und die drei Kerzen beleuchteten von unten ihr Gesicht. Was also stimmte daran nicht?

»Meine Augen«, entfuhr es ihr entgeistert. »Sie haben eine andere Farbe.«

Ihr Vater nickte zustimmend. »Wie bei jedem Baby waren sie bei deiner Geburt blau, doch nach ein paar Monaten wurden sie genauso grün wie meine.«

Hastig blätterte Lucy die Bilder durch, doch ihr Vater sagte die Wahrheit. Überall konnte man eindeutig ihre grünen Augen erkennen.

»Wie kann das sein?«, fragte sie völlig verwirrt. »Ich

habe noch nie gehört, dass sich die Augenfarbe nach drei Jahren noch einmal ändert.«

»Das ist eigentlich auch nicht möglich und es ist erst geschehen, nachdem du einen schweren Unfall hattest.«

»Einen Unfall?« Davon hörte Lucy zum ersten Mal.

Ihr Vater griff nach ihrer Hand und begann zu erzählen: »Als du noch klein warst, bin ich mit dir oft zu dem großen Brunnen in den Princes Street Gardens gegangen, der Ross Fountain, erinnerst du dich? Die Meerjungfrauen haben dir immer so gefallen. Deine Mutter mochte es allerdings nicht, wenn ich mit dir dorthin bin. Vielleicht ahnte sie, dass es in diesem Park Geister gab, die dir gefährlich werden können.«

Lucy durchforstete ihr Gehirn nach irgendwelchen Erinnerungsfetzen, aber an Ausflüge mit ihrem Vater in den Princes Street Gardens konnte sie sich nicht entsinnen. Doch jedes Mal wenn sie an dem großen Brunnen vorbeilief, überkam sie aus unerfindlichen Gründen ein eisiges Frösteln.

»An einem Sommerabend, kurz bevor du drei Jahre alt wurdest, war ich zum letzten Mal mit dir dort«, fuhr ihr Vater fort. »Die Luft war schwül und stickig, obwohl die Sonne schon untergegangen war, und ich habe dir erlaubt, im Wasser zu planschen. Der Brunnen ist abends immer so schön beleuchtet. Zufällig kam Adam mit seiner Frau vorbei und ich …«

Er stockte und es schien ihm schwerzufallen weiterzusprechen. »Ich habe dir nur einen Moment den Rücken zugedreht, das musst du mir glauben, Lucy! Plötzlich hast du einen gellenden Schrei ausgestoßen, und als ich mich umdrehte, warst du auf der gegenüberliegenden Seite und hast panisch auf eine Stelle vor dir gestarrt, als stünde dort der Teufel höchstpersönlich. Meine Rufe schienst du überhaupt nicht mehr wahrzunehmen. Stattdessen wolltest du weglaufen und bist im Wasser ausgerutscht. Es hat sich angefühlt wie eine Ewigkeit, bis ich und Adam endlich bei dir waren und dich bewusstlos herausgezogen haben.«

Er rang nach Atem und Lucy bemerkte, dass er zitterte. Es war seltsam, von so einem schwerwiegenden Ereignis zu hören, an das sie sich überhaupt nicht erinnern konnte. Nur die Bruchstücke aus ihrem immer wiederkehrenden Albtraum schienen zu der Geschichte ihres Vaters zu passen.

»Die Ärzte meinten, du würdest die Nacht nicht überleben. Durch einen unachtsamen Augenblick schien unser ganzes Leben zusammenzubrechen. Unsere Trauer zerriss deiner Mutter und mir fast das Herz und neben deinem Bett zu sitzen in dem Wissen, dass es deine letzten Stunden sein würden, war kaum zu ertragen. Deine Hände wurden immer kälter, und als deine Vitalfunktionen schließlich nachließen, flehte mich deine Mutter an, dich mit ihr allein zu lassen.«

Da er nicht weiterredete, hakte Lucy nach: »Was hat sie mit mir gemacht?«

»Ich habe keine Ahnung, doch als ich zurückkam, hatte sich dein Zustand stabilisiert. Nun war es jedoch deine Mutter, die so blass aussah, als sei sie dem Tod begegnet. Als der Morgen graute, teilten uns die Ärzte mit, dass du durchkommen würdest.«

An diesem Punkt fiel es ihm wieder leichter, von den Ereignissen zu berichten. »Sie meinten, deine Heilung grenze an ein Wunder, und einige Tage später konnten wir dich wieder mit nach Hause nehmen. Ich war so überglücklich, dass mir gar nicht sofort auffiel, dass sich die Farbe deiner Augen mit einem Mal verändert hatte.«

Nun verstand Lucy endlich, auf was ihr Vater hinauswollte. »Mom hat ihre Gabe dazu eingesetzt, mich zurückzuholen, nicht wahr?«

»Ja, das glaube ich«, sagte er zaghaft. »Es würde so vieles erklären, auch dass einige der Seher so viel Verständnis für Annes Tat aufbringen. Jeder, der Kinder hat, weiß, wie schrecklich es wäre, eines davon zu verlieren. Dass es nicht ohne Konsequenzen bleiben kann, wenn man eine Seele, die auf dem Weg ins Jenseits ist, einfach wieder zurückholt, leuchtet mir leider auch ein.«

Lucy stand auf und tigerte nachdenklich im Zimmer umher. Es war zwar schockierend, dass sie dem Tod so knapp entronnen war, trotzdem fiel es ihr schwer, nach so langer Zeit und ohne jegliche Erinnerung die entsprechenden Gefühle dafür zu entwickeln. Es hätte genauso gut die Geschichte eines ihr völlig fremden Kindes sein können.

Der Teil mit ihrer plötzlich veränderten Augenfarbe ließ sie jedoch alles andere als unberührt. Laut Mrs. Forbes setzten sich die Seher dafür ein, das Gleichgewicht zu erhalten und den natürlichen Lauf der Dinge zu gewährleisten. Anstatt jedoch einen Geist dazu zu bringen, weiterzuziehen, hatte ihre Mutter das Gegenteil getan. Irgendwie hatte sie mit ihren außergewöhnlichen Lumeni-Kräften die Seele ihrer Tochter dazu gezwungen, in ihrem Körper zu verharren. Bei diesem Gedanken durchlief Lucy ein kalter Schauer.

Sie blieb am Fenster stehen und blickte auf die Gräber hinaus. Was hatte Anne Mackay aus Lucy gemacht? Eine Art Zombie? Allerdings hatte sie keinen Heißhunger auf Fleisch und bei einer Verletzung blutete sie wie jeder normale Mensch auch.

Ihr kam der Geisterjäger Kevin Corbett in den Sinn, der Amelia und ihr von dem Mann aus dem brasilianischen Regenwald berichtet hatte, der Himmelsläufer genannt wurde, weil er von den Toten zurückgekehrt war.

»Der Todesgott hatte ihn schon als einen der Seinen gekennzeichnet, sodass seine Augen nicht mehr die Farben des Lebens besaßen«, wiederholte Lucy leise Corbetts Worte.

Sie hatte dem Geisterjäger gesagt, dass es sich bei ihr lediglich um eine Pigmentstörung handelte und sie noch nie tot gewesen sei, doch offensichtlich hatte Lucy sich geirrt.

Gleichzeitig erwachte auch ihre Neugierde und sie fragte sich, wie ihre Mutter das genau angestellt haben könnte. Mrs. Forbes hatte nicht übertrieben: Die Fähigkeiten ihrer Mom waren in der Tat unglaublich.

Lucy schloss die Augen und presste ihre Stirn an das kühle Fensterglas. Ihre Mutter musste gewusst haben, dass sie damit eine unantastbare Regel brach, doch Anne Mackay war das Risiko eingegangen – weil sie es nicht hätte ertragen können, ihre Tochter zu verlieren. Nur deswegen musste sie nun um ihr eigenes Leben fürchten. Konnte man noch deutlicher zeigen, wie sehr man jemanden liebte? Lucy schluckte mehrmals, um den dicken Kloß in ihrer Kehle zu vertreiben.

»Ich war so wütend auf sie, weil sie uns verlassen hat«, gestand sie ihrem Vater. Und zornig, weil sie mich nicht mitgenommen hat, fügte sie in Gedanken hinzu, doch Lucy war sensibel genug, sich diese Bemerkung zu verkneifen.

»Auch ich hatte solche Momente«, beruhigte er sie. »Aber sie liebt dich, Lucy. Mehr als alles andere auf der Welt.«

Sie nickte ihm mit einem dankbaren Lächeln zu und hatte plötzlich das dringende Bedürfnis, sich bei ihrem Dad zu entschuldigen. Dafür, dass sie insgeheim ihn und seinen Job für die Flucht ihrer Mom verantwortlich gemacht hatte. Dafür, dass sie ihm gegenüber oft so schwierig und zickig gewesen war. Dafür, dass sie eine Mauer um sich herum gebaut hatte und ihr Vater damit nicht nur seine Frau, sondern auch seine Tochter verloren hatte. Wie allein er sich manchmal gefühlt haben musste.

Doch ausgerechnet in solchen Momenten ließ Lucys große Klappe sie regelmäßig im Stich und alles, was sie schließlich hervorbrachte, war: »Es tut mir so leid, Dad.«

Natürlich bezog er die Entschuldigung auf ihre Mutter. »Sie würde das verstehen. Mach dir keine Vorwürfe!« Er streichelte ihr tröstend über den Rücken. »Vielleicht kommt sie ja zurück, wenn sie von unseren Problemen mit dem Poltergeist erfährt, wer weiß?«

»Das wäre schön.«

Anne Mackay würde wissen, wie man George Mackenzie stoppte, niemand wäre mehr in Gefahr und alles würde wieder gut werden. Doch stattdessen musste Lucy mit ihrer untrainierten Sehergabe allein auf dem Friedhof die Stellung halten und hoffen, dass Mrs. Forbes noch rechtzeitig zurückkam, bis der Vexator sich erhob.

Lucy kuschelte sich unter ihre Decke und versuchte, zur Ruhe zu kommen. Was nicht so einfach war, da ihr zum einen Stevies leckere Lasagne schwer im Magen lag und zum anderen die Ereignisse des Tages wie eine Adrenalinspritze auf sie wirkten. Dabei wollte Lucy eigentlich gerade einen neuen Versuch wagen, mit Mrs. Poppins zu reden. Doch ihr Schutzgeist zeigte sich immer erst, wenn Lucy kurz vor dem Einschlafen war, und im Moment wanderten ihre Gedanken immer wieder zu ihrer Mutter zurück. Wo sie sich im Augenblick wohl befand? Zu gerne hätte Lucy mit ihr gesprochen, selbst wenn es nur kurz gewesen wäre.

Schweren Herzens musste sie sich eingestehen, dass die Wut auf ihren Vater eigentlich ihrer Mutter gegolten hatte – nur dass die nicht greifbar und in ihrer Nähe gewesen war. Tief in ihrem Innern hatte Lucy keinen Grund gefunden, der es gerechtfertigt hätte, dass eine Mutter ihre Familie verließ, doch nun war sie eines Besseren belehrt worden. Jetzt musste Lucy mit einem Wirrwarr von Gefühlen aus Sorge, Dankbarkeit, Mitleid und Schuld klarkommen.

Auch ihrem Dad hatte der heutige Tag ziemlich zugesetzt, das hatte Lucy ihm beim Abendessen deutlich angemerkt. Ob es an der Gefahr lag, die draußen auf dem Friedhof lauerte? Oder machte er sich immer noch Vorwürfe, dass er seiner Frau Unrecht getan hatte? Lucy hatte nicht gewagt, ihn danach zu fragen, und so war es an Stevie gewesen, beim Essen die schleppende Unterhaltung am Laufen zu halten.

Die Kerze auf ihrem Nachttisch flackerte unruhig. Eigentlich hatte ihr Vater streng verboten, dass Lucy in ihrem Zimmer Kerzen anzündete, doch sie hatte keine andere Wahl. Denn im Seher-Handbuch hatte sie einige wertvolle Tipps gefunden, wie sie die Kommunikation mit den *Grauen* verbessern konnte. Angeblich wirkte sich das elektrische Licht negativ auf die Verbindung zur Geisterwelt aus, wohingegen das Kerzenlicht die Atmosphäre reinigte und die Schwingungen beider Welten in Gleichklang brachte. Auch Musik konnte dazu beitragen, aber sie musste ruhig und besinnlich sein, damit die Seele des Sehers ins Gleichgewicht kam. Laut dem Handbuch waren klassische Werke dazu am besten geeignet. Es hatte eine Ewigkeit gedauert, bis Lucy in ihrem Handy ein klassisches Stück gefunden hatte, und nun ertönte neben ihr das Stück »Air« von Johann Sebastian Bach. Während die tiefen Streicher einen gleichbleibenden Rhythmus spielten, schwebten die Violinen in einer leichten Melodie dahin, die direkt Lucys Herz zu erreichen schien. Überrascht stellte sie fest, dass es ihr sogar gefiel und das Stück sehr schön klang.

»Es ist ja auch kein Akkordeon dabei«, murmelte sie bitter.

Eines der wichtigsten Utensilien war jedoch eine aufgezeichnete Rune. Das magische Symbol sollte die Kontaktaufnahme erleichtern und war im Leben eines Sehers wohl so wichtig, dass im Handbuch sogar ein altes Pergament mit ebendieser Rune beilag. Das trockene Papier fühlte sich zwischen Lucys Fingern brüchig an und sie musste sich immer wieder selbst daran erinnern, es nicht zu fest zu halten.

Lucy unterdrückte ein Gähnen und versuchte, alle störenden Geräusche und Gedanken aus ihrem Kopf zu verbannen. Aus dem Erdgeschoss drang leises Stimmengemurmel zu ihr nach oben, anscheinend unterhielten sich Tom Mackay und Spooky-Stevie noch etwas. Vielleicht tat es ihrem Dad ganz gut, dass der Obdachlose für einige Tage bei ihnen lebte.

Lucy konzentrierte sich auf die Musik, ihr Herzschlag beruhigte sich und sie tauchte in ihr Innerstes ab, so wie sie es am Mausoleum getan hatte. Ein warmes Kribbeln breitete sich in ihrem Körper aus, und als sie beim nächsten Mal blinzelte, stand neben ihrem Bett Mrs. Poppins. Ihre geisterhafte Gouvernante blickte mit steifen Schultern und zusammengekniffenen Augen in Richtung Friedhof, und erst als Lucy sich räusperte, schenkte sie dem Mädchen ihre Aufmerksamkeit.

Lucy wusste nicht, ob es an der Rune oder den anderen Hilfsmitteln lag, aber im flackernden Kerzenschein konnte sie die Umrisse ihres Schutzgeistes schärfer erkennen als sonst. Zum ersten Mal nahm sie feine Details wahr, wie den schweren Stoff des langen Kleides, die Sorgenfalten um ihre Augen und den Haardutt, aus dem sich einige Strähnen gelöst hatten. Mrs. Poppins zog fragend eine Augenbraue in die Höhe.

»Kannst du mich verstehen?«, brach Lucy das Schweigen und hielt das Pergament in die Höhe. »Ich hoffe, dass uns das hilft, miteinander zu sprechen. Es soll den Moment der Kontaktaufnahme erleichtern.«

Mrs. Poppins öffnete den Mund und Lucy hielt erwartungsvoll die Luft an. Würde es dieses Mal klappen?

»Grundgütiger«, hörte sie eine weibliche, melodisch klingende Stimme. *»Und ich dachte schon, du würdest es vorziehen zu sterben, ehe du dich in deinen Seherkräften schulst.«*

Sie hatte eine vornehme Ausdrucksweise und offenbar waren ihr die fehlgeschlagenen Kommunikationsversuche etwas aufs Gemüt geschlagen. So klar und deutlich wie ihren Schutzgeist hatte Lucy noch nie einen der *Grauen* vernehmen können.

»Tut mir leid, aber meine Mutter, die Lumeni, ist nicht hier«, verteidigte sie sich brüsk, obwohl Mrs. Poppins von dem Verschwinden ihrer Mutter wissen musste. Schließlich hatte Anne Mackay sie deswegen als Schutzgeist herberufen. »Somit bringt mir auch niemand bei, wie ich mit den untoten Seelen umgehen soll.«

»Du hast niemanden, der dich anleitet?« Sie wirkte schockiert. *»Das ist in der Tat bedauerlich. Damit wird deine Mission weitaus heikler werden, um nicht zu sagen hochgefährlich.«*

»Meine Mission?«

»Du musst diesem schrecklichen, schrecklichen Poltergeist George Mackenzie Einhalt gebieten«, verlangte Mrs. Poppins und sah sofort darauf wieder zum Fenster, als befürchtete sie, ihn durch die Erwähnung seines Namens

hergelockt zu haben. *»Er will die Macht der Rauhnächte dazu nutzen, sich zu erheben.«*

Lucy hatte das Pergament mit der Rune beiseitegelegt und stellte erfreut fest, dass sie es nicht mehr benötigte, um den Geist zu hören. »Ich weiß. Wahrscheinlich an Hogmanay.«

»Wenn du Kenntnis von der Gefahr der Altjahresnacht hast, frage ich mich, weshalb du nichts unternimmst«, entgegnete sie aufgebracht. *»Wir alle haben dir geholfen, dich gewarnt und vor ihm beschützt. Weshalb hilfst du uns nicht ebenfalls?«*

»Ihr habt mich beschützt?« Dann hatte Lucy mit ihrer Vermutung, dass die Armee der *Grauen* sie bei Mackenzies brutalem Angriff gerettet hatte, also richtig gelegen. Und auch Mrs. Poppins wachte jede Nacht aufs Neue neben ihrem Bett, um Eindringlinge fernzuhalten. Vielleicht stand Lucy tatsächlich in der Schuld der Geister.

»Hat dich meine Mutter irgendwie dazu gezwungen, auf mich aufzupassen?«

»Nein, aber sie hat versprochen, mir zu helfen.« Mrs. Poppins lächelte traurig. *»Seher wie deine Mutter können unserer Seele Frieden schenken, damit wir diese Welt verlassen und weiterziehen können.«*

So etwas hatte Lucy schon vermutet. Es war ein tröstlicher Gedanke, dass auch sie vielleicht eines Tages den *Grauen* auf diese Weise helfen konnte. Mrs. Poppins musste sich sehr danach sehnen, wenn sie sich selbst angesichts der momentanen Gefahr an die Abmachung mit Anne Mackay hielt.

»Aber was soll ich jetzt tun?«

»Über die exakte Vorgehensweise einer Austreibung kann ich dir leider nichts berichten. Ich bin nur eine einfache untote Seele, die in der Zwischenwelt gefangen ist. Weder besitze ich viel Wissen noch überragende Kräfte. Geister wie ich können nur dann mit euch in Kontakt treten, wenn wir uns zu mehreren zusammenschließen.«

Deshalb konnte die Armee der *Grauen* auch leichter mit Lucy kommunizieren – gemeinsam waren sie in der Lage, sich der Welt der Lebenden anzunähern.

»Trotzdem können wir uns nicht erklären, weshalb George Mackenzie plötzlich mit solcher Gewalt Greyfriars Graveyard terrorisiert.«

»Er ist eben ein übler Kerl und hat nur auf den richtigen Moment gewartet.« Da dies nichts zur Lösung des Problems beitrug, erwähnte Lucy Mrs. Forbes' Krankheit und die zerstörte Rune am schwarzen Mausoleum gar nicht erst.

»Mackenzie ist nicht nur für euch Menschen eine Bedrohung«, fuhr Mrs. Poppins fort. *»Er jagt auch uns, und die Schwachen unter uns können sich ihm nicht widersetzen. Er verleibt sich die Geister ein und gewinnt dadurch ihre Energie. Er tötet unsere Seelen damit für immer! Wir alle erzittern vor seiner Macht und auch ihr Lebenden solltet nicht den Fehler begehen, ihn zu unterschätzen.«*

Lucy schluckte schwer. Deswegen war es ihr beim letzten Mal so vorgekommen, dass die Armee der *Grauen* geschrumpft wäre und ihre Kraft nachgelassen hatte! Es war eine gruslige Vorstellung, dass nicht einmal die Geister vor George Mackenzies Grausamkeit gefeit waren. Eigentlich hätte ein Friedhof ein Ort sein sollen, an dem sie Ruhe fanden. »Er muss unbedingt gestoppt werden!«, murmelte sie erschüttert. Sie konnte nur hoffen, dass Mrs. Forbes rechtzeitig mit einer Seherin zurückkam.

»Und zwar so bald wie möglich!«, sagte Mrs. Poppins mit Nachdruck. *»Die Zeit wird knapp, Lucy Mackay. Wenn du bis Hogmanay wartest, könnte es zu spät sein. Mit jeder Stunde, die diese Nacht näher rückt, wird er stärker werden.«*

Lucy runzelte die Stirn. »Wir sollen ihn schon vorher bekämpfen? Ich dachte, die Neujahrsnacht macht es uns auch möglich, Mackenzie für immer zu vertreiben.«

»Das mag für erfahrene Seher wie deine Mutter, die sich gegen ihn zur Wehr setzen können, zutreffen. Aber deine Kräfte sind schwach, Lucy. Glaub mir, je früher du eingreifst, desto besser stehen deine Chancen.« Sie trat noch näher an sie heran und in ihrem Blick lag eine Eindringlichkeit, die Lucy dazu brachte, sich kerzengerade aufzusetzen. »Handle, so schnell wie möglich! Du musst …«

Ihr Schutzgeist stockte mitten im Satz und fuhr zum Fenster herum. Fast glaubte Lucy, dass ihr grauweißes Gesicht noch eine Spur heller wurde, und in ihrer Miene spiegelte sich abgrundtiefer Schrecken.

»Der Herr sei uns gnädig!«

Lucy blickte sich alarmiert um, doch sie konnte weder etwas sehen noch eine weitere geisterhafte Präsenz wahrnehmen.

»George Mackenzie … er versucht, ins Haus zu kommen!«, erklärte Mrs. Poppins.

Geschockt fielen Lucy die Runen wieder ein, die ihre Mutter am Haus angebracht hatte. Wegen des Angriffs, ihrer Verletzungen und der Recherchearbeit hatte sie ganz vergessen, noch einmal nach den Schutzrunen zu suchen und sie notfalls auszubessern.

»Was sollen wir jetzt tun?«

Für einen Moment wirkte Mrs. Poppins genauso hilflos und ohnmächtig, wie Lucy sich fühlte, doch dann ging ein Ruck durch ihren durchscheinenden Körper.

»Du versteckst dich«, befahl sie entschlossen. *»Ich werde tun, wozu mich deine Mutter beauftragt hat.«*

Lucy sollte sich wie ein Feigling verstecken? Trotz ihrer Furcht vor dem Vexator öffnete sie den Mund, um zu protestieren, doch die Worte blieben ihr im Hals stecken.

Sie hoben beide die Köpfe und starrten nach oben zur Decke. Auf dem Dachboden knarrte das Holz und schwere Schritte näherten sich ihnen in quälender Langsamkeit, bis sie direkt über dem Bett verharrten.

Lucy hielt den Atem an, um auf jedes noch so kleine Geräusch zu achten, doch ihr Herz schlug derart laut, dass sie lediglich ein hämmerndes Rauschen im Ohr hatte. Die plötzlich einsetzende Kälte registrierte sie erst, als ihre Zähne zu klappern begannen und sich kleine Eiskristalle in ihren Wimpern verfingen. Lucy wollte nach der Decke auf ihrem Bett greifen, doch sie war durch den immensen Temperaturabfall starr geworden und knirschte unter ihren Händen.

»Er ist noch stärker geworden, als ich befürchtet habe«, wisperte Mrs. Poppins. *»Schnell, flieh! Du musst raus aus diesem Zimmer.«*

Hätte Lucy nicht das Gefühl gehabt, dass die Luft um sie herum aus purem Eis bestand und ihr sogar das Atmen schwer machte, hätte sie wohl widersprochen. Doch selbst wenn sie gewusst hätte, was zu tun wäre, so hätte sie Mrs. Poppins in diesem Zustand nicht mehr unterstützen können. Jede Sekunde, die sie in diesem frostigen Raum verbrachte, raubte ihr die Lebenskraft und die Tür schien mit einem Mal unendlich weit entfernt zu sein. Mit steifen Gliedern schleppte Lucy sich vorwärts, und als sie die Hand nach der Klinke ausstreckte, zitterte sie so sehr, dass sie kaum danach greifen konnte. Lucy musste sich zwingen, das eisige Metall zu umfassen, doch es ließ sich nicht bewegen. Lucy rüttelte und zog, aber die Tür blieb verschlossen. Blanke Panik ergriff sie.

»Dad?« Lucy trommelte mit den Fäusten auf das Holz. »Stevie? Hilfe! Dad, hörst du mich?«

Nach wie vor konnte sie die Stimmen aus dem Untergeschoss vernehmen, doch niemand reagierte auf ihre Schreie.

»Mackenzie hat uns eingeschlossen«, sagte Mrs. Poppins in nüchternem Tonfall. »Wir können das Zimmer weder verlassen, noch dringt etwas nach außen.«

Dass ihr Schutzgeist trotz dem Ernst ihrer Lage die Ruhe bewahrte, dämpfte Lucys Panik ein wenig.

Die Kerzenflamme auf dem Nachttisch flackerte und Lucy betete darum, dass sie nicht ausgehen würde. Im Dunkeln würde sie sich noch weitaus hilfloser fühlen. Die Kälte war schon schlimm genug und Lucy schlang die Arme um ihren Oberkörper, um sich selbst zu wärmen.

Unvermittelt streifte etwas ihre Wange und Lucys Herz setzte vor Schreck einen Schlag aus.

»Ich habe dich gewarnt. Du hättest auf mich hören sollen!«

George Mackenzie war hier.

Lucy fuhr herum, doch der Poltergeist zeigte sich ihr nicht. »Ich h-h-habe überhaupt nichts gemacht«, entgegnete sie bibbernd. Das war nicht gelogen, denn sie hatte bisher nichts getan, was sich auf den Vexator negativ ausgewirkt hätte.

»Mir entgeht nichts, was in Greyfriars Graveyard geschieht«, donnerte die Stimme, sodass der ganze Raum zu erbeben schien. *»Du hast begonnen, deine Kräfte zu nutzen. Du scharst die schwachen Geister um dich. Du wolltest die Runen am schwarzen Mausoleum wieder in Kraft setzen, damit ich daran gebunden bin.«*

»Dass du hier bist, beweist wohl eindeutig, dass es nicht einmal ansatzweise funktioniert hat«, bemerkte sie. Je brenzliger die Situation wurde, umso mutiger wurde offenbar ihr Mundwerk. »Schon komisch, dass ein mächtiger Typ wie du wegen eines jungen Mädchens derart die Geisterhosen vollhat.«

Mrs. Poppins sog scharf die Luft ein. Allerdings konnte es wohl kaum noch schlimmer kommen: George Mackenzie hatte sie eingeschlossen, niemand hörte ihre Hilferufe und Lucy war gerade dabei, sich in ein übergroßes Eis am Stiel zu verwandeln. Immerhin schien er Mrs. Poppins als eine der »schwachen Geister« anzusehen, denn er widmete seine Aufmerksamkeit allein Lucy.

»Nun ist dein Ende nah, Seherin«, prophezeite er hasserfüllt.

Aufgeregt zeigte Mrs. Poppins mit zwei Fingern zuerst auf ihre Augen und danach vor sich ins Leere. Sie wollte Lucy offenbar signalisieren, dass George Mackenzie sichtbar werden und seine Geisterform annehmen sollte. Hatte sie wirklich vor, es mit ihm aufzunehmen?

Lucy nickte zum Zeichen, dass sie verstanden hatte, woraufhin die *Graue* zuerst auf Lucy und dann unter das Bett deutete. Dort sollte sie sich wohl in Sicherheit bringen, wenn es gefährlich wurde.

Doch der Vexator verlor keine Zeit und setzte sein Versprechen augenblicklich in die Tat um.

Von einer unsichtbaren Kraft wurde Lucy abrupt nach hinten geschleudert und so fest an die Wand gedrückt, dass sie nach Atem ringen musste. Ihre Füße baumelten wie bei einer Puppe über dem Boden. Lucy schrie auf, trat um sich, zappelte und schlug in die Luft, um George Mackenzie abzuwehren, doch ihre Hiebe gingen ins Leere.

»Nein!«, rief sie von Panik erfüllt. »Aufhören, bitte!«

Die einzige Antwort war George Mackenzies leises und bösartiges Lachen. Er weidete sich offensichtlich an ihrer Angst.

»Lucy!«, ermahnte sie Mrs. Poppins' Stimme wie aus weiter Ferne.

Sie erinnerte sich an den Plan ihres Schutzgeistes und auch Lucys Verstand meldete sich wieder zu Wort: Wie ein kleines Mädchen herumzukreischen würde ihr kein bisschen helfen und abgesehen davon besaß sie die Gabe ihrer Mutter! Dass George Mackenzie sie aus dem Weg räumen wollte, war der beste Beweis dafür, dass sie etwas gegen ihn ausrichten konnte. Lucy hörte auf, sich zu wehren, und zwang sich, ruhig zu bleiben.

»Wenn du deine Drohung wahrmachen willst«, presste sie mühsam hervor und schaffte es für einen Moment sogar, ihr Zähneklappern zu unterdrücken, »solltest du wenigstens den Mut besitzen, dich mir zu zeigen! Oder bist du dazu etwa zu feige?«

Zum Glück hatte George Mackenzie lange vor der Erfindung des Kinos gelebt, ansonsten hätte er gewusst, dass die meisten Bösewichte direkt in eine Falle tappten, wenn sie als Feigling bezeichnet worden waren und das Gegenteil beweisen sollten.

»Du unterstellst mir, ich würde keinen Mut besitzen?« Die Frage hallte wie ein Donnergrollen durch den Raum. *»Ich, der ich von meinem König sogar zum Ritter geschlagen worden bin?«*

Genauso abrupt wie er Lucy an die Wand geschleudert hatte, ließ er sie los.

Sofort rappelte Lucy sich wieder auf und erkannte gerade noch, wie vor ihren Augen die Luft zu flimmern begann. Zuerst erschienen nur die groben Konturen einer männlichen Gestalt, die beleibt und wenig muskulös wirkte. Die Kleidung war sogar noch altmodischer als die von Mrs. Poppins. Der Geist trug eine gelockte lange Perücke, eine geplusterte Hose, die bis zu den Knien reichte, hohe Stiefel und um den Hals ein geknotetes Spitzentuch.

Das war der gefürchtete »Bloody Mackenzie«? Der Mörder, Sadist und ruhelose Poltergeist? Der Mann, der er einst gewesen war, wirkte wenig beeindruckend und als unsichtbare Bedrohung aus dem Nichts hatte er Lucy weit mehr Angst eingejagt. Sie vermutete, dass er in dieser Form auch angreifbarer war, denn Mrs. Poppins hatte dies sicherlich nicht ohne Grund gefordert.

George Mackenzies Lippen verzogen sich zu einem dünnen Lächeln, was seine Erscheinung nicht gerade angenehmer machte. Zusammen mit seiner wulstigen Nase, dem Ansatz eines Doppelkinns und den hervorquellenden Augen hatte er auch im 17. Jahrhundert sicher nicht als attraktiv gegolten. *»Nun kannst du deinem Todesboten entgegenblicken, wenn er sein Urteil vollstreckt.«*

»Versteck dich!«, befahl Mrs. Poppins. Sie stellte sich in aufrechter Haltung und mit erhobenem Kinn vor Lucy. *»Wenn Sie an dieses Mädchen Hand anlegen wollen, müssen sie zuerst an mir vorbei, Mr. Mackenzie! Sie steht unter meinem Schutz.«*

Zum ersten Mal seit seinem Erscheinen wandte er der *Grauen* seine Aufmerksamkeit zu und Lucy nutzte den Moment, um mit vor Kälte steif gewordenen Gliedern zum Bett zu robben. Leider war das Chaos dort noch weitaus größer als im Rest ihres Zimmers. Unter dem Bett befanden sich so viele Kisten, Bücher, vergessene Klamotten und unnötiger Krimskrams, dass kaum noch Platz für Lucy blieb. Beim Versuch, sich hineinzuquetschen, rutschte das Buch der Seher von der Bettkante und fiel mit einem Knall zu Boden. Wie erstarrt blieb Lucy liegen und wartete mit klopfendem Herzen auf eine Reaktion.

»Geh aus dem Weg, Weib!«, donnerte Mackenzie. *»Du hast meiner Macht nichts entgegenzusetzen. Um dich kümmere ich mich, sobald das Mädchen tot ist.«*

Doch Mrs. Poppins ließ sich von ihm nicht einschüchtern. *»Ich habe geschworen, Lucy Mackay zu beschützen, und diesen Eid werde ich einhalten.«*

Trotz der mutigen Worte hörte Lucy am zittrigen Klang ihrer Stimme, wie schlecht Mrs. Poppins' Karten standen. Als Anne Mackay sie als Schutzgeist eingesetzt hatte, rechnete die Seherin wohl nicht einmal ansatzweise mit einer so übermächtigen Gefahr wie George Mackenzie.

In Lucy regte sich das schlechte Gewissen. Während sie untätig auf dem Boden herumlag, riskierte Mrs. Poppins ihre Seele für sie! Abgesehen davon konnte sich Lucy in ihrem Versteck kaum bewegen, sodass die Kälte mit jeder Minute tiefer in ihren Körper kroch und ihre Muskeln lähmte.

George Mackenzies Geistergestalt begann sich zu verändern. Sein Kopf verlor seine menschlichen Züge und glich nun einer schrecklichen Karikatur mit einem übergroßen Maul, das mehrere Reihen nadelspitzer Zähne aufwies. Er stieß ein ohrenbetäubendes Brüllen aus, das Lucy zusammenzucken ließ und einen tief verwurzelten Fluchtinstinkt in ihr weckte. Mrs. Poppins jedoch kniete sich vor ihn hin, küsste das kleine Kreuz, das an einer Kette um ihren Hals hing, und fing an zu beten. Doch die Sprache war Lucy unbekannt und der melodiöse Singsang, den ihr Schutzgeist dabei anstimmte, rief ein Bild in Lucy wach, wie sie mit ihrer Mutter vor einem Mausoleum auf dem Friedhof stand. Sie hatte diese Liturgie schon einmal gehört! Und zwar immer dann, wenn sie als kleines Kind zusammen mit ihrer Mutter einen Rundgang in Greyfriars Graveyard gemacht hatte. Anne Mackay hatte damals behauptet, es wäre ein altes

Lied der Druiden, das in Vergessenheit geraten war. Hatte sie ihre Tochter damals in ihrer Gabe unterwiesen, nur dass es Lucy gar nicht bewusst gewesen war?

»Du wendest das Werkzeug einer Seherin an?« Mackenzie lachte. *»Sollte mich das etwa schrecken?«* Durch sein riesiges Maul sprach er undeutlich und kaum verständlich, was ihn noch unmenschlicher und Furcht einflößender machte.

Mrs. Poppins zitierte ungerührt die magischen Worte der Seher. Bildete es sich Lucy nur ein oder begann die Luft um sie herum zu flimmern? Sie glaubte, ein goldenes Leuchten rund um ihren Schutzgeist auszumachen.

Ohne lange zu überlegen, schnappte Lucy sich das Seherhandbuch, das neben ihr auf dem Boden lag. Zum Glück war es übersichtlich gegliedert und die einzelnen Maßnahmen wurden genau beschrieben. Mit vor Kälte tauben Fingern schlug Lucy das Kapitel *»Schnelle Hilfe …«* auf. Bei dem Punkt *»Kurzfristige Vertreibung eines Geistes Klasse Drei bis Vier«* hielt sie inne, wurde jedoch durch ein ohrenbetäubendes Gebrüll abgelenkt.

Mackenzie raste auf Mrs. Poppins zu, um sie zu verschlingen! Lucy stieß einen erschrockenen Laut aus und musste gegen den Impuls ankämpfen, sich dazwischenzustürzen. Weshalb machte ihr Schutzgeist denn keine Anstalten, sich zu wehren?

Nach wie vor kniete Mrs. Poppins auf dem Boden und murmelte das Gebet der Druiden. Mackenzie war nur noch eine Armlänge von ihr entfernt, als sich der goldene Schein um Mrs. Poppins plötzlich verstärkte und der Vexator mit voller Wucht daran abprallte. Es machte ein zischendes Geräusch wie von einer elektrischen Ladung und Mackenzie taumelte verblüfft zurück. Damit hatte er offenbar nicht gerechnet.

Mit einem wütenden Knurren stürzte er sich erneut auf Lucys Schutzgeist. Trotz seines entschlossenen Angriffs konnte er die Barriere jedoch nicht durchdringen, im Gegenteil: Dieses Mal sprang ein Teil des goldenen Schimmers auf ihn über und breitete sich über seine geballten Fäuste nach oben aus. Fassungslos betrachtete Mackenzie seine Hände und stieß ein schmerzerfülltes Brüllen aus. Er versuchte, das leuchtende Feuer abzuschütteln, doch mittlerweile nahm es schon seine Unterarme ein.

»Wow, du bist großartig, Mom!«, entfuhr es Lucy.

Ihre Mutter musste Mrs. Poppins diese Verteidigungsmaßnahme beigebracht und einen Teil ihrer Seherkraft auf die *Graue* übertragen haben!

Je weiter das Druidenfeuer Mackenzies Arme eroberte, desto mehr nahm auch die Kälte im Zimmer ab. Lucys Körper fühlte sich nun nicht mehr an, als würde er jeden Moment zu Eis erstarren.

»Du nichtswürdiges Weib!« Dass ein einfacher Geist wie Mrs. Poppins ihm die Stirn bot, schien Mackenzie vor Zorn rasend zu machen. *»Dafür wirst du büßen!«*

Immer wieder versuchte er, Mrs. Poppins anzugreifen, doch ein ums andere Mal wurde er zurückgeworfen. Aber wie lange würde ihr Schutzgeist diesen heftigen Attacken standhalten? Täuschte Lucy sich oder begann die *Graue* schon leicht zu schwanken? Ihre Gestalt wirkte blasser als noch wenige Augenblicke zuvor. Lucy musste ihr helfen!

Sie zwang sich, den Blick abzuwenden und sich wieder auf das Seherhandbuch zu konzentrieren. Im schwachen Schein der Kerze war es schwierig und zeitraubend, sich die Anweisungen durchzulesen und die Runen zu entziffern, die für eine Abwehr eines so starken Geistes notwendig waren. Nun war Lucy dankbar für das Chaos unter ihrem Bett: Schnell fand sie einen Bleistiftstummel und ein zerknittertes Blatt Papier, auf dessen Vorderseite ein Musikstück kopiert war. Ihre verschollenen Akkordeonnoten! Doch Lucy hatte keine Zeit, wählerisch zu sein, und hastig übertrug sie die fremdartigen Symbole.

Nun musste sie noch einmal ihre Sehergabe aufrufen, einen Spruch aufsagen und das Papier mit den Runen verbrennen! Zum Glück schien Mackenzie sie komplett vergessen zu haben und war völlig auf seine Kontrahentin konzentriert.

Das goldene Leuchten hatte kurz vor seinen Ellbogen haltgemacht und Mrs. Poppins' Kräfte ließen immer weiter nach: Mittlerweile musste sie sich mit den Händen auf dem Boden abstützen und ihr Schutzschild flackerte. Es war höchste Zeit für Lucy, ihrem Schutzgeist beizustehen! Zu zweit konnte es ihnen womöglich gelingen, Mackenzie zu vertreiben.

Lucy atmete tief ein und aus. Sie richtete ihren Blick nach innen und fokussierte sich auf die Gabe, die tief in ihr ruhte. Obwohl es ihr vorhin noch schwergefallen war, sich darauf zu konzentrieren, gelang es ihr jetzt fast mühelos. Wenn Lucy unter Druck stand, schien es leichter zu funktionieren. Sie kroch aus ihrem Versteck hervor und stand auf, um Mrs. Poppins zu Hilfe zu eilen.

Die äußere Erscheinung von George Mackenzie sorgte jedoch dafür, dass sie mitten in der Bewegung erstarrte. Nun war er tatsächlich zu der Bestie geworden, die Lucy ursprünglich erwartet hatte. Seine Gestalt hatte alle Menschlichkeit verloren, seine Gesichtszüge glichen einer schrecklichen Fratze und von seinem schwebenden Körper rann der gleiche ekelerregende Schleim herab, den Lucy schon am Mausoleum gesehen hatte. Jeder Tropfen verdampfte zischend auf dem Fußboden und hinterließ ein schwarzes Loch auf dem Teppich. In diesem Moment kippte Mrs. Poppins scheinbar ohnmächtig zur Seite, ihre Augen waren geschlossen und der goldene Schutzschild verschwand.

George Mackenzie stieß einen triumphierenden Laut aus, bei dem es Lucy kalt den Rücken hinunterlief. Der Vexator stürzte sich gierig auf den Körper der wehrlosen *Grauen*, um ihn zu verschlingen.

»Nein!«, rief Lucy entsetzt.

Hastig griff sie nach der Kerze auf ihrem Nachttisch und stellte sich zwischen die beiden Geistergestalten. Mackenzies übergroßes Maul direkt vor Augen wich sie unwillkürlich einen Schritt zurück, doch sie zwang sich dazu, ihm selbstsicher entgegenzublicken. Mit einem Mut, den sie direkt aus ihrer Gabe zu schöpfen schien, wiederholte sie die Worte aus dem Seherhandbuch:

»Mit der Kraft meines Geistes und meines Seins
verbanne ich dich von diesem Ort.
Im Namen des Reinen und des Guten
Befehle ich dir: Hinfort!«

Der Spruch war leider ein Schwachpunkt in ihrem Plan, denn dabei handelte es sich lediglich um eine Übersetzung. Es war im Handbuch eindeutig vermerkt gewesen, dass die Worte nur im Original – einer Sprache namens Laluschâr, die wohl auch Mondsprache genannt wurde – ihre volle Wirkung entfalteten. Doch die beherrschte Lucy nicht und nun gab es ohnehin kein Zurück mehr. Sie hielt das Papier mit den Runen über die Kerze.

»Wage es nicht!«

Mackenzie holte mit seiner Hand aus, an deren Fingern lange gekrümmte Krallen saßen. *»Niemand erteilt mir Befehle! Ich bin der Advokat des Königs.«*

Die Flamme flackerte unruhig hin und her, doch dann sprang sie endlich auf das Papier über. Nervös wiederholte Lucy:

»Mit der Kraft meines Geistes und meines Seins
verbanne ich dich von diesem Ort.
Im Namen des Reinen und des Guten
Befehle ich dir: Hinfort!«

Kaum hatte das Feuer die erste Rune erreicht, verfärbte sich der Rauch blutrot und ein goldenes Leuchten überzog das ganze Blatt. Nun musste Lucy es nur noch in Richtung des Vexators werfen!

In diesem Augenblick schlugen Mackenzies Krallen gegen ihren Arm und Lucy schrie auf. Obwohl seine Geisterhand durch ihren Körper hindurchgegangen war, hing der Ärmel ihres Pyjamas in Fetzen und blutige Striemen bildeten sich auf Lucys Haut. Der Schmerz brandete durch ihren Körper und die Muskeln in ihrem Unterarm verkrampften sich, sodass sich ihre Faust fest um das Papier schloss.

Schon über die Hälfte der Runen war verbrannt und Lucy musste sich beeilen, wenn sie den Vexator damit treffen wollte. Doch das Brennen ihrer Wunden trieb ihr die Tränen in die Augen und sie konnte dem Verlangen, ihren verletzten Arm an ihren Körper zu pressen, kaum widerstehen.

»Das war erst der Anfang.« Mackenzie beugte sich mit einem spöttischen Lachen zu ihr hinab, um ihren Blick festzuhalten. *»Wenn ich mit dir fertig bin, wirst du mit jeder Faser deines Seins bereuen, dich mit mir angelegt zu haben.«*

Es war der Ausdruck des Triumphs in Mackenzies Gesicht, der Lucys Trotz weckte. Immerhin war sie eine Mackay, die Tochter einer Lumeni, und sie würde nicht so einfach aufgeben!

Die letzten Runen verglommen gerade und das Leuchten wurde schon schwächer. Lucy spürte, wie die Hitze der Flammen ihre Finger erreichte.

»Verschwinde, du Mistkerl!« Sie schleuderte den Rest des Papiers auf Mackenzies entstellte Geistergestalt.

Kaum berührte es ihn, riss der Vexator den Kopf zurück und brüllte – Lucy hätte nicht sagen können, ob vor Wut oder Schmerz. Auf einen Schlag bedeckte der goldene Schimmer seinen Körper, zog sich dann zu einer Art Sonne zusammen und drang in seinen Brustkorb ein.

Rasend vor Zorn stürzte Mackenzie sich auf sie. *»Das wirst du …«* Doch weiter kam er nicht.

Ohne ein Geräusch zu verursachen, explodierte die

Sonne in ihm, brach sich in unzähligen Strahlen und erhellte das Zimmer wie an einem wunderschönen Sommertag.

Lucy schloss geblendet die Augen.

Als die junge Seherin sie wieder öffnete, war Mackenzie verschwunden. Dort, wo er sich noch vor wenigen Sekunden befunden hatte, segelten nur sanft ein paar Aschereste zu Boden.

9. KAPITEL

»Mich läßt der Gedanke an den Tod in völliger Ruhe, denn ich habe die feste Überzeugung, daß unser Geist ein Wesen ist von ganz unzerstörbarer Natur: es ist ein fortwirkendes von Ewigkeit zu Ewigkeit. Es ist der Sonne ähnlich, die bloß unseren irdischen Augen unterzugehen scheint, die aber eigentlich nie untergeht, sondern unaufhörlich fortleuchtet.«

Johann Wolfgang von Goethe (1749–1832)

Es … es hat geklappt«, stammelte Lucy fassungslos. Erschöpft und überwältigt ließ sie sich auf den Teppich sinken. Sie hatte den Vexator mit ihrer Gabe dazu gezwungen, das Haus zu verlassen! Im Grunde hatte sie selbst nicht daran geglaubt, dass ihr Plan funktionieren würde.

Beim nächsten Mal, so beschloss Lucy, würde sie jedoch einen Eimer Wasser oder einen Feuerlöscher in ihrem Schrank deponieren – nicht dass sie dabei das ganze Haus abfackelte. Sie fragte sich, ob ihre Mutter so eine Notfall-Austreibung schon einmal durchgeführt hatte. Oder kamen erfahrene Seher gar nicht erst in die Situation, einen gefährlichen Geist aus ihrer Wohnung verjagen zu müssen?

Keinen Zweifel hegte Lucy jedoch daran, dass Amelia vor Begeisterung ausflippen würde. Schließlich hatte ihre Freundin schon immer geahnt, dass Lucy mit ihrer Gabe mehr bewirken konnte, als nur Gespenster auf dem Friedhof wahrzunehmen. Sie musste sich eingestehen, dass es sich sogar richtig gut angefühlt hatte, als sie ihre Kraft gegen den Vexator eingesetzt hatte. Aber da sprach wahrscheinlich nur der Schock aus ihr und schon morgen würde sie weitaus nüchterner über …

Ein Stöhnen riss sie aus dem Chaos ihrer Gedanken. »Mrs. Poppins!«

Lucy hatte ihren Schutzgeist völlig vergessen. Sie sprang auf und knipste das Licht an, was sich aus zweierlei Gründen als Fehler herausstellte. Zum einen hatte sie ihre rechte Hand benutzt und der Schmerz, der dabei ihren Arm hinaufschoss, erinnerte Lucy wieder an ihre Verletzung. Obwohl die vier tiefen Striemen nicht mehr bluteten, brannte jede noch so kleine Bewegung. Und zum anderen war der Umriss ihrer geisterhaften Gouvernante im elektrischen Licht einfach verschwunden, sodass Lucy es schnell wieder ausschaltete.

Sie kniete sich mit der Kerze neben Mrs. Poppins, aber noch immer fiel es ihr schwer, ihre Konturen auszumachen. Hatte Lucy mit dem Notfallritual ihre Gabe überstrapaziert? Sie versuchte, sich noch stärker zu konzentrieren, doch auch mit dem Runen-Pergament aus dem Seherhandbuch blieb die Geistergestalt verschwommen. Hätte sie das leise Wimmern nicht gehört, hätte Lucy sie wahrscheinlich für tot gehalten.

»Was ist mit dir geschehen?« Besorgt beugte Lucy sich über sie. »Stirbst du?«

Mrs. Poppins schaffte es kaum noch, ihren Kopf anzuheben. *»Schlimmer … keine Energie mehr«*, brachte sie mühsam hervor, *»meine Seele vergeht … für immer.«*

Sie hatte sich im Kampf gegen Mackenzie eindeutig übernommen – und das nur, um Lucy zu schützen.

»Kann ich dir irgendwie helfen?«

Gerne hätte Lucy – wenigstens symbolisch – nach der Hand ihres Schutzgeistes gegriffen, allerdings waren ihre Extremitäten schon so verblasst, dass Lucy sie nicht mehr erkennen konnte.

»Erlöse mich … bitte!«

»Erlösen? Aber wie denn?«

Mrs. Poppins schien ihre letzten Kräfte zu mobilisieren. Für einen Moment wurde ihr Gesicht wieder schärfer und mit eindringlicher Miene flehte sie: »Bitte versuch es! Deine Mutter gab mir ihr Ehrenwort: Wenn ich über dich wache, befreit sie mich dafür von meiner Trauer, damit ich diese Welt verlassen kann. Ich … ich will doch nur zu meiner kleinen Tochter. Sie ist am selben Tag ermordet worden wie ich, doch ihre Seele ist schon weitergezogen.«

Lucy schluckte schwer. Sie wusste nicht, ob sie sich dieser Verantwortung schon gewachsen fühlte. Aber wenn Lucy nicht anstelle ihrer Mutter das Versprechen einlöste, würde Mrs. Poppins' Seele einfach aufhören zu existieren.

»Mein Mann war betrunken«, murmelte sie. *»Er war … verzweifelt, weil er seinen Job verloren hatte. Doch ich kann ihm nicht verzeihen. Unsere Tochter war so jung … so unschuldig …«*

»Nicht weitersprechen!«, bremste Lucy sie, denn ihre Gestalt wurde mit jedem Wort durchscheinender.

Es war höchste Zeit zu handeln! Sie griff nach dem Seherhandbuch und dankte Mrs. Forbes im Stillen, dass sie es ihr überlassen hatte. Lucy musste nicht lange suchen, denn im Verzeichnis wurde gleich unter »Standardaufgaben eines Sehers« der Punkt »Erlösung einer Seele« angeführt.

Lucy musste sich dazu zwingen, langsam zu lesen und sich nicht von ihrer Sorge um Mrs. Poppins dazu verleiten zu lassen, etwas Wichtiges zu übersehen. Zuerst ging es um grundlegende Dinge wie eine ruhige Umgebung, Kerzenschein, die innere Einkehr des Sehers und die Tatsache, dass der Geist für die Erlösung bereit sein musste, da man ihn nicht zum Übertritt zwingen konnte. Auch bei diesem Ritual wurde ein Papier mit besonderen Runen benötigt, das am Ende der Zeremonie verbrannt wurde. Nun war jedoch von einer bestimmten Kräutermischung – Nummer 324 aus dem Rezeptbuch »Magische Anwendungen« – die Rede, die in einer Schale neben dem Seher verglimmen sollte. Ebenfalls gab es einen Spruch in Laluschâr und die entsprechende, weniger wirksame Übersetzung. Danach wäre es Lucys Aufgabe, den Geist in die jenseitige Welt zu geleiten.

»Ganz einfach also!«, entfuhr es ihr wenig zuversichtlich.

Sie hatte weder die spezielle Kräutermischung, noch konnte sie den Spruch in der Originalsprache aufsagen und dazu fehlte es ihr an jeglicher Erfahrung. Ihre Mutter hatte wahrscheinlich Jahre gebraucht, um sich all dieses Wissen anzueignen, während Lucy alles im Schnelldurchgang lernen musste.

»O Mann, das wird schiefgehen«, wisperte sie, während sie die Runen auf ein Blatt Papier übertrug.

Nervös blickte sie auf Mrs. Poppins, von der sie nur noch vage Umrisse ausmachen konnte. Dieser Schutzgeist hatte so viel für sie getan, zwei Jahre jede Nacht an ihrem Bett Wache gehalten und sich selbstlos einem Vexator entgegengestellt. Obwohl Lucy noch nicht einmal ihren richtigen Namen kannte, wollte sie unbedingt, dass Mrs. Poppins' Seele Frieden fand.

»Es kann losgehen! Aber ich kann nichts versprechen.«

»Du … schaffst … das!«

Lucy wünschte, sie hätte diesen Optimismus teilen können. Sie blickte auf die Kerzenflamme und konzentrierte sich auf eine gleichmäßige Atmung. Als sie spürte, wie die Anspannung in ihren Muskeln nachließ und sich eine tiefe Ruhe in ihr ausbreitete, rief sie ihre Kräfte auf.

»Wandle nicht mehr in der Leere,
lass los, was dich hält gefangen!
All der Kummer, all das Leid
sei für dich vergangen.
Ich trockne deine Tränen,
ich übernehme deine Pein.
Lass all das Böse hinter dir,
finde Frieden in neuem Sein.«

Als die Flamme von der Kerze auf das Papier mit den Runen übersprang, hielt Lucy es über ihren leeren Mülleimer, der zum Glück aus Metall bestand. Dieses Mal legte sich ein blausilberner Schimmer über das Blatt und Lucy wartete einen Moment, ehe sie es in Richtung ihres Schutzgeistes warf. Wie schon zuvor bei Mackenzie schwebte das magisch aufgeladene Dokument wie von

Zauberhand in der Luft, ehe es vollständig verbrannte und nur noch die Aschereste zu Boden segelten.

Lucy schloss die Augen und fokussierte sich mit ihrer Gabe auf Mrs. Poppins. Doch nichts tat sich. Zwar spürte sie die Anwesenheit des immer schwächer werdenden Geistes, aber es trat keine Veränderung ein. Vielleicht lag es an der fehlenden Kräutermischung?

Sie öffnete ein Auge und warf einen Blick auf Mrs. Poppins: Ihre Geistergestalt war wieder schärfer umrissen, der blausilberne Schimmer der Runen hüllte sie ein und auf ihrem Gesicht lag ein friedliches Lächeln.

Gerade als Lucy sich fragte, was dies wohl zu bedeuten hatte, zog sich etwas in ihr vor Schmerz und Trauer zusammen. Sie schnappte entsetzt nach Luft.

»Was ist das?«, keuchte sie.

Brennende Wut erfüllte sie, doch es war die tiefe Traurigkeit, die Lucys Herz in Stücke zu reißen schien. Nun wurde ihr erst wirklich klar, was die Zeilen bedeuteten: *»Ich trockne deine Tränen, ich übernehme deine Pein.«*

Es waren Mrs. Poppins' Gefühle, die sie gerade spürte und die ihren Schutzgeist daran gehindert hatten, Frieden zu finden.

Lucy übergab ihrem Instinkt die Führung. Sie wehrte sich nicht mehr gegen die Flut der unangenehmen Emotionen, sondern nahm sie in sich auf und leitete sie durch sich hindurch. Nach und nach wurden die Seelenqualen weniger und Lucy konnte sich wieder auf Mrs. Poppins konzentrieren.

Das bläuliche Schimmern hatte sich zu einem silbrigen Leuchten gewandelt und laut dem Handbuch fehlte nur noch der letzte Schritt: Als Mittlerin zwischen den Welten musste die Seherin dem Geist die Richtung weisen.

Lucy versuchte, zu Mrs. Poppins durchzubrechen und einen Kontakt herzustellen, doch sosehr sie sich auch anstrengte, es gelang ihr einfach nicht. Der Schweiß trat ihr auf die Stirn und in ihrem Kopf begann es zu pulsieren.

»Es funktioniert nicht!«, brachte sie mit zusammengebissenen Zähnen hervor.

»Keine Sorge, ich kenne den Weg«, antwortete Mrs. Poppins mit ruhiger Stimme. *»Du hast mehr als genug für mich getan. Deine Mutter wäre stolz auf dich. Ich danke dir, Lucy!«*

»Dann … dann ist alles gut?«, fragte sie unsicher.

Das silbrige Leuchten formte sich zu unzähligen kleinen Lichtern, die den Geist einhüllten und um ihn zu tanzen schienen. Es sah aus wie ein wunderschönes Ballett winziger Sterne.

»Das ist es. Leb wohl, Lucy!«

Die letzten Worte hallten wie aus weiter Ferne, und ehe Lucy etwas erwidern konnte, lösten sich die Lichter in nichts auf und waren verschwunden.

»Mrs. Poppins?«

Lucy rieb sich die Augen und kontrollierte vorsichtshalber jeden Winkel ihres Zimmers, doch es gab keinen Zweifel: Ihr Schutzgeist war tatsächlich nicht mehr da. Lucy hatte Mrs. Poppins fortgeschickt, auch wenn sie keine Ahnung hatte, wohin genau das gewesen war.

Zwar hatte nicht alles perfekt geklappt, aber für das

erste Mal war es nicht schlecht gelaufen, befand Lucy zufrieden. Das war also die eigentliche Aufgabe eines Sehers! Sie hatte einer unglücklichen Seele geholfen, Ruhe und Frieden zu finden – das fühlte sich fantastisch, aber zugleich auch völlig unwirklich an. Es würde Lucy nicht wundern, wenn sie das alles morgen früh bei Tageslicht nur für einen äußerst realistischen Traum halten würde.

Obwohl sie völlig erschöpft war, musste sie sich erst einmal um ihre Verletzung kümmern. Die Kratzer waren nicht ganz so tief, wie Lucy anfangs befürchtet hatte, und auch das Brennen hatte nachgelassen, aber es konnte nicht schaden, die Wunde zu desinfizieren.

Sie knipste das Licht an, was ihre Freude sofort wieder etwas dämpfte. Obwohl in ihrem Zimmer ständig ein gepflegtes Chaos herrschte, sah es nun so aus, als hätte eine Bombe eingeschlagen – von den ekligen schwarzen Schleimflecken auf dem Teppich gar nicht zu sprechen. Wie sollte sie das nur ihrem Vater erklären? Doch darüber würde sie sich später Gedanken machen. Lucy griff nach dem Handy und drückte die Kurzwahltaste.

»Amelia? … Ja, ja, ich weiß, dass es spät ist. Aber du wirst mir nicht glauben, was gerade passiert ist …«

Müde hielt Lucy sich die Hand vor den Mund und gähnte herzhaft. Die vergangene Nacht war kurz gewesen – eine halbe Ewigkeit hatte sie mit Amelia telefoniert und danach noch ihr Zimmer sauber gemacht. Ihr Vater und Stevie waren schon längst schlafen gegangen, als sie schließlich wankend vor Müdigkeit ins Bad getorkelt war und sich einen Verband um den Arm gewickelt hatte.

Trotz der Winterkälte setzte sich Lucy auf die Holzbank neben dem Hintereingang und gähnte erneut. Wenn sie von einem spannenden Buch gefesselt war, konnte sie eine ganze Nacht durchlesen und war am nächsten Morgen trotzdem fit, aber der Einsatz ihrer Gabe schien sie deutlich mehr Energie zu kosten.

Die erfolglose Suche nach den Schutzrunen an ihrem Haus sorgte auch nicht gerade dafür, dass Lucy die Behaglichkeit und Wärme ihres Bettes weniger vermisste. Wo hatte ihre Mutter die geheimen Zeichen nur platziert? Nun, da Mrs. Poppins nicht mehr über ihren Schlaf wachte, musste Lucy unbedingt verhindern, dass Mackenzie erneut in ihr Haus eindringen konnte.

»Du siehst heute nicht gerade wie das blühende Leben aus«, stellte Spooky-Stevie fest, der mit einer Einkaufstüte und einem Gehstock den Weg heraufhumpelte.

Wahrscheinlich hatte er die Zutaten für das heutige Mittagessen besorgt, denn zum Dank für ihre Gastfreundschaft hatte er den Koch- und Putzdienst im Hause Mackay übernommen. Da sich Stevie als ein überraschend guter Koch erwiesen hatte, würden Lucy und ihr Vater ihn wohl nicht so schnell wieder ziehen lassen.

»Brütest du etwas aus?«

Lucy schüttelte den Kopf. »Ich bin nur müde.«

»Dann leg dich doch wieder hin!«, schlug er augenzwinkernd vor. »Wozu sind schließlich Ferien?«

»Vielleicht mache ich das tatsächlich.« Lucy lief zur Haustür, um sie ihm aufzuhalten, allerdings musste sie erst einmal abwarten, bis Stevie seine Schuhe auf dem

Fußgitter abgeklopft und vom Schneematsch befreit hatte.

»Ich habe vorhin erst den Flur gewischt«, erklärte er.

Schuldbewusst blickte Lucy auf ihre Schuhe hinunter, um die sich gerade eine schwarzbraune Pfütze auf den Fliesen bildete. »Äh, entschuldige bitte!«

Stevie folgte ihrem Blick und seufzte gequält auf. Hastig nahm Lucy ein Taschentuch und wischte mehr schlecht als recht einen Teil des Schmutzes wieder auf.

»Ta-ta!«, verkündete sie. »So gut wie sauber.«

»Diese Hausarbeit raubt mir noch den letzten Nerv«, murrte er und drängte sich an ihr vorbei. »In meinem Mausoleum habe ich solche Probleme nicht.«

Lucy verzog sich hastig wieder nach draußen, doch als sie auf dem Fußgitter vor der Tür stand und sich unschlüssig nach dem Runenversteck umsah, durchfuhr sie mit einem Mal ein Geistesblitz und sie blickte nach unten. Natürlich! Weshalb hatte sie nicht schon vorher daran gedacht?

Sie kniete sich auf den Boden, hob den Rost in die Höhe und entdeckte darunter die Runenfolge, die sie so lange gesucht hatte. Ihre Mutter hatte dort die kleinen Zeichen sorgfältig in den Stein geritzt.

»Endlich!«, murmelte Lucy zufrieden.

Erleichterung durchströmte sie, die jedoch umgehend Besorgnis wich, als sie bemerkte, dass die letzte Rune – genau wie beim schwarzen Mausoleum – zerstört worden war. Mithilfe des Seherhandbuches würde Lucy sie zwar erneuern und einen Teil des ursprünglichen Schutzes wieder aktivieren können, doch es machte ihr überdeutlich klar, dass jemand mit George Mackenzie zusammenarbeitete. Das magische Symbol musste schon entfernt worden sein, bevor der Vexator zum ersten Mal in ihr Haus eingedrungen war.

Nachdenklich erhob sich Lucy und richtete ihren Blick auf das Küchenfenster, hinter dem sie Stevies Gestalt ausmachen konnte. Ein unschöner Verdacht keimte in ihr auf.

Stevie war ihr Freund und sie war sich absolut sicher, dass er ihr nie absichtlich würde schaden wollen, aber es war nicht von der Hand zu weisen, dass er ins schwarze Mausoleum eingedrungen war und seine Begründung dafür äußerst fadenscheinig klang. Hatte er für George Mackenzie womöglich eine Mission ausgeführt? Da Stevie auf dem Friedhof lebte, wäre es für ihn auch ein Leichtes gewesen, die Schutzrunen zu zerstören.

Eine eingehende SMS riss Lucy aus ihren düsteren Überlegungen. Die Nachricht stammte von Amelia: *Komm in einer halben Stunde auf den Parkplatz von Edinburgh Castle! Wir treffen dort einen neuen Verbündeten.*

Einen neuen Verbündeten? Lucy hatte keine Ahnung, wen Amelia damit meinte. Was ihre Freundin jetzt wohl wieder für eine Idee ausgebrütet hatte?

Bei ihrem Telefonat vergangene Nacht hatten sie beide lange darüber gesprochen, was sie nun unternehmen sollten. Immerhin war Mrs. Poppins der Meinung gewesen, dass Lucy unbedingt noch vor der Silvesternacht etwas gegen den Vexator unternehmen müsste. Natürlich hätten Amelia und Lucy im Alleingang eine Austreibung vornehmen können, aber beide waren vernünftig genug, um zu erkennen, dass dies für eine minderjährige PSI-Forscherin und eine ebenso junge Seherin ohne Ausbildung ein zu großes Wagnis darstellte. Lucy wusste, dass sie bei ihrem gestrigen Kampf gegen den Poltergeist viel Glück gehabt hatte und es auch ganz anders hätte ausgehen können.

Sie schrieb Amelia zurück, dass sie sich gleich auf den Weg machte, und gab Stevie Bescheid, ehe sie losging. Dabei gelang es ihr nur schwer, ihr aufkeimendes Misstrauen ihm gegenüber zu verbergen.

Als Lucy auf den großen Parkplatz von Edinburgh Castle kam, wunderte sie sich, weshalb Amelia ausgerechnet diesen Treffpunkt ausgewählt hatte. Zwar lag die altehrwürdige und eindrucksvolle Festungsanlage im Herzen der Stadt und somit recht zentral, aber im Winter und bei diesen Temperaturen war es hier ungefähr so gemütlich wie auf einer Eisscholle bei einem Schneesturm. Einheimische bekam man hier kaum zu Gesicht und nur unerschrockene Touristen widerstanden der Kälte und dem beißenden Wind, um vor ihrer Burgbesichtigung die schöne Aussicht über Edinburgh zu genießen und Fotos zu machen.

Schon von Weitem entdeckte Lucy direkt am großen Eingangstor der Festung eine Gestalt in einem grasgrünen Plüschmantel und einer pinkfarbenen Beaniemütze.

»Ich fasse es nicht«, entfuhr es ihr entgeistert. »Du bist vor mir da! Das ist bestimmt das erste Mal in all den Jahren unserer Freundschaft.«

»Auch ich kann pünktlich sein, wenn es sein muss«, gab Amelia murrend zurück.

»Das Gesicht, das du gerade ziehst, erinnert mich irgendwie an meine gestrige Begegnung mit Mackenzie. Gibt es einen Grund für deine schlechte Laune?«

»Das kann man wohl sagen!« Amelia nickte vehement. »Zum einen komme ich gerade von unserem Job als Katzensitter.« Sie machte eine Pause, wohl um Lucy Gelegenheit zu geben, sich entsprechend zerknirscht zu zeigen. »Fünf volle Katzenklos sauber zu machen ist kein Spaß und anscheinend waren die haarigen Biester sauer, weil ihr Frauchen sie allein gelassen hat. Die haben mich angegriffen!« Sie hielt Lucy ihre Hand hin, auf der ein winziger blutiger Kratzer zu sehen war.

»Tut mir leid, die Katzen habe ich völlig vergessen! Aber vielleicht haben sie dich nur angegriffen, weil ihnen dein Plüschmantel Angst eingejagt hat?«

»Dieser Mantel ist ein Weihnachtsgeschenk meiner Oma und dieser schwarze Teufel Luzifer …«, an dieser Stelle zitterte Amelias Kinn vor Empörung, »wollte draufpinkeln! Aber ich glaube, ich habe ihn noch rechtzeitig verjagt.« Sie hob einen Zipfel ihres Mantels an und schnüffelte skeptisch daran.

»Dann ist ja gut! Ich dachte schon, es ist etwas Schlimmes passiert.«

Die Miene ihrer Freundin verdunkelte sich. »Das ist es leider auch. Als ich nämlich dort war, hat der Anrufbeantworter so aufgeregt geblinkt, dass ich ganz nervös geworden bin. Deshalb dachte ich, ich höre mir mal an, ob etwas Wichtiges drauf ist.«

»Das kannst du doch nicht machen!«, entfuhr es Lucy. »Es geht uns überhaupt nichts an, was für Nachrichten Mrs. Forbes bekommt.«

»Da muss ich dir entschieden widersprechen, denn die Nachricht war für uns – von Mrs. Forbes«, erklärte Amelia. »Wahrscheinlich wollte sie wegen deines Vaters nicht bei dir zu Hause anrufen, unsere Handynummern hat sie nicht, und da sie wusste, dass wir uns um die Katzen kümmern, war das die einzige Möglichkeit, uns über Neuigkeiten zu informieren.«

»Und?«, fragte Lucy aufgeregt. »Was hat sie gesagt?«

Ausgerechnet jetzt beschloss Amelia, sich ihre Nase zu putzen, die von dem schneidenden Wind ganz rot geworden war. Lucy platzte fast vor Neugierde und wippte ungeduldig auf und ab.

»Zwar hat Mrs. Forbes die Erlaubnis erhalten, eine der besten Seherinnen nach Edinburgh zu holen«, berichtete Amelia endlich. »Doch die befindet sich gerade auf einer Mission in Glasgow. Mrs. Forbes fährt nun hin und hofft, dass sie so schnell wie möglich mit der Lumeni zu uns zurückkehren kann. Allerdings …«

»Allerdings kann sie nicht sagen, ob sie rechtzeitig hier sein werden«, beendete Lucy ihren Satz.

Sie schüttelte verärgert den Kopf und riss die Hände in die Luft. »Warum habe ich nur gewusst, dass es so kommen wird?«

Ihre Freundin warf ihr einen verunsicherten Blick zu. »Vielleicht weil es zu deiner Gabe als Seherin gehört?«

»Quatsch, damit hat das doch nichts zu tun! Aber in dem Augenblick, als Mrs. Forbes uns von ihrer Reise erzählt hat, habe ich schon geahnt, dass dieser ganze Mist am Ende an uns hängen bleiben wird.«

»Genau genommen *an dir*«, verbesserte Amelia sie.

Mit einem Schlag war Lucys Ärger verflogen und ein flaues Gefühl machte sich in ihrer Magengrube breit.

»Soll das etwa bedeuten, dass …«, setzte sie an, doch sie musste schlucken, weil sich ihre Kehle mit einem Mal ganz trocken anfühlte.

Lucy musste an ihren Streit zurückdenken. Stand er etwa immer noch zwischen ihnen? Oder hatte es etwas damit zu tun, was Mrs. Forbes zu Amelia gesagt hatte?

»Es ist wegen deines Vaters, oder? Du willst keine PSI-Forscherin mehr sein!«

Amelia schaute sie überrascht an. »Nun ja … um ehrlich zu sein, habe ich viel darüber nachgedacht und ich schätze, Mrs. Forbes hat recht. Wegen dem Tod meines Vater habe ich mich in diese Sache total verrannt und dabei ist mein Talent als Geisterjägerin nicht gerade ausgeprägt.«

»Das stimmt doch gar nicht!«, widersprach Lucy. »Du wirst nur ab und an von deiner Angst ausgebremst, aber ansonsten …«

Amelia lachte auf. »Du meinst wohl, in den wirklich wichtigen Momenten, in denen ich eigentlich cool bleiben sollte. Eine PSI-Forscherin, die Angst vor Geistern hat – das klingt doch wie ein schlechter Witz.«

»Aber … aber du kannst nicht einfach aufhören!«, stammelte Lucy. »Nicht so kurz bevor sich Mackenzie erheben will. Ich schaffe das nicht ohne dich.«

»Das musst du auch nicht!«, entgegnete Amelia sichtlich irritiert. »Nur weil ich gerade meine Zukunftsplanung überdenke, heißt das doch nicht, dass sich zwischen uns etwas ändert. Was wäre ich denn für eine Freundin, wenn ich dich jetzt im Stich lassen würde?«

So langsam verstand Lucy überhaupt nichts mehr. »Aber du hast vorhin gesagt, dass ich alleine Mackenzie besiegen muss.«

»Und so ist es auch! Ich meinte damit, dass ich dir im Grunde nicht helfen kann.« Amelia vergrub ihr Kinn in ihrem Schal und blickte zu Boden. »Ich bin nicht gerade mutig, Lucy«, fuhr sie mit leiser Stimme fort, »und ich habe auch keine tolle magische Gabe von meiner Mutter geerbt so wie du. Ich bin nur Amelia mit den bunten Haarspangen und einem bescheuerten PSI-Tagebuch. Ich bin nichts Besonderes.«

Lucy öffnete den Mund, doch ihr fiel auf die Schnelle nichts Schlagfertiges ein. Niemals hätte sie erwartet, dass Amelia sich so sehr mit ihr verglich und dabei offenbar zu dem Schluss kam, weniger wert zu sein. Das war also der wahre Grund für ihren Streit gewesen! Hätte Lucy das geahnt, wäre sie ihrer Freundin gegenüber etwas sensibler gewesen.

»Da liegst du aber so etwas von falsch, Amelia Susan Burnett!« Lucy schüttelte vehement den Kopf, sodass ihre kurzen Locken auf und ab wippten. »Du bist ein besonderer Mensch, nämlich für mich und für viele andere auch. Ich finde dich großartig, genau so wie du bist. Und das sage ich voller Überzeugung, obwohl du gerade in einem Mantel vor mir stehst, in dem du aussiehst wie ein Yeti, der sich zu lange im Gras gewälzt hat.«

Amelia hob unschlüssig ihre Schultern. »Ach, das sagst du doch nur, weil es im Beste-Freundinnen-Kodex steht.«

»Nein, das meine ich ehrlich«, beteuerte Lucy. »Und auch ich bin nicht immer mutig! Beispielsweise würde ich mich niemals trauen, in deinen Klamotten vor die Tür zu gehen. Doch dir ist es völlig egal, was andere Menschen von dir halten. Das finde ich ungeheuer mutig.«

Ein Funkeln stahl sich in Amelias Augen. »Ehrlich?«

»Natürlich! Und als der Vexator gestern in meinem Zimmer war, habe ich mich wie ein Feigling unter dem Bett versteckt, und als ich wieder hervorgekrochen bin, habe ich mir vor Angst fast in meinen Pyjama gemacht. Übrigens war das mein gelber Winnie-Pooh-Pyjama mit den kleinen Bienen und Honigtöpfen drauf. So ein Aufzug flößt nicht gerade Selbstbewusstsein ein, wenn man sich einem bösartigen Geist entgegenstellt.« Sie stutzte. »Lachst du etwa über mich?«

Amelia räusperte sich. »Entschuldige, ich habe es mir nur gerade bildlich vorgestellt. Aber erzähl ruhig weiter! Ich glaube, ich fühle mich schon etwas besser.«

»Du kannst klasse recherchieren«, fuhr Lucy fort. »Und deine Leidenschaft für alles, was dich interessiert, ist einfach ansteckend. Ich wünschte, ich könnte das auch.«

Amelia stülpte skeptisch die Unterlippe vor. »Was genau meinst du?«

»Nimm unsere PSI-Ermittlungen: Ich fand sie meist nur mäßig interessant, aber du hast mich immer dazu gebracht, trotzdem mitzumachen«, zählte Lucy bereitwillig auf. »Oder die Ceilidh-Tanzgruppe: Du bist mit

Feuer und Flamme bei der Sache, während ich mir kürzlich überlegt habe, ein Loch in den Blasebalg des Akkordeons zu bohren.«

»Das kann ich verstehen«, räumte Amelia ein. »Nachdem ich dich letztens spielen gehört habe, wollte ich selbst schon einen Kaugummi in die Luftklappe deines Akkordeons kleben, damit meine Ohren aufhören zu bluten. Hey, das ist es!« Ihre Augen weiteten sich und sie schnipste mit den Fingern. »Warum haben wir nicht schon früher daran gedacht? Du solltest mal vor dem schwarzen Mausoleum spielen! Dann will Mackenzie bestimmt nicht mehr auferstehen.«

»Ha-ha.« Lucy zog eine Grimasse und fuhr fort: »Oder denk mal an meine Gabe! Du fandest sie schon immer großartig, während ich sie permanent abgelehnt habe. Hätte ich auf dich gehört und trainiert, würden wir jetzt nicht in diesem Schlamassel sitzen.«

»Du hast recht«, stimmte Amelia ihr nach einer kurzen Pause zu. »Wenn man es so im Großen und Ganzen betrachtet, bist du ein ziemlicher Pessimist. Ist mir vorher gar nicht aufgefallen.«

Lucy zog eine Augenbraue hoch. »Wie war das mit dem Beste-Freundinnen-Kodex?«

»Du brauchst mich tatsächlich! Ich bin diejenige, die die positiven Impulse gibt und die innovativen Ideen hat. Ich bin der Kopf und du das Herz. Oder andersherum? Du bist der Kopf und ich das Herz?«

Lucy winkte ab. »Ist doch egal. Hauptsache, du weißt endlich, wie wichtig du für mich bist! Ohne dich stehe ich die nächsten Tage bestimmt nicht durch.«

Gerührt fiel Amelia ihr um den Hals und drückte sie an sich. »Wir schaffen das zusammen!«

»Gut. Super«, murmelte Lucy halb erstickt. Sie kräuselte die Nase, da das Plüschfell unangenehm kitzelte und nach Mottenkugeln roch.

Als Amelia sich wieder losmachte, blickte sie etwas schuldbewusst drein. »Ich hoffe, du hast auch noch diese gute Meinung von mir, wenn du erfährst, auf wen wir hier warten.«

Hinter ihnen gab es einen lauten Knall und die Mädchen zuckten zusammen. Es war die Mittagskanone, die jeden Tag um ein Uhr auf dem Edinburgh Castle abgefeuert wurde.

Diese alte Tradition passte perfekt zu der Burg, die wie eine stolze Königin über die Einwohner Edinburghs zu wachen schien. Durch die schroffen Flanken des Berges, die fast senkrecht 80 Meter in die Höhe ragten, wirkte sie noch mächtiger und unbezwingbar.

»Der Typ hat vielleicht Nerven – er ist schon eine halbe Stunde zu spät!«

Erst jetzt fiel Lucy wieder ein, dass sie hier einen Verbündeten treffen wollten. »Wer ist es denn?«

»Nach deinem Anruf gestern Nacht war mir klar, dass wir im Kampf gegen Mackenzie jede Unterstützung anfordern müssen, die wir kriegen können. Selbst wenn derjenige einen nicht allzu professionellen Eindruck auf uns gemacht hat.«

Sofort dachte Lucy an Constable Lewis, allerdings hätte der Polizist sie nicht zu diesem öffentlichen Treffpunkt herbestellt und bei der Geisterjagd wäre er auch keine große Hilfe. Deswegen kam eigentlich nur noch eine andere Person infrage, die Amelia meinen konnte.

»Wenn man vom Teufel spricht: Da kommt er ja«, verkündete Amelia mit einem Blick über Lucys Schulter.

Sie wandte sich um. »Diesen Angeber hast du angerufen?«, fragte Lucy ungläubig.

»Du hast selbst gesagt, dass wir beide nichts tun können, außer auf Mrs. Forbes' Rückkehr zu warten – und das war mir zu wenig«, verteidigte sich Amelia. »Im Internet habe ich herausgefunden, dass Kevin Corbett sich tatsächlich mit der Materie auskennt. Er hat sogar schon beim Sohn des Cousins des Großonkels der Queen einen Poltergeist ausgetrieben! Deshalb habe ich über seine Homepage Kontakt mit ihm aufgenommen. Oder willst du lieber untätig herumsitzen und Däumchen drehen?«

Ihre letzte Frage erstickte Lucys Widerspruch im Keim – auch wenn es ihr zutiefst widerstrebte, mit diesem Typ zusammenzuarbeiten. Nach seinem Auftreten und seiner teuren Ausrüstung zu urteilen, kannte er sich mit der Materie wenigstens aus. Vielleicht hatte er seine eigene, eher technisch orientierte Methode gefunden, einem Vexator das Handwerk zu legen?

Lucy biss sich auf die Zunge und wartete, bis Kevin Corbett sie erreicht hatte. Auch heute trug er seinen bodenlangen Ledermantel, die schwarzen Klamotten und hatte strähnige Haare.

»Sie sind zu spät!«, stellte Lucy fest und erntete für ihre unhöfliche Begrüßung einen scharfen Blick von Amelia.

»Ich freue mich, dass Sie gekommen sind!« Sie schenkte ihm ein strahlendes Lächeln. »Schön, dass Sie diesen geschichtsträchtigen Ort als Treffpunkt vorgeschlagen haben, Mr. Corbett. Edinburgh Castle hat eine bewegte Vergangenheit und Sie als Geisterjäger interessiert es vielleicht, dass hier bei der Inquisition dreihundert Hexen lebendig verbrannt wurden, und in der Burg gibt es noch heute eine Markierung, wo die Scheiterhaufen standen.«

»Ja, ja«, winkte er ungeduldig ab. »Kommen wir gleich zum Geschäftlichen: Wenn es tatsächlich so dringend ist, führen wir den Exorzismus gleich heute Abend durch. Um halb zwölf bin ich am Tor von Greyfriars Graveyard und ihr öffnet mir – pünktlich, bitte schön!«

»Kurz vor Mitternacht?«, entfuhr es Lucy besorgt. Sie hatte ihrem Vater schließlich versprochen, sich nach Einbruch der Dunkelheit nicht mehr auf dem Friedhof aufzuhalten.

»Die allseits bekannte ›Geisterstunde‹ ist der beste Zeitpunkt für einen Exorzismus. Es ist zwar korrekt, dass ein Geist dann am stärksten ist, aber nicht vielen ist bekannt, dass er gleichzeitig auch angreifbar wird. Sobald die Energie der untoten Seele in Form einer körperlichen Gestalt sichtbar wird, kann eine Interferenz erreicht werden, wenn man die Materiewellen manipuliert. Ist der Zeitpunkt ein Problem für euch?«

Amelia und Lucy wechselten einen beklommenen Blick, dann schüttelte Lucy den Kopf. »Nein, das ist kein Problem.« Sie hatte zwar kein Wort seiner Erklärung verstanden, aber immerhin schien er zu wissen, was er tat. Jedenfalls hoffte sie, dass Kevin Corbett das Risiko wert war, sich George Mackenzies Hoheitsgebiet mitten in der Nacht zu nähern.

»Leider wurde das ›Gefängnis der Rebellen‹, in dem der Poltergeist am meisten spukt, von der Stadtverwaltung verschlossen.« Amelia wandte sich zu Lucy um und nestelte verunsichert an dem Verschluss ihres Plüschmantels herum. »Damit wir dort hinein können, müsstest den Schlüssel deines Vaters ausleihen.«

»Du meinst, ich muss ihn *klauen!*« Lucy verschränkte die Arme vor der Brust und stieß die Luft aus. Diese Sache gefiel ihr immer weniger.

»Natürlich könntest du deinen Vater auch einweihen«, schlug ihre Freundin vor. »Vielleicht hilft er uns sogar?«

Wenn Lucy ihm von dem Exorzismus erzählte, könnte er dem Vorhaben womöglich sogar zustimmen – immerhin schien ihn die Gefahr, die von dem Poltergeist ausging, sehr zu beunruhigen. Aber er würde niemals zulassen, dass Amelia und seine Tochter Kevin Corbett heute Nacht zum schwarzen Mausoleum begleiteten. Dieses Verbot wollte Lucy auf keinen Fall heraufbeschwören. Sie traute dem selbst ernannten Geisterjäger nicht über den Weg und würde ihm diese wichtige Mission nicht allein überlassen.

»Na schön, ich mache es!«

Die Schlüssel des Friedhofverwalters hingen im Flur neben der Haustür, und wenn Lucy sich kurz vor Mitternacht hinausschlich, musste sie lediglich das passende Exemplar mitnehmen.

»Gut«, sagte Kevin Corbett sichtlich zufrieden. »Ihr seid also der Meinung, dass der Geist sich erheben und in die Welt der Lebenden zurückkehren will. Hat er sich denn schon ein passendes Gefäß ausgesucht?«

Amelia sah ihn irritiert an. »Ein Gefäß? Was soll das denn sein?«

Der Geisterjäger verdrehte die Augen, offensichtlich erschüttert darüber, dass er es mit solchen Amateuren zu tun hatte.

»Auch wenn der Geist so stark ist, wie ihr behauptet, benötigt er trotzdem eine lebendige Person, deren Körper er übernehmen kann. Was dachtet ihr denn, wie das funktionieren soll? George Mackenzie selbst ist nur noch ein Skelett ohne Fleisch und Blut. Nicht zu gebrauchen, wenn man die Absicht hat, wieder lebendig zu werden und Unfrieden in der Welt zu stiften.«

»Sie meinen, er sucht so etwas wie einen Wirt?« Bei dem Gedanken daran, dass George Mackenzies Geist in ihren Körper hineinfahren könnte, wurde Lucy ganz übel.

»Vorzugsweise jemanden, mit dem er verwandt ist«, bestätigte Corbett. »Da in diesen Personen noch eine Spur seines eigenen Blutes vorhanden ist – und sei sie auch noch so minimal. Es soll angeblich aber auch schon mit Freiwilligen geklappt haben.«

Amelia verzog das Gesicht. »Wer ist denn so irre und stellt sich als Gefäß zur Verfügung?«

»Sobald ein Mensch auf die einschmeichelnden Worte des Poltergeistes gehört und seinen Geist für ihn geöffnet hat, steht er unter seinem Einfluss und verliert seinen freien Willen. Es ist eine Art von Schizophrenie, bei dem die eine Persönlichkeit nichts von der anderen weiß. Aber natürlich gibt es auch Verrückte, die sich freiwillig zur Verfügung stellen.«

»Von so etwas wussten wir bisher noch nichts«, musste Lucy dem Geisterjäger gestehen. Sie dachte an Stevie und nach kurzem Zögern fügte sie hinzu: »Allerdings scheint es tatsächlich jemanden zu geben, der mit Mackenzie zusammenarbeitet.«

»Ihr solltet verhindern, dass derjenige in die Nähe des Mausoleums kommt, nur zur Sicherheit«, befahl Kevin Corbett. »Er könnte die Zeremonie stören. Dann bleibt noch die Frage der Bezahlung. Mein übliches Honorar für einen Exorzismus beträgt 300 Pfund.«

»Wie bitte?« Amelia schnappte fassungslos nach Luft. Anscheinend hörte auch sie gerade zum ersten Mal davon.

»Sind Sie übergeschnappt?« Lucy konnte ihre Abneigung ihm gegenüber nicht länger verbergen. »Es geht hier um einen gefährlichen Geist, der schon jetzt Menschen verletzt hat, obwohl er sich noch gar nicht erhoben hat. Und Sie denken daran, Profit aus dieser Sache zu schlagen?«

Er setzte ein schmieriges Lächeln auf. »So ist das Leben, Kleine! Ich bin nicht von der Heilsarmee und meine Miete muss bezahlt werden. Was ist nun: Braucht ihr mich? Oder wollt ihr euch allein dieser Bestie stellen?«

Lucy hätte sich lieber die Zunge abgebissen, als ihm darauf zu antworten, doch Amelia gab nach einer kurzen Pause zu: »Wir brauchen Sie. Aber wie Sie sich denken können, haben zwei dreizehnjährige Schülerinnen keine 300 Pfund. Was wollen Sie also?«

Zum ersten Mal zeichnete sich so etwas wie Anerkennung auf seiner Miene ab. »Cleveres Mädchen!«, sagte er grinsend. »Wenn ihr mich nicht bezahlen könnt, dann muss es jemand anderes tun, nicht wahr? Ich habe Kontakte zum Fernsehen und man würde mir viel Geld dafür geben, wenn ein Kameramann den Exorzismus filmen dürfte.«

Lucys Knie wurden weich. »Das Ganze soll auch noch im Fernsehen kommen?«

»Es dreht sich nur um eine weitere Person, der ihr Zutritt verschaffen müsst. Das ist doch keine große Sache. Ich verspreche euch auch, dass ihr nicht im Bild sein werdet.«

Das glaubte Lucy ihm allerdings sofort. Bestimmt wollte er der alleinige Star der »großen Geisteraustreibung von Edinburgh« sein und nicht Gefahr laufen, den Ruhm teilen zu müssen.

»Aber wenn das rauskommt, könnte mein Vater seinen Job verlieren! Das würde er mir nie verzeihen.«

Kevin Corbett schien das nicht im Geringsten zu kümmern. Aus zusammengekniffenen Augen warf er ihr einen kaltblütigen Blick zu. »Willst du diesen Mackenzie loswerden oder nicht?«

Amelia zog Lucy am Arm zur Seite.

»Mir gefällt das genauso wenig wie dir«, raunte sie ihr zu. »Doch was für eine Wahl haben wir denn? Dieser Mistkerl wird uns nicht helfen, wenn wir ablehnen.«

»Aber mein Vater …«, setzte Lucy erneut zu einem Widerspruch an.

»Wenn wir uns nicht filmen lassen«, unterbrach Amelia sie in eindringlichem Tonfall, »kann niemand beweisen, dass du es warst, die dem Geisterjäger geholfen hat.

Und ohne einen hieb- und stichfesten Beweis darf die Friedhofsverwaltung deinem Vater überhaupt nicht kündigen.«

Lucy schwieg verunsichert. Wenn sie sich weigerte, würde sie damit eine wertvolle Chance vertun, George Mackenzie zu stoppen, ehe er in der Neujahrsnacht seine volle Stärke erlangte. Wieder einmal klang ihr seine Drohung in den Ohren, dass ein Mackay sterben würde, wenn sich der Tyrann erhob. Vielleicht hatte er damit Tom Mackay gemeint und Lucy musste auf alle Fälle verhindern, dass ihrem Dad etwas zustieß.

»Also gut, ich mache mit! Aber wenn die Kamera nur ein einziges Mal in unsere Richtung schwenkt, trete ich dem Typen gegens Schienbein.«

Amelia grinste. »Etwas anderes hätte ich von dir auch nicht erwartet.«

Lucy wandte sich zu Kevin Corbett um. »Wir sind einverstanden. Heute Abend um halb zwölf am Friedhofstor, seien Sie pünktlich!«

Die schmalen Lippen des Geisterjägers verzogen sich zu einem zufriedenen Lächeln. »Aber sicher doch!«

Die Mädchen liefen in einigem Abstand hinter Kevin Corbett und seinem Kameramann Toby her. Amelias Taschenlampe erleuchtete den Pfad, doch Lucy schien es, als würde die Finsternis sie von allen Seiten bedrängen. Obwohl sie jeden versteckten Winkel des Friedhofs kannte, drohte selbst sie sich in dieser düsteren Nacht zu verlaufen. Vor einigen Stunden hatte es wieder zu schneien begonnen, die Grabsteine bohrten sich durch die makellose Schneedecke und die Bäume trugen ein Kleid aus glitzerndem Eis.

»Wie lange filmen die beiden eigentlich noch hier draußen?«, zischte Lucy verärgert.

Sie hatte erwartet, dass sie auf direktem Weg zum schwarzen Mausoleum gehen würden, doch Toby wollte unbedingt einige Außenaufnahmen vom Friedhof machen. Er meinte, die sternenlose Nacht und all die »ollen Grabstätten« würden eine richtig »coole Kombi« abgeben und die Zuschauer würden so etwas lieben. Zum vierten Mal filmte er nun, wie Kevin Corbett mit wehendem Ledermantel und erhobener Laterne den Weg zum Mausoleum abschritt und dabei eine todesmutige Miene aufsetzte.

»Super«, jubelte Toby. »Da spielen wir nach dem Schnitt noch den Ruf eines Uhus ein, gefolgt von einem schneller werdenden Herzschlag.«

»Den habe ich schon im Ohr«, murmelte Amelia. »Nämlich meinen eigenen.«

Lucy verschränkte die Arme vor der Brust. »Ich dachte, der richtige Zeitpunkt wäre so unglaublich wichtig für den Exorzismus, doch dem Herrn Geisterjäger scheint es wichtiger zu sein, im Fernsehen eine gute Figur zu machen.«

Sie wollte die Sache so schnell wie möglich hinter sich bringen.

Als Lucy sich aus dem Haus geschlichen hatte, war ihr Vater zwar schon zu Bett gegangen, aber sie wurde das Gefühl nicht los, dass er sie jeden Moment auf frischer Tat ertappen würde.

»Von mir aus können wir ruhig noch länger hier draußen bleiben. Ich habe nicht die geringste Lust, in diese gruslige Gruft hinunterzugehen.«

Lucy warf einen besorgten Blick auf ihre Freundin, die so blass im Gesicht war, dass sie fast schon selbst als Geist durchging. Sie gab es ungern zu, aber im Grunde hatte Amelia recht. Anstatt sich um ihren Vater Gedanken zu machen, musste Lucy sich auf das bevorstehende Zusammentreffen mit dem Vexator konzentrieren.

»Wir müssen das jetzt durchziehen, Amelia! Morgen ist schon Hogmanay und dann stehen unsere Chancen, Mackenzie aufzuhalten, nicht mehr besonders gut.«

»Das weiß ich selbst«, gab Amelia schlecht gelaunt zurück. Sie zog ihr Handy aus der Tasche und kontrollierte das Display.

»Hat sie zurückgerufen?«

Als die beiden am späten Nachmittag erneut in Mrs. Forbes' Wohnung gewesen waren, hatten sie auf dem Anrufbeantworter eine neue Nachricht entdeckt. Leider hatte ihnen Mrs. Forbes nur mitgeteilt, dass sie mittlerweile in Glasgow eingetroffen war, aber dieses Mal hatte sie den Mädchen wenigstens eine Rückrufnummer hinterlassen. Bedauerlicherweise hatte Amelia sie nicht erreicht und Mrs. Forbes deshalb eine Nachricht auf die Mailbox gesprochen.

Amelia schüttelte schweigend den Kopf und steckte ihr Handy wieder zurück in die Tasche.

»Die Seherin ist wahrscheinlich nicht ohne Grund in Glasgow«, vermutete Lucy. »Bestimmt muss sie sich dort ebenfalls um einen aufmüpfigen Geist kümmern und kann erst abreisen, wenn ihre Mission erledigt ist.« Sie lächelte Amelia aufmunternd zu, um ihr Mut zu machen. »Es wird schon alles gut werden! Ich hätte zwar auch gerne gewusst, was Mrs. Forbes von Corbetts Exorzismus hält, aber jetzt ist es nicht mehr zu ändern.«

Amelia stieß frustriert die Luft aus und durch die kalte Nacht wurde ihr Gesicht für einen Moment von ihrer Atemwolke verdeckt.

»Es war zwar meine Idee, Kevin Corbett um Hilfe zu bitten, aber jetzt frage ich mich, ob er tatsächlich weiß, mit welchen Mächten er sich anlegen will.« Sie blickte skeptisch auf den Geisterjäger, der sich gerade dabei filmen ließ, wie er vor einem verwitterten Grab kniete und dabei laut aus der Bibel zitierte.

»Oh ja, das frag ich mich auch.«

Immerhin waren sie kurz davor, sich in die Höhle des Löwen zu begeben. Wenn der Geisterjäger gelogen hatte und er gegen einen mächtigen Vexator wie Mackenzie überhaupt nichts ausrichten konnte, begaben Amelia und Lucy sich an seiner Seite in echte Lebensgefahr.

»Ich habe das Seherhandbuch dabei und ein Notfall-Ritual vorbereitet«, sagte Lucy und hoffte, Amelia damit etwas zu beruhigen. Sie selbst war sich leider nicht so sicher, ob sie in ihre frisch entdeckten Fähigkeiten schon so viel Vertrauen setzen konnte. Die von ihr bereits durchgeführte Notfall-Austreibung war in Mackenzies Gruft, wo seine Macht am größten war, leider unwirksam.

»Falls etwas schiefgehen sollte, kann ich uns damit schützen. Allerdings nur für einen kurzen Moment – wir sollten uns dann so schnell wie möglich aus dem Staub machen.«

»Wegrennen kann ich, das ist kein Problem!« Amelia steckte sich eines ihrer geliebten Nessie-Poo-Bonbons in den Mund. »Möchtest du auch eins?«

Lucy lehnte dankend ab. Sie war so angespannt, dass ihr ganz flau im Magen war. »Ich dachte, du willst sparen?«

»Wozu denn?« Amelia lachte bitter auf. »Die einzige PSI-Ausrüstung, für die ich jetzt noch Geld ausgeben würde, wäre ein Pfefferspray zur Geisterabwehr. Leider gibt es so etwas nicht.«

Toby, der Kameramann, kam auf sie zu. »Mädels, jetzt machen wir noch ein paar Einstellungen mit euch! Ihr solltet so richtig ängstlich und verschreckt aussehen, wenn ihr Kevin um Hilfe anfleht.«

»Das können Sie vergessen!«, gab Lucy entschlossen zurück. »Bevor wir diesen geldgierigen Kerl um Hilfe anflehen, holen wir lieber wieder die Weihnachtsplätzchen meines Vaters aus dem Müll und beißen uns an ihnen die Zähne aus.«

Irritiert zog Toby seine Augenbrauen zusammen. Anscheinend wusste er nicht recht, wie er Lucys Äußerung deuten sollte. »Heißt das, ihr wollt nicht ins Fernsehen?«

»Lass doch die beiden, Toby!«, schaltete sich der Geisterjäger ein. »Die sind überhaupt nicht wichtig für unseren Film. Lass uns jetzt lieber im Mausoleum weiterdrehen! In drei Minuten schlägt es schon Mitternacht.«

Im Gedenken an ihren Vater und die Probleme, die er durch diese Aktion bekommen konnte, schien es Lucy notwendig, ihren Standpunkt noch einmal unmissverständlich klarzumachen.

Sie hob warnend ihren Zeigefinger. »Wenn die Kamera nur ein einziges Mal in meine Richtung schwenkt, stelle ich mich jeden Abend unter Ihr Schlafzimmerfenster und spiele Ihnen etwas auf dem Akkordeon vor! Mir wurde kürzlich mitgeteilt, dass einem davon die Ohren bluten.«

Der Kameramann hob beschwichtigend seine freie Hand. »Is ja gut, is ja gut! Eigentlich sind die meisten Leute ganz scharf darauf, gefilmt zu werden.«

Lucy marschierte an ihm vorbei zum schwarzen Mausoleum und öffnete mit dem Schlüssel ihres Vaters das brandneue Vorhängeschloss. »Bitte schön! Ich würde vorschlagen, wir bilden die Nachhut.«

»Oh ja, bitte!« Amelia nickte inbrünstig. »Das Wegrennen fällt um so vieles leichter, wenn man sich am Ende der Schlange befindet.«

Der Geisterjäger lächelte gönnerhaft. »Hab keine Angst! Ich werde dafür sorgen, dass der Poltergeist dich und die ganze Stadt für immer in Frieden lässt.«

»Das beruhigt uns ungemein, Mr. Corbett«, gab Lucy mit einer naiven Klein-Mädchen-Stimme zurück.

Sie hatte so langsam wirklich genug von diesem ganzen Theater! George Mackenzie wurde bestimmt nicht weniger gefährlich, indem sie hier draußen herumstanden.

In diesem Moment schallte die Glocke der Kirche über den Friedhof und schlug zwölf Mal. Es war Mitternacht und somit die Stunde der Geister!

Wie auf ein geheimes Signal hin erschien die Armee der *Grauen* zwischen den Grabsteinen. Obwohl Lucy inzwischen an den Anblick hätte gewöhnt sein müssen, überlief sie ein kalter Schauer. Erneut waren die *Grauen* weniger geworden, was nur das Werk von Mackenzie sein konnte. Schweigend starrte die Menge auf Lucy und ihre Begleiter. Ob das ein gutes Omen war? Lucy riss sich zusammen und überspielte ihr Unbehagen.

»Hereinmarschiert in die gute Stube!« Sie trat beiseite, um Kevin und Toby den Vortritt zu lassen.

Das grelle Licht der Kamera sorgte wenigstens dafür, dass die Stufen gut ausgeleuchtet waren und sie keine Schwierigkeiten beim Abstieg hatten. Bisher gab es noch keine Spur von George Mackenzie. Ob er wohl wusste, dass sie auf dem Weg zu ihm waren?

»Mein Mund ist wie ausgetrocknet«, raunte Amelia ihr zu. »Aber gleichzeitig sind meine Hände schweißnass. Ist das nicht seltsam?«

Lucy sah kurz über ihre Schulter und schüttelte den Kopf. »Nein, mir geht es ähnlich. Mein ganzer Körper ist zum Zerreißen angespannt, nur meine Knie nicht. Die scheinen aus Wackelpudding zu bestehen.«

»Wenn du deswegen die Treppe runterfällst, ist das nicht schlimm – dein Sturz wird durch die anderen abgebremst.« Wie immer dachte Amelia praktisch. »Ebenfalls ein Vorteil, wenn man hinten läuft.«

Mit klopfendem Herzen trat Lucy in die Grabkammer.

Erleichtert stellte sie fest, dass das Loch im Boden, in dem die Knochen von Mackenzies Opfern lagen, mit einer Holzplatte abgedeckt worden war. Wahrscheinlich war es ihrem Vater pietätlos erschienen, sie einfach offen liegen zu lassen. Abgesehen davon hatte sich seit ihrem letzten Besuch nichts verändert und selbst die eisernen Stützpfeiler waren noch an derselben Stelle.

Kevin Corbett strich sein strähniges Haar zurück und blickte direkt in die Kamera.

»Hier sind wir also«, sagte er mit düsterer Stimme. »In der letzten Ruhestätte des Poltergeistes, der eine ganze Stadt in Angst und Schrecken versetzt. Eine rachsüchtige Seele, die die Welt der Lebenden heimsucht, um sie mit ihrer Wut und ihrem Hass zu überschwemmen.« Er riss die Augen weit auf und hob seine geballte Faust in die Höhe. »Doch wir werden uns ihr entgegenstellen und dem grausamen Treiben Einhalt gebieten!«

»Wäre das eine Folge von *Zeichen aus dem Jenseits*«, bemerkte Amelia leise, »würden sie diese geschwollene Ansprache auf alle Fälle herausschneiden.«

Lucy stieß ein verächtliches Schnauben aus. »Wäre das eine Folge von *Zeichen aus dem Jenseits*, würden sie Kevin Corbett komplett herausschneiden.«

Verärgert wandte Toby sich zu ihnen um. »Wenn ihr schon nicht gefilmt werden wollt, dann haltet wenigstens die Klappe und stört den Dreh nicht!«

»Entschuldigung«, murmelten Lucy und Amelia gleichzeitig.

Kevin Corbett zog seine Bibel und einen Rosenkranz hervor. »Ich werde nun eine Austreibung durchführen«, verkündete er mit donnernder Stimme. »Die Macht des Allmächtigen wird den unheilvollen Geist dieses Ortes in seine Schranken weisen und George Mackenzie zurück in das Fegefeuer der Hölle schicken, wo er für alle Ewigkeit schmachten muss!«

Gemächlichen Schrittes lief er zum Kopfende des Steinsarges und sagte dabei in die Kamera: »Nun möchte ich Ihnen, verehrte Zuschauer, berichten, wie ich vorgehen werde. Bitte versuchen Sie niemals, auf eigene Faust eine Austreibung vorzunehmen! Für Laien kann dies tödlich enden. Ein professionell durchgeführter Exorzismus ist in sechs Schritte aufgeteilt. Nach der Vorbereitung folgen vier Exorzismushandlungen, in denen der Poltergeist gebannt und schließlich vertrieben wird. Zum Abschluss wird der Ort gesegnet, damit die dämonische Seele nie mehr zurückkehren kann.«

Lucy richtete sich gespannt auf. Im Seherhandbuch handelte es sich bei dem Kapitel »Vertreibung eines bösartigen Geistes der Klasse Vier« ohne Frage um das längste, und beim Durchlesen der Seiten hatte Lucy feststellen müssen, dass sie dafür noch viel zu wenig Erfahrung besaß. Kevin Corbetts Vorgehensweise schien eine völlig andere zu sein.

»In nomine Patris et Filii et Spiritus Sancti. Amen.« Er machte ein Kreuzzeichen in die Luft und küsste den Rosenkranz. »Nun sprechen alle Anwesenden bitte mit mir das *Vaterunser*.«

Die Ernsthaftigkeit, die der Geisterjäger plötzlich an den Tag legte, überraschte Lucy. Er schien wirklich zu wissen, was er tat, und während sie gemeinsam das Gebet sprachen, keimte Hoffnung in ihr auf, dass sein Vorhaben tatsächlich funktionieren würde.

»Herr, erbarme dich. Christus, erhöre uns«, murmelte Corbett nun mit erhobenen Händen und geschlossenen Augen. »Gott Vater im Himmel, erbarme dich unser …«

Während er die komplette Allerheiligenlitanei durchführte, schwante Lucy, dass dies eine sehr lange Nacht werden würde. Schließlich hatte Corbett mit dem eigentlichen Exorzismus noch gar nicht begonnen. Neben ihr warf Amelia einen Blick auf ihre Armbanduhr und stieß einen Seufzer aus.

Plötzlich schlug Lucys Gabe Alarm. Mit jeder Faser ihres Körpers spürte sie, dass sich ihnen etwas näherte. Verstohlen sah sie sich nach allen Seiten um, obwohl sie ahnte, dass George Mackenzie nicht noch einmal den Fehler begehen würde, sich ihr in seiner sichtbaren und damit zugleich auch verwundbaren Gestalt zu zeigen.

»Siehe, Gott steht mir bei«, fuhr der Geisterjäger ungerührt fort. »Der Herr erhält meine Seele. Er wird die Bosheit meinen Feinden bezahlen. Zerstöre sie durch deine Treue!«

Täuschte Lucy sich oder war die Temperatur in der Gruft schlagartig abgefallen? Die gleiche unnatürliche Kälte, die sich in der vorangegangenen Nacht in ihrem Zimmer ausgebreitet hatte, kroch nun unerbittlich in ihre Glieder.

»Frierst du plötzlich auch so?«, wisperte Amelia neben ihr und schlang die Arme um sich.

Was sollte Lucy jetzt tun? Kevin Corbett war noch weit davon entfernt, den Exorzismus zu beenden, und sie vermutete, dass er keine Ahnung hatte, wie stark der Geist war, gegen den er gerade antrat.

»… und deinem Namen, Herr, danken, dass er so tröstlich ist. Denn du errettest mich aus all meiner Not …«

Toby fluchte leise und wischte mit einem Tuch über das Kameraobjektiv. Anscheinend setzte die Kälte auch dem Gerät zu.

Lucy schluckte schwer. Es kostete sie all ihre Selbstbeherrschung, ruhig zu bleiben und nicht mit einem Aufschrei herumzufahren.

Der Poltergeist befand sich direkt hinter ihr.

»Du wagst dich hierher?« Seine Stimme war kaum mehr als ein Flüstern, aber Lucy schnappte erschrocken nach Luft. Sie konnte spüren, wie Mackenzies Präsenz erneut zugenommen und an Kraft gewonnen hatte.

Amelia wandte sich erstaunt zu ihr um. »Ist was?«

Lucy schüttelte wortlos den Kopf und starrte weiter nach vorne auf Kevin Corbett, der offenbar völlig entrückt einen weiteren Psalm rezitierte.

»Meinst du, das war klug?«, raunte Mackenzie in ihr Ohr. *»Meine Ruhestätte aufzusuchen, auch noch zu dieser besonderen Stunde?«*

»Ich hatte keine andere Wahl«, entfuhr es Lucy. »Wir müssen dich aufhalten!«

»Wie bitte? Hast du gerade mit mir …« Amelia brach ab und riss die Augen auf. »Oh Gott, er ist hier, nicht wahr? George Mackenzis Geist ist hier unten!«

Toby drehte den Kopf zu ihnen um. »Pscht! Ruhe, ihr beiden!«

Amelia ignorierte ihn und blickte sich verängstigt um. »Wo … wo ist er?«

»Er ist hinter mir.«

Amelia wich mit einem erstickten Laut von ihr zurück und drückte sich mit dem Rücken so fest an die Wand, als würde sie am liebsten mit ihr verschmelzen.

Kevin Corbett schien sich durch die Unruhe am anderen Ende der Gruft nicht beirren zu lassen. »Bevor ich mit der ersten Exorzismushandlung beginnen kann, folgt nun der wichtigste Schritt der Vorbereitungsphase«, erklärte er seinen imaginären Zuschauern. »Ich muss die Überreste des Verblichenen mit Weihwasser besprengen. Dies wird die Kraft des dämonischen Geistes für die Dauer der Austreibung schwächen, sodass die Anwesenden vor Angriffen und Verletzungen geschützt sind.«

Er beugte sich in den Steinsarkophag hinein, in dem sich ein schlichter, reichlich verfallener Holzsarg befand.

»Ich hoffe, er beeilt sich!«, hauchte Amelia.

Lucy griff in ihre Tasche und holte das Blatt mit den Runen heraus, das sie vorbereitet hatte. Leider hatte sie Amelia nicht die ganze Wahrheit gesagt: Lucy konnte damit nur eine von ihnen schützen, doch sie hatte ihre Entscheidung bereits gefällt. Amelia war im Gegensatz zu ihr völlig hilflos und nahm nur an dieser waghalsigen Aktion teil, weil sie ihre beste Freundin nicht im Stich lassen wollte.

»Ich habe dich schon oft genug gewarnt«, zischte George Mackenzie, sodass Lucy seinen eisigen Hauch in ihrem Nacken spürte. *»Die Zeit der Drohungen ist vorbei. Ab sofort werde ich mit all meiner Macht gegen dich vorgehen, Seherin.«*

»Du könntest aber auch einfach die Austreibung über dich ergehen lassen und aus dieser Welt verschwinden«, schlug Lucy vor. Sie war überrascht, dass nicht einmal ihre Stimme zitterte, obwohl sie in ihrem Innern gerade Todesängste ausstand. »Du scheinst partout nicht akzeptieren zu wollen, dass dich hier niemand haben will, Mackenzie.«

Seine Antwort kam schneller, als sie erwartet hatte: Eine unsichtbare Hand drückte gegen ihre Kehle und schnürte ihr die Luft ab. Lucy versuchte, sich dem Griff zu entwinden, doch wie sollte man einen Angreifer abschütteln, wenn er nicht zu fassen war?

»Himmel, Lucy, warum röchelst du denn so?« Amelia stürzte herbei und rang mit den Händen. »Wie kann ich dir helfen?«

»D-d-a…«

Lucy wollte auf das Papier mit den Runen deuten, das ihr aus den Händen gefallen war und nun im Dunkeln auf den Fliesen lag. Aber der Vexator riss sie urplötzlich in die Höhe, sodass ihre Beine über dem Boden baumelten.

Mit Amelias Selbstbeherrschung war es vorbei und sie schluchzte laut auf, während Lucy verzweifelt um sich schlug.

Die Schultern des Kameramanns spannten sich verärgert an. »Ruhe dahinten, Herrgott noch mal!«

Hätte er geahnt, was für eine Szene sich hinter seinem Rücken abspielte, hätte er seine Kamera garantiert nicht mehr auf den Geisterjäger gerichtet. Kevin Corbett hielt gerade eine verstöpselte Karaffe in den Händen und erklärte, wie wichtig es war, dass das Weihwasser frisch und erst kürzlich gesegnet worden war.

Der Druck auf Lucys Kehle war so groß, dass sie kaum noch atmen konnte. Bunte Punkte begannen vor ihren Augen zu tanzen und jede Zelle ihres Körpers schrie nach Sauerstoff.

Mackenzie lachte voller Genugtuung. *»Hast du jetzt immer noch ein freches Mundwerk?«*

Amelia schlang geistesgegenwärtig ihre Arme um Lucy und stützte sie, sodass der Zug um Lucys Hals nicht auch noch von ihrem Körpergewicht verstärkt wurde. Trotzdem hatte sie das Gefühl, als würde die Lunge in ihrem Brustkorb mehr und mehr zusammengepresst.

»Jetzt machen Sie endlich voran, Mensch!«, schrie Amelia den Geisterjäger an. »Kippen Sie das Weihwasser schon über seine scheiß Knochen!«

Ihr Gebrüll hatte jedoch nur zur Folge, dass Kevin Corbett in seinem Vortrag erstaunt innehielt. Er schirmte seine Augen mit der Hand ab, um über das grelle Licht der Kamera hinweg in das Dunkel dahinter zu sehen.

»Was ist denn bei euch los?«

Auch Toby drehte seinen Kopf entnervt zu ihnen um. »Jetzt reicht es mir aber! Sofort raus mit euch! Wir hatten wirklich genug Geduld … « Er stockte. »Heilige Maria Mutter Gottes.«

»Jetzt tut doch irgendetwas! Helft ihr! Bitte!«

Lucy bekam Amelias hysterische Rufe kaum mit. Sie spürte, wie ihre Kräfte nachließen und ihre Gegenwehr immer schwächer wurde. Die Müdigkeit und Schwere, die sich in ihren Gliedern ausbreitete, hatte etwas Beruhigendes und Lucy wollte nur noch die Augen schließen, um sich diesem verlockenden Frieden hinzugeben.

»Gleich wird sich deine Seele von dir lösen«, flüsterte der Poltergeist ihr zu. *»Und dann bist du tot, kleine Seherin!«*

»Aber … aber was soll ich denn machen?«, stammelte Kevin Corbett.

»Das Weihwasser!«, rief Amelia. »Sie haben doch gesagt, dass das Weihwasser seine Kraft schwächt.«

Die Souveränität des Geisterjägers schien mit einem Mal verflogen zu sein. »Ja, das stimmt, schätze ich.«

Ein Teil von Lucy fühlte sich völlig unbeschwert und leicht an. Sie schien sich von allem Irdischen zu erheben und sah das Innere der Gruft auf einmal so deutlich vor sich, als wäre es von warmem Sonnenlicht erhellt. Unter ihr befand sich ihr leblos wirkender Körper, während sie selbst wie ein Luftballon zur Decke schwebte und beobachtete, wie Kevin Corbett mit zittrigen Händen den verwitterten Sargdeckel anhob.

Ihm entfuhr ein Laut des Erstaunens. »Aber das ist doch nicht möglich!«

Während Lucys schwebendes Ich von Ruhe erfüllt das Geschehen wahrnahm, ließ Amelia ihre Freundin los und stürzte zu dem Geisterjäger. Völlig entsetzt blickte sie in den leeren Sarg. »Wo sind die Knochen? Die müssten doch hier drin sein, oder nicht?«

»Natürlich müssten sie im Sarg sein, schließlich sind wir im Grab dieses Typen!«

Kevin Corbett raufte sich die Haare und schien die Kamera, die Toby abwechselnd auf ihn oder die bewusstlose Lucy richtete, völlig vergessen zu haben.

Gerade als Lucy sich fragte, ob Mackenzies Geist sich mit ihrem Tod zufriedengeben würde oder auch nach ihrer unsterblichen Seele trachtete, wurde ihre Aufmerksamkeit von etwas anderem magisch angezogen. Es war der Ruf der jenseitigen Welt! Sie verspürte den übermächtigen Drang, ihm zu folgen, obwohl Lucy wusste, dass sie damit alle, die ihr am Herzen lagen, für immer zurücklassen musste. Doch sie würde jene, die sie liebte, wiedersehen, sobald deren Zeit gekommen war. Lucy wollte keine *Graue* werden und sie war bereit weiterzuziehen.

Aber etwas stimmte nicht …

Lucy konnte sich nicht weiter von ihrem Körper entfernen, sosehr sie sich auch anstrengte! Fast schon verärgert blickte sie auf ihn herunter, doch es war nichts zu sehen, was diese Schwierigkeiten hätte verursachen können. Dabei fühlte es sich an, als sei ihre Seele mit schweren Ketten an ihn festgebunden worden. Es war zum Verzweifeln!

Nur nebenbei bekam sie mit, dass Mackenzie unter ihr sichtbar wurde und mit einem triumphierenden Aufheulen Lucys Körper auf den Boden fallen ließ.

»Verlasst diesen Ort, ihr Narren!« Seine Stimme donnerte durch die Gruft, sodass selbst die Mauern zu erbeben schienen. *»Oder euch wird es genauso ergehen wie der Seherin. Dies hier ist mein Reich!«*

Je mehr Lucy sich anstrengte, sich von ihrer sterblichen Hülle loszureißen, umso stärker wurde der Sog, wieder in sie zurückzukehren. Was ging hier vor? Mittlerweile wusste sie genug über Geister, unsterbliche Seelen und den Übertritt in die jenseitige Welt, um zu erkennen, dass dies ganz und gar nicht normal war. Aber vielleicht war sie noch gar nicht tot? Das musste des Rätsels Lösung sein: Sie befand sich auf dem schmalen Grad zwischen Leben und Tod – deswegen konnte sie diese Welt auch noch nicht verlassen.

Währenddessen rannte Kevin Corbett mit vor Entschlossenheit verzerrter Miene auf George Mackenzie zu, die Hand mit der Karaffe hoch erhoben. »Im Namen des Herrn, des Allmächtigen, weiche von uns!«

Ob er ahnte, dass der Geist in seiner jetzigen Gestalt leichter angreifbar war? Der Vexator jedenfalls schien mit dieser Attacke nicht im Geringsten gerechnet zu haben, denn er starrte verblüfft auf den heraneilenden Geisterjäger. Zum ersten Mal wirkte Kevin Corbett mit seinem wehenden Ledermantel und den langen Haaren tatsächlich wie ein Held und nicht wie ein Schauspieler aus einem billigen Horrorstreifen.

»Schneller!«, feuerte Amelia ihn an. »Machen Sie ihn fertig!«

Auge in Auge mit dem Poltergeist schüttete Kevin Corbett das Weihwasser ohne zu zögern auf ihn, aber schon schossen Mackenzies durchscheinende Krallenhände nach vorne und griffen nach der Kehle des Geisterjägers, um ihn zu würgen. Die Wirkung des Weihwassers war nicht so verheerend wie erhofft: Dort, wo es den Vexator benetzt hatte, entstand ein goldenes Leuchten, genau wie in der Nacht zuvor bei seinem Kampf mit Mrs. Poppins, allerdings breitete es sich nur langsam aus. Währenddessen schlug der Geisterjäger panisch um sich, schnappte nach Luft und sein Gesicht nahm eine dunkelrote Tönung an.

Amelia reagierte als Erste, denn sie schlug Toby kurzerhand die Kamera von der Schulter. »Stehen Sie nicht so blöd herum! Helfen Sie ihm!«

»Ich? Warum denn ich?« Toby rührte sich nicht von der Stelle. »Mit Geistern kenne ich mich überhaupt nicht aus.«

Obwohl das goldene Feuer an Kraft gewann und immer größere Teile von Mackenzies Geistergestalt eroberte, funkelte es in den Augen des Vexators befriedigt, als Corbett zu schwanken begann und nur noch erstickte Laute hervorbrachte.

Der Ruf der jenseitigen Welt lockte Lucy nach wie vor, allerdings schien er immer schwächer zu werden. Ihre Seele sehnte sich danach, ihm zu folgen und diesen Ort des Schreckens und der Qual ein für alle Mal zu verlassen. Mit einem letzten verzweifelten Versuch wollte Lucy sich von ihrer sterblichen Hülle lösen, doch sie erreichte genau das Gegenteil: Ein harter Ruck erfasste sie und Lucy wurde regelrecht in ihren Körper zurückkatapultiert.

Sofort strömte eine Unmenge von Sinneseindrücken auf sie ein. Der harte Boden bohrte sich in ihre Schulterblätter, die Kälte kroch unter ihre Haut, eine bleierne Schwere erfasste ihre Glieder und ihr Hals brannte vor Schmerz.

Es kostete Lucy all ihre Kraft, die Augenlider zu öffnen, aber sie nahm ihre Umgebung nur verschwommen wahr. Sie wollte nach Amelia rufen, aber nicht einmal ein leises Stöhnen kam über ihre Lippen. Stattdessen begann sich alles um sie herum zu drehen und sie konnte dem Drang, die Augen wieder zu schließen und in einen tiefen Schlaf zu fallen, nicht mehr widerstehen. Das Letzte, was sie sah, waren die goldenen Flammen, die Mackenzies Geistergestalt komplett einhüllten und ihm jeden Moment seine Stärke rauben würden – jedenfalls für kurze Zeit. Lucy hoffte, dass Kevin Corbett lange genug durchhalten würde, dann umschloss sie die Dunkelheit.

10. KAPITEL

»Gewisse Dinge greift man so vergeblich mit Worten an wie Geister mit Waffen.«

Wilhelm Busch, Sämtliche Werke I

Lucy saß in eine Decke gewickelt auf dem Trittbrett des Krankenwagens und trank vorsichtig von dem Wasser, das der Sanitäter ihr gegeben hatte. Sie verzog schmerzerfüllt das Gesicht, da sich bei ihrem malträtierten Hals jeder Schluck anfühlte, als würde sie einen scharfkantigen Gesteinsbrocken hinunterwürgen.

Bobby winselte und drückte ungewohnt treuherzig seinen Kopf an Lucys Bein. Der Skye Terrier liebte Chaos und Tumult nur dann, wenn er selbst dafür verantwortlich war.

»Alles ist gut, Bobby!«, murmelte sie geistesabwesend.

Ein weiterer Krankenwagen, dessen Türen jedoch geschlossen waren, parkte direkt neben dem Eingang und überall liefen Polizisten umher. Lucys Vater, der gerade bei Pfarrer Graham und Constable Lewis stand, würde wahrscheinlich eine Krise bekommen, wenn er bei Tageslicht den Schaden sah, den die vielen Leute auf seiner gepflegten Grasfläche angerichtet hatten.

Lucy streichelte Bobby über den Kopf und blickte nachdenklich auf den Krankenwagen, in dem gerade Kevin Corbett behandelt wurde. Obwohl sie genauso von Mackenzie gewürgt worden war wie der Geisterjäger, schien es ihn schlimmer erwischt zu haben. Auch wenn Lucy ihn nicht besonders sympathisch fand, betete sie darum, dass er es schaffen und durchkommen würde.

Als sie vor wenigen Stunden an dieser Stelle gemeinsam zu dem Exorzismus aufgebrochen waren, hatte Lucy erwartet, dass die Austreibung im schlimmsten Fall misslingen würde und sie so schnell wie möglich aus dem Mausoleum fliehen mussten. Sie hatte schon wieder den Fehler gemacht, George Mackenzie zu unterschätzen.

Amelia kam auf sie zu. Ihre dunklen Augenringe zeugten von den Anstrengungen und Schrecken dieser Nacht.

»Ich habe gerade meine Aussage gemacht.« Mit einem tiefen Seufzer quetschte sie sich neben Lucy auf das Trittbrett. »Obwohl die Stadtverwaltung wegen des Poltergeistes einen Teil des Friedhofs hat sperren lassen, fällt es der Polizei offenbar schwer, an einen ›missglückten Exorzismus‹ zu glauben.«

Lucy war schon von Constable Lewis befragt worden und er war immerhin so anständig gewesen, ihren Bericht aufzunehmen, ohne ein Wort des Zweifels zu äußern. Das musste er jedoch auch nicht, denn seine skeptisch hochgezogenen Augenbrauen sprachen für sich. Seit dem Nachmittag, als die Mädchen Constable Lewis auf der Wache gebeten hatten, nach Spooky-Stevie zu suchen, schien schon eine Ewigkeit vergangen zu sein.

»Es ist wirklich bedauerlich«, fuhr Amelia fort, »dass die letzten Minuten von Tobys Filmaufnahme nicht mehr existieren. Während er die Polizei gerufen und auf die Ankunft des Krankenwagens gewartet hat, muss ich *versehentlich* an ein paar Tasten der Kamera gekommen sein. Der Arme! Er hätte wahrscheinlich ein Vermögen für die Aufnahmen bekommen.«

Sie wechselten einen verschwörerischen Blick und

Amelia grinste diabolisch. Damit hatte sie Lucy vor einigem Ärger bewahrt.

Dann wurde sie jedoch wieder ernst. »Wie geht es dir?«

Lucy versuchte sich an einem Lächeln. »Danke, schon viel besser.« Ihre Stimme klang rau und heiser. Laut dem Arzt würde es noch etwas dauern, bis sich ihre Stimmbänder erholen würden. »Ich muss nicht einmal über Nacht ins Krankenhaus.«

»Was für ein Glück! Als ich dich dort habe liegen sehen, dachte ich wirklich, du seist tot.«

Lucy brachte es nicht über sich, ihrer Freundin zu sagen, wie knapp es tatsächlich gewesen war. Oder hatte sie sich dieses merkwürdige Nahtoderlebnis vielleicht nur eingebildet? Immerhin war Lucy aufgrund des Sauerstoffmangels ohnmächtig geworden, und nach dem, was sie in den letzten Tagen erlebt hatte, wäre es kein Wunder gewesen, wenn Lucy in eine schräge Traumwelt abgeglitten wäre. Merkwürdig war allerdings, dass sich während ihrer Bewusstlosigkeit laut Amelia alles genauso abgespielt hatte, wie Lucy glaubte, es miterlebt zu haben.

Amelia verzog betrübt das Gesicht. »Als Corbett so professionell mit der Austreibung begonnen hat, dachte ich wirklich, wir hätten eine Chance, diesen elenden Geist zu besiegen.«

»Mackenzie ist wohl einfach eine Nummer zu groß für uns«, sagte Lucy krächzend.

»Das klingt so, als würdest du aufgeben wollen.«

»Wollen wir das etwa nicht?«

»Natürlich nicht!«, erwiderte Amelia inbrünstig. »Wenn

wir aufgeben, ist niemand mehr da, der diesen dämonischen Mistkerl aufhalten wird.«

So erschlagen wie Lucy sich gerade fühlte, würde sie überhaupt niemanden aufhalten, schon gar keinen gefährlichen Vexator. »Wenn Mrs. Forbes rechtzeitig zurückkommt, ist Mackenzie nicht mehr unser Problem.«

Amelia hob mahnend einen Zeigefinger. »Aber so lange sollten wir über einen Notfallplan nachdenken!«

Lucy sah sie erstaunt an. »Nach der heutigen Nacht hätte ich offen gestanden nicht erwartet, dass ausgerechnet du dich so kämpferisch zeigst. Hattest du dort unten keine Angst?«

»Selbstverständlich hatte ich das«, gab Amelia unumwunden zu. »Als Mackenzie mit seiner Würge-Nummer losgelegt hat, habe ich mir vor lauter Angst sogar ein klein wenig in die Hose gemacht.«

»Ernsthaft?«

Lucy rutschte vorsichtshalber ein Stückchen von Amelia ab.

»Aber gerade deshalb bin ich davon überzeugt, dass wir die Sache zu Ende bringen müssen. Wann hat man schon einmal die Chance, etwas wirklich Wichtiges und Bedeutsames zu tun?«

Für Lucy klang das eine Spur zu heroisch und momentan verspürte sie nicht die geringste Lust dazu, die Heldin zu spielen. »Lass uns morgen darüber sprechen, okay? Ich bin viel zu erledigt, um einen klaren Gedanken zu fassen.«

Anstatt einer Antwort richtete Amelia sich alarmiert auf. »Oh, oh, da kommt Ärger auf uns zu.«

Lucy folgte ihrem Blick und sah, dass Constable Lewis und ihr Vater sich von Pfarrer Graham verabschiedet hatten und auf sie zuliefen. Nachdem sich ihr Dad vorhin davon überzeugt hatte, dass Lucy in Ordnung war, hatte er nicht mehr mit ihr geredet, aber Lucy ahnte, dass sie noch eine ordentliche Standpauke erwarten würde.

Doch als Erstes ergriff Constable Lewis das Wort. »Sicher wird es euch beruhigen, dass Kevin Corbett über den Berg ist.« Er machte eine Kopfbewegung in Richtung des anderen Krankenwagens, der gerade abfuhr. »Sie bringen ihn jetzt in die Klinik.«

»Das sind gute Nachrichten!« Lucy atmete erleichtert auf.

»Ihr hattet alle großes Glück«, sagte der Constable mit ernstem Gesicht. »Was ist nur in euch gefahren, dass ihr diesen Typen Zutritt zum Friedhof verschafft habt?«

»Aber der Geisterjäger hat uns versichert, dass er den Poltergeist …«, setzte Amelia zu einer Verteidigung an.

»Von diesem Unsinn habe ich heute Nacht schon genug gehört«, unterbrach der Polizist sie schroff. »Was glaubt ihr wohl, weshalb die Stadtverwaltung diesen Teil des Friedhofs abgesperrt hat?« Er wartete ihre Antwort gar nicht erst ab. »Damit solche Leute nicht hineingelangen, irgendwelchen Unsinn anstellen und sich dabei selbst in Gefahr bringen können! Diese Hysterie wegen des angeblichen Poltergeistes nimmt immer schlimmere Ausmaße an.«

»Es tut uns sehr leid«, lenkte Lucy reumutig ein. Sie würden den Constable ohnehin nicht von der Wahrheit überzeugen können.

»Wir hätten es nicht getan, wenn wir geahnt hätten, dass dabei jemand verletzt wird«, beteuerte nun auch Amelia.

Kritisch musterte der Polizist die beiden Mädchen. »Na gut! Ich hoffe, ihr habt etwas daraus gelernt und macht so etwas nicht noch einmal.«

Die beiden anderen Sanitäter kamen nun ebenfalls um den Wagen herum, verscheuchten die Mädchen von ihrem Sitzplatz und fuhren davon. Da auch die meisten Polizisten inzwischen gegangen waren, kehrte nun wieder die übliche Ruhe und Stille auf dem Friedhof ein. Bobby schien darüber glücklich zu sein, denn er warf einen aufmüpfigen Blick in die Runde, hob das Bein und pieselte vor aller Augen gegen einen Grabstein.

Constable Lewis wandte sich an Lucys Vater. »Mr. Mackay, ich muss zwar in meinen Bericht schreiben, dass sich die Eindringlinge mithilfe Ihres Schlüssels Eintritt verschafft haben, aber ich werde erwähnen, dass Sie nichts damit zu tun hatten. Leider kann ich nicht garantieren, dass Ihnen dadurch Ärger erspart bleiben wird.«

»Kein Problem, Constable!« Tom Mackay schüttelte ihm zum Abschied die Hand. »Ich weiß, Sie tun nur Ihre Pflicht und ich muss dafür geradestehen, dass ich meiner Tochter so blind vertraut habe.«

Seine letzten Worte versetzten Lucy einen schmerzhaften Stich und sie schaute beschämt zu Boden. Wie konnte sie das alles nur wiedergutmachen? Selbst Amelia ließ schuldbewusst die Schultern hängen, denn schließlich war sie es gewesen, die Lucy zu der Tat angestiftet hatte.

Bis der Constable und seine Kollegin mit dem Auto

davongefahren waren, herrschte zwischen ihnen ein so unangenehmes Schweigen, dass Lucy es irgendwann nicht mehr aushielt.

»Dad, es tut mir so leid«, brach es aus ihr heraus. »Ich wollte dich wirklich nicht in Schwierigkeiten bringen. Kannst du mir noch einmal verzeihen?«

Seine Lippen waren zu einem harten Strich zusammengepresst. Schließlich schloss er kurz die Augen und atmete ein Mal tief durch, anscheinend im Versuch, sich zu beruhigen.

»Ihr beide«, begann er in warnendem Tonfall, »werdet nie, wirklich *nie* wieder in die Nähe des schwarzen Mausoleums gehen!«

»Aber wenn morgen Mrs. Forbes zurückkommt, müssen wir ihr helfen, den Vexator ...«, setzte Lucy vorsichtig zu einem Widerspruch an.

»Halt den Mund!«, donnerte ihr Vater und die beiden Mädchen zuckten erschrocken zusammen. Ein fremdartiges Funkeln lag in seinen Augen und Tom Mackay schien nicht mehr er selbst zu sein.

Lucy hatte ihn noch nie so wütend erlebt – nicht einmal damals, als sie versehentlich die Küche in Brand gesetzt hatte.

»Ich will nichts mehr von Poltergeistern und Austreibungen hören! Ihr hättet heute Abend sterben können, begreift ihr das denn nicht?« Er hob mahnend den Zeigefinger. »Ab sofort haltet ihr euch aus dieser Sache heraus! Wir leben auf diesem Friedhof schon seit vielen Jahren und sind bisher sehr gut ohne Seherorden und Exorzismus ausgekommen. Ihr hört sofort damit auf,

Geisterjäger zu spielen! Habe ich mich deutlich ausgedrückt?«

»Ja, Dad.« Lucy sah bedrückt zu Amelia, die jedoch genauso eingeschüchtert wirkte.

»Leider fällt es mir schwer, deinen Versprechungen zu glauben, Lucy. Deswegen werdet ihr die gesamte Silvesternacht bei uns im Haus verbringen, unter meiner Aufsicht! Und wenn ihr auch nur einen Fuß vor die Tür setzt, ist George Mackenzie garantiert nicht mehr euer größtes Problem, das verspreche ich euch.«

Amelia wagte es, Einspruch zu erheben: »Aber Lucy und ich wollten den morgigen Tag bei mir zu Hause verbringen.«

Das war keine direkte Lüge, denn bisher hatten die beiden noch nicht abgesprochen, bei wem sie auf Mrs. Forbes' Eintreffen warten würden.

»Nein, das werdet ihr nicht. Ich habe vor zehn Minuten mit deiner Mutter telefoniert und ihr gesagt, wie wichtig es mir ist, dass ihr beide bei mir bleibt, damit ihr keinen Unfug anstellt. Deine Mutter war mir sogar dankbar, dass ich ein Auge auf dich habe, was nach der heutigen Nacht wohl auch verständlich ist.«

So wie es aussah, hatte Tom Mackay an alles gedacht und die Mädchen saßen in der Falle. Lucy wusste nicht, ob sie darüber verärgert oder erleichtert sein sollte.

Als Amelia am späten Nachmittag an die Tür klopfte, hatte Lucy sich gerade einen Tee gemacht. Zwar klang ihre Stimme schon besser, aber das warme Getränk war trotzdem Balsam für ihren wunden Hals.

Amelia stand schwer atmend vor der Tür und hatte so viele Taschen dabei, als plante sie, einen zweiwöchigen Urlaub bei den Mackays zu verbringen.

»Ach, Tee zur Begrüßung«, rief sie dankbar. »Du bist ein Schatz!« Sie ließ die Taschen in den Flur plumpsen und nahm Lucy die Tasse aus der Hand. Bedauernd blickte Lucy ihrem Tee hinterher.

»Hast du alles gefunden?«, fragte sie leise.

»Klar!« Amelia machte eine Kopfbewegung in Richtung ihres Gepäcks. »Glaubst du vielleicht, das sind alles Übernachtungsklamotten? Die Liste, die du aus dem Seherhandbuch abgeschrieben und mir gemailt hast, war über eine Seite lang und es hat ewig gedauert, bis ich die Sachen bei Mrs. Forbes zusammengesucht habe. Während des Katzendienstes, den im Übrigen schon wieder ich alleine übernehmen musste.« Sie warf Lucy einen vorwurfsvollen Seitenblick zu.

»Tut mir leid, aber wie du weißt, darf ich das Haus nicht verlassen.« Lucy grinste entschuldigend.

Ihr Vater erschien mit einer Zeitung unter dem Arm in der Tür zum Wohnzimmer. »Willst du Amelia nicht hereinbitten? Oder steht ihr hier draußen herum, weil ihr hinter meinem Rücken irgendwelche Geheimpläne schmiedet?«

Lucy verdrehte die Augen. »Och, Dad, du musst mich wirklich nicht andauernd beobachten! Es wundert mich ja, dass du mich überhaupt alleine auf die Toilette gehen lässt.«

»Aber nur deshalb, weil dort ein Gitter vor dem Fenster ist«, knurrte er.

»Gestern Nacht ist mir klar geworden, dass die Jagd auf George Mackenzie eine Nummer zu groß für Amelia und mich ist. Ich habe gar keine Lust, gegen deine Vorschriften zu verstoßen.«

Und das war die reine Wahrheit. Der blau geblümte Seidenschal ihrer Mutter, den Lucy trug, um die Spuren des Geisterangriffs an ihrem Hals zu verstecken, erinnerte sie immer wieder daran, wie viel Glück sie gehabt hatte.

Andauernd musste sie über ihr seltsames Nahtoderlebnis nachdenken, doch sie konnte einfach keine vernünftige Erklärung dafür finden. Wenn es real gewesen war, würde das bedeuten, dass mit Lucy etwas ganz und gar nicht stimmte.

»Ich mache mir nur Sorgen um meine Tochter«, verteidigte sich Tom Mackay. »Und um dich natürlich auch, Amelia. Du gehörst schließlich schon zur Familie.«

»Oh, vielen Dank!« Amelias Wangen färbten sich vor Freude rot und sie lief ungewohnt folgsam Lucys Vater hinterher.

Im Wohnzimmer saß bereits Stevie, der sich hoch konzentriert über ein Schachbrett beugte. Die Lichter des kleinen Weihnachtsbaumes verbreiteten eine gemütliche Stimmung und Bobby hielt ein entspanntes Schläfchen vor dem Kamin.

»Du hast doch wohl nicht deine Dame aus dem Gefahrenbereich gebracht, während ich weg war?«, neckte Tom Mackay seinen Gast.

»Ich habe darüber nachgedacht, aber leider hat mein Anstand gewonnen«, gab Stevie unglücklich zurück.

Amelia rümpfte die Nase. »Es gibt Haggis zum Abendessen?«

Der mit Herz, Leber, Nierenfett und Hafer gefüllte Schafsmagen gehörte eindeutig nicht zu Amelias Lieblingsspeisen, doch da Hogmanay war, hatte ihr Koch auf das schottische Nationalgericht bestanden.

»Der Haggis kocht schon im Wasserbad, aber keine Sorge, es gibt dazu leckere Kartoffeln und Steckrüben«, beruhigte Stevie sie. »Du wirst uns also nicht verhungern.«

»Apropos Dinge, die ich nicht mag ...« Amelia lief in den Flur zu ihren Taschen und kam mit einem in Folie gewickelten schwarzen Früchtebrot zurück. Dabei machte sie ein Gesicht, als hätte sie eine verwesende Ratte in der Hand.

»Hier ein Black Bun, mit lieben Grüßen und einem dicken Dankeschön von meiner Mutter. Sie geht jetzt nämlich auf eine Silvesterparty und freut sich tierisch darauf. Mom hätte ruhig so tun können, als sei sie traurig, den Abend ohne ihre Tochter verbringen zu müssen.«

»Deine Mutter arbeitet sehr hart, um euch beide über die Runden zu bringen. Gönn ihr doch auch ein bisschen Spaß!«

Lucys Vater zwinkerte ihr zu und schnitt sich ein Stück vom Früchtebrot ab. »Lecker!«, sagte er genießerisch. »Hast du schon etwas von eurer Mrs. Forbes gehört? Sind die Seherin und sie rechtzeitig hier?«

Bevor Amelia gekommen war, hatte er auch Lucy schon zwei Mal nach dem »magischen Rettungstrupp« gefragt. Machte er sich insgeheim etwa doch Sorgen, dass

Mackenzie auferstehen und ihnen gefährlich werden könnte?

»Mrs. Forbes hat mich angerufen, kurz bevor ich zu ihrer Wohnung aufgebrochen bin«, erzählte Amelia. »Da waren sie allerdings noch auf dem Polizeirevier in Glasgow. Die beiden wollten vergangene Nacht eine Austreibung vornehmen, die wohl ziemlich schiefgegangen ist. Der Geist an der Dalmarnock Bridge war nicht sehr erfreut über ihren Besuch und ist Amok gelaufen.«

»Im Radio haben sie von dem Vorfall berichtet«, erinnerte sich Lucy. »Ein Mann behauptet, er sei von zwei Frauen geschubst worden und fast die Brücke heruntergefallen, oder nicht?«

»Die beiden haben ihm das Leben gerettet«, stellte Amelia richtig. »Die Dalmarnock Bridge wird bei den Leuten auch Selbstmordbrücke genannt, aber in Wahrheit ist ein Vexator für die vielen Todesfälle verantwortlich. Doch da der Typ sich nicht erklären konnte, wer versucht hat, ihn dort hinunterzustoßen, hat er die beiden als Täter angegeben – denn ansonsten war niemand anderes in der Nähe. Zum Glück zweifelt die Polizei seine Aussage an, weil er stark angetrunken war.«

Lucy erkannte, wie wichtig die Arbeit einer Seherin war und wie viele Leben davon abhingen. Ob sie auch irgendwann einmal im Auftrag des Seherordens durch das Land ziehen würde?

»Sobald sie die Formalitäten erledigt haben«, fuhr Amelia fort, »fahren die beiden sofort mit dem Zug nach Edinburgh. Mrs. Forbes weiß, dass wir ohne sie nichts gegen Mackenzie ausrichten können.«

Lucys Vater warf einen Blick auf die alte Wohnzimmeruhr. »Ich sage es nicht gern, aber das könnte knapp werden. Es ist nicht mehr lange bis Mitternacht.«

»Deswegen hat Amelia auch schon alle Utensilien, die für die Austreibung notwendig sind, aus Mrs. Forbes' Wohnung hierhergebracht«, gestand Lucy bereitwillig. »Ich habe mir heute das betreffende Kapitel im Seherhandbuch durchgelesen und alles aufgeschrieben, was die Seherin brauchen könnte.«

»Aha, deswegen all die vielen Taschen im Flur.«

Irritiert musterte Lucy ihren Vater. War er jetzt etwa verärgert? Aber sie hatten sich doch genau an seine Vorgaben gehalten!

Er schlug gereizt die Zeitung auf und verschwand dahinter. »Gib Bescheid, wenn du so weit bist, Stevie!«

Stevie, der immer noch über dem Schachbrett brütete, hob kurz den Kopf. »Das kann noch dauern.«

Was wohl bedeutete, dass hier unten die Langeweile Einzug hielt.

Lucy zog eine Grimasse. »Dürfen wir nach oben, Dad? Ich verspreche auch, dass wir uns nicht aus dem Fenster abseilen werden.«

»Von mir aus«, brummte er hinter seiner Zeitung. »Aber ich könnte jederzeit eine unangekündigte Zimmerkontrolle durchführen.«

»Ist gut«, gab Lucy zurück. »Wir werden darauf achten, unsere magischen Utensilien zur Beschwörung eines Höllendämons rechtzeitig verschwinden zu lassen, sobald wir dich auf der Treppe hören.«

Ihr Vater murmelte etwas von »unverschämt frech«,

Amelia leerte schnell ihre Tasse und folgte Lucy auf ihr Zimmer.

»Und? Wie lautet dein Notfallplan?«, fragte sie sofort, nachdem Lucy die Tür geschlossen hatte.

»Amelia, ich habe meinen Vater nicht angelogen.«

Lucy ließ sich auf ihr Bett plumpsen. »Ich habe wirklich nicht vor, etwas gegen Mackenzie zu unternehmen. Als ich mir heute das Kapitel im Seherhandbuch durchgelesen habe, wurde mir klar, dass ich das nie und nimmer schaffen könnte. Was ich bisher mit meiner Gabe bewirkt habe, war im Vergleich dazu Kindergartenkram.«

»Du gibst auf?« Amelia starrte sie so fassungslos an, als wäre ihrer Freundin gerade ein dritter Arm gewachsen. »Heute ist der alles entscheidende Abend! Ich bin so aufgeregt, dass ich noch nicht einmal den verpassten Schlaf von letzter Nacht nachholen konnte. Wie kannst du nur so ruhig bleiben und einfach die Hände in den Schoß legen?«

»Ich bin überhaupt nicht ruhig«, widersprach Lucy. »Du hast lediglich die Phase verpasst, in der ich nervös durch das Haus getigert bin und mir meine Fingernägel abgekaut habe. Jetzt bin ich erschöpft, übermüdet und mein Magen fühlt sich an, als hätte jemand einen Knoten reingemacht.« Sie atmete tief ein und stieß die Luft aus. »Und zum anderen habe ich nicht vor, meine Hände untätig in den Schoß zu legen. Ich habe mir die Sache noch einmal durch den Kopf gehen lassen – du bist doch auch der Meinung, dass ein Mensch in unserer Nähe unter dem Einfluss des Vexators steht, oder?«

Amelia nickte zustimmend. »Jemand muss in seinem

Auftrag die Schutzrunen am Mausoleum und an eurem Haus entfernt haben. Da Mackenzies Knochen für den Exorzismus so wichtig gewesen wären, liegt der Verdacht nahe, dass sie sein Helfer rechtzeitig aus dem Grab entfernt und in Sicherheit gebracht hat. Quasi für den Fall der Fälle, damit niemand Mackenzies Pläne durchkreuzen kann.«

»Im Seherhandbuch wird ausdrücklich darauf hingewiesen, dass eine Austreibung nur dann effektiv gelingen kann, wenn man sich an der Grabstätte befindet und die sterblichen Überreste vorhanden sind. Andernfalls benötigt man etwas aus dem direkten Besitz des Toten, was in unserem Fall praktisch unmöglich ist, da Mackenzie schon seit einigen Jahrhunderten tot ist.«

»Die Seher brauchen die Knochen auch?« Amelia ließ sich auf das Bett sinken, als ihr die Tragweite von Lucys Erklärung bewusst wurde. »Aber … aber das bedeutet doch, dass Mrs. Forbes und die Seherin überhaupt nichts machen können – selbst wenn sie rechtzeitig hier wären.«

»Theoretisch haben wir keine guten Karten, das stimmt«, räumte Lucy ein und hob ihren Zeigefinger. »Im Handbuch stand jedoch auch, dass ein Geist, der in unsere Welt zurückkehren will, zwei Dinge benötigt. Erstens ein Medium, dessen Körper er übernehmen kann – im besten Fall einen Verwandten. Und zweitens …«

»Seine Überreste!«, fiel Amelia ihr aufgeregt ins Wort und sprang wieder in die Höhe. »Mackenzies Helfer wird die Knochen heute wieder zurückbringen. Aber dann müssen wir sofort dorthin und ihn abpassen!«

Lucy griff nach der Hand ihrer Freundin, um sie davon abzuhalten, aus dem Haus zu stürmen. »Ich glaube, das müssen wir gar nicht. Denn meiner Meinung nach, sitzt Mackenzies Helfer schon die ganze Zeit direkt vor meiner Nase.« Sie machte eine spannungsgeladene Pause, die Amelia dazu nutzte, sie voller Entrüstung anzusehen.

»Du spinnst ja wohl?«, keifte sie empört. »Ich helfe doch nicht diesem grässlichen Vexator, sich zu erheben.«

»Dich habe ich gar nicht gemeint«, beruhigte Lucy sie. Obwohl sie allein im Zimmer waren, senkte sie die Stimme. »Überleg mal: Wer hat als Erster die neue Bedrohung auf dem Friedhof gespürt? Wen haben wir beide im schwarzen Mausoleum entdeckt?«

»Spooky-Stevie!«, hauchte Amelia entsetzt. »Da Stevie in seinem Mausoleum auf dem Friedhof geschlafen hat, war er für Mackenzie das leichteste Opfer. Er konnte problemlos die Runen entfernen und im Schlaf war er besonders empfänglich für Mackenzies Beeinflussung. Aber vielleicht hat er ihm sogar bewusst geholfen?«

»Nein!« Lucy schüttelte vehement den Kopf. »Stevie hat das Herz auf dem rechten Fleck und keinen Grund, einen bösartigen Geist in unsere Welt zurückzuholen. Wahrscheinlich weiß er von seinen Taten überhaupt nichts! Kevin Corbett hat uns schließlich erzählt, dass es wie eine Art Schizophrenie ist, wenn man unter dem Einfluss des Vexators steht.«

»Du hast recht, entschuldige bitte!«

Amelia blickte nachdenklich ins Leere.

»Als wir Stevie gerettet haben, weißt du noch, wie wichtig es ihm war, dass wir seine Tasche nicht zurücklassen? Dabei war er zu diesem Zeitpunkt verletzt und halb verdurstet.«

»Ich tippe darauf, dass in dieser Tasche die Überreste von George Mackenzie versteckt waren, und ahnungslos, wie wir waren, haben wir ihm auch noch dabei geholfen, sie aus dem schwarzen Mausoleum zu schaffen.«

Trotz des ernsten Themas konnte Lucy sich nur mit Mühe ein Gähnen verkneifen. Die vergangenen Tage forderten ihren Tribut, doch zum Ausruhen war nun keine Zeit.

Amelia blickte auf die Uhr. »Es ist nicht mehr lange bis Mitternacht! Was hast du jetzt vor?«

»Dank unseres gemeinsamen Hausarrestes ist mein Plan relativ simpel«, gab Lucy zu und zuckte mit den Schultern. »Wir müssen Stevie daran hindern, das Haus zu verlassen – so lange bis Mrs. Forbes mit der Seherin hier ist. Wenn er sich dann ins schwarze Mausoleum schleicht, können wir ihn auf frischer Tat ertappen und mithilfe der Überreste die Austreibung durchführen.«

Amelia reckte kämpferisch die Faust in die Höhe. »Und dann ist der Poltergeist George Mackenzie nur noch Geschichte!«

»Falls wir scheitern, ist zum Glück noch nicht alles verloren. Da Stevie kein Nachfahre von Mackenzie ist, dürfte es für den Vexator schwer werden, ihn als Gefäß zu benutzen und seinen Körper zu übernehmen.«

»Das müssen wir hoffen! Schon allein für Stevie.«

Lucy drehte den Kopf zur Tür, da jemand den nicht gerade erfolgreichen Versuch startete, sich geräuschlos die Treppen hochzuschleichen.

»Wir sind noch da, Dad!«, brüllte sie vom Bett aus.

Die Schritte hielten abrupt inne.

»Ähm, ja.« Man hörte ein peinlich berührtes Räuspern. »In fünf Minuten gibt es Abendessen.«

»Ist gut!« Lucy wandte sich wieder Amelia zu. »Dann bist du dabei?«

»Klar!« Amelia grinste zuversichtlich. »Dein Plan ist simpel und ganz wunderbar ungefährlich. Das wäre doch gelacht, wenn wir Stevie nicht für ein paar Stunden beschäftigt halten könnten!«

Lucy hoffte inständig, dass es tatsächlich so einfach werden würde. Wenn ein mächtiger Vexator wie Mackenzie Stevie zu sich rief, würde ihr Freund sich wahrscheinlich durch nichts und niemanden mehr aufhalten lassen.

Das Abendessen zog sich in die Länge und eine ausgelassene Silvesterstimmung wollte bei den Anwesenden auch nicht richtig aufkommen. Die beiden Männer hielten nur mühsam eine Unterhaltung in Gang, während Lucy abwechselnd auf die Uhr und dann wieder auf das schweigende Handy neben Amelias Teller schaute.

Wahrscheinlich wäre es besser gewesen, wenn sie Amelia nichts von ihrem Verdacht berichtet hätte, denn nun ließ ihre Freundin Stevie für keine Sekunde aus den Augen und beobachtete jede seiner Gesten misstrauisch. Es war ein Wunder, dass er Amelia nicht schon längst auf ihr unhöfliches Starren angesprochen hatte. Vielleicht ging er davon aus, dass sie wegen des gefüllten Schafmagens schlechte Laune hatte und sauer auf den Koch des Silvestermenüs war. Zwar hatte auch Lucy kaum etwas gegessen, aber dies lag allein daran, dass sich mit jeder Minute, die Mitternacht näher rückte, ihr Magen mehr verkrampfte und ihre Anspannung wuchs.

»Schmeckt es dir nicht?« Stevie musterte Lucy besorgt. »Ich dachte, du magst Haggis?«

»Ich habe nur keinen Appetit, tut mir leid. Aber es ist köstlich – du hast dich selbst übertroffen! Kaum zu glauben, dass du in deiner Gruft meistens Dosenravioli gekocht hast.«

Er lachte auf. »Aber die habe ich exquisit verfeinert! Es macht mir Spaß, wieder einmal in einer richtigen Küche zu stehen. Früher habe ich gerne für meine Frau und meine Tochter ein leckeres Festmahl gezaubert.«

Bei der Erinnerung an diese glücklichen Zeiten lächelte er traurig und es fiel Lucy plötzlich schwer, in ihm tatsächlich Mackenzies Handlanger zu sehen.

Er stand auf und begann den Tisch abzuräumen. »Mit dem Dessert warten wir noch, was meint ihr? Wir könnten solange *Monopoly* spielen. Das lenkt euch ab und ihr drei macht vielleicht mal kein Gesicht, als stünde der Weltuntergang kurz bevor.«

Merkwürdigerweise war Stevie tatsächlich der Einzige von ihnen, der unbeschwert wirkte und keine versteinerte Miene aufgesetzt hatte.

»Warte, ich helfe dir!«, brummte Lucys Vater und stand ebenfalls auf. »Ihr beide könnt währenddessen das Spiel vorbereiten.«

»Ich lasse mir von einem Poltergeist nicht die feierliche Stimmung vermiesen«, erklärte Stevie auf dem Weg zur Küche. »Das wird schon alles ein gutes Ende finden.«

Amelia wandte sich ruckartig zu Lucy um. »Ja, für ihn vielleicht!«, zischte sie. »Es ist schließlich leicht, optimistisch zu sein, wenn man mit dem Bösen zusammenarbeitet.«

»Das vermuten wir nur«, versuchte Lucy sie zu bremsen. »Denk daran, dass wir keinen Beweis dafür haben.«

Deswegen hatte sie ihrem Vater auch nichts von ihrem Plan erzählt, obwohl sie versprochen hatte, ab sofort offen zu ihm zu sein. Bestimmt hätte er Lucy dafür gerügt, dass sie einen guten Freund der Familie solch einer Tat verdächtigte.

Obwohl ihr überhaupt nicht der Sinn nach einem Brettspiel stand, machte Lucy sich an den Aufbau. Vielleicht war es tatsächlich besser, sich zu beschäftigen, anstatt die Minuten bis zum Jahreswechsel zu zählen. Jedenfalls hoffte Lucy, dass ihnen bis Mitternacht Zeit blieb und Stevie sich nicht schon vorher auf den Weg ins schwarze Mausoleum machte! Allerdings schien Kevin Corbett sich sehr sicher gewesen zu sein, dass Mackenzie zur Geisterstunde die meiste Kraft besaß, und demzufolge würde der Vexator auch diesen Moment für seine Auferstehung wählen.

Stevie und Lucys Vater setzten sich wieder zu den Mädchen, und hätte es einen Preis für das lustloseste *Monopoly*-Spiel gegeben, dann hätte die folgende Partie bestimmt gewonnen. Während sich vor den Fenstern die Nebelschwaden zwischen den Grabsteinen hindurchschlängelten und die Nacht sich ihrer dunkelsten Stunde näherte, wurde die Anspannung, die im Wohnzimmer der Mackays in der Luft lag, fast unerträglich.

Lucy war schon nach einer Stunde bankrott, und als Amelia zum dritten Mal einen der Würfel auf den Boden fallen ließ, wo Bobby ihn sich sofort schnappte, erklärte Lucys Vater entnervt das Spiel für beendet.

Amelia tauchte schnaufend und mit rotem Gesicht wieder unter dem Tisch auf. »Der sture Köter gibt den Würfel nicht mehr her.«

Lucy winkte ab. »Ist doch egal.«

In diesem Augenblick klingelte Amelias Handy und alle am Tisch richteten sich wie vom Blitz getroffen auf.

»Ich gehe ran!« Lucy griff so schnell nach dem Handy, dass es um ein Haar ebenfalls zu Boden fiel. »Mrs. Forbes? Sind Sie auf dem Weg?«

»Keine Sorge, Liebes, wir sind im Zug«, meldete sich die alte Dame. »In ungefähr einer halben Stunde treffen wir in Edinburgh ein.«

Automatisch wanderte Lucys Blick zur Uhr. »Aber heute ist Hogmanay – ganz Edinburgh ist auf den Straßen und feiert. Bis Sie bei dem Trubel vom Bahnhof zum Friedhof gelaufen sind, könnte es schon nach Mitternacht sein.«

»Wenn, dann sind es nur ein paar Minuten«, beruhigte Mrs. Forbes sie. »Nach allem, was Gina und ich durchmachen mussten, ist diese Verspätung kaum der Rede wert. Wir schaffen das schon!«

Gina war wohl die Seherin, deren Gabe so stark ausgeprägt war, dass sie es mit einem Geist wie Mackenzie aufnehmen konnte.

Trotz der ermutigenden Worte von Mrs. Forbes war Lucy nicht wohl bei dem Gedanken, dass die beiden

Greyfriars Graveyard erst so spät erreichen würden. Ob sie Stevie so lange aufhalten konnten?

»Wir beeilen uns, versprochen! Ach, und Lucy?«

»Ja?«

»Unternehmt nichts, bis wir bei euch sind! In der heutigen Rauhnacht ist es für Amelia und dich in der Nähe des schwarzen Mausoleums viel zu gefährlich. Es reicht, wenn ihr all unsere Utensilien vorbereitet.«

»Okay, das machen wir!«, versprach Lucy und legte mit einem tiefen Seufzer auf. Da alle am Tisch mitgehört hatten, brauchte sie die anderen nicht über die Neuigkeiten zu informieren.

»Es hätte schlimmer kommen können«, meinte Amelia optimistisch. »Ich hatte schon befürchtet, dass sie gar nicht mehr kommen.«

»Das sind doch gute Nachrichten!« Stevie klatschte zufrieden in die Hände, erhob sich und zog seine ausgeleierte Cordhose zurecht. »Da nun die Kavallerie auf dem Weg ist, werde ich mich mal verabschieden. Immerhin findet da draußen die größte Silvester-Straßenparty in Europa statt und ich würde den Jahreswechsel gerne mit meinen Kumpels feiern.«

Lucys Zweifel an seiner Schuld waren wie weggewischt. Es war wohl kein Zufall, dass Stevie sie ausgerechnet jetzt verlassen wollte, nachdem er gehört hatte, dass seine potenziellen Widersacher bald eintreffen würden. Sicher wollte er Zeit gewinnen und früher mit der Zeremonie beginnen.

Auch Lucys Vater sah ihn überrascht an. »Du gehst noch fort?«

»Es ist nicht so, dass ich deine Gastfreundschaft nicht schätzen würde, Tom«, Stevie warf einen verlegenen Blick in die Runde, »aber bei meinen Freunden geht es wahrscheinlich etwas lustiger zu.«

Lucy musste zugeben, dass Stevie ein ungemein guter Schauspieler war. Sie hätte ihm jedes Wort abgekauft, wenn sie die Wahrheit nicht ganz genau gekannt hätte.

»Aber du kannst nicht gehen, weil …«, wandte Amelia hastig ein und Lucy sah ihr an, wie sie verzweifelt nach einem Argument suchte, »weil wir noch nicht den Nachtisch gegessen haben.«

Stevie winkte ab. »Den könnt ihr ruhig ohne mich vertilgen. Ich bin vom Haggis ohnehin sehr satt.«

Panik stieg in Lucy auf, aber ihr Kopf war wie leer gefegt und ihr wollte partout kein Grund einfallen, wie sie Stevie zum Bleiben überreden konnten. Es war ausgerechnet ihr Vater, der ihn schließlich zurückhielt.

»Ach, Stevie? Würdest du mir bitte einen Gefallen tun und ganz kurz auf die Mädchen aufpassen? Ich muss mit Bobby raus, bevor er uns noch ins Haus macht, und wie du weißt, kann ich Lucy und Amelia nicht ohne Aufsicht lassen. Aber ich beeile mich, versprochen!«

Spooky-Stevie nickte ihm mit einem verständnisvollen Lächeln zu und ließ sich zurück auf seinen Stuhl sinken. »Klar, das mache ich doch gerne. Solange du noch vor Mitternacht zurück bist!«

»Das wird auf alle Fälle klappen!«

Hastig erhob sich ihr Vater und spurtete hinaus in den Flur.

Sobald Bobby das Klimpern der Leine hörte, sauste er

wie der Blitz hinterher und eine Minute später fiel die Tür ins Schloss. Lucy konnte kaum glauben, wie viel Glück Amelia und sie gehabt hatten, dass ihr Vater ausgerechnet jetzt mit dem Hund Gassi gehen wollte. Es irritierte sie allerdings, wie bereitwillig Stevie hiergeblieben war.

Eine unangenehme Stille breitete sich am Tisch aus, bis Stevie fragte: »Wollt ihr Nachtisch? Ich habe Vanilleeis mit heißen Himbeeren vorbereitet. Das ist zwar nicht typisch schottisch, aber lecker.«

Die Mädchen schüttelten synchron den Kopf. »Nein, danke.«

»Keinen Hunger.«

»Was ist eigentlich los mit euch beiden? Habe ich etwas falsch gemacht?«

Da sie ganz allein mit ihm waren, hielt Lucy es für keine gute Idee, Stevie offen als Verräter zu verdächtigen. Gerade als sie ihm versichern wollte, dass alles in bester Ordnung sei, entfuhr es Amelia mit geröteten Wangen: »Ich dachte, du wärst unser Freund – doch ein Freund hätte uns niemals dieser Gefahr ausgesetzt. Wir hätten sterben können, Mensch!«

»Was für eine Gefahr meinst du denn?« Stevie blinzelte sie verständnislos an. »Ist eine von euch etwa auf Himbeeren allergisch?«

Amelia sprang abrupt auf. »Jetzt tu doch nicht so unschuldig! Wir wissen, dass du Mackenzie geholfen hast und heute für seine Auferstehung sorgen willst. Aber Lucy und ich werden das verhindern!«

»Ich – soll – was?« Stevie schüttelte verärgert den Kopf und fuhr sich mit der Hand über seinen Dreitagebart.

Amelias Kinn zitterte vor Aufregung und Lucy stand auf, um ihr beruhigend die Hand auf die Schulter zu legen.

»Bist du etwa auch dieser Meinung?«, fragte er an Lucy gewandt. »Traust du mir wirklich zu, dass ich diesen Poltergeist freigelassen und auf euch gehetzt habe?«

»Wissentlich vielleicht nicht, aber du hattest die Möglichkeit dazu«, räumte sie zaghaft ein. Lucy warf einen Blick zur Tür, um abzuschätzen, wie schnell sie die Flucht ergreifen konnten. »Außerdem haben wir dich in Mackenzies Mausoleum aufgefunden und deine Erklärung, wie es dazu gekommen ist, klingt offen gestanden nicht sehr überzeugend.«

»Du hältst mich also auch für einen Verräter!« Er presste die Lippen zu einer harten Linie zusammen.

Lucy zog Amelia Stück für Stück in Richtung Wohnzimmertür, doch Stevie schien ihren Fluchtplan zu bemerken.

Er stutzte. »Ihr habt wirklich Angst vor mir, oder?«, fragte er ehrlich schockiert.

Amelia nickte vehement. »Natürlich!«

»Wir haben in letzter Zeit schlimme Dinge erlebt und eine Sache wissen wir mit Sicherheit: Mackenzie hat einen Helfer und er muss in unserer direkten Nähe leben.«

Für einen Moment herrschte Stille. Lucys Herz schlug bis zum Hals. Wie würde Stevie nun reagieren? Wenn ihr Vater nur wieder von seinem Spaziergang zurückkehren würde!

Stevie stieß die Luft aus und hob beschwichtigend die Hände. »Bitte, ich tue euch nichts! Auch wenn ihr mir das nicht glauben wollt: Ich spiele nicht den Handlanger eines Poltergeistes. Ihr musstet in den vergangenen Tagen tatsächlich viel durchmachen und ich gebe zu, dass ich euch nicht die volle Wahrheit erzählt habe. So gesehen kann ich euch euren Verdacht nicht übel nehmen.«

Die Mädchen schwiegen misstrauisch und bewegten sich nicht vom Fleck. Stevie ließ sich betont langsam auf seinen Stuhl sinken, wohl um ihnen zu beweisen, dass er nichts Böses im Sinn hatte.

»Es ist eine etwas merkwürdige Geschichte, wie es zu meinem Einbruch ins schwarze Mausoleum gekommen ist, deswegen habe ich euch belogen«, gestand er offen heraus. »Mitten in der Nacht wachte ich auf und hörte Stimmen in meinem Kopf, die mir zuflüsterten, dass ich eine wichtige Aufgabe zu erfüllen hätte. Sie verlangten von mir, dass ich meine Tasche mitnehmen und zum schwarzen Mausoleum gehen soll. Ehrlich gesagt dachte ich, dass ich verrückt geworden bin, und wollte mich dagegen wehren. Deswegen war in meinem Häuschen alles so verwüstet.«

»Du selbst warst das?«, fragte Amelia überrascht.

Er warf den Mädchen einen verunsicherten Blick zu. »Das klingt ziemlich irre, oder? Doch mein Widerstand hat nichts gebracht. Schließlich bin ich wie von einer unsichtbaren Schnur gezogen dorthin gelaufen. Dabei glaubte ich manchmal, aus den Augenwinkeln verschwommene Erscheinungen am Wegesrand zu erkennen, die mir folgten – es war richtig gruslig! Es sah aus wie die Bleistiftzeichnung einer menschlichen Gestalt, die jemand vom Papier halbherzig wegradiert hat.«

Stevies Beschreibung traf exakt auf eine unscharfe Geistererscheinung zu, doch jetzt war nicht der richtige Moment, um ihm mitzuteilen, dass er offenbar leichte Ansätze einer übernatürlichen Wahrnehmung besaß. Lucy beschloss, dies auf später zu verschieben.

»Und was ist dann geschehen?«, hakte sie nach.

»Ich weiß noch, wie ich das Vorhängeschloss aufgebrochen habe und die Treppen hinabgestiegen bin, doch ab da wird alles ganz verschwommen.«

Er schaute angestrengt vor sich ins Leere, als könne er dort die Bilder der Vergangenheit wachrufen. »Aus irgendeinem Grund sollte ich die Grabplatte beiseiteschieben und das habe ich wohl auch getan. Meine Erinnerung wird erst ab dem Moment wieder klarer, als ich eingeklemmt zu mir gekommen bin.«

»Ist dir so etwas früher schon einmal passiert?« Amelias Anspannung schien nachzulassen und ihre Neugierde hatte offenbar die Oberhand gewonnen.

Stevie schüttelte den Kopf. »Ich habe noch nie Stimmen in meinem Kopf gehört, die mir Befehle erteilt haben. Zum Glück, denn das ist wirklich ein schreckliches Gefühl. Ich hatte Angst, wenn ich jemandem davon erzähle, komme ich ins Irrenhaus oder Tom würde denken, ich hätte wieder angefangen zu trinken. Dann hätte er mich bestimmt aus meinem Häuschen geworfen.«

Lucys Aufmerksamkeit wurde von etwas abgelenkt, das sich wie ein unangenehmes Kribbeln in ihrem Hinterkopf anfühlte. Sie sah zum Fenster, doch außer den ersten Grabsteinen und dem Nebel konnte sie dort nur Dunkelheit ausmachen.

Amelia ging zurück zum Tisch und setzte sich auf ihren Platz. Offenbar hatte sie beschlossen, Stevies Geschichte zu glauben. »Es könnte sein, dass Mackenzie dich beeinflusst, sobald du schläfst. Hast du seit deiner Rettung mal in deine Tasche geschaut?«

»Da ist nichts Interessantes drin«, antwortete er wie aus der Pistole geschossen. »Ich öffne die Tasche nicht.« Er stutzte irritiert und schien sich über sich selbst zu wundern. »Aber ... wieso ... habe ich das denn gesagt?«, stammelte er. »Ich wollte das überhaupt nicht.«

Lucy schlang fröstelnd die Arme um sich. Das Gefühl, dass da draußen etwas Schreckliches vor sich ging, wurde immer stärker. All ihre Sinne schlugen Alarm.

»Dann schauen wir jetzt gemeinsam nach«, schlug Amelia vor. »Wo ist deine Tasche?«

»Bei meinen anderen Sachen in der Nische unter der Treppe.«

Die beiden standen auf und gingen hinaus, nur Lucy blieb zurück. Sie konnte nicht aufhören, nach draußen in die Finsternis zu starren. Ein kalter Schauer lief ihren Rücken hinunter. Plötzlich wusste sie mit absoluter Sicherheit, dass das Böse in Greyfriars Graveyard gerade dabei war, sich zu erheben.

Wie aus weiter Ferne hörte sie Stevies Stimme. »Aber sie war genau hier, das kann ich beschwören. Jemand muss sie weggenommen haben.«

»Aber wer sollte das denn gewesen sein?«, fragte Amelia skeptisch. »So viele Besucher haben die Mackays auch wieder nicht.«

Eine der Fensterscheiben klirrte leise und plötzlich

presste sich das Gesicht eines *Grauen* dagegen. Sein Mund war zu einem Schrei aufgerissen und seine Miene eine Maske des Schreckens. Lucy taumelte keuchend zurück.

Das Fenster erzitterte erneut, immer mehr Gesichter kamen hinzu, bis die Scheiben von allen Seiten mit schreienden Geisterfratzen bedeckt waren.

»Ich kann euch nicht helfen«, flüsterte Lucy mit erstickter Stimme. Sie lief weiter rückwärts und stieß mit der Hüfte gegen die Wohnzimmerkommode, aber Lucy registrierte den Schmerz kaum. »Bitte versteht doch, ich kann nicht da raus!«

Durchscheinende Geisterhände bohrten sich durch das Gemäuer und streckten sich verzweifelt nach ihr aus.

»Hilf uns, Seherin! Schnell!«

Nur die Schutzrunen, die Lucy provisorisch erneuert hatte, schienen sie davon abzuhalten, ins Haus einzudringen. Der Anblick war so schrecklich, dass sie sich mit einem Aufschrei abwandte.

»Lucy? Was ist denn mit dir los?« Amelia stürzte zu ihr. »Hey, du zitterst ja am ganzen Körper.«

»Wir … wir haben uns geirrt wegen Stevie«, brachte Lucy mühsam hervor. Obwohl sie nicht hinsah, konnte sie immer noch die panischen Blicke der *Grauen* wie eisige Stiche in ihrem Rücken fühlen. »Er hat nichts mit der Sache zu tun.«

»Ja, das glaube ich mittlerweile auch. Zwar ist es seltsam, dass seine Tasche nicht hier …«

»Nein, du verstehst nicht«, unterbrach Lucy sie aufgeregt. »Jemand hilft Mackenzie, jetzt in diesem Moment.

Ich kann es spüren und die *Grauen* – sie haben schreckliche Angst.«

Ehe Amelia etwas erwidern konnte, klingelte das Telefon. Das Geräusch wirkte in Anbetracht der Situation seltsam fremdartig und Lucy brauchte einen Moment, um es einzuordnen. »Das ist bestimmt Dad.« Sie riss die Augen auf. »Oh Gott, er ist da draußen. Hoffentlich ist ihm nichts passiert!«

Lucy schoss an Stevie vorbei zur Ladestation und griff mit bebenden Fingern nach dem Telefon. »Dad? Bist du das?«

11. KAPITEL

»Nur durch die Liebe und den Tod berührt der Mensch das Unsterbliche.«

Unbekannt

Oh, Lucy, es tut so gut, deine Stimme zu hören!«, meldete sich eine Frau und es folgte ein gerührtes Schluchzen.

»Mom?«

Bestimmt täuschte Lucy sich, da Anne Mackay keinen Kontakt zu ihnen aufnehmen durfte und Lucy schon so lange nicht mehr mit ihrer Mutter gesprochen hatte.

»Mein Mädchen, ich habe dich so vermisst! Die Sehnsucht nach dir und deinem Vater zerreißt mir fast das Herz. Ein Teil von mir ist fast dankbar dafür, dass ihr beide in so großer Gefahr seid – ist das nicht scheußlich?«

Es gab keinen Zweifel: Es war ihre Mutter! Grenzenlose Erleichterung überschwemmte Lucy und die Last der Verantwortung, die sie eben noch fast zu Boden gedrückt hatte, fiel von ihr ab. »Oh, Mom, ich brauche dich hier! Mrs. Forbes ist zwar unterwegs, aber sie wird nicht rechtzeitig bei uns sein, und Dad ist da draußen, während irgendjemand George Mackenzie hilft …«

»Ich weiß, ich weiß«, fiel sie ihr ins Wort. »Ich habe über den Seherorden von eurer Lage erfahren. Lucy, hör gut zu: Geh jetzt hinauf in unser Schlafzimmer, dort hängt die Ahnentafel der Mackays an der Wand, die dein Vater erstellt hat. Erinnerst du dich an sie?«

»Ja, natürlich«, gab Lucy erstaunt zurück. Auf dem

Friedhof spielte sich gerade eine Katastrophe sondergleichen ab und ihre Mutter verlangte solch einen Unsinn von ihr?

»Lucy, tu es einfach, okay?«

Die Eindringlichkeit, die in ihrer Bitte mitschwang, brachte Lucy dazu, ihrer Mutter zu gehorchen. Sie nahm das Telefon mit, ging die Treppe hinauf und stellte sich vor die Ahnentafel, die die halbe Wand einnahm. Ganz oben unter der Decke begann sie mit dem ersten Mackay, der nach Edinburgh gekommen war, und verzweigte sich nach unten immer mehr.

»Sieh dir die Geburts- und Todesdaten an!«, befahl ihre Mutter. Dem gleichmäßigen Brummen im Hintergrund nach zu urteilen, schien sie gerade mit dem Auto unterwegs zu sein. »Suche nach Personen, die im 17. Jahrhundert gelebt haben.«

Lucy kniff konzentriert die Augen zusammen, denn ihr Vater hatte alles in recht kleiner Schrift notiert, um sämtliche Vorfahren auf eine Seite zu bekommen.

»Magdalena Mackay, 1877 bis 1931«, pickte sie einen Namen heraus. Ihr Finger wanderte weiter nach oben. »Timothy Mackay, 1835 bis 1889. Adelheid Mackay …« Lucy verzog das Gesicht. »Igitt, wer nennt denn sein Kind Adelheid?«

»Konzentrier dich, Lucy!«

»Okay, okay.« Sie stellte sich auf die Zehenspitzen, doch die oberen Reihen konnte sie nicht mehr entziffern. Lucy musste sich einen Stuhl holen, um die Daten ablesen zu können. »James Mackenzie, 1677 bis 1728, Georgina Mackenzie …« Lucy hielt inne. »Mackenzie? Weshalb heißen unsere Vorfahren denn plötzlich Mackenzie?«

»Hatte ich es doch noch richtig in Erinnerung«, murmelte ihre Mutter anstatt einer Antwort. »Es ist genauso schlimm, wie ich befürchtet habe.«

Lucys Finger flog hastig über die Daten und blieb an einem Namen hängen. Vor Schreck drohten ihre Knie nachzugeben. »George Mackenzie, 1636 bis 1691«, flüsterte sie fassungslos.

»Er ist euer Vorfahr, Lucy«, bestätigte ihre Mutter. »Doch nach den Gräueltaten, die er in Edinburgh begangen hat, hielten die nachkommenden Generationen es für notwendig, ihren Nachnamen abzuändern. Jedenfalls vermute ich das, denn nur so konnten sie den schlimmsten Anfeindungen entgehen. Deswegen wurde aus Mackenzie …«

»Mackay«, vollendete Lucy den Satz ihrer Mutter.

»Das bedeutet«, fuhr Anne Mackay mit betont ruhiger Stimme fort, »dass jeder aus der direkten Abstammungslinie für George Mackenzie ein perfektes Gefäß abgeben würde.«

Erst nach und nach sickerte die Erkenntnis dessen, was ihre Mutter damit sagen wollte, in Lucys Bewusstsein: Mit einem seiner Nachfahren erhöhten sich die Chancen des Vexators, sich zu erheben, noch einmal mehr. Bei Spooky-Stevie wäre es für ihn weitaus schwieriger geworden, seinen finsteren Plan zu verwirklichen, aber so musste Mackenzie nur Tom Mackay oder Lucy in die Finger bekommen.

»Dad ist gerade mit Bobby draußen. Ich muss ihn unbedingt warnen!« Sie rannte aus dem Schlafzimmer und die Treppe hinunter, an dessen Ende Amelia und Stevie standen und mit fragenden Mienen zu ihr hochblickten.

»Warte!«, bremste ihre Mutter sie. »Falls du dabei auf den Geist von George Mackenzie triffst, musst du etwas wissen: Als du klein warst, hattest du einen schweren Unfall und wärst dabei fast gestorben …«

Da sie mit einem Mal zögerte, sagte Lucy: »Dad hat mir die Geschichte schon erzählt. Du hast mich mithilfe deiner Gabe gerettet, richtig? Deswegen musstest du auch fliehen.«

»Er hat mir doch versprochen, dass er dir niemals …«, entfuhr es Anne Mackay mit einem Anflug von Ärger. Doch dann schien sie zu bemerken, dass nicht der richtige Augenblick für Vorwürfe war. »Ich habe damals etwas Verbotenes getan, Lucy, das dein Leben für immer verändert hat.«

»Ja, ja.« Sie drückte sich ungeduldig an Amelia und Stevie vorbei.

»Was ist denn los?«, raunte Amelia ihr zu.

Doch Lucy hatte keine Zeit für Erklärungen – sie musste ihren Vater finden.

»Im Rahmen meiner Studien bin ich auf ein altes Buch gestoßen, dessen Verfasser davon überzeugt war, dass die Lumeni größere Fähigkeiten besitzen, als sie glauben. Doch um sie anzuwenden, müssten sie bereit sein, die menschlichen Grenzen zu überschreiten und sich mit höheren Mächten anlegen.«

Die Telefonverbindung wurde deutlich schlechter, entweder weil ihre Mutter direkt in ein Funkloch fuhr oder

Lucy hektisch im Haus herumsauste. Gerade schnappte sie sich ihr Seherhandbuch, ein Feuerzeug und einige Papiere, auf denen sie am Nachmittag die wichtigsten Notfallrunen aufgeschrieben hatte.

»Mom, ich verstehe dich nur noch ganz schlecht. Ich muss jetzt nach Dad suchen. Und bitte sag mir nicht, dass das viel zu gefährlich für mich ist!«

»Darauf will ich hinaus, Lucy. Du sollst deinen Vater retten … gar nicht so groß … du … kein Gefäß!«

Lucy blieb wie angewurzelt stehen, doch nach wie vor konnte sie ihre Mutter nur noch bruchstückhaft hören.

»… Seele verankert … kannst nicht sterben!«

Die Verbindung brach ab.

Irritiert blickte Lucy auf den Hörer, aus dem nur noch Rauschen drang.

»Verdammt!«, fluchte sie, pfefferte das Telefon auf die Kommode und schlüpfte in ihre Jacke.

»Wo gehen wir hin?« Schon zog sich Amelia ihren grünen Plüschmantel über, doch Lucy legte ihr die Hand auf den Arm.

»Ihr bleibt hier und wartet auf Mrs. Forbes und Gina. Wenn sie hier sind, helft ihr ihnen bitte, die Utensilien zum schwarzen Mausoleum zu bringen.«

Lucy sah zum Schlüsselbrett neben der Tür.

Da Tom Mackay seiner Tochter heute genau an dieser Stelle noch einmal einen Vortrag über Vertrauen gehalten hatte, war jeder Irrtum ausgeschlossen: Der Schlüssel zum schwarzen Mausoleum war weg. Was hatte das zu bedeuten?

»Ich muss dir doch zur Seite stehen, Lucy!«

»Nein, du kannst mir ohnehin nicht helfen.« Auf keinen Fall wollte sie auch noch Amelia in Gefahr bringen, aber sie erkannte, dass sie ihrer Freundin wenigstens eine Erklärung schuldete. »Am Telefon war meine Mutter. Die Mackays stammen von George Mackenzie ab und das bedeutet, dass mein Vater und ich einen perfekten Wirt für ihn abgeben würden.«

»Was?«, kreischte Amelia auf. »Ich fasse es nicht!«

»Meine Mom will, dass ich meinen Vater rette. Wenn ich sie richtig verstanden habe, ist die Gefahr für mich nicht so groß wie für ihn.«

»Du … du sollst deinen Vater vor diesem bösartigen Vexator beschützen? Deine eigene Mutter schickt dich in die Höhle des Löwen?« Das war zu viel für Amelia. Sie rannte im Kreis, um die Neuigkeiten zu verarbeiten. »Das ist doch total irre!«

»Mom meinte, es sei okay! Dann habe ich wegen der schlechten Verbindung leider nur noch gehört ›kein Gefäß‹ und ›kannst nicht sterben‹. Es hat wohl damit zu tun, dass sie mich mit ihren Lumeni-Kräften vor dem Tod bewahrt hat.«

»Wollte sie damit etwa sagen, dass du nicht sterben kannst?« Amelias Augen wurden so groß wie Untertassen und sie raufte sich die Haare. »Aber das ist doch unmöglich. Unmöglich! Ich glaube es einfach nicht.«

»Mittlerweile halte ich leider nichts mehr für unmöglich. Außerdem habe ich ohnehin keine Wahl, Amelia: Ich würde mir nie verzeihen, wenn ich jetzt nichts unternehmen würde.«

Doch nun war es Stevie, der sich ihr in den Weg stellte.

»Die Anweisungen deines Vaters waren eindeutig, Lucy. Ich darf dich nicht rauslassen!«

»Aber er ist in Gefahr!« Sie rang verzweifelt die Hände. »Was denkst du denn, weshalb er noch nicht zurück ist?«

Verunsichert blickte Stevie sie an. »Dein Vater ist tatsächlich schon lange mit Bobby unterwegs.« Er rieb sich nachdenklich über seinen Stoppelbart. »Aber gerade deshalb wäre es unklug, wenn du ihm folgst. Für dich ist es da draußen nicht weniger riskant.«

Lucy ballte wütend die Fäuste. »Du hast doch in den letzten Tagen mitbekommen, was für eine besondere Begabung meine Mutter und ich besitzen. Im Gegensatz zu meinem Vater bin ich nicht völlig schutzlos und …«

In diesem Moment flog ein grüner Plüsch-Yeti an Lucy vorbei und warf sich auf Stevie.

Die beiden gingen zu Boden und Amelia schrie aus Leibeskräften: »Lauf, Lucy!«

Das ließ sie sich nicht zweimal sagen. Lucy riss die Tür auf und rannte in die Dunkelheit hinaus.

Mit klopfendem Herzen stieg Lucy die Stufen zur Grabkammer hinab. Noch nie war sie so schnell über den Friedhof gesprintet, doch die Schweißperlen, die sich auf ihrer Stirn sammelten, kamen nicht allein von ihrem gehetzten Lauf durch die Nacht: Sowohl die Armee der *Grauen*, die Lucy zum schwarzen Mausoleum begleitet hatten, als auch die geöffnete Gittertür bestärkten Lucy darin, dass ihre Gabe sie nicht betrogen hatte und gerade jemand George Mackenzies Seele aus dem Reich der Toten zurückholte. Die Angst, die diese Erkenntnis mit sich brachte, ließ ihren Atem flach und unregelmäßig werden.

»Oh bitte, lass Dad in Sicherheit sein!«, schoss es ihr immer wieder durch den Kopf.

Auf ihrem Weg hierher war Lucy allerdings weder ihm noch Bobby begegnet und ihre schlimmsten Befürchtungen drohten sich zu bewahrheiten. Trotzdem riss sie sich zusammen und schlich im Schein ihrer Taschenlampe auf Zehenspitzen die feuchte Treppe hinunter. Wenn ihr Vater dort unten gefangen gehalten wurde, wäre ihm nicht damit geholfen, wenn sie planlos hineinstürmte und kreischend um Hilfe rief. Der Überraschungsmoment war der größte Vorteil, den Lucy für sich beanspruchen konnte.

Am Ende der Treppe knipste sie ihre Lampe aus und der Kerzenschein, der aus dem Inneren der Grabkammer drang, tauchte die letzten Meter in flackerndes Licht. Lucy presste sich an die mit Flechten bewachsene Wand und lauschte. Ein Scharren war zu hören, dann klirrte es, als sei etwas Metallenes zu Boden gefallen, und jemand stieß einen Schmerzensschrei aus. Das war ihr Vater!

Lucy konnte nicht mehr an sich halten und lugte um die Ecke.

Was sie sah, ließ sie vor Schreck erstarren.

In einem Kreis aus Kerzen und Runenzeichen, die mit weißer Kreide auf die Steinfliesen gemalt worden waren, lag ordentlich zusammengesetzt ein menschliches Skelett. Lucy kannte sich mittlerweile gut genug damit aus, um zu erkennen, dass es sich um einen Beschwörungskreis handelte. Daneben stand ihr Vater und benetzte die Knochen mit dem Blut, das ihm aus einer Wunde am Arm tröpfelte.

Doch außer ihm war niemand anderes zu sehen und das Messer befand sich neben ihm auf dem Boden. Seine Augen waren geschlossen und er schien in eine Art Meditation versunken, denn er murmelte kaum verständliche Sätze vor sich hin.

»Dad, um Himmels willen! Was machst du denn da?«

Lucy vergaß alle Vorsicht und rannte zu ihm – jedenfalls hatte sie das vor, doch etwa einen halben Meter vor dem Beschwörungskreis prallte sie gegen eine Art unsichtbare Mauer. Mit aller Kraft stemmte sie sich dagegen, doch sie konnte ihrem Vater keinen Schritt näher kommen.

Das höhnische Gelächter George Mackenzies klang ihr in den Ohren und die Anwesenheit des Vexators hüllte sie ein wie ein eisiger Lufthauch.

»Hast du geglaubt, es würde so leicht werden? Dass du deinen Vater einfach herauszerren könntest?«

Tom Mackay war die ganze Zeit über Mackenzies Helfer gewesen! Er hielt die Augen geschlossen und schien die Anwesenheit seiner Tochter nicht einmal zu bemerken. Ihren stolzen und rational denkenden Vater so entrückt und fremdbestimmt zu sehen, erfüllte Lucy mit größerer Furcht als alles andere.

»Lass ihn frei, Mackenzie! Oder …«

Lucy stockte. Oder *was?* Sie besaß nichts, um den Vexator unter Druck zu setzen. Bis auf ein paar lächerliche Schutzrunen auf Papier hatte sie nichts gegen ihn in der Hand. Selbst die Notfall-Austreibung würde ihr hier, in

George Mackenzies eigener Gruft und im Zentrum seiner Macht nichts nützen.

»Du kannst es nicht mehr aufhalten, kleine Seherin, die Zeremonie ist schon fast beendet. Doch da du dich als eine so würdige Gegnerin erwiesen hast, werde ich dich nicht umgehend auslöschen, sondern dir gestatten, meiner Auferstehung beizuwohnen. Ein derart bewegender Moment sollte nicht ohne Zeugen vollzogen werden!«

Obwohl er unsichtbar blieb, konnte Lucy sein boshaftes Grinsen förmlich vor sich sehen.

»Wenn ich seinen Körper übernommen habe, wirst du dafür mein erstes Opfer sein. Da die Seele deines Vaters dann tot sein wird, ist es sogar edelmütig von mir, wenn ich dir ebenfalls das Leben raube. Wir wollen doch nicht, dass dir die Trauer um seinen Verlust das Herz zerreißt, nicht wahr?«

»Nein, natürlich nicht«, presste Lucy leise hervor.

»Wusstest du, dass ich auch in menschlicher Gestalt meine Geisterfähigkeiten behalten werde, Seherin? Vielleicht schwebe ich dann im Körper deines Vaters unter der Decke, ehe ich mich auf dich stürze. Oder ich bringe mit einer einzigen Handbewegung das ganze Mausoleum über dir zum Einsturz.« Er lachte vergnügt auf. *»Das gefällt mir: Die kleine Seherin lebendig begraben in meiner Gruft! Dann kann ich diesen elenden Friedhof endlich verlassen und Edinburgh wird vor meiner Macht erzittern.«*

Lucy schluckte schwer, versuchte jedoch, sich von seinen Drohungen nicht einschüchtern zu lassen. Wenn sie die Zeremonie so lange hinauszögern konnte, bis Mrs. Forbes eintraf, konnte sie ihrem Vater damit womöglich das Leben retten.

»Dad, hörst du mich? Du musst dich gegen seinen Einfluss zur Wehr setzen. Lass nicht zu, dass er dich zerstört!«

Er sah bleich aus und seine Wangen wirkten plötzlich eingefallen wie bei einem Schwerkranken, was eine Reaktion auf das Ritual sein musste.

Nun wandte er jedoch den Kopf in ihre Richtung und seine Augenlider flatterten, woraus Lucy schloss, dass sie zu ihm durchdringen konnte.

»Er hat dich noch nicht vollständig in Besitz genommen. Du kannst dich gegen ihn auflehnen, Dad! Bis jetzt hast du nichts Schlimmes getan.«

Abrupt riss er seine blutunterlaufenen Augen auf und sein Blick jagte ihr eine Gänsehaut über den Rücken.

»Doch, Lucy, das … das habe ich«, sagte er mit schleppender Stimme. »Ich bin an allem schuld! Vor … ein paar Wochen habe ich hier die Eisenstangen angebracht, um … die Decke abzustützen, da … habe ich Mackenzies Stimme zum ersten Mal gehört.« Jedes einzelne Wort, das er herauspresste, schien ihn enorme Anstrengung zu kosten. Es musste ihm äußerst schwerfallen, sich gegen den Einfluss Mackenzies zur Wehr zu setzen.

Der Vexator stieß ein zufriedenes Lachen aus. *»Jene, die alles Übernatürliche als Unsinn abtun und nicht an die Existenz von Geistern glauben, sind so unfassbar unvorsichtig«,* sagte er hämisch. *»Im Gegensatz zu den Wissenden fehlt ihnen der Instinkt und die natürliche Angst, die sie vor meinem Einfluss schützen würden. Es war lächerlich einfach, Tom für meine Sache zu gewinnen.«*

»Ich … habe zugelassen, dass er in meine Gedanken

eindringt«, meinte Lucys Vater mit einem verzweifelten Schluchzen. »Er klang … so gebildet und alles, was er gesagt hat, wirkte so logisch auf mich.«

Das wunderte Lucy nicht. Immerhin war George Mackenzie ein Advokat und hatte gelernt, seine Intelligenz und seine Anziehungskraft gezielt einzusetzen. Dank seiner Überzeugungskraft musste er Stück für Stück Tom Mackays Vertrauen gewonnen haben, um ihn sich dann – nachdem Lucys Vater die Schutzrunen entfernt hatte – mithilfe seiner entfesselten Macht gefügig zu machen.

»Aber weshalb hast du ihm geholfen?«

»Er hat mir … von der Gabe deiner Mutter erzählt und gesagt, dass er mir dabei helfen könnte, sie zurückzuholen.« Ein Schluchzen entrang sich seiner Kehle. »Mackenzie meinte, sie würde … wiederkommen, wenn sie glaubt, dass ein mächtiger Geist in Greyfriars Graveyard aufersteht. Aber ich … wollte damit doch niemanden in Gefahr bringen!«

Er hatte all dies wegen ihrer Mutter getan? Lucy war nicht klar gewesen, dass Anne Mackay ihm so sehr fehlte. In den vergangenen zwei Jahren hatte er schließlich so getan, als existiere sie überhaupt nicht mehr, und wenn Lucy mit ihm über sie sprechen wollte, hatte er immer nur geschwiegen. Zum ersten Mal begriff sie, wie tragisch die Trennung für ihre Eltern war. Und all dies war nur wegen ihr geschehen.

»Mach weiter, Mackay!«, befahl Mackenzie. *»Das Ritual muss beendet werden!«*

Doch Tom Mackay wandte seinen Blick nicht von seiner Tochter ab – als fände er in Lucys Augen eine Art Rettungsanker, an dem er sich festklammern konnte. Trotzdem trat ihm vor Anstrengung der Schweiß auf die Stirn und die Muskeln in seinem Kiefer spannten sich an.

»Ich … wusste, dass es falsch war, aber ich vermisse sie so sehr, Lucy. Ohne Anne … ist jeder Tag aufs Neue eine Qual und ich wünsche mir nichts sehnlicher, als meine Frau wieder bei mir zu haben. Ich … wollte nie, dass du deshalb in Gefahr gerätst. Meistens erinnere ich mich jedoch … erst wieder an meine Taten, wenn Mackenzie mich zu sich ruft.«

Das erklärte sein normales Verhalten in den vergangenen Wochen und weshalb Lucy nicht einen Augenblick lang Verdacht geschöpft hatte. »Dann hast du die Knochen aus dem Sarg geholt?«, hakte sie nach.

»Die untoten Seelen meiner Opfer haben den Obdachlosen hergelockt«, knurrte Mackenzie und die Wut über diese Tat klang noch immer in seiner Stimme nach, *»damit er meine Überreste stiehlt und mich an der Auferstehung hindert.«*

»Die Armee der *Grauen*, natürlich!«

Lucy hatte dem keine große Bedeutung beigemessen, aber Stevie hatte ihr vorhin schließlich selbst erzählt, dass es mehrere Stimmen gewesen waren, die ihn in jener Nacht aus dem Schlaf gerissen hatten. Selbstverständlich hatten die *Grauen* nicht geahnt, dass Stevie ausgerechnet zu den Mackays ziehen würde und die Überreste somit wieder in direkter Nähe von Mackenzies Helfer waren.

»Genug geplaudert. Mach weiter, Mackay!«, herrschte der Vexator Lucys Vater machtvoll an. Er fixierte ihn mit

konzentrierter Miene und in seinen Augen glomm ein rötliches Leuchten auf. *»Es muss noch mehr Blut fließen.«*

Von einer Sekunde auf die andere verschleierte sich wieder der Blick ihres Dads. Der geballten Kraft des Vexators konnte er nichts entgegensetzen. Mit zittriger Hand hob er das Messer an seinen Arm und setzte zu einem frischen Schnitt an. Er stand nun wieder voll und ganz unter dem Einfluss Mackenzies.

»Nein! Aufhören!«, schrie Lucy panisch auf.

Sie konnte nicht tatenlos dabei zusehen, wie ihr Vater sich für einen bösartigen Vexator opferte. Erneut versuchte sie, den Beschwörungskreis zu durchbrechen, doch es war vergeblich.

»Mach das nicht, Dad!«

Schon strömte das Blut aus der Wunde hervor und ihr Vater begann zu murmeln: »Ich übergebe dir, meinem Urahn, meine Lebenskraft und meinen Körper. Nimm mein Blut, nimm meine Opfergabe! Meine Hülle sei nun ein Heim für deine Seele, während ich mich dem Nichts hingebe und erlösche …«

Lucy drückte sich die Hände auf die Ohren. Sie ertrug es nicht, ihn diese schrecklichen Worte sagen zu hören.

Doch sie konnte ihren Blick nicht von der grausamen Zeremonie abwenden.

Das Ritual näherte sich seinem Ende: Die Seele ihres Vaters – eine grauweiße, verschwommene Version seiner Selbst – begann sich nun von seinem irdischen Körper zu lösen. Dafür wurde nun Mackenzies Gestalt sichtbar, der begierig hinter Tom Mackay lauerte und es offenbar kaum erwarten konnte, den menschlichen Körper für sich zu beanspruchen. Der Geist war so deutlich zu sehen, dass man ihn fast für einen Menschen halten konnte. Es war sinnlos, jetzt noch auf Mrs. Forbes und die Seherin zu hoffen. Wenn Lucy nicht sofort handelte, wäre es für ihren Vater zu spät.

»Nimm mich, Mackenzie!«, schluchzte sie. »Nimm mich, aber lass meinen Vater am Leben.«

Nur einen Wimpernschlag später schwebte Mackenzies Geisterfratze vor ihr und maß sie misstrauisch. *»Weshalb sollte ich dein Angebot annehmen?«*

Lucys Verstand suchte fieberhaft nach Argumenten. »Weil ich jünger bin als mein Vater! Somit könntest du meinen Körper auch länger nutzen, bevor er alt und schwach wird. Außerdem wird meine Gabe auf dich übergehen. Erst kürzlich habe ich erfahren, dass man damit sogar einer Seele zur Unsterblichkeit verhelfen kann. Durch mich hättest du die Fähigkeiten eines Sehers, wärst Herr über Leben und Tod und Gebieter über alle Geisterwesen.«

Um ihr Ziel zu erreichen, hielt Lucy es für angebracht, ein wenig zu übertreiben, und an Mackenzies nachdenklichem Zögern bemerkte sie, dass ihr Plan aufzugehen schien. Eine von Gier und Hass zerfressene Seele konnte der Versuchung offenbar nur schwer widerstehen, ihre Macht noch zu vergrößern.

Lucys Herz schlug ihr bis zum Hals. Die Geistergestalt ihres Vaters hatte seine sterbliche Hülle schon fast vollständig verlassen. Es blieben nur noch wenige Sekunden, dann gäbe es kein Zurück mehr und ihr Dad wäre für immer fort.

»Ich nehme den Handel an«, sagte der Vexator endlich. *»Du hast meine Erlaubnis, in den Beschwörungskreis zu treten, aber ich warne dich: Solltest du mich hintergehen, werden du und dein Vater es bereuen!«*

»Ich gebe dir mein Wort, dass ich mich an die Abmachung halten werde«, beteuerte Lucy, während sie spürte, wie ihr der Angstschweiß den Rücken herunterlief. »Doch zuerst musst du ihm seinen Körper zurückgeben. Entlasse meinen Vater aus deinem Bann und du kannst mich übernehmen!«

Mackenzie stieß ein unwilliges Knurren aus, aber er wandte sich tatsächlich zu seinem Nachfahren um.

»Ich lehne dein Opfer ab! Kehre zurück.«

Augenblicklich wurde die Seele ihres Vaters in seinen Körper hineingerissen. Seine Augenlider flatterten, dann brach er zusammen und schlug dumpf auf dem Boden auf.

Mit einem Aufschrei rannte Lucy in den Beschwörungskreis und ließ sich neben ihm auf die Knie fallen.

»Dad, kannst du mich hören? Ist alles in Ordnung?« Er gab zwar keine Antwort, doch sie stellte erleichtert fest, dass er noch atmete.

»Er ist nur ohnmächtig und vom Blutverlust geschwächt«, erklärte Mackenzie ungeduldig. *»Ich habe mich an unsere Abmachung gehalten, Seherin. Nun ist es an dir – opfere mir dein Blut!«*

Aus ihrer Jackentasche zog Lucy ein Feuerzeug und eine der Schutzrunen hervor.

Ehe Mackenzie eingreifen konnte, steckte sie das Papier in Brand und murmelte:

»In dunkler Stunde, an dunklen Orten
biete ich dir Sicherheit,
geschützt sollst du hierbleiben
vor jeder bösen Wesenheit.«

»Was tust du da?«, brüllte Mackenzie wutentbrannt.

Mit spitzen Fingern warf Lucy die verglimmenden Runen auf ihren Vater und einen Augenblick später umgab ihn schon das goldene Schutzschild, das auch Mrs. 'Poppins vor Mackenzies Wut bewahrt hatte.

»Ich möchte nur sichergehen, dass du dich an unseren Deal hältst. Keine Sorge, ab jetzt läuft alles wie abgesprochen!«

Sie gab ihrem Dad einen Kuss auf die Wange, dann griff sie nach dem Messer, das neben ihm lag.

Lucy war froh, dass sie immer noch auf dem Boden kniete, denn plötzlich fühlte sie sich ungeheuer schwach und mutlos. Mit geweiteten Augen starrte sie auf die Klinge, deren metallisches Leuchten sich von der zarten Haut an ihrem Unterarm absetzte.

Mackenzie, der ihr Zögern offenbar bemerkte, befahl in herrischem Tonfall: *»Mach schon!«*

Die Angst schnürte Lucy fast die Kehle zu. Das Messer war tatsächlich ungeheuer scharf, denn es schnitt fast mühelos durch die Haut, was jedoch nichts an der Intensität des Schmerzes änderte.

Lucy schnappte nach Luft und musste gegen den Impuls ankämpfen, sofort die Hand auf die brennende Wunde zu pressen. Wie ihr Vater ließ sie die Blutstropfen auf Mackenzies Knochen fallen.

»Ich übergebe dir, meinem Urahn, meine Lebenskraft und meinen Körper«, wiederholte sie seine Worte, die wie von selbst aus ihr heraussprudelten. »Nimm mein Blut, nimm meine Opfergabe! Meine Hülle sei nun ein Heim für deine Seele, während ich mich dem Nichts hingebe und erlösche …«

Aufgrund ihrer Gabe setzte die Wirkung des Rituals bei Lucy deutlich schneller ein. Schon spürte sie, wie ihre Seele sich erhob und ihren Körper zu verlassen begann.

Je weiter Lucy sich von ihrer irdischen Hülle entfernte, umso sichtbarer und schärfer umrissen wurde Mackenzies Geistergestalt, genau wie schon kurz zuvor bei der Zeremonie mit ihrem Vater. Da der Vexator nicht beunruhigt wirkte, schien dies zum normalen Ablauf zu gehören. Seine Gesichtszüge waren vor Eifer und Gier verzerrt – Mackenzie schien es kaum abwarten zu können, sein Gefäß in Beschlag zu nehmen.

»Schneller!«, verlangte er und fuhr sich verlangend mit der Zunge über die Lippen. *»Mach mir schon Platz, du dummes Gör!«*

Lucy verspürte abgrundtiefen Ekel bei dem Gedanken, dass dieser Widerling sich nun ihren Körper schnappen würde, und am liebsten hätte sie auf der Stelle kehrtgemacht. Doch nun gab es kein Zurück mehr, dafür sorgten die Macht des Beschwörungskreises und ihr eigenes Blut.

Wie schon in der Nacht zuvor schwebte sie mit einem Mal unter der Decke der Grabkammer, blickte ohne Wehmut auf ihren Körper hinab und vernahm den verlockenden Ruf der jenseitigen Welt. Während Mackenzies

Geistergestalt sich wie ein Raubtier auf ihre leere Hülle stürzte, war Lucy dieses Mal fest entschlossen, dem Ruf zu folgen.

Aber etwas stimmte nicht ...

Obwohl es aufgrund der Zeremonie keinerlei Probleme hätte geben dürfen, zog es Lucy immer stärker in ihren Körper zurück, je mehr sie sich davon entfernen wollte. Was war hier nur los? Jetzt konnte sie sich nicht mehr einreden, dass sie nur ohnmächtig war und sich auf dem schmalen Grat zwischen Leben und Tod befand.

Ein Wutschrei richtete ihre Aufmerksamkeit wieder auf George Mackenzie, der offenbar verzweifelt versuchte, sein kostbares Gefäß in Besitz zu nehmen. Trotz all seiner Anstrengungen und Entschlossenheit prallte er immer wieder von Lucys irdischer Hülle ab. Schließlich hielt er unverrichteter Dinge inne.

»Was hast du gemacht?«, brüllte er und starrte mit hervorquellenden Augen zu ihr hoch. »Wieso komme ich nicht in deinen Leib hinein?«

»Ich kann nicht weg, es geht einfach nicht.«

Während nicht nur Mackenzies Gestalt, sondern auch seine Stimme menschlich und real wirkte, bemerkte Lucy irritiert, dass sie selbst mit einem Mal viel leiser und wie aus weiter Ferne sprach. *»Es ist genau wie gestern – etwas scheint mich festzuhalten.«*

Wenn Lucy noch mehr Kraft aufwandte, würde sie wieder zurück in ihren Körper gesogen.

»Aber das ist nicht möglich, außer du wärst ...« Erkenntnis zeichnete sich plötzlich auf Mackenzies Gesicht ab.

»Außer?«

»Du bist ein Himmelsläufer!«, entfuhr es ihm beinahe ehrfurchtsvoll. »Du kannst nicht sterben, weil deine Seele fest an deinen Körper gebunden ist. Das ist schwarze Magie ...«

Ihm schien die Ironie seiner Worte überhaupt nicht bewusst zu sein. Immerhin versuchte auch er gerade mithilfe dunkler Magie, sich ein menschliches Gefäß anzueignen.

»Ich kann nicht sterben?« Sofort erinnerte Lucy sich an die Worte ihrer Mutter. Hatte sie ihr am Telefon sagen wollen, dass sie ihre Tochter zu einer Himmelsläuferin gemacht hatte? Nun war Lucy dafür dankbar, dass sie sich in diesem schwebenden, der Wirklichkeit entrückten Zustand befand und von tiefer Gelassenheit erfüllt war. Sonst wäre sie jetzt vielleicht ausgeflippt und hätte den Verstand verloren. *»Dann bin ich unsterblich?«*

»Oh nein, aber du hast sieben Leben. Oder besser gesagt«, fügte er hämisch hinzu, »du *hattest* sieben. Allein dank mir sind es schon zwei weniger.«

Wenn man das eine Mal dazurechnete, als ihre Mutter Lucy nach dem Unfall ins Leben zurückgeholt hatte, blieben ihr noch vier. Bedachte man Lucys Alter und ihren bisherigen Verschleiß an Leben, waren das gar keine so rosigen Aussichten, wie es auf den ersten Blick erscheinen mochte.

»Dann kannst du die Zeremonie nicht beenden?«

Sofort schaute sie auf ihren Vater. Damit würde er als potenzielles Opfer wieder in den Fokus von Mackenzie rücken! Schon jetzt begann der goldene Schein, der

Tom Mackay vor dem bösartigen Geist schützte, nachzulassen.

»Nein, das kann er nicht«, beantwortete eine weibliche Stimme ihre Frage. »Jedenfalls nicht bei dir, mein Schatz. Du bist als Gefäß für George Mackenzie völlig unbrauchbar.«

Lucy glaubte, sich verhört zu haben. *»Mom?«*

Tatsächlich stand Anne Mackay direkt vor dem Beschwörungskreis. Obwohl sie genauso zierlich und klein gewachsen war wie ihre Tochter, kam sie Lucy mit ihrer hoch aufgerichteten Gestalt und dem entschlossenen Funkeln in den Augen viel eindrucksvoller vor. Anstatt der sanftmütigen Frau, wie Lucy ihre Mutter in Erinnerung hatte, befand sich im schwarzen Mausoleum nun eine Kämpferin, die sich ihrer herausragenden Kräfte voll und ganz bewusst war.

»Aber ich habe dich genau da, wo ich dich haben wollte, Mackenzie«, sagte Anne Mackay zufrieden. »In komplett sichtbarer Gestalt und so verletzlich wie ein frisch geborener Geist, der unserer Welt noch viel zu nahe ist, um sich schützen zu können. Sehr gut, Lucy!«

Ihre Mutter hatte das geplant? Wenn Lucy sich die Fetzen ihres zerstückelten Telefonats zusammenreimte, musste Anne Mackay geahnt haben, dass der Vexator ihren Dad bereits als Gefäß auserkoren hatte und allein Lucy noch imstande war, den Vexator so lange hinzuhalten, bis sie eintraf.

»Du bist zurückgekommen?« Mackenzie war offenbar völlig fassungslos. Obwohl der Vexator Tom Mackay die Rückkehr seiner Frau versprochen hatte, schien er nicht damit gerechnet zu haben, dass seine gefährlichste Gegnerin tatsächlich auftauchen würde.

»Natürlich! Für das Leben der beiden Menschen, die ich mehr als alles andere auf der Welt liebe, gehe ich jedes Risiko ein.« Lucys Mutter murmelte einige fremdartige Worte und zeichnete mit dem Zeigefinger eine Rune in die Luft, die mit einem goldenen Flimmern sichtbar wurde. Sie leuchtete auf und einzelne Feuerblitze züngelten daraus hervor, die den gesamten Beschwörungskreis überzogen. Tatsächlich war ein leises »Plopp« zu hören, als die teuflische Magie außer Kraft gesetzt wurde und Anne Mackay ungehindert in den Kreis treten konnte.

»Cool!«, entfuhr es Lucy.

Vor Begeisterung hätte sie am liebsten in die Hände geklatscht, doch schon allein der Gedanke daran führte dazu, dass sie noch ein Stückchen weiter in ihren Körper hineingezogen wurde.

»Bleib genau da, wo du bist, Lucy!«, befahl ihre Mutter. »Wenn du in deine Hülle zurückkehrst, ist das Ritual gescheitert und er kann sich wieder unsichtbar machen. Ich kann ihn nur bekämpfen, solange er so schwach ist.«

»Oh, oh«, entfuhr es Lucy mit einem Anflug von Panik. *»Ich wünschte, du hättest mir das nicht gesagt.«*

Nun, da sie sich darauf konzentrierte, schien es ihr fast unmöglich, noch länger als schwebender Astralleib unter der Decke zu verharren. Immer stärker riss der unsichtbare Anker, der sie an ihren Körper band, sie zurück.

Mackenzie schien mit einem Mal klar zu werden, dass er sich gegen die Lumeni zur Wehr setzen musste. Mit einem wütenden Brüllen stürzte er sich auf Anne Mackay.

»Pass auf!«, schrie Lucy.

Doch ihre Mutter hatte mit seinem Angriff gerechnet. In einer eleganten Seitwärtsbewegung wich sie aus, schnippte mit dem Finger und murmelte leise: »Zachaim chelim!«

Mackenzie stieß einen Schmerzenslaut aus und der Geist wurde mit voller Wucht nach hinten gerissen.

»Ich glaub's ja nicht«, murmelte Lucy perplex. Sie war von den Fähigkeiten ihrer Mutter derart fasziniert, dass sie für einen Moment ihre Aufgabe vergaß und mit einem kräftigen Ruck nach unten gezogen wurde.

»Verdammt!«, fluchte sie leise. Lucy sah an sich herunter und bemerkte, dass sie schon zur Hälfte in ihrem Körper steckte. *»Ich weiß nicht, was du vorhast, Mom, aber du solltest dich beeilen!«*

Ohne den Vexator, der immer noch benommen schien, aus den Augen zu lassen, schüttete ihre Mutter eine weiße Substanz auf die blutgetränkten Knochen am Boden.

»Ich hätte dich bereits unschädlich machen sollen, bevor ich gegangen bin, Mackenzie. Schon immer habe ich geahnt, dass deine bösartige Seele uns Probleme bereiten würde. Doch jetzt werde ich keine Gnade mehr walten lassen.«

Der Vexator schrie auf. »Wage es nicht!«

Mit einem Stöhnen öffnete Lucys Vater die Augen. »Was ist denn hier los?«

Als er direkt vor sich seine Ehefrau stehen sah, richtete er sich mit ungläubiger Miene auf.

»Anne! Bist du es wirklich?«

»Stör sie nicht, Dad! Ihr habt später Zeit für euer Wiedersehen. Mom muss sich konzentrieren.«

Da ihr Vater überhaupt nicht auf ihre Bitte reagierte, fiel Lucy wieder ein, dass er sie, im Gegensatz zu ihrer Mutter, weder sehen noch hören konnte. Lucy besaß nicht einmal ansatzweise die Stärke eines erfahrenen und mächtigen Vexators wie Mackenzie und für normale Menschen blieb sie unsichtbar.

Tom Mackay stützte sich auf dem Boden ab und versuchte, sich mit wackligen Beinen zu erheben.

»Dad, lass den Mist!«, flehte Lucy ihn nichtsdestotrotz an. Schon jetzt nahm die Wirkung ihres Zaubers ab und der goldene Schutzschild war kaum noch zu sehen.

Ihre Mutter unterbrach für einen Moment ihr Ritual. »Tom!« Die Härte wich aus ihrem Gesicht und eine tiefe Wärme trat in ihre Augen. »Bleib, wo du bist! Ich werde uns retten, bitte hab Vertrauen!«

»Natürlich vertraue ich dir, Anne!«, versicherte er ihr. »Wenn dir das hilft, rühre ich mich nicht vom Fleck.«

Mit lauerndem Gesichtsausdruck beobachtete Mackenzie, wie die Lumeni ein sichelförmiges Amulett, in dessen Mitte ein Mondstein schillerte, auf die Stirn des Skeletts legte. »Wenn du auch nur den Versuch wagst, mich zu zerstören, wirst du es auf ewig bereuen.«

»Ich glaube, da überschätzt du dich«, gab Anne Mackay ungerührt zurück.

»Ich warne dich, Seherin!«, spie er hasserfüllt aus. »Dein geliebter Mann wird vor deinen Augen sterben, wenn du nicht augenblicklich mit der Austreibung aufhörst.«

Ohne auf seine Drohung zu achten, erhob sie sich, zeichnete mit dem Finger erneut leuchtende Runen in die Luft und begann den melodiösen Gesang der Druiden anzustimmen.

Mackenzie ballte die Fäuste und wollte sich offensichtlich mit aller Kraft verwandeln: Er riss seinen Kopf hin und her, brüllte und seine Augen schienen vor Anstrengung fast aus den Höhlen zu quellen.

Doch solange Lucy nicht in ihren Körper zurückkehrte, musste er in der schwachen und machtlosen Geistergestalt verharren.

In diesem Moment entdeckte Tom Mackay den reglosen Leib seiner Tochter. Das Versprechen, das er seiner Frau gegeben hatte, war vergessen, und mit einem erstickten Aufschrei stürzte er zu Lucy.

»Oh nein«, flüsterte er heiser. Auf seinem Gesicht lag ein Ausdruck tiefster Verzweiflung. »Du darfst nicht tot sein, meine Kleine! Bitte nicht!«

»Du bist der Einzige, für den es hier gefährlich ist«, gab Lucy zurück. Ihr Vater hatte die Drohung Mackenzies offenbar überhaupt nicht wahrgenommen.

»Bring dich in Sicherheit, Dad!«

Doch natürlich konnte er sie nicht hören. Wie sollte sich Lucy konzentrieren, wenn ihr Vater sie auf diese Weise ablenkte? Schon spürte sie wieder die Schwere ihrer Glieder und die Kälte der Steinfliesen. Doch alles hing davon ab, dass Lucy noch so lange durchhielt, bis ihre Mutter das Seherritual beendet hatte!

Während Anne Mackay die Augen geschlossen hielt und die magischen Worte rezitierte, erkannte Lucy voller Panik, dass Mackenzies Gestalt sich zu verändern begann. Kaum merklich verlor sich seine fast schon menschliche Erscheinung und der Vexator wurde immer durchscheinender.

»*Oh nein!*«

Die schreckliche Gewissheit erfasste sie, dass gleich etwas Grauenvolles geschehen würde. Ihre Mutter würde Mackenzie nicht rechtzeitig stoppen können!

Ungeachtet der Gefahr, in der sie schwebten, riss ihr Vater Lucy an sich.

»Du bist doch alles, was ich habe«, schluchzte er in ihre Locken hinein. »Ich hätte dir viel öfter sagen sollen, wie unglaublich lieb ich dich habe!«

Als Lucy seine Tränen auf ihrer Wange fühlte, wusste sie, dass es zu spät war. Sie war zurück in ihrem Körper.

In ihrem Mund breitete sich ein bitterscharfer Geschmack aus, der Lucy Übelkeit verursachte. Schmeckte so etwa die Angst? Flatternd hob sie ihre Augenlider und blickte über die Schulter ihres Vaters direkt in Mackenzies verzerrte Geisterfratze.

Seine Hände krümmten sich zu messerscharfen Krallen und der drohende Laut, den der Vexator dabei ausstieß, ließ den Boden unter ihren Füßen vibrieren. Geifer tropfte ihm aus dem Mundwinkel und in seinen Augen funkelte die Gier nach Rache. Er holte aus.

»Dad!«

Lucy spürte, wie sich die Arme ihres Vaters anspannten und ein erstickter Laut kam über seine Lippen.

»Dad, was ist mit dir?«

Obwohl sich ihre Glieder immer noch steif anfühlten,

machte sie sich hastig von ihrem Vater los und sah an ihm herab. Genau auf der Höhe seines Herzens streckte sich eine durchscheinende Geisterhand durch seinen Brustkorb. Ein roter Blutstropfen glitzerte an einer der Krallen.

»Ich hatte euch gewarnt!«, zischte Mackenzie. *»Ihr hättet euch nicht gegen mich stellen dürfen.«*

Im selben Augenblick, als Lucys Vater mit geweiteten Augen in sich zusammensackte, beendete Anne Mackay das Seherritual. Sie zeichnete eine letzte Rune in die Luft und plötzlich umhüllten magische Flammen George Mackenzies Skelett. Sengende Hitze erfüllte die Gruft und ein modriger, nach Verwesung riechender Gestank breitete sich aus.

»Du wirst niemanden mehr terrorisieren, Mackenzie!«, sagte Lucys Mutter mit kalter Stimme. »Denn deine Seele wird erlöschen.«

Fassungslos sah Mackenzie an sich herab. Das goldene Feuer war von seinen Knochen auf ihn übergesprungen, und je mehr es ihn erfasste, umso heller wurde seine Gestalt – als würden die Flammen den Vexator von innen heraus verzehren. Er wich von seinem Opfer zurück und hielt seine brennenden Hände in die Höhe.

»Aber … aber das kann nicht sein«, stammelte er. *»Ich bin ein mächtiger Geist. Du kannst mich nicht töten, Seherin!«*

»Die magischen Flammen nähren sich an deinem Hass, deiner Macht und Energie. Das ist alles, woraus du bestehst. Am Ende wird nichts mehr von dir übrig bleiben.« Sie blickte ihm voller Abscheu entgegen. »Deine

Taten waren schon immer seelenlos und nun wirst auch du es sein.«

Vor dem Beschwörungskreis tauchte die Armee der *Grauen* auf. Sie standen und schwebten so dicht gedrängt beieinander, dass ihre Erscheinungen miteinander zu verschmelzen schienen. Doch zum ersten Mal konnte Lucy in ihren Gesichtern einen Ausdruck der Zufriedenheit erkennen.

Von Todesangst erfasst wandte Mackenzie sich mit aufgerissenem Maul zu den *Grauen* um, wohl um sich ihre Energie einzuverleiben und damit sein unvermeidliches Ende hinauszuzögern. Aber das magische Feuer wurde nun so stark, dass Lucy geblendet die Hand hob. Mit einem Aufschrei zerstob die Geistergestalt direkt vor ihren Augen.

George Mackenzies Seele war erloschen.

Während seine Knochen zu einem Häufchen Asche zerfielen, begann die Armee der *Grauen* nach und nach zu verblassen.

Nun fanden ihre Seelen endlich den Frieden, nach dem sie sich so lange gesehnt hatten.

»Wir danken euch!«, verklang ihr Flüstern in der Ferne.

Anne Mackay beachtete sie jedoch gar nicht und stürzte zu ihrem Ehemann. »Tom!«

Lucy vermied es, ihren Vater anzusehen. Zu groß war ihre Angst davor, in seinen Augen kein Leben mehr zu finden. Verzweifelt klammerte sie sich an den letzten Funken Hoffnung, der noch in ihr schlummerte. Doch wie hätte er Mackenzies brutalen Angriff überleben sollen?

»Tom, kannst du mich hören?« Ihre Mutter griff mit bebenden Fingern nach seiner Hand und fühlte den Puls.

Für einige Sekunden herrschte Totenstille im schwarzen Mausoleum. Lucy ballte die Fäuste und ihre Fingernägel gruben sich in ihr Fleisch. Doch ihr fehlte die Kraft, um sich gegen den tiefen Schmerz in ihrem Herzen zu wehren und sie wollte es auch gar nicht. Die Mauer aus Stärke und Tapferkeit, die Lucy um ihr Innerstes errichtet hatte, begann in sich zusammenzufallen. Zum ersten Mal seit zwei Jahren kullerte eine Träne über ihre Wange und sie begann zu weinen. Lucy beugte sich vor und vergrub ihren Kopf an der Schulter ihres Vaters.

»Ich hab dich auch so lieb, Dad!«, schluchzte sie.

Wie von selbst tauchten in ihrem Kopf die glücklichen Bilder der Vergangenheit auf und sie erinnerte sich an die vielen Male, als er sie in den Armen gehalten, getröstet oder sie mit einem seiner schottischen Trinklieder in den Schlaf gesungen hatte. Seit dem Verschwinden ihrer Mutter war zwischen ihnen alles so schrecklich schiefgelaufen. Halb blind tastete sie nach der kühlen Hand ihres Vaters und hielt sie fest.

»Lucy …« Seine Hand drückte leicht die ihre.

»Dad?« Die Erleichterung, die sie durchströmte, führte nur dazu, dass sie noch mehr weinen musste.

Endlich wagte sie es, ihrem Vater ins Gesicht zu sehen. Er war kreidebleich, doch seine Augenlider hoben sich flackernd.

»Dein Puls ist schwach, Tom.« Besorgt strich Anne Mackay ihrem Mann über die Stirn. »Wir müssen dich ins Krankenhaus bringen.«

»Quatsch«, erwiderte er mit schwacher Stimme. »Gib mir ein paar Minuten, dann bin ich wieder fit!«

Halb weinend, halb lachend schüttelte Lucys Mutter den Kopf. »Du alter Sturkopf!«

Er drehte seinen Kopf zu Lucy. »Du lebst, meine Kleine?«

Sie nickte, während sie sich mit dem Handrücken über ihre feuchte Wange wischte.

»Dad, es tut mir leid, dass ich dir das Leben so schwergemacht habe«, brachte sie endlich die Entschuldigung hervor, die ihr vor ein paar Tagen nicht über die Lippen kommen wollte. »Ab sofort werde ich nicht mehr so frech sein, versprochen. Und ich tue auch immer, was du willst.«

»Oh nein!«, stöhnte er. »Ich bin gestorben und im Himmel.«

Nun musste auch Lucy auflachen. »Also gut: Ich tue fast immer, was du willst«, korrigierte sie sich.

Sie blickte zu ihrer Mutter, die soeben ihr Handy hervorholte.

»Ich gehe schnell nach oben und rufe den Notarzt.«

Ehe sie sich erhob, strich sie Lucy liebevoll eine Locke aus dem Gesicht und schloss sie in die Arme.

Lucy sog ihren blumigen Duft ein und klammerte sich an sie wie eine Ertrinkende.

»Keine Sorge, mein Schatz. Alles wird gut! Dein Vater hat schottisches Blut und ist ein Kämpfer durch und durch.«

»Ich habe dich so vermisst, Mom!«

Lucys Blick fiel auf Mackenzies Asche. »Wieso hat die

Austreibung eigentlich funktioniert? Ich konnte doch nicht lange genug außerhalb meines Körpers bleiben.«

»Das Ritual war schon zu weit fortgeschritten«, erklärte sie, während sie zur Treppe eilte. »Allerdings hätte Mackenzie noch eine Chance gehabt, wenn er mich anstatt deines Vaters angegriffen hätte. Aber dazu hat ihm wohl der Mut gefehlt. Am Ende hat sich gezeigt, dass er nur ein erbärmlicher Feigling war, dem die Gier nach Rache zum Verhängnis wurde.«

Lucy wusste, dass ihre Mutter sie wieder verlassen musste, trotzdem fragte sie hoffnungsvoll. »Kannst du noch ein bisschen bleiben?«

»Ich werde erst gehen, wenn alles wieder in Ordnung ist, versprochen!«

Plötzlich kam Bobby laut bellend in die Gruft geschossen, auf der Treppe waren Schritte zu hören und mehrere Stimmen sprachen aufgeregt durcheinander, von denen jedoch eine alle anderen übertönte: »Halte durch, Lucy, die Kavallerie ist im Anmarsch!«

Während ihre Mutter den anderen entgegenlief, blieb Lucy an der Seite ihres Vaters.

»Zu spät, Amelia«, murmelte sie lächelnd. »Wie immer.«

EPILOG

Sie saßen bei Mrs. Forbes im warmen Wohnzimmer, während draußen vor dem Fenster sanft die Schneeflocken zu Boden fielen.

»Und dein Vater ist wieder zu Hause?«, fragte die alte Seherin und nippte genießerisch an ihrem Tee.

»Seit vorgestern«, berichtete Lucy mit einem erleichterten Seufzer. »Zum Glück war es nur ein leichter Herzinfarkt. Dad muss sich natürlich schonen, aber die Ärzte meinen, dass er bald wieder fit sein wird.«

Trotzdem träumte sie noch jede Nacht davon, wie Mackenzies Krallenhand sich in den Brustkorb ihres Vaters bohrte, und jedes Mal wenn sie aus diesem Albtraum erwachte, konnte sie kaum glauben, dass alles ein gutes Ende genommen hatte.

»Wenn die Polizei Gina und mich nicht so lange in Glasgow aufgehalten hätte, wäre es gar nicht so weit gekommen«, regte Mrs. Forbes sich zum wiederholten Mal auf.

»Es hat ja zum Glück trotzdem alles geklappt«, warf Amelia ein. Sie verzog ihr Gesicht und klaubte mit spitzen Fingern ein Katzenhaar von ihrem Keks. »Und laut Lucy hat ihre Mutter eine wahnsinnig tolle Show abgeliefert. Ich hätte zu gerne gesehen, wie die magischen Flammen den Vexator weggebrutzelt haben!«

Noch immer war Lucy tief beeindruckt von den Fähigkeiten ihrer Mutter. Es wunderte sie nicht, dass Anne Mackay zu den besten Lumeni des Ordens zählte.

Natürlich hatte sie insgeheim gehofft, dass ihre Mom noch etwas länger bei ihnen bleiben könnte, aber schon nach zwei Tagen musste Anne Mackay ihre Familie schweren Herzens verlassen und weiterziehen. Lucy hatte jedoch nicht versucht, sie aufzuhalten, denn obwohl ihre Sinne noch lange nicht so ausgeprägt waren wie bei einem erfahrenen Seher, konnte selbst sie die drohende Gefahr spüren, die sich ihnen wie ein dunkles Wolkenband unaufhaltsam näherte. Unglück, Tod und Zerstörung lagen in der Luft.

»Kannst du denn nichts dagegen tun?«, hatte sie ihre Mutter gefragt, als sie in der Abenddämmerung vor der Tür standen und auf die Grabsteine von Greyfriars Graveyard blickten.

»Ich wüsste nicht, was. Einige Jahre lang ist es mir gelungen, diese Wesen abzuwehren und auf falsche Fährten zu locken, aber jetzt kann ich sie nicht mehr abschütteln. Außerdem habe ich ihren Zorn fraglos verdient. Ich ahnte schon damals an deinem Krankenbett, was für eine Strafe mich erwartet, aber meine Angst, dich zu verlieren, war größer.«

»Und was für Wesen sind das genau?« Lucy konnte sich nichts vorstellen, was einen Vexator an Macht, Stärke und Gewalt noch übertreffen konnte.

Ihre Mutter hatte kurz gezögert, als schien sie zu überlegen, ob sie Lucy wirklich einweihen sollte.

»Manche nennen sie ›die Wächter‹, andere ›die Engel der Dunkelheit‹. Sie überwachen die Einhaltung der Regeln und ziehen diejenigen zur Rechenschaft, die ihre Gabe missbrauchen – so wie ich.«

Anne Mackay hatte nach ihrem Koffer gegriffen und Lucy mit einem traurigen Lächeln über die Wange gestreichelt. »Versprich mir, dass du gut auf dich und deinen Vater aufpasst. Und sei in Zukunft etwas netter zu ihm!«

Dieses Versprechen war Lucy nicht schwergefallen.

Im Grunde war sie dankbar für die vergangenen Wochen, auch wenn sie anstrengend und schmerzlich gewesen waren. Doch es hatte die Beziehung zwischen ihrem Vater und ihr ins Reine gebracht, Lucy mit ihrer Gabe ausgesöhnt und ihre Mutter war – wenn auch nur für kurze Zeit – zu ihnen zurückgekehrt. Nun, da Lucy und ihr Vater über die Existenz von Geistern, Anne Mackays Gabe und ihre Flucht Bescheid wussten, wollte ihre Mutter ihnen regelmäßig schreiben, sodass sie wenigstens per E-Mail in Kontakt bleiben konnten.

»Stevie hat sich bereit erklärt, fürs Erste bei uns wohnen zu bleiben und sich um Dad und mich zu kümmern«, berichtete Lucy Mrs. Forbes. »Mein Vater ist leider kein einfacher Patient und hält einen ständig auf Trab.«

»Das kann ich mir vorstellen. Und du?«, fragte die alte Dame an Amelia gewandt. »Willst du weiterhin PSI-Forscherin werden und Gespenster jagen?«

Amelia schüttelte entschlossen den Kopf. »Von Geistern habe ich erst mal genug. Natürlich stehe ich Lucy weiterhin zur Seite, aber meine PSI-Forschungen stelle ich ein und widme mich einem neuen Hobby.«

Davon hörte auch Lucy zum ersten Mal. Sie warf ihrer Freundin einen erstaunten Blick zu. »Und das wäre?«

»Mode natürlich! Bei meinem feinen Gespür für Stoffe, Farben und Schnitte hätte ich schon viel früher darauf kommen müssen, dass Designerin und Modeberaterin meine wahre Berufung ist.«

Sie maß abfällig Lucys Outfit, das im Vergleich zu ihrem normal und somit langweilig ausfiel.

»Und du wirst die Erste sein, die von meiner Stilsicherheit profitieren darf. Gleich morgen miste ich deinen Kleiderschrank aus.«

Lucy konnte sich ein gequältes Stöhnen nicht verkneifen. Sie beschloss, hastig das Thema zu wechseln.

»Eigentlich bin ich aus einem bestimmten Grund vorbeigekommen, Mrs. Forbes.« Lucy holte tief Luft, um sich Mut zu machen. »Können Sie mich als Seherin ausbilden? Ich meine, ganz offiziell?«

Die alte Dame lächelte erfreut. »Das ist eine ganz wunderbare Idee, Lucy! Wie du am eigenen Leib erfahren musstest, kann es gefährlich werden, wenn die Sicherheit aller von einer einzigen Person abhängt, und wenn ich das nächste Mal krank werde, kannst du mich einfach vertreten.«

»Das meine ich aber nicht«, rutschte es Lucy heraus und hastig fügte sie hinzu: »Natürlich übernehme ich gerne Ihre Aufgaben in Greyfriars Graveyard! Aber ich will so eine Ausbildung wie meine Mutter. Ich möchte alles wissen, was sie weiß, und genauso gut werden wie sie.«

Mrs. Forbes stellte ihre Tasse ab und sah sie nachdenklich an. »Ich bin keine Lumeni wie Anne, aber theoretisch kann ich dir all das beibringen. Ob und wie du dieses Wissens einsetzen kannst, bleibt abzuwarten. Es bedeutet auf alle Fälle harte Arbeit.«

Lucy nickte eifrig und strahlte über das ganze Gesicht. »Dazu bin ich bereit!«

CHRONIK DER PARANORMALEN ERMITTLUNGSTRUPPE
GREYFRIARS GRAVEYARD

Eintrag: Lucy Mackay, brandneue Chef-Ermittlerin
Aktenzeichen: M1/W1/T6/Jetzt kommt Lucy Mackay, ihr doofen Wächter!
Mrs. Forbes hat zugestimmt, mich als Seherin auszubilden. Bin somit meinem Ziel einen Schritt näher! Keine Ahnung, wie ich diese Engel der Dunkelheit jagen und besiegen soll, doch höchstwahrscheinlich wird es äußerst riskant und gefährlich werden. Ha, somit ist das der richtige Job für mich! Immerhin bin ich auf einem Friedhof aufgewachsen, die Tochter einer Lumeni, eine Himmelsläuferin und habe noch vier Leben übrig und die werde ich dazu verwenden, Mom zu retten!
PS: Wollte mir heute eine Pizza machen und habe den Backofen vorgeheizt. War wohl doch kein so gutes Versteck für das Akkordeon, denn es hat leider Feuer gefangen. Dad ist stinksauer, auch weil ich behauptet hatte, es wäre mir im Bus geklaut worden. Dass das geschwindelt war, hätte er aber auch selbst merken müssen, mal ehrlich, wer klaut denn schon ein Akkordeon?

GREYFRIARS GRAVEYARD

Auch wenn dieses Buch eine fiktive Geschichte erzählt und die handelnden Personen frei erfunden sind, so beruht ein Teil dieses Romans auf wahren Begebenheiten.

Viele Mythen ranken sich um den Friedhof im Herzen Edinburghs, unter anderem auch die Legende vom Poltergeist »Bloody Mackenzie«. George Mackenzie, der Lord Advokat, hat im Jahre 1679 auf dem Friedhof eintausendzweihundert sogenannte Covenantors, die gegen den englischen König rebellierten, gefangen gehalten, gefoltert und getötet.

Während der Friedhofstouren wurden am schwarzen Mausoleum, in dem George Mackenzie begraben liegt, und im Covenantors' Prison, das im vorliegenden Roman als ›Gefängnis der Rebellen‹ bezeichnet wurde, schon über vierhundert Besucher attackiert. Ihre Blutergüsse und Kratzer sind mit Fotos dokumentiert und der Bereich, in dem die Übergriffe stattfanden, wurde von der Stadtverwaltung aus Sicherheitsgründen gesperrt. Eine Austreibung des Poltergeistes ist gescheitert und der Exorzist starb zwei Wochen später überraschend an einem Herzinfarkt.

Die Autorin dieses Buches ist nach Edinburgh gereist, um dieser Spukgeschichte auf den Grund zu gehen, doch selbst im Dunkel der Nacht und mitten im Covenantors' Prison war Mackenzies Geist nicht gewillt, sich ihr zu zeigen.

Wilk, Janine:
Seelenlos
Fluch der Rauhnächte
ISBN 978 3 522 50467 6

Einbandgestaltung: Rose Dobmeier, Favoritbüro
Innentypografie: Bettina Wahl
Reproduktion: Digitalprint GmbH, Stuttgart
Druck und Bindung: GGP Media GmbH, Pößneck

FSC
www.fsc.org
MIX
Papier aus verantwortungsvollen Quellen
FSC® C014496

Dieses Werk wurde vermittelt durch
die Michael Meller Literary Agency GmbH, München.

Schaurig-schön: Die Welt von Lilith Parker

Janine Wilk

Lilith Parker
und der Kuss des Todes – Band 2

400 Seiten · Gebunden
ISBN 978-3-522-50254-2

Grauweiße Wolken hängen tief über der Insel St. Nephelius und verbreiten eine gruselige Stimmung. Lilith fühlt sich dennoch wohl in ihrer neuen Heimat, nicht zuletzt dank ihrer Tante und ihren Freunden Matt und Emma. Doch es ereignen sich mysteriöse Mordfälle, bei denen der Verdacht ausgerechnet auf Lilith fällt. Denn sie ist die einzige Banshee auf der Insel – und ein Kuss von ihr kann tödlich sein ...

Janine Wilk

Lilith Parker
und das Blutstein-Amulett – Band 3

416 Seiten · Gebunden
ISBN 978-3-522-50325-9

Janine Wilk

Lilith Parker
und die Rache der Dämonen – Band 4

384 Seiten · Gebunden
ISBN 978-3-522-50379-2

Janine Wilk

Lilith Parker
Der Fluch des Schattenreichs – Band 5

416 Seiten · Gebunden
ISBN 978-3-522-50462-1

PLANET!

www.planet-verlag.de